Orazio Bagnasco · Die Nacht der Sieben Sünden

Orazio Bagnasco

DIE NACHT DER SIEBEN SÜNDEN

Roman

Aus dem Italienischen von
Bruno Genzler

C. Bertelsmann

Die Originalausgabe
erschien 1997 unter dem Titel »Il banchetto«
bei Arnoldo Mondadori Editore, Mailand

Ein Verzeichnis der im Roman auftretenden
historischen Persönlichkeiten, ein Glossar, historisch überlieferte
Rezepte sowie eine ausgewählte Bibliographie befinden
sich im Anhang des Buches.

FÜR PAOLA

Umwelthinweis:
Dieses Buch und der Schutzumschlag wurden auf
chlorfrei gebleichtem Papier gedruckt.
Die Einschrumpffolie (zum Schutz vor Verschmutzung)
ist aus umweltschonender und
recyclingfähiger PE-Folie.

1. Auflage

Satz: Uhl + Massopust, Aalen
Druck und Bindung: Graph. Großbetrieb Pößneck
Printed in Germany
ISBN 3-570-00262-4

Lecteur paisible et bucolique,
sobre et naïf homme de bien,
jette ce livre saturnien,
orgiaque et mélancolique.

CHARLES BAUDELAIRE
(Épigraphe pour un livre condamné)

I

»Jungschweinhoden: 50 Pfund.«

»Schweinelenden: 106 Pfund.«

»Gelbe Mortadella: 125 Pfund.«

»Rote Würstchen: 120 Pfund.«

Die beiden Gehilfen, die die Lebensmittel auf dem Karren inspizierten, mußten brüllen, damit der etwas schwerhörige Großspeisemeister sie verstehen konnte. Der Hofbeamte saß ein gutes Stück von ihnen entfernt auf einer Bank vor einem kleinen Schreibtisch, den man fast in der Mitte des weiten äußeren Burghofes aufgestellt hatte, nahe des großen Feuers. Ein Teil des verschneiten Hofes war mit Karren und Wagen zugestellt, der Schnee schmutzig vom Mist der Pferde und Maulesel und von Wagenspuren durchzogen. Der Platz, an dem die Burg, der Dom und der Bischofspalast lagen, nahm die breite Kuppe des Hügels ein, der sich schützend zur Ostseite des Städtchens Tortona erhob. Hohe, von Türmen unterbrochene Mauern faßten das gesamte Areal zu drei Seiten ein, während die Ostseite durch die breite, gedrungen wirkende Burg der Grafen Botta geschützt wurde.

Der Burg gegenüber lag, auf der der Stadt zugewandten Seite, der imposante Dom von Tortona, und direkt daran anschließend der Bischofspalast. Auch die Stadt selbst war, dort wo sie nicht von der Burg und dem Hügel geschützt wurde, von zinnengekrönten Mauern und von in regelmäßigen Abständen zueinander errichteten Türmen umfaßt.

Der Großspeisemeister, ein hagerer, kahlköpfiger Mann, versuchte sich gegen die feuchte Kälte zu schützen, die ihm immer unangenehmer in die Glieder kroch, indem er sich so nahe wie möglich am Feuer aufhielt. Doch wollte ihm einfach nicht warm werden, und das trotz des bis über die Ohren gezogenen Baretts, des dicken Mantels, der ihm bis zu den Füßen reichte und dessen Kragen und Aufschläge mit Pelz besetzt waren, und der dicken fingerlosen Handschuhe, wie sie Buchhalter zum Schreiben und Geldzählen benutzten. In einer Kladde kontrollierte er, ob die aus Mailand eintreffenden Warenmengen mit den vor der Abfahrt registrierten Ladungen übereinstimmten. Sobald ein Karren durch das große Tor in den Hof rumpelte, sprangen die beiden Gehilfen auf und begannen schreiend, teils um von ihrem Herrn verstanden zu werden, teils um ihre eigene Bedeutung herauszustreichen, die gelieferten Waren aufzuzählen.

»Gänse in Salz: 300 Stück.«

»Blutwürste: 2800 Stück.«

»Hühnerhoden, Hühnerkämme: 120 Pfund.«

»Quitten und Granatäpfel: 150 Pfund.«

»Geschälte Walnüsse: 300 Pfund.«

»Frische und getrocknete Haselnüsse: 260 Pfund.«

Hin und wieder warfen die Helfer, während sie mit der Auflistung fortfuhren, Lebensmittel vom Karren, mal ein großes Stück Speck, mal ein Huhn oder einen Wildschweinschinken, die ein paar ihrer Gefährten flugs auffingen und auf einem bereitstehenden Karren verstauten. Niemand schien sich dabei wegen der Anwesenheit des Großspeisemeisters Gedanken zu machen, der mindestens zwei gute Gründe hatte, sich nicht von seinem Platz zu rühren: Erstens hätte er um keinen Preis der Welt seine mageren Knochen von dem Feuer fortbewegt, und zweitens wußte er nur zu gut, daß die Hälfte dessen, was die Männer verschwinden ließen, in seiner Tasche wieder auftauchen würde. Die Helfer, nicht zufrieden mit dem, was sie zusammen mit ihren Kumpanen entwendeten, stopften sich auch noch die tiefen Taschen ihrer Giubboni mit Würstchenketten und ganzen Käselaiben voll.

Immer mehr Karren trafen in dem weiten Hof ein, beladen mit allem, was für das prunkvolle Festmahl gebraucht wurde, das in einigen Tagen für mehr als achthundert Personen in der Burg gegeben werden sollte.

»*Malvasier:* 18 Fässer.«

»*Romania:* 7 Fässer.«

»*Bastardo:* 21 Fässer.«

»*Greco di Somma:* 19 Fässer.«

»*Vernaccia:* 32 Fässer.«

Ganze Fässer verschwinden zu lassen würde sich schon schwieriger gestalten, doch die kurzen Sätze, das Augenzwinkern und Kopfnicken, das die beiden Helfer mit den Fuhrknechten austauschten, ließen vermuten, daß man zumindest auch ein paar Liter des Weins abzweigen würde.

Hinter der Burg tauchten jetzt im Nebel über dem weiten Platz die Gestalten zweier Reiter auf, die der Großspeisemeister erst nach einer Weile als die Küchenmeister Mastro Stefano und Mastro Anselmo erkannte. Letzterer war der alte Koch der Grafen Botta, und da er aus dem Ort stammte, spielte er nun eine Art Gastgeber für den berühmten, eigens aus Mailand angereisten Kollegen, dem er für das bevorstehende Festmahl klaglos das Kommando überlassen hatte. Ja, im Grunde war er Mastro Stefano sogar dankbar, wäre er selbst doch niemals fähig gewesen, die Fäden eines solch gewaltigen Unternehmens in Händen zu halten, und so versuchte er nun, den berühmten Koch, der der herzoglichen Küche in Mailand vorstand, nach besten Kräften zu unterstützen.

Der Großspeisemeister winkte dem Mailänder Küchenmeister freundschaftlich zu und rief ihm schon von weitem entgegen: »He, Mastro Stefano, seht Euch nur an, was Ihr mir mit Eurem Kram für eine Arbeit macht. Seit heute früh schon tun wir nichts anderes, als die Lieferungen zu kontrollieren.«

Mastro Stefano mußte lächeln bei dem Gedanken, wieviel sich die Gauner davon den Morgen über schon in die eigenen Taschen gesteckt hatten, antwortete aber nur: »Nun übertreibt mal nicht,

Mastro Ubaldo, immerhin werdet Ihr in Kürze fertig sein, während meine Arbeit dann gerade erst beginnt.«

Mit diesen Worten stieg er vom Pferd und setzte sich zum Großspeisemeister auf die Bank vor dem offenen Feuer. Seine rötliche Barttracht, ein nach oben geschwungener Schnurrbart und ein Spitzbärtchen, war verkrustet von Schnee und Eis.

»Solch einen kalten Winter wie in diesem Jahr 1488 habe ich selten erlebt«, meinte Mastro Stefano fröstelnd, während er aus einer Tasche seines pelzgefütterten Mantels eine Flasche Grappa aus seiner Heimat hervorholte und sie dem Großspeisemeister anbot. »Kostet den mal. Der ist aus dem Bleniotal. Würde sogar einen Erhängten wieder zum Leben erwecken.«

Mastro Ubaldo goß von dem flüssigen Feuer in sich hinein, schüttelte sich, weil das Teufelszeug in seiner Kehle brannte, stieß hustend »Ausgezeichnet!« hervor und gönnte sich noch einen kräftigen Schluck.

»Habt Ihr eigentlich schon einen geeigneten Platz für Eure Küche gefunden?« fragte er dann. »Ich kenne mich zwar nicht so aus, aber die in der Burg wird wohl zu klein sein.«

»Viel zu klein«, bestätigte der Küchenmeister. »Ich habe sie mir gerade mit Mastro Anselmo zusammen angeschaut, und auch er ist der Meinung, daß sie für unser Festmahl nicht ausreichen wird. Graf Botta und sein Bruder, der Bischof, beköstigen ja nie mehr als dreißig Gäste auf einmal. Nein, nein, ihre Küche ist für ein fürstliches Bankett wirklich völlig ungeeignet. Ich brauche Räumlichkeiten, in denen drei Oberköche, zwanzig Köche, dreißig Unterköche, zwanzig *scottini* und ungefähr fünfzig Küchenjungen arbeiten können.«

Nun nahm auch er einen tiefen Schluck aus der Grappaflasche, während er daran dachte, daß er an diesem Morgen – oder besser in der letzten Nacht zur achten Stunde, also zwei Stunden nach Mitternacht – vom Hof in Mailand aufgebrochen war. Zehn Stunden waren sie durch Schnee und Nebel geritten, und nun saß er hier, auf diesem eiskalten Platz, und zerbrach sich den Kopf über einen geeigneten Raum.

»Aber vielleicht habe ich etwas gefunden«, sagte er, mehr zu sich selbst. »Mastro Anselmo hat mir die Kellerräume direkt unter dem Festsaal gezeigt. Im Moment steht dort alles voller Hausrat und anderem Plunder, doch wenn man kräftig anpackt, kann man die Räume durchaus in eine Küche verwandeln, wie ich sie brauche. Ich warte gerade auf einen der Unterseneschalle, der wohl gleich mit ein paar Leuten aus der Stadt hier sein wird, die den Keller leerräumen, alles gründlich putzen und die Wände weißen sollen. Es ist zwar nur ein Keller, aber er ist trocken und sogar hell, und für die paar Tage wird es schon gehen.«

Kaum hatte er zu Ende gesprochen, da wurde unter dem Torbogen im Nebel der Umriß eines Reiters sichtbar, dem ein zweiter folgte. Als sie etwas näher waren, sprang Mastro Stefano auf und rief, während er ihnen entgegenlief: »Exzellenz, seid willkommen! Schön, daß Ihr endlich da seid!«

Der Botschafter winkte überschwenglich, ritt heran, sprang ab, und die beiden umarmten sich herzlich, während der Großspeisemeister sie mit verblüffter Miene beobachtete.

Botschafter Jacopo Trotti, Gesandter des Herzogs von Ferrara am Hof der Sforza in Mailand, hängte sich bei Mastro Stefano ein, und zusammen kehrten sie zu dem offenen Feuer zurück, das die Diener unablässig mit neuem Brennholz fütterten. Nach einem kurzen Austausch der üblichen Höflichkeitsfloskeln mit dem Großspeisemeister wandte sich der Gesandte mit gespielt demutsvoller Miene an den Küchenmeister: »Habt Ihr nichts, was Ihr einem armen verfroren Diplomaten anbieten könntet?«

Mastro Stefano ließ sich nicht lange bitten, holte ein weiteres Mal seine Flasche hervor und reichte sie schweigend dem Freund, der, nachdem er sie gegen das Licht gehalten und daran geschnuppert hatte, dem Küchenmeister zuzwinkerte und hingebungsvoll in großen Schlucken zu trinken begann.

»Zum Teufel noch mal, wie bekommt ihr Tessiner nur solch einen Grappa hin? Was gebt ihr hinein, Scheite aus dem Höllenfeuer vielleicht?« Weiter miteinander scherzend, traten die beiden Freunde noch dichter an das offene Feuer heran, zogen die dicken

Handschuhe von den Fingern und streckten die Handflächen zu den wärmenden Flammen aus.

In diesem Moment begannen die Glocken der Kirchen Tortonas zum Angelus zu läuten; kurz darauf stimmten auch die Kirchen in den benachbarten Dörfern ein, und das näselnde Geläut der lombardischen Glocken schwebte über das verschneite Land und die Maulbeerbaumreihen der Lomellinaebene.

»Es läutet zur Vesper, Mastro Stefano«, sagte der Botschafter, »gleich ist es dunkel. Wäre es nicht an der Zeit, mal an etwas Ernsthaftes zu denken? Oder wollen wir die ganze Nacht hierbleiben?«

»Keine Angst, Exzellenz, wir werden nicht mit leerem Bauch zu Bett gehen. Ich muß nur noch mit dem Unterseneschall, der hoffentlich bald kommen wird, ein paar Worte wechseln, dann können wir in die Stadt hinunter. Der aus der Gegend stammende Mastro Anselmo hat mir eine gute Taverne empfohlen, natürlich nicht mit den unseren in Mailand vergleichbar, aber ich bin sicher, daß sie uns etwas Anständiges vorsetzen werden.«

»Ich war mir sicher, daß Ihr Euch um alles kümmern würdet, Mastro Stefano. Auf Euch kann man sich eben verlassen.«

Endlich erschien einer der fünf Unterseneschalle. Er war außer Atem, bemühte sich aber um eine Haltung, die er der Bedeutung seines Amtes für angemessen hielt. Auf Mastro Stefanos Frage hin tat er so, als müsse er gründlich überlegen, ob er der Bitte entsprechen könne, die Kellerräume reinigen zu lassen. Und um die Wichtigkeit seiner Überlegungen zu unterstreichen, streichelte er sich lange und auffällig das Kinn.

Doch Mastro Stefano schien keineswegs beunruhigt – ganz im Gegenteil. Seelenruhig wartete er mit gespielt unterwürfiger Miene darauf, daß der Mann mit seiner Pantomime fertig wurde.

Jedermann wußte, daß die Befehle Herzog Ludovicos in dieser Angelegenheit klar und eindeutig waren: Alle hatten zum Gelingen des großen Festmahls beizutragen und besonders die Küche in jeder Hinsicht zu unterstützen. Keine Launen, keine Eifersüchteleien, keine Ränkespiele – verstanden? Es wäre sehr gefährlich gewesen, dem Herzog in dieser Sache zuwiderzuhandeln, und der Unterseneschall wußte das nur zu gut. Aber er wollte sich eben ein wenig wichtig machen.

Nachdem er gehüstelt und seine Unterlippe mit zwei Fingern vorgezogen hatte, so als quälten ihn immer noch unüberwindliche Zweifel, erklärte er schließlich: »Nun gut, *wir* werden es versuchen!« Das »wir« zielte natürlich darauf ab, besonderen Respekt bei den Zuhörern hervorzurufen.

Doch Mastro Stefano lächelte nur und gab ihm mit seiner mächtigen Hand einen Klaps auf die Schulter. Der Unterseneschall taumelte und blickte ihn entgeistert an.

»Na bitte«, bemerkte Mastro Stefano, drehte sich auf der Stelle um, faßte den Botschafter unter dem Arm und ging mit ihm auf das Tor zu, das mittlerweile fast vollständig im Dunkeln lag.

Der vornehme Botschafter und der Gran Cuciniere bildeten trotz ihrer Verschiedenheit in Rang und Herkunft ein gut eingespieltes, am Hof der Sforza wohlbekanntes Paar. Aus den Augenwinkeln beobachteten sie den Unterseneschall, dessen Hochmut mittlerweile vollkommen verflogen war, und brachen in schallendes Gelächter aus.

Auf dem Weg zur Stadt hinunter trippelte Mastro Anselmo beflissen mit einer Laterne vor ihnen her. Der Weg lag unter einer gefrorenen Schneedecke, und in der Stille hörte man nur das Knirschen unter ihren Schuhen.

»Was ist dieses Tortona für ein Städtchen, Mastro Anselmo?« fragte der Botschafter freundlich, um das Schweigen zu brechen. Trotz seines hohen Ranges war er mit Köchen wohlvertraut, ja betrachtete sich sogar als eine Art Ehrenmitglied ihrer Gilde.

»Nun, Exzellenz«, begann Mastro Anselmo zu erzählen, »Tortona ist zwar keine große Stadt, aber doch mehr als ein Dorf, und für die Herzöge von Mailand waren wir immer ein sehr wichtiger Stützpfeiler ihres Herrschaftsgebiets.«

Das kleine, aber strategisch bedeutsame Tortona, in dem viertausendfünfhundert Seelen wohnten, lag an der Straße, die Genua über den Giovipaß mit Mailand verband, und war die erste größere Ansiedlung, die man, von den Gebirgspässen Liguriens kommend, im Herzogtum Mailand erreichte. Schon die Römer hatten um die strategische Bedeutung dieses Ortes gewußt. Die Anhöhe von Tortona erhob sich inmitten des grünen Tals der Scrivia, und die Berge zu beiden Seiten lagen einige Meilen auseinander, was der Ebene insgesamt etwas Großzügiges und Liebliches gab. Die Stadt, die sich mit ihrer grauen Stadtmauer an den Hügel drängte, strahlte von weitem eine gewisse Erhabenheit aus, da sie mit den imposanten Bauwerken darüber – der Burg, dem Dom und dem Bischofspalast – eine Einheit zu bilden schien, obwohl sie in Wirklichkeit nur aus kleinen ein-, höchstens zweistöckigen Häusern bestand.

Jetzt im Winter lagen die Berge ringsumher unter einer dicken Schneedecke, während die Felder weiter unten im Tal nur weiß gesprenkelt waren, denn trotz der Kälte fiel in der Ebene wenig Schnee. Zwischen den bescheidenen Häusern aus Bruch- oder Ziegelsteinen verliefen enge Straßen aus gefrorenem Schlamm. Die Gassen fielen zur Straßenmitte hin ab, wo man einen schmalen Kanal ausgehoben hatte, in dem sich das Regenwasser und die Jauche aus den Häusern sammelten.

Während sich die drei Männer der Stadt näherten, beschrieb Mastro Anselmo recht anschaulich, wie sich das Leben zwischen diesen Gemäuern abspielte.

»Es ist schon beeindruckend, welchen großen Wert unser Herzog Ludovico auf Sauberkeit in seinen Grenzstädten legt. Daher weisen auch alle Straßen, seien sie nun gepflastert oder nur gestampft, in der Mitte Rinnen auf, in denen sich das Schmutzwasser sammelt.«

Gewöhnlich befand sich in den Häusern Tortonas der Abort, wenn es einen gab, im zweiten Stock. Dabei handelte es sich um eine Ausbuchtung in der Hauswand mit einer Sitzfläche aus Schiefer und zwei Löchern, breit genug, daß zwei Personen nebeneinander darauf Platz finden konnten. Durch die Löcher klatschten die Exkremente direkt auf die Gasse, und das so nahe an der Hauswand, daß diese auch bei nur leichtem Wind eindeutige Spuren davontrug.

»Der Regen, oder manchmal auch ein Eimer Wasser, spült die Jauche in den schmalen Kanal in der Straßenmitte, durch den sie dann langsam in eine große Grube abfließt. Aus der können sich dann die Bauern bedienen, um ihre Felder zu düngen. Das ganze System ist für alle ein großer Segen, und der Grund, daß im Frühjahr die Kulturen der ganzen Umgebung so tief grün und üppig wachsen, ist hier zu suchen.«

»Aber man muß doch wahrscheinlich sehr auf der Hut sein, wenn man durch die Gassen läuft«, warf nüchtern, wie es seine Art war, Mastro Stefano ein. »Sonst kann es einem leicht passieren, daß man von dem großen Segen überschwemmt wird!«

Mastro Anselmo schien ein wenig verstimmt, fuhr aber fort: »Sicher, man wird zugeben müssen, daß das System im Sommer möglicherweise einige Probleme aufwirft. Doch im Winter, und vor allem im Herbst und Frühling, wenn es viel und häufig regnet, funktioniert alles vollkommen reibungslos.«

Mastro Stefano war noch nicht ganz überzeugt. »Aber der Gestank aus den Kloaken wird wohl das ganze Jahr über im Dorf hängen.«

Seine Worte klangen leicht spöttisch, doch Mastro Anselmo versuchte, sich nichts anmerken zu lassen. »Möglich, daß es hier immer ein wenig stinkt. Aber man gewöhnt sich daran. Das Problem sind jedoch eher die Schweine und das andere Vieh, die in den unteren Geschossen der Häuser herumlaufen und die Abfälle und Reste fressen, die die Bauern bei der Essenszubereitung für sie fallenlassen. Dieses Viehzeug suhlt sich auch in dem Abflußkanal auf der Gasse und tappt dann wieder durch die Küche und die anderen Räume im Erdgeschoß. Daher muß auch jede Woche frisches Stroh auf den Fußböden aller Räume verteilt werden. Und es sind nicht nur die Schweine und Hühner, die alles in den Häusern besudeln, sondern auch Gänse und Enten. Sogar Ziegen machen sich aus den Ställen los und schnüffeln in den Häusern nach Kohlstrünken oder ähnlichem. Doch die Tiere gehören eben zu unserem Leben. Und wie sollte man sich auch ohne sie an Festtagen den Bauch füllen? Außerdem hält sich gepökeltes Schweinefleisch sehr gut, und das Schweineschmalz reicht für das ganze Jahr und kann auch als Brennstoff für Lampen Verwendung finden.«

»Wie ist es eigentlich um die kulinarischen Spezialitäten in Eurem Ort bestellt?« fragte der Botschafter, um das Gespräch auf ein Thema zu lenken, das ihn weit mehr interessierte.

»Nun, in der Gegend hier ernährt man sich viel von Gemüsesuppen, aber von Kohl- oder Rapssuppen mit Speckschwarten allein kann man natürlich nicht leben. Sicher, eine dampfende Gemüsesuppe, dazu ein Stück dick mit Knoblauch eingeriebenes Roggenbrot, kann eine köstliche Mahlzeit sein, doch ein leckerer Gänsebraten hin und wieder ist auch nicht zu verachten. So eine Gans kann ja eine ganze Familie bei drei, vier Mahlzeiten satt machen. Man muß sich nur mit dem Fleisch etwas zurückhalten und die Bratensoße zum Würzen von Brotstücken oder Polenta verwenden. An den Tagen, wenn kein Fleisch auf den Tisch kommt, und die sind sehr zahlreich, greift man auch gerne auf Kastanien zurück. In der durchlöcherten Pfanne über dem offenen Feuer geröstet und, sobald sie aufgesprungen sind, mit Rotwein übergossen – köstlich! Doch noch besser sind sie mit wildem Fenchel gekocht. Noch warm geschält und in einer Tasse frisch gemolkener Milch gereicht, würde sie noch nicht einmal der Abt von Bobbio zurückweisen.«

»Wie viele anständige Tavernen habt Ihr hier im Ort eigentlich?« fragte der Botschafter, der sich Gedanken wegen seines Abendessens machte.

»Es gibt zwei. Dort bekommt man schmackhafte Würste und sardischen Schafskäse, dazu einen guten Wein aus der Gegend. Und den nötigen Durst holt man sich mit gekochten und gesalzenen Lupinen, die immer bereitstehen. Wenn man mit denen einmal angefangen hat, stellt man sie nicht mehr weg, bis die Schüssel leer ist.«

Mastro Anselmo schien richtig stolz zu sein auf die Tavernen seiner Heimatstadt. »Manchmal bekommt man auch delikate geröstete Hühnerkrallen, die mit einer Pfeffersoße und scharfem Senf gegessen werden. Einmal in der Woche, wenn die reichen Händler zum Markt kommen, gibt es in der Osteria einen großen Kessel Suppenfleisch, in den alles mögliche hineinkommt: vor allem vom Rind, so Hochrippe, Vorderhesse, Schwanzstück, Schwanz, Euter und nicht zu vergessen der Kopf mit den delikaten *ganascini,* aber auch ein altes Suppenhuhn und dicke Schweinswürste. All diese Gottesgaben ißt man mit einer Knoblauchsoße oder einer *mostarda* mit Früchten, die im Herbst in dickem Traubenmost mit verschiedenen Gewürzen und Kräutern gekocht werden. Kurzum, mit ein paar Hellern in der Tasche kann man es in Tortona sehr gut aushalten.«

»Und wie steht's hier bei Euch mit anderen Vergnügungen?« fragte Messere Jacopo Trotti weiter, der darauf spekulierte, nähere Bekanntschaft mit den so gesund und frisch wirkenden jungen Mädchen mit den schönen weiß-roten Apfelbäckchen zu machen, die ihm bei seiner Ankunft in den Gassen des Städtchens aufgefallen waren.

Doch die Antwort des Kochs enttäuschte ihn: »Ach, Vergnügungen gibt es hier zuhauf! Besonders an den Festtagen, wenn unser Bischof Giacomo, der Bruder des Grafen Bergonzio Botta, nach Tortona kommt. Meistens hält er sich ja in seiner Eigenschaft als Gesandter Mailands beim Vatikan in Rom auf, aber wenn er hier in seinem Palast wohnt, werden sonntags im Dom die herrlichsten Messen gefeiert. In der Zeit vor Ostern kommen immer einige Franziskaner von jenseits der Grenze nach Tortona, und zwar stets zu zweit. In der Kirche stellen sie sich auf die Kanzel, und dann spielt der eine den Oberschlauen und der andere den Dummkopf, der unter dem Gelächter aller Gläubigen einiges einstecken muß, weil er nichts weiß und nichts versteht von der Heiligen Schrift und der Bibel. Wenn an diesen Tagen der Fastenzeit die Franziskaner gegen Abend in der Kirche ihre Dispute austragen, rufen die Glocken die Leute aus den entlegensten Dörfern herbei.«

Mastro Anselmo hatte sich mit dem Stolz eines wahren Tortoners mächtig ins Zeug gelegt, um all die Segnungen seiner Heimatstadt zu beschreiben, und dennoch war ihm, als habe er den Botschafter nicht nachhaltig beeindrucken können. Und um seine Stadt noch ein wenig interessanter zu machen, fiel ihm nichts Besseres ein, als weitere Höhepunkte des Kirchenjahres aufzuzählen.

»Und wie vergnügen sich die Jüngeren?« unterbrach ihn schließlich der Botschafter. »Doch nicht etwa bei den festlichen Gottesdiensten im Dom!«

Mastro Anselmo breitete nur die Arme aus und blieb die Antwort schuldig. Mastro Stefano hingegen, der das Landleben kannte, wußte, wie die wahren Möglichkeiten zur Begegnung zwischen den Heranwachsenden in jenen Städtchen und Dörfern aussahen. Im Winter, wenn sich die tiefblauen Schatten früh am Abend schon von den Hügeln herabsenkten und die Schneedecke violett färbten, kam man nach dem Abendessen in den Ställen zusammen, die von den Kühen und Eseln gewärmt wurden. Eine einzige Lampe reichte für alle. Immer gab es jemanden, der von langen Seereisen und fernen Ländern erzählte. Die Alten kauten auf einer getrockneten Kastanie herum, die ihnen den ganzen Abend über genügend Speichel zum Flachsspinnen gab, und lauschten den Erzählungen, die sie schon so oft gehört hatten. Derweil hatten junge Burschen Gelegenheit, den Mädchen den Hof zu machen und, im Schutz des schummrigen Lichts und der Wärme, vielleicht noch kühner zu werden.

»Zur Zeit redet man im Ort natürlich viel über die bevorstehende Hochzeit. Das meiste sind allerdings Gerüchte, da nur wenige wissen, wie das alles vor sich gehen soll«, sagte Mastro Anselmo, stolz, zu jenen zu gehören, die eingeweiht waren. »Viele hohe Herren aus Mailand und von noch weiter her sind ja bereits eingetroffen, und die Leute hier sind wie geblendet von dem Prunk, den sie verbreiten. Von den kostbaren, mit Gold und Silber bestickten Gewändern aus Samt oder Lampas, den Mänteln aus Plüsch mit Pelzkragen und den federgeschmückten Filzbaretten. Die höchsten Herrschaften werden zwar in der Burg oder im Bischofspalast nächtigen, aber viele andere werden sich auch in der Stadt eine Unterkunft suchen. Die Einwohner müssen ihnen ihre Betten überlassen, obwohl die noch nicht einmal reichen werden und sich viele Gäste, auch Adlige und hohe Offiziere, wohl oder übel mit einem Plätzchen im Heuschober begnügen müssen. Wer einen Edelmann beherbergt, soll aber immerhin als Lohn einen Mailänder Soldo erhalten. Viel wird auch darüber gemunkelt, daß sogar unser Herzog Ludovico il Moro erwartet wird. Stellt Euch vor, hier haben manche Leute im Ernst geglaubt, Ludovico sei tatsächlich so schwarz wie ein Mohr. Der Pfarrer von Sant'Abbondio, der den Herzog einmal in Fleisch und Blut gesehen hat, mußte ihnen von der Kanzel herab erklären, daß kein Wort daran wahr und der Moro genauso wie wir sei, nur eben mit einer etwas dunkleren Haut. Und dennoch glauben die meisten weiterhin, daß unser Herzog ein Neger sei«, fügte er kopfschüttelnd hinzu.

In der Stadt herrschte tatsächlich seit Tagen aufgeregtes Treiben, und viele freuten sich darüber, weil es etwas zu verdienen gab. Einige Männer halfen dabei, die Bühne für die Zeremonie aufzubauen sowie die Triumphbogen, unter denen der Festzug hindurchziehen würde. Andere arbeiteten auf der Burg, um alles für das Festmahl vorzubereiten. Sie hackten Holz für die Kamine und Öfen oder schlugen das Eis unten im Fluß auf, das sie dann in Bottichen bis zu den großen Becken in der Burgküche hinaufschleppten. Kurzum, auch wenn praktisch niemand wußte, wer da eigentlich heiraten würde, war allen klar, daß dieses Fest für Tortona wie vom hohen Himmel hinabgeregnetes Manna war. Ein Ereignis, von dem man noch lange erzählen würde, an den langen Winterabenden in den warmen Ställen.

Mastro Anselmo schwieg nun, so als fürchtete er plötzlich, den illustren Fremden gegenüber zu redselig gewesen zu sein. Inzwischen hatten die drei Männer den Borgo der Stadt erreicht. In den dunklen Gassen lag der Geruch des Holzes, das in den Kaminen der Häuser brannte. Jetzt war die Stunde, da in den an Eisenketten über den Feuern hängenden Töpfen die Raps- und Kohlsuppen gekocht wurden. Hin und wieder konnte man durch die kleinen Fenster schwarz gekleidete Frauen sehen, die auf der Steinbank vor dem Kamin saßen und darauf warteten, daß das Wasser zu sprudeln begann, oder in den schon köchelnden Suppen rührten.

Ab und zu stieg den Männern auch der Duft von Speisen, die auf dem Herd zubereitet wurden, in die Nase. So etwa von Mangold mit Eiern und Käse oder von Kohl in einem Teigmantel aus Milch und Mehl. Eine Frau rührte mit einem langen Kochlöffel in einem Kupferkessel, in dem eine Polenta aus Hirse große Blasen warf und einen strengen Geruch verströmte. Mastro Stefano waren diese Dünste aus den Häusern armer Familien wohlvertraut, denn in dem Tal, wo sein Geburtshaus stand, vollzog man jetzt den gleichen, von Kargheit gezeichneten Ritus. Und häufig spürte er im Herzen eine tiefe Sehnsucht nach diesen einfachen Dingen seiner im Winter so hoch verschneiten und im Frühjahr so grünen Heimat.

Die drei Männer erreichten die Schwelle der bescheidenen Taverne, aus deren Fenster ein matter Schimmer auf die Gasse fiel. Mastro Anselmo begleitete die hohen Herren hinein, wollte aber selbst nicht Platz nehmen.

»Ich weiß nicht, ob es mir zukommt, mit solch berühmten Herrschaften, einem Botschafter und dem Großküchenmeister des herzoglichen Hofes, zusammen zu Tisch zu sitzen.«

Ja, auch Mastro Stefano war berühmt: Er war der Sohn des großen Mastro Martino de Rossi, und ihrer beider Namen hatten an allen Höfen und in allen Küchen Europas einen ausgezeichneten Klang.

»Nein, nein, ich weiß, wo mein Platz ist«, wiederholte Mastro Anselmo noch einmal mit bescheidenem Stolz. »Zwei meiner Gehilfen werden draußen auf Euch warten, und wenn sich die Herren ausreichend gestärkt haben, wird einer seine Exzellenz, den Botschafter, zu seiner Unterkunft in der Burg und der andere Mastro Stefano zu meinem Haus bringen, wo ich ihn zu beherbergen die Ehre habe.«

Der alte Mann zog respektvoll das Barett und verschwand im Dunkel der eiskalten Nacht.

In der Taverne war die Ankunft der Fremden nicht unbemerkt geblieben, und der Wirt beeilte sich nun, sich in Bücklingen ergehend, die hohen Herren zum besten Tisch zu geleiten. Als der Botschafter hier seinen Pelzmantel ablegte und die große goldene Medaille mit dem Wappen des Herzogs von Ferrara an der kostbaren Kette zum Vorschein kam, verstummten die anderen Gäste an ihren Tischen. Und als sie dann noch am Hals von Mastro Stefano das rote Seidenband erblickten, an dem die große Kupferplakette hing, die mit den Farben der Sforza emailliert war, schlug der allgemeine Respekt in ein Gefühl um, das dem von Angst sehr nahe kam. Die Bauern, die an den nächsten Tischen saßen, erhoben sich und trugen ihre Flaschen und Gläser zu etwas weniger exponierten Bänken. Dann kamen sie ganz schüchtern, fast auf Zehenspitzen, zurück und holten sich die Teller, von denen sie aßen, indem sie ihre Arme weit vorstreckten, um den hohen Herren nur ja nicht zu nahe zu kommen.

Auf diese Weise entstand ein leerer Raum zwischen den Tischen der illustren Fremden und den Stammgästen der Taverne. Die beiden Freunde mußten lächeln über das beredte Schweigen, das sich in dem Lokal breitgemacht hatte, aber es kam ihnen auch entgegen, da sie sich so ungestört unterhalten konnten. Sie lebten in einer Zeit, da schon ein Wort zuviel in falschen Ohren unangenehme Folgen haben konnte, und die beiden Freunde hatten viele Dinge zu besprechen, die niemanden etwas angingen.

Der Wirt hatte unaufgefordert, mit einer Unterwürfigkeit, die an Belästigung grenzte, zwei Zinnbecher und eine Flasche *Vino rosso di San Colombano* auf den Tisch gestellt, dachte aber gar nicht daran, die beiden Männer wieder allein zu lassen.

»Das ist mein bester«, sagte er, indem er die Flasche öffnete und die Becher füllte.

»Was darf ich den hohen Herren bringen? Ich hätte herrlichen Bauchspeck und köstliche Salami und Blutwürste da. Wenn die Exzellenzen vielleicht damit beginnen wollen? Zum Fest habe ich einen großen Kessel Suppenfleisch zubereitet. Davon sind noch einige wunderbare Stücke da. Und dann könnte ich noch Braten bringen!«

»Gut, gut«, stoppte ihn der Botschafter, »beginnen wir also mit der Salami und den Blutwürsten. Und danach werden wir sicher auch noch von dem Suppenfleisch kosten. Was meint Ihr, Mastro Stefano? Aber vielleicht sollten wir zuvor doch noch etwas zum Aufwärmen zu uns nehmen. Mir jedenfalls sitzt die Kälte immer noch in den Gliedern.«

»Ganz wie Ihre Exzellenzen wünschen. Ich hätte da eine heiße fette Hammelbrühe mit *Vino rosso di Volpaia* anzubieten. Ideal, um die Kälte zu vertreiben und den Appetit anzuregen.«

Mastro Stefano nickte, auch der Botschafter war einverstanden, und während sie warteten, kamen sie auf das vielköpfige Ehrengeleit zu sprechen, das in dieser Stunde gerade die Rückreise von Neapel antrat, wo schon der erste Festakt der Hochzeit zwischen Gian Galeazzo Sforza und der neapolitanischen Prinzessin Isabella von Aragon stattgefunden hatte.

»Es waren fast vierhundert hochrangige Persönlichkeiten«, erzählte der Botschafter, »die von Mailand nach Neapel zogen, sehr viele lombardische Edelleute, aber auch zahlreiche Vertreter anderer, sowohl befreundeter als auch befeindeter Fürstentümer. Eine Reihe von Botschaftern, wie ich zum Beispiel auch, verzichtete jedoch auf die Reise, die vielen zu strapaziös zu werden versprach, und ließ sich von ihren Vizegesandten vertreten. Es war schon ein beeindruckendes Schauspiel, als das prunkvolle Ehrengeleit von Mailand loszog. Herzog Ludovico, der doch normalerweise jeden Soldo zweimal umdreht, hat diesmal keine Kosten gescheut. Die Gewänder, die die lombardischen Adligen in Neapel anlegen sollten, sind alle mit Gold gewirkt, die Barette über und über mit Perlen und Edelsteinen besetzt.«

Mittlerweile war die mit Rotwein abgeschmeckte Hammelbrühe gebracht worden, und während sich nun die beiden Männer hungrig darüber hermachten, erzählte der Botschafter weiter. Der Koch war zwar schon über so manches, was sein Freund berichtete, auf dem laufenden, doch waren die Einzelheiten wie üblich unzusammenhängend und ungenau zu ihm in die Küche gedrungen. Nun jedoch erfuhr er von Trotti alles aus erster Hand und hörte gebannt zu.

Das Ehrengeleit war mit protokollarischer Strenge zusammengestellt worden. Anführer der Delegation war der Bruder des Bräutigams, Hermes Sforza, dessen Einfluß in Wirklichkeit aber verschwindend gering war. Ganz im Gegensatz zu Galeazzo Sanseverino, dem Grafen von Caiazzo, der die Truppen des Herzogtums Mailand befehligte und engster Vertrauter von Herzog Ludovico war. Auch Monsignor Ottaviano da Melzo, der Großalmosenier der Sforza, und Graf Vitaliano Borromeo zählten zu den hochrangigen Persönlichkeiten, die die Braut von Neapel nach Mailand begleiten sollten. Ebenso viele andere bekannte Namen der Lombardei und Mitglieder des Herzogshauses, darunter Bernardino Visconti, Antonio da Corte, Galeotto del Carretto, Giovanni Battista Castiglioni sowie die beiden Dichter Gaspare Visconti und Bernardo Bellincioni.

Darüber hinaus gehörten fast hundertfünfzig der elegantesten, schönsten und anmutigsten Adligen beiderlei Geschlechts dem Ehrengeleit an, die man besonders sorgfältig ausgewählt hatte, um den vom spanischen Hochmut geprägten Hof von Neapel ordentlich zu beeindrucken. Unter ihnen befanden sich auch die fünf engsten Freunde des jungen Herzogs Gian Galeazzo, die mit ihm zusammen die verrufene Bande von Vigevano bildeten, von deren Ausschweifungen alle redeten, wenn auch hinter vorgehaltener Hand. Auf Wunsch des jungen Herzogs sollten sie bei den Zeremonien in Neapel gleich hinter seinem Bruder Hermes, der ihn als Bräutigam vertrat, einen Ehrenplatz einnehmen.

Und dann das diplomatische Korps. Unter den zahlreichen Vizegesandten ragten durch Ansehen und Würde die vier Diplomaten aus Florenz, Mantua, Venedig und dem Herzogtum Burgund hervor.

Viele hohe Würdenträger des Mailänder Hofes und enge Berater des Moro hatten sich ebenfalls auf die Reise nach Neapel gemacht; so etwa Moises da Corteolona, sein Finanzexperte und persönlicher Bankier, sowie eine Reihe von Notaren, Geheimagenten und so fort. Vervollständigt wurde die Delegation durch Bogenschützen, Garderobieren, Friseure, verschiedenste Diener und Sklaven.

Die Damen, die aus den angesehensten aristokratischen Familien der Poebene stammten, waren alle von erlesener Schönheit und betörendem Charme, dazu selbstverständlich über und über mit Schmuck, kostbaren Spitzen und Edelsteinen bedeckt.

»Seid Ihr vielleicht mit der einen oder anderen dieser Damen näher bekannt?« fragte Mastro Stefano, nur scheinbar gelassen, wußte er doch, daß Jacopo Trotti in Sachen Frauen ein Experte war. Die Frauenbekanntschaften des Botschafters waren zahlreich und seine Erfolge beachtlich, und Mastro Stefano liebte es, wenn er über die Damen des Hofes plauderte. Dann hing er an seinen Lippen, und ihm war, als erlebe er selbst all diese Abenteuer. Ihm gefielen die deftigen Beschreibungen, und er fragte immer wieder nach, um auf diese Weise von jeder noch so kleinen Einzelheit des Treibens am Hof zu erfahren.

»Selbstverständlich kenne ich einige dieser Damen. Zwei von ihnen, wirklich bemerkenswerte Geschöpfe, reisen mit der Gruppe der Vizegesandten: Monna Isa und Monna Andrea. Schon vor einiger Zeit hatte ich das Vergnügen, ihre Bekanntschaft zu machen und sie schätzen zu lernen. Doch vor allem während des Abschiedsbanketts im Castello der Sforza, am Tag vor der Abreise nach Neapel, waren sie wirklich betörend. Und ich müßte mich sehr täuschen, wenn sie nicht auch die Stimmung der Reisegesellschaft gehörig auflockern würden. Diese wunderbaren weiblichen Geschöpfe scheinen eigens dazu gemacht, um Leidenschaften zu entfachen und Verwicklungen heraufzubeschwören«, prophezeite Messere Trotti.

»Da habt Ihr sicher recht«, unterbrach ihn Mastro Stefano. »Wie sagte mein Vater doch immer. *La paja attach al foeugh la tacca* – Stroh beim Feuer gibt leicht ein Strohfeuer.«

»Euch fällt aber auch zu jeder Gelegenheit das passende

Sprichwort ein«, meinte der Botschafter lächelnd und fuhr dann fort: »Monna Isa, von der ich gerade sprach, ist die junge Tochter des Marchese Malacrida, dem Lehnsherrn von Poschiavo, doch ihre Mutter stammt aus Deutschland. Sie wird auf der Rückreise von Neapel zum Gefolge der neuen Herzogin Isabella gehören. Groß und schlank, erinnert ihr langes, strohblondes Haar an die milde Sonne ihrer Heimat an einem schönen Wintertag. Und ihre Augen sind von einem solch tiefen, kristallklaren Blau, daß man zuweilen glaubt, durch sie hindurchschauen zu können. Ein betörender Blick, der jeden, der ihr begegnet, sogleich in seinen Bann zieht. Nicht viel weniger beeindruckend sind aber ihre sinnlichen Lippen, die sich immer wieder zu einem unschuldigen, koketten Lächeln öffnen. Die kecken Fältchen beiderseits des Mundes geben ihr etwas von einem Lausejungen, den man bei einem Streich erwischt hat. Und es sind eben dieser betörende Blick und der kecke Mund, der um Verzeihung zu bitten scheint, während sie schon über den nächsten Streich nachsinnt, die ihre Faszination ausmachen. Aber auch ihre Formen geben jedem Mann Anlaß, unruhig zu werden, denn ihre üppigen Kurven stehen in aufregendem Kontrast zu ihrer unschuldigen Lausbubenmiene. Es wird ihr sicher größtes Vergnügen bereiten, Eifersüchteleien und Rivalitäten zwischen ihren jungen Reisegefährten zu wecken. Dabei ist es nicht so, daß sie einem Verehrer, der ihr Interesse zu wecken vermag, ihre Reize vorenthalten würde. Nein, ganz und gar nicht, aber sie gibt auch keinem das Gefühl, sie wirklich zu besitzen. Es hat den Anschein, als benötige sie geradezu diese Hahnenkämpfe zwischen ihren Bewunderern und Liebhabern, um sich auf diese Weise das für sie unverzichtbare Gefühl vollkommener Freiheit zu bewahren. Einer Freiheit, die in fast jeder ihrer Entscheidungen zum Ausdruck kommt, einschließlich der Wahl ihrer Liebhaber, die nicht notwendig von ihrem eigenen Geschlecht sein müssen. Mit allen diesen Eigenschaften kann Monna Isa gar nicht anders, als das Ehrengeleit gehörig durcheinanderzubringen. Wie ich hörte, hat sich seit Beginn der Reise besonders der Vizegesandte des Herzogtums Mantua, Basso Folchini, um die schöne Dame bemüht, dem sie auch schon bei einem Empfang im Castello aufgefallen war. Aber eigentlich umschwirren sie alle Diplomaten auf die eine oder andere Weise. Monna Isa hat trotz ihrer nördlichen Wurzeln ein ausgesprochen mediterranes Temperament, was Basso schon auf dem kurzen Weg von Mailand zum Hafen von Genua feststellen konnte. Nach fünf Nächten mit Monna Isa verließen den Jüngling allmählich die Kräfte. Und zwar nicht nur die körperlichen, sondern auch die psychischen, denn trotz seines unermüdlichen Einsatzes konnte es die Dame nicht lassen, auch weiterhin mit allen anderen Männern zu kokettieren. Monna Isa ist der Ansicht, daß die Liebe ihrer Schönheit bekomme, und sie weiß sehr wohl, daß der Duft einer Liebesnacht mit *einem* Verehrer auf alle anderen wie ein starkes Aphrodisiakum wirkt.«

Botschafter Trotti bedeutete dem Wirt, ihm den Becher nachzufüllen, und nach einem tiefen Schluck fuhr er fort: »Mein Vertrauensmann Ludovico Terzaghi hält mich über alle Einzelheiten der Vorgänge dort unten in Neapel auf dem laufenden. Die andere Dame, die ich ansprach, Monna Andrea, kommt aus der Gegend von Treviso und ist eine Tochter des Mailänder Hofbeamten Alvise degli Alzignani. Auch ihre Haare sind blond, nur eine Spur dunkler als die von Monna Isa, und sie hat wunderschöne grüne Augen, die einen stets etwas verdreht anblicken, vielleicht weil sie leicht kurzsichtig ist. Ihr Körper ist rund und üppig, und ihre schönen fleischigen Beine zeichnen sich verführerisch unter ihren Gewändern ab. Ihr Blick und ihre Gebärden deuten auf ein inneres Feuer hin, das nicht nur in ihrem Herzen brennt und einen auffallenden Kontrast bildet sowohl zur Langsamkeit ihrer Bewegungen als auch zur melodischen Trägheit ihrer Sprache, die die sanften Kadenzen ihres venezianischen Dialekts widerspiegelt. Ja, ruhig und sanft legen sich Monna Andreas Worte auf ihre Gesprächspartner, doch Aufregung erfaßt sie sogleich, wenn sie jemandem begegnet, der ihr inneres Feuer entfachen könnte. Man erkennt es an ihren Augen, die zu strahlen beginnen. Nur ihre angeborene Faulheit, eine Art vornehmer Gleichgültigkeit, hindert sie daran, irgend etwas zu unternehmen, um diese Glut zu nähren oder zu löschen. Zu ihrem Glück findet sich aber immer ein Kavalier, der so galant ist, dies für sie zu übernehmen... Doch nicht für lange, denn, kaum gelöscht, lodern die Flammen bei der nächsten günstigen Gelegenheit sofort wieder auf. Vielleicht ist es gerade dieser faszinierende Kontrast zwischen dem glühenden Verlangen in ihren Augen und ihrer bedächtigen, distanzierten Sprechweise, der die vielen um sie bemühten Männer in ihren Bann zieht. Es ist so, als würde sie sagen: ›Ach, ich vergehe vor Wollust. Helft mir, denn mir ist es zu anstrengend, die Initiative zu ergreifen.‹ Eine Aufforderung, der sich ein Mann nur schwer entziehen kann.«

In der Zwischenzeit hatte der Wirt die ersten Stücke des Suppenfleisches aufgetragen: Kalbskopf und Kuheuter, dazu eine Soße aus Petersilie, Zwiebeln, Kapern, Sardellen sowie in scharfem Essig eingeweichten Brotkrumen.

Mastro Stefano hätte seinem Freund stundenlang zuhören können, und während er sich einige dicke Fleischscheiben abschnitt, fragte er ihn, um eine gleichgültige Miene bemüht: »Exzellenz, einige Male schon ist mir bei Hofe, wenn ich einen Blick durch die Vorhänge warf, eine brünette Französin aufgefallen, die mit unvergleichlicher Anmut zu tanzen versteht. Was wißt Ihr über sie?«

»Ach so, Ihr meint wohl Monna Evelyne de Tours. Doch Ihr könnt mir nichts vormachen, Mastro Stefano. Mir ist schon vor längerer Zeit aufgefallen, daß das Mädchen Eure Phantasie anregt, wenn nicht gar Euer Herz. Habt Ihr denn vergessen, daß Ihr mich schon mehrmals nach ihr gefragt habt?«

Mastro Stefano errötete und versuchte eine Antwort zu vermeiden, indem er sich rasch einen großen Bissen von dem Kalbfleisch in den Mund steckte.

»Schon gut, wenn Ihr es unbedingt wissen wollt. Die schöne junge Gräfin Evelyne de Tours, die es Euch so angetan hat, begleitet den Grafen Thierry de Commynes, den Vizegesandten des

Herzogtums Burgund. Aber sie begleitet ihn wirklich nur, denn der Burgunder interessiert sich nicht für Frauen. Höflich, feinsinnig und mit einem leichten Hang zum Spott, gilt Graf Thierry den schönen Frauen als idealer Begleiter, da dieser Mann mit den feinen Manieren keiner Dame den Hof macht und sich somit für ihre Pläne und Ränkespiele ausgezeichnet einspannen läßt.

Ich kann Euch ja verstehen, Mastro Stefano«, fuhr Botschafter Trotti lächelnd fort, »diese Monna Evelyne ist wirklich eine ausnehmend schöne Frau. Zierlich und schlank und doch mit großen Brüsten, die ihr Ausschnitt kaum zu fassen vermag, so daß sie dauernd überzuquellen drohen. Und für dieses bedauerliche Mißgeschick scheint sie auch noch um Verzeihung zu bitten, so als sei sie machtlos dagegen. Ja, Ihr habt recht, Mastro Stefano, auch ihre Beine sind wunderschön, wie geschaffen für den Tanz, was sie auch gerne zeigt, wenn sie bei einem *danse haute* mit beiden Händen den Saum ihrer Guarnella anhebt.«

Je mehr Messere Trotti erzählte, desto glasiger wurden Mastro Stefanos Augen. Seine angebetete Evelyne hatte dunkles Haar, einen schönen vollen Mund und strahlende, graublaue Augen, die in ihrem zarten, zierlichen Gesicht riesig wirkten. Wer ihre Reize genossen hatte, wußte zu berichten, daß sie, ihrer zur Schau getragenen Schüchternheit zum Trotz, in manchen Momenten nicht nur zu allem bereit war, sondern sich auch überraschend kundig und phantasievoll zeigte. Ihre zarte, unaufdringliche Schönheit hatte mehrmals auch das Interesse anderer Hofdamen geweckt, die sich zu dieser Art Weiblichkeit hingezogen fühlten, und Evelyne ihrerseits hatte diesen Avancen gerne nachgegeben. Es war schon erstaunlich, wie sie trotz ihres beachtlichen Liebeslebens einen Anschein von Unschuld und Zurückhaltung aufrechterhalten konnte. So sah man sie stets zusammen mit ihrem brüderlichen Freund Graf Thierry, von dem sie sich nur löste, wenn ein Verehrer ihr Interesse zu wecken vermochte. Sein schlagfertiges Geplauder brachte sie zum Lachen, und sie lachte sehr viel, nicht zuletzt, weil auf diese Weise ihre lieblichen Wangengrübchen besonders gut zur Geltung kamen, die ihre Gesichtszüge noch sympathischer und einnehmender machten.

Man erzählte sich, daß selbst der venezianische Vizegesandte Zane dei Roselli, der in Begleitung einer faszinierenden rothaarigen Zirkassierin reiste, größeres Interesse an Monna Evelyne als an seiner eigenen Gefährtin zeige. Schon vor der Abreise aus Mailand hatte er ihr mit Erfolg den Hof gemacht. Gleichzeitig ließ sich Monna Evelyne aber auch die zarten Avancen von Monna Isa nur zu gerne gefallen, die sich ständig in ihrer Nähe aufhielt und sie auf vielfache Weise hofierte. So sah man die beiden Damen häufig zusammen in einem Wagen verschwinden oder zärtlich umschlungen spazierengehen.

»Und ich glaubte, der Burgunder und Monna Evelyne seien ein Paar«, warf Mastro Stefano ein, wobei es sich weniger um eine Feststellung als um eine Frage handelte, die ihm sehr am Herzen zu liegen schien.

»Nein, nein, davon kann überhaupt keine Rede sein. Graf Commynes ist zwar ihr Begleiter, aber seine Interessen liegen auf einem anderen Gebiet. Schon während der Reise nach Genua soll ihm jeder Vorwand recht gewesen sein, um mit den jungen, gutgebauten Reitknechten in Kontakt zu kommen, und später dann, auf der Überfahrt nach Neapel, mit den muskelbepackten Matrosen.«

Ludovico Terzaghi hatte in seinen Depeschen den Botschafter anscheinend über alle Einzelheiten unterrichtet.

»Am Hof erzählt man sich hinter vorgehaltener Hand, daß er sich zusammen mit einem gleichgesinnten Freund in einer schönen Vollmondnacht im Hafen von Marseille, die Ellbogen auf ein Mäuerchen gestützt und die Kleider nicht eben tadellos sitzend, jungen männlichen Passanten angeboten und jede Dienstleistung mit einem Soldo vergolten habe, ohne sich auch nur umzudrehen. Die Schlange der jungen Burschen, die sich das Geld zu verdienen gedachten, soll rasch angewachsen sein, doch habe Thierry de Commynes trotz seines feingeistigen und alles andere als kriegerischen Wesens allen noch so ungestümen Angriffen ohne mit der Wimper zu zucken standgehalten.«

Auch während der Reise habe die Aufmerksamkeit des Grafen zu gleichen Teilen der schwesterlichen Gesellschaft, die ihm die schönen Damen boten, und den handfesteren Aktivitäten mit Jünglingen gegolten, verriet der Botschafter Mastro Stefano. So sei er unweigerlich der Vertraute all dieser Damen geworden. Liebeskummer, Freude, Eifersüchteleien, ungezügelter weiblicher Haß – alle teilten sie mit ihm ihre Hoffnungen und Enttäuschungen, ihr Glück und ihre Erfolge.

Der Botschafter war noch mitten in seiner Erzählung, als man von draußen das Hufgetrappel eines herannahenden Pferdes vernahm. Kurz darauf flog die Tavernentür auf, und zusammen mit einem heftigen Windstoß, in dem einige Schneeflocken tanzten, stürmte ein junger Bote in hohen Stiefeln und einer Regen-*Iucca* herein. Auf ihr prangte das Wappen des Herzogs von Mailand.

Der Kurier schaute sich suchend um und steuerte dann geradewegs auf den Tisch zu, an dem die beiden Fremden saßen.

»Seine Exzellenz, Botschafter Trotti?« fragte er.

»Ganz richtig.«

»Ein Schreiben von Signor Ludovico Terzaghi.« Mit diesen Worten reichte er dem Botschafter einen großen, mit einer Reihe von Siegeln verschlossenen Umschlag.

Trotti nahm ihn an sich, erbrach die Siegel und begann zu lesen, wobei seine Miene zunehmend ernster wurde. Die Mitteilung schien kurz zu sein, denn nachdem der Botschafter das Blatt gewendet hatte, um zu sehen, ob auf der Rückseite weitere Sätze standen, las er sie noch einmal von vorn, faltete dann das Papier wieder zusammen und sagte an den Wirt gewandt: »Bringt doch dem jungen Mann hier etwas Warmes zu essen. Er hat einen langen Ritt hinter sich. Und ein wenig Hafer und eine Decke für sein Pferd!«

Dann wandte er sich an den Kurier: »Danke, mein Freund, aber nun stärkt Euch ein wenig. Ihr habt noch einen langen Weg vor Euch bis zur Mailänder Burg, und das in dieser kalten Nacht.«

»Habt Dank, Exzellenz.«

Mastro Stefano blickte seinen Freund besorgt an. Es schien sich um keine gute Nachricht zu handeln, und der Küchenmeister hoffte, daß Trotti ihn umgehend über den Inhalt des Schreibens in Kenntnis setzen würde.

Als sie wieder allein waren, hob der Botschafter seufzend an: »Neuigkeiten aus Neapel, Mastro Stefano... leider keine guten. Ganz im Gegenteil. Der junge Mann gehört zum Kurierdienst, den Herzog Ludovico entlang der Halbinsel eingerichtet hat, um sich rasch und kontinuierlich über den Stand der Dinge in Neapel unterrichten zu lassen. Mein Vertrauensmann dort unten hat dem herzoglichen Kurier ein kurzes, aber außerordentlich wichtiges Schreiben an mich mitgegeben: Es hat einen Eklat gegeben. Er teilt mir mit...«

Der Botschafter brach plötzlich ab, während sein Blick zu dem Wirt wanderte, der mit einer weiteren Flasche und frischen Gläsern auf sie zutrat.

II

In den Gemächern der Prinzessin Isabella im Castel Capuano in Neapel war man seit Wochen schon mit den Vorbereitungen für die Reise beschäftigt. Unter der Leitung von Maria Piccolomini, der Herzogin von Amalfi, einer Vertrauten von Isabella, ging alles seinen geregelten, wenn auch etwas hektischen Gang.

An diesem Morgen nahm die junge Prinzessin in all dem Durcheinander Donna Maria Piccolomini sanft bei der Hand und führte sie zu einer Marmorbank, die in der breiten Nische vor dem Fenster stand. Auch als sie hier nebeneinander Platz genommen hatten, ließ sie ihre Hand nicht los.

Es war ein schöner Wintertag, und durch das Fenster fiel der Blick auf das Gewimmel in den Gassen und im Hafen der Stadt. Der gewöhnlich ohnehin schon rege Verkehr war durch die Vorbereitungen für den Triumphzug, der Isabella und ihr Gefolge in drei Tagen bis zu den Schiffen geleiten sollte, noch weiter angeschwollen.

»Duchessa… ich möchte… ich möchte Euch so gerne etwas fragen. Aber ich weiß nicht, wie ich anfangen soll«, begann Isabella mit leiser Stimme, wie ein glühendes Holzscheit errötend.

»Nur Mut, mein Kind«, sagte die Herzogin in mütterlichem Ton, »was habt Ihr denn auf dem Herzen?«

»Duchessa… ich möchte… ich wollte Euch fragen… Ihr sollt nicht schlecht von mir denken, aber… ich möchte so gerne wissen, wie ich mich verhalten soll, wenn ich mit meinem Gemahl, dem Herzog, alleine bin«, erklärte Isabella in einem Atemzug und fuhr dann fort: »Ich weiß schon, daß die Männer ihre Gattinnen streicheln und umarmen. Meine Freundin Elisabetta di Calabria hat es mir erzählt, und die kennt sich damit aus. Aber ich, was soll ich mit *ihm* tun? Zu Euch habe ich Vertrauen, Donna Maria. Ihr seid die einzige, die ich zu fragen wage, denn ich weiß einfach nicht, wie ich mich verhalten soll, und habe Angst, mich zu blamieren. Seit Jahren warte ich nun schon auf diesen Moment, und plötzlich wird mir bewußt, daß ich gar nicht weiß, wie ich es anstellen soll, daß er sich auf der Stelle in mich verliebt! Und seine Liebe wünsche ich mir mehr als alles andere auf der Welt.«

Die Herzogin von Amalfi schwieg eine Weile und antwortete dann: »Meine liebe Prinzessin, glaubt mir, Ihr müßt überhaupt nichts tun, das macht alles er, Ihr werdet sehen!«

»Aber ist es denn keine Sünde, sich streicheln zu lassen?«

»Aber nein, mein Kind, aber nein! Die Heilige Mutter Kirche möchte, ja mehr noch, sie befiehlt uns Frauen, daß wir unseren Gatten in allem gehorchen und auch sein Verlangen befriedigen. Denn Eure Aufgabe, meine liebe Isabella, besteht allein darin, ihn glücklich zu machen und ihm baldmöglichst viele Kinder zu schenken.«

»Ja, Duchessa, ich weiß schon. Nur, was muß ich denn tun, um Kinder zu bekommen? Elisabetta, dieses Plappermaul, hat mir erzählt, daß wir Frauen, wenn wir mit einem Mann ins Bett gehen, nach neun Monaten ein Kind bekommen, und ich weiß auch schon lange, daß die Kinder im Bauch der Mutter wachsen. Aber eine Sache verstehe ich einfach nicht, und darüber zerbreche ich mir ständig den Kopf. Vor ein paar Jahren, damals wußte ich noch nicht all das, was ich heute weiß, bekam ich während eines direkt über dem Schloß niedergehenden Gewitters solch eine fürchterliche Angst, daß ich vor Schreck auf den Flur lief. Aber da war kein Mensch zu sehen. Immer lauter und immer näher blitzte und donnerte es, und ich starb fast vor Angst. Ich rannte durch die Flure des Schlosses und riß viele Türen auf, bis ich schließlich die Wachen vor dem Gemach meines Vaters Prinz Alfonso entdeckte und mich zu ihm flüchtete. Ich zitterte vor Aufregung und Kälte, und mein Vater ließ mich zu sich in sein Bett, und da fühlte ich mich endlich sicher und geborgen und schlief bis zum anderen Morgen. Aber obwohl ich so die ganze Nacht mit einem Mann im Bett gelegen habe, ist, liebe Donna Maria, nach neun Monaten kein Kind gekommen.«

»Aber meine liebe Prinzessin, so ist das nun auch wieder nicht. Es reicht nicht, neben einem Mann zu schlafen, um Kinder zu bekommen, ganz abgesehen von der Tatsache, daß dieser auch noch Euer Vater war. Da muß man schon etwas mehr mit ihm tun.«

»Aber was denn nur, meine Duchessa? Genau das möchte ich ja wissen!«

»Nun, wie soll ich das erklären? Sagen wir mal so: Ihr kennt doch Euren Bräutigam Gian Galeazzo von den Porträts, die man Euch gezeigt hat, und auch sein schönes Profil, das auf der Medaille, die man Euch von Mailand schickte, so gut herausgearbeitet ist. Kurzum, er ist ein wunderschöner junger Mann, und ihr liebt ihn. Nun, mein Kind, habt Ihr denn nie daran gedacht, was Ihr am liebsten tun würdet, wenn Ihr endlich mit ihm allein seid und in seinen Armen liegt?«

»Ach, wenn Ihr wüßtet, wie oft ich daran denke... Nur zu gut wüßte ich, was ich tun würde. Ich würde ihn umarmen und seine Hände küssen und... ich schäme mich ein wenig, das zu sagen... ihn am ganzen Körper streicheln, so wie ich es mit meinem Kätzchen tue.«

»Na also!« rief die Herzogin von Amalfi aus, wie von einem Alpdruck befreit. »Tut genau das, was Ihr gerade gesagt habt, und Ihr werdet sehen, mein Täubchen, schon bald wird ein ganz, ganz kleiner Herzog zur Welt kommen, der uns und das ganze Volk glücklich machen wird. Da habe ich nicht den leisesten Zweifel.«

»Da bin ich aber froh, ich hatte schon Angst, ihn zu enttäuschen. Ihr könnt Euch ja nicht vorstellen, wie sehr ich den schönen blonden Mann liebe, der bald mein Herr sein wird, auch wenn ich ihn nur von Bildern her kenne. Unsere Gesandten am Mailänder Hof haben ihn mir in den herrlichsten Farben beschrieben, und dann erst seine wunderbaren Briefe und seine prachtvollen Geschenke, aus denen sein edles, einfühlsames Herz spricht. Ja, ich liebe ihn wirklich.«

Die Herzogin von Amalfi, obwohl durch die ständigen Intrigen und Ränkespiele des Hofes abgehärtet, überkam ein ehrliches Gefühl von Wärme für ihren Schützling. Sie küßte das Mädchen auf die Stirn, seufzte und verließ dann den Raum, nachdem sie sich noch mit einem raschen Blick davon überzeugt hatte, daß die Vorbereitungen ihren Befehlen gemäß weiterliefen.

Im Vorzimmer traf sie auf Monna Ludonia, die Gräfin von Salerno, die sich in Begleitung einiger Edelleute befand.

»Was ist los, Duchessa? Ihr scheint etwas verwirrt«, fragte die Gräfin, ergriff den Arm der Herzogin und führte sie zu einer ruhigeren Ecke.

»Ach, es ist immer dasselbe. Die Prinzessin bringt mich noch um den Verstand. Aber zum Glück haben wir es in ein paar Tagen überstanden. Jetzt scheint sie von einem für sie ungewohnten Kitzeln geplagt zu werden und stellt tausend Fragen dazu. Aber ihr Vater, der Prinz, hat ja strengstens verboten, ihr reinen Wein einzuschenken. Ach, ich kann einfach nicht mehr! Und ich verstehe auch nicht, warum man ein junges Ding so unbedarft in die Ehe schickt.«

»Aber das wißt Ihr doch genausogut wie ich«, unterbrach sie die Gräfin. »Das Kind einer Königstochter ist nun einmal wie ein Staatsschatz, den man sorgfältig hütet und bewacht. Denn sollte sich in der Hochzeitsnacht herausstellen, daß die Braut nicht mehr unberührt ist, könnte das verheerende diplomatische und somit auch wirtschaftliche Folgen haben. Man kann eben nicht vorsichtig genug sein. Außerdem habe ich den Eindruck, daß das Mädchen wirklich reif für die Ehe ist, owohl sie vom Eheleben selbst keine Ahnung hat. Habt Ihr nicht bemerkt, wie sie errötet, sobald ihr irgendein Jüngling vom Hof auch nur die Hand küßt oder sie zum Tanz auffordert? Die Prinzessin gibt sich zwar schüchtern und höflich, aber ich bin sicher, daß sie im tiefsten Innern so gelassen ist wie eine Frau, die mit gerafften Röcken auf einer glühenden Herdplatte sitzt.«

»Da habt Ihr recht«, pflichtete ihr die Herzogin von Amalfi bei. »Stellt Euch vor, wenn wir ihr beim Ausziehen helfen und sie nackt ist und eine von uns unbeabsichtigt ihre Hüfte berührt oder auch nur ihren Arm, dann richten sich ihre Brustwarzen augenblicklich so gerade auf wie zwei Bohnenschoten. Und vor kurzem erst hat sie mir gestanden, daß sie einmal nachts geträumt hat, wie ihr junger Bräutigam sie am ganzen Körper streichelt, und dabei habe sie sich so wohl gefühlt wie noch nie im Leben. Doch als sie am Morgen erwachte, habe sie sich so seltsam gefühlt und richtig geschämt, und dann deutete sie noch an, daß sie das Gefühl hatte, ganz feucht zu sein, so als wenn sie etwas Wasser gelassen habe.«

»Wasser ist gut!« bemerkte die Gräfin, und die beiden Frauen nahmen die Hände vors Gesicht, um das spöttische Lachen, das sie nicht zurückhalten konnten, zu verbergen.

»Zum Glück wird sie bald endlich ihren schönen Herzog von Mailand kennenlernen«, nahm die Duchessa das Thema wieder auf, »der wird sie schon von ihren Krankheiten heilen. Ja, denn sie glaubt tatsächlich, krank zu sein. Vor ein paar Tagen wollte sie sogar den Hofarzt kommen lassen. Es bedurfte all meiner Autorität, um sie davon abzubringen. Jedenfalls wird der junge Herzog ordentlich zu tun bekommen, denn wird sie erst einmal festgestellt haben, welche Art von Medizin sie braucht, um zur Ruhe zu kommen, wird sie ihn nicht mehr in Frieden lassen.«

»Das glaube ich auch«, bestätigte die Gräfin, »aber es ist ja ganz natürlich, daß sich in ihrem Alter die Gefühle regen, noch dazu bei dem spanischen Blut, das in ihren Adern fließt, und diesem wunderschönen Körper, an dem mittlerweile alle Kurven stimmen und auch die Muskeln durch das viele Reiten wohlgeformt sind. Ich bin sicher, daß sie dem Herzog gefallen wird, obwohl ihr Gesicht, man muß es so offen sagen, gegenüber ihrem Körper stark abfällt und auch ihre Hautfarbe eher grünlich als marmorweiß ist. Aber dafür strahlt spanische Glut aus ihren Augen, und auch ihre Anmut und ihr Liebreiz sind unübertroffen. Außerdem ist sie gebildeter als andere Prinzessinnen. Sie hat

Latein und andere Fremdsprachen gelernt und ist bewandert in Musik und Dichtkunst. Ihre Mutter hat schon recht daran getan, solch großen Wert auf ihre Bildung zu legen. Doch in manchen Situationen, wenn das Blut in Wallung gerät, kann man mit all dem wenig anfangen. Aber der junge Herzog kennt ja ihre körperlichen Vorzüge von dem Gemälde, das Boltraffio für ihn gemalt hat. Nur leider sind darauf ihre wunderbaren Augen nicht zu erkennen, weil sie den Blick gesenkt hat, um noch züchtiger zu wirken. Aber wie man hörte, hat ihm das Mädchen trotzdem gefallen. Kein Zweifel, Isabella hat genug Blut, das in Wallung geraten kann. Das erkennt man schon am tiefen Rot ihrer Wangen und Lippen. Und jetzt, da es bald losgeht, ist sie kaum noch zu halten.«

»Ich kann Euch sagen, liebe Ludonia, hätte sich die Sache noch länger hingezogen, hätte ich ihren Vater Prinz Alfonso noch bitten müssen, ihr hin und wieder Blutegel anzusetzen oder sie zur Ader zu lassen.«

»Nun ja«, fügte die Gräfin lächelnd hinzu, »würde ich darauf warten, mit solch einem stattlichen Mann ins Bett zu kommen, hätte ich auch einen Aderlaß nötig. Er soll ja wirklich fabelhaft aussehen, mit diesen langen blonden Haaren, den großen blauen Augen und der rötlich schimmernden Haut. Was kann man mehr verlangen? Ich würde solch einen Kerl gerne einmal ausprobieren, owohl ich gewöhnlich erfahreneren, männlicheren Typen eher zugetan bin, und der Herzog ist ja nun schon sehr jung, kaum daß ein paar Barthaare auf seinen Wangen sprießen. Aber wißt Ihr, ab und zu soll man auch mal von seinen Prinzipien abweichen«, schloß die Gräfin, die als nimmersatte Expertin bekannt war.

So angeregt plaudernd schlenderten die beiden Edeldamen, um sich mit eigenen Augen vom Fortgang der Arbeiten zu überzeugen, zu den Räumen hinüber, wo einige Diener damit beschäftigt waren, Leinöl auf der Plane zu verteilen, die die Truhen auf der Reise vor Regen und den Spritzern der Meeresgischt schützen sollten.

Die Gäste aus Mailand waren samt ihrem Gefolge überall in der Stadt verstreut untergebracht worden. Die höchstrangigen Herren logierten im Schloß Castelnuovo, das kurz zuvor erst zur neuen königlichen Residenz erkoren worden war, oder im alten Castel Capuano; jene von niedrigerem Rang und die jüngsten Mitglieder der Delegation hatten eine Bleibe in Privathäusern oder Herbergen gefunden.

Bei ihrer Ankuft hatten die Mailänder den Hof und die ganze Stadt durch ihre unvorstellbar prunkvolle Ausstattung gehörig beeindrucken können. All dies war, wie zwischen Fürstentümern üblich, bis ins kleinste Detail geplant und festgelegt worden, um den besuchten Hof an Glanz zu übertreffen und auf diese Weise zu demütigen, hier also den der Aragonesen, die ohnehin schon als überhaus empfindlich galten.

Einige lombardische Adlige trugen allein schon auf den Ärmeln ihrer Garnaschen Edelsteine im Wert von mehreren tausend Golddukaten. Dies hatte Prinz Alfonso nicht wenig verärgert, als er mit vier Galeeren die Gäste empfangen und zum Schloß Castelnuovo geleitet hatte, wo die Delegation König Ferrante und Königin Giovanna ihre Aufwartung machte.

Der Neid der Aragonesen schrie förmlich nach Wiedergutmachung für die schamlose Zurschaustellung lombardischen Reichtums, und um diesem Geprotze Einhalt zu gebieten, war König Ferrante nichts Besseres eingefallen, als die Verfügung ergehen zu lassen, daß am Hof keine verzierten oder auch nur mehrfarbigen Gewänder mehr getragen werden durften. Als Vorwand dafür diente ihm der Tod von Isabellas Mutter Ippolita einige Monate zuvor. Der Respekt vor der Toten verlange schwarze Trauerkleidung, so hieß es, und nur die beiden Tage des Hochzeitsfestes sollten davon ausgenommen sein.

Dennoch wurde überall unablässig gefeiert, vor allem in den Residenzen des höheren Adels, wo man die Anweisungen des Königshauses schlicht ignorieren konnte und sich nach Lust und Laune kleidete. Aber auch in den Tavernen beim Hafen und im alten Viertel Vicaria um das Castel Capuano herum brodelte das

Nachtleben. Hier trafen sich die jungen Mailänder mit den adligen Sprößlingen der neapolitanischen Familien zum Essen, Trinken und Tanzen, zum Karten- oder Würfelspiel.

Die jungen Diplomaten der Mailänder Delegation hatten sich mit Graf Ridolfo da Pusterla und dem jungen Marchese Ugoleto Crivelli angefreundet, ebenso mit dem Grafen Uberto dei Pirovani, dem Marchese von Crema, Michelangelo Zurla, und dem *Cavaliere aurato* Bartolomeo Stampa, kurzum, mit den fünf engsten Freunden des Bräutigams Gian Galeazzo Sforza. Die ganze Gruppe logierte im Konvent Sant'Arcangelo, unterhalb des Castel Sant'Elmo inmitten des Grüns der berühmten Weinlagen *Lacrima Cristi* gelegen, mit einem hinreißenden Blick auf die Bucht und, in der Ferne, das im Sonnenlicht glitzernde Wasser des Golfes zwischen den Inseln Ischia und Capri.

Wenn die höfischen Verpflichtungen es zuließen, kam die ganze Gesellschaft abends in der Taverna Crispano jenseits der Porta Capuana im Viertel Sant'Antonio zusammen. Mit Vorliebe spielten hier die fünf Freunde Gian Galeazzos mit gleichermaßen ausschweifenden neapolitanischen Edelleuten Würfeln oder Karten, zum Beispiel *bassetta.* Bedauerlicherweise verloren sie bald große Summen, und als ihnen das Geld knapp wurde, begannen sie, Moises da Corteolona um Kredit zu bitten.

Zunächst gab sich der Wucherer Moises mit dem Wort der jungen Leute als Sicherheit zufrieden, schließlich handelte es sich um die Freunde einer hochrangigen Persönlichkeit. Doch je höher die Beträge wurden, desto unruhiger wurde der Geldverleiher, und so verlangte er schließlich eine schriftliche Schuldanerkenntnis. Die fünf Adligen, anmaßend von Natur aus und dreist durch ihr Vertrauen auf die Protektion des Herzogs, zierten sich jedoch, ihre Verpflichtungen schriftlich anzuerkennnen. Sie erklärten, für Edelmänner ihres Ranges sei das gegebene Wort ausreichend, und verstiegen sich sogar dazu, die Höhe der geliehenen Geldsumme in Zweifel zu ziehen. Der arme Moises war bald der Verzweiflung nahe und verfolgte die fünf Jünglinge auf Schritt und Tritt, um endlich die verlangte Erklärung zu erhalten.

Eine Lösung des Problems schien sich nicht anzubahnen, und nach und nach wurde die ganze Gesellschaft davon in Mitleidenschaft gezogen, da man es allgemein als unangenehm empfand, ständig von diesem Juden verfolgt zu werden, der seine Sache abwechselnd mit jammernden Appellen an die Ehrlichkeit und dann wieder mit finsteren Drohungen verfocht. Die meisten wußten zwar, daß der Mann allen Grund für seine Klagen hatte, scheuten aber davor zurück, sich in eine Angelegenheit einzumischen, die die engsten Freunde des jungen lombardischen Herzogs betraf.

Im Konvent Sant'Arcangelo logierte auch ein schwarzer Prinz aus einem fernen afrikanischen Land, einem Land, von dem lange Karawanen Richtung Norden auszogen, beladen mit wohlriechenden seltenen Hölzern, kostbaren Gewürzen und chemischen Substanzen. Diese Stoffe fanden sowohl bei der Herstellung von Parfümen Verwendung als auch in der Zubereitung von Arzneien, für die die Doktores der Universität von Salerno berühmt waren. Dort in Salerno hatte sich schon vor langer Zeit die arabische Heilkunst zu voller Blüte entwickelt und die berühmte »Schola Salernitana« etabliert, jenes helle Leuchtfeuer der Wissenschaft, das alle medizinischen Schulen Europas beschien.

Der junge afrikanische Prinz reiste hin und wieder zum Hof der Aragonesen in Neapel, um dort die Interessen seines königlichen Vaters wahrzunehmen und über die Entsendung neuer Karawanen zu verhandeln. Er war ein Mohr von außergewöhnlicher Statur und Schönheit, und die Damen des Hofes wetteiferten miteinander, um in den Genuß einer so vielversprechenden exotischen Erfahrung mit ihm zu kommen. Wie reizvoll war doch die Vorstellung, dieses selten schöne Exemplar der Gattung Mann, das sich so sehr von ihren eigenen Männern unterschied, ganz zu erforschen und ihn seiner so wunderlichen Gewänder zu entkleiden. Außerdem ging ihm ein Ruf voraus, der für die Damen besonders erregend war und der sich von den, wie Augenzeuginnen zu berichten wußten, überwältigenden Maßen und der Widerstandsfähigkeit seiner männlichen Attribute herleitete.

Prinz Ibn Mansour al-Amid, so lautete sein Name, war es, der der Gesellschaft einen Ausflug nach Ravello vorschlug, den hoch über der Küste von Amalfi gelegenen Ort. Sie alle sollten dort Gäste der Familie Rufolo sein, die ihn schon häufig auf seinen Reisen nach Salerno beherbergt hatte. Mit einer von König Ferrante zur Verfügung gestellten Galeere sollte die ganze Gesellschaft abends von Neapel in Richtung der malerischen Halbinsel von Sorrent aufbrechen, am nächsten Morgen in Amalfi an Land gehen und dann auf dem Rücken von Maultieren den steilen Pfad hinauf nach Ravello erklimmen.

Den Mailändern und weiteren Freunden des orientalischen Prinzen schlossen sich auch einige Neapolitaner an, so daß eine Gruppe von rund fünfzig jungen Leuten zusammenkam, die sich an der Mole in der Nähe des Castel dell'Ovo gegen die zehnte Stunde des Tages, als es gerade zur Vesper läutete, einschiffte. Begleitet wurde die Gruppe von zahlreichen Dienern und Sklaven, und außerdem hatte man einen Trupp von Bogenschützen unter dem Kommando eines hohen Offiziers für den Ausflug abgestellt. Auch Moises da Corteolona bat darum, sich der Gesellschaft anschließen zu dürfen, mit der Begründung, im Interesse Herzog Ludovicos gewinnbringende Geschäftsbeziehungen mit der Familie Rufolo anknüpfen zu wollen. Dabei wußte jedermann, daß es dem Juden nur darum ging, seine fünf windigen Schuldner nicht aus den Augen zu verlieren.

Der Abend war sehr ruhig, und in der milden Winterluft lag schon ein Hauch von Frühling. Es wehte eine leichte Brise, die die Segel jedoch nicht stetig zu blähen vermochte, so daß man immer wieder die Rufe des Galeerenaufsehers vernahm, der Befehl gab, die Ruder ins Wasser einzutauchen oder hochzuziehen.

»Los, los, Ruder zu Wasser!«

»Durchziehen!«

»Backbord!«

»Steuerbord!«

»Zu-gleich!«

»Weiter!«

Die Galeerensklaven, die alle von dunkler Hautfarbe waren, ruderten im Takt, während die Comiti die Peitschen niedersausen ließen. Es war offensichtlich, daß der Sopra Comito vor der illustren Gesellschaft mit einer bis ins letzte gedrillten Mannschaft glänzen wollte, und so hielt er sich mit der neunschwänzigen Katze auch nicht zurück. Hin und wieder vernahm man die Flüche der Aufseher, gefolgt vom Zischen der Peitschenhiebe und den gedämpften Schmerzensschreien der Ruderer.

Auf dem Deck war eine lange Tafel aufgebaut worden, an der sich die Gäste gleich nach dem Ablegen niederließen. Einige Musiker spielten süße Romanzen, wie sie im Königreich Neapel gerade in Mode waren und die sowohl an die Musik Spaniens als auch an die Nänien der Araber auf Sizilien erinnerten.

Es wurde eine schlichte Mahlzeit gereicht, die lediglich aus zwei Gängen bestand. Zuerst kamen Schüsseln mit Couscous und gefüllte, in Rosenwasser, Zucker und Zimt gekochte Täubchen auf den Tisch sowie in Rotwein gegarter Schinken, der mit Rosinen, Zucker und Pomeranzensaft serviert wurde. Danach reichte man kalten Kapaun mit Zitronenscheiben und Zucker, dazu mit *biancomangiare* gefüllte Blätterteigtörtchen. Abgeschlossen wurde der erste Gang von frischen und gekochten Salaten mit viel süßer *mostarda* als Tunke und einer dampfenden Suppe nach katalanischer Art mit gegrillten Leberstückchen, geröstetem Brot, Zimt, Ingwer, Pfeffer und Safran. Prickelnder *Vino di Gragnano* floß in Strömen und sorgte schnell für eine gelöste Stimmung.

Monna Andrea saß auf der Bank neben Prinz Ibn Mansour al-Amid. Die beiden waren rasch ins Gespräch gekommen, und er erzählte ihr von seiner Heimat, von der Stadt in der heißen Wüste, in der sein Vater herrschte, und von den Karawanen, die das unendliche Sandmeer durchzogen.

Der zweite Gang wurde eingeleitet von einer warmen »ungarischen Suppe«, und die danach gereichte Potage eignete sich hervorragend, um die Gesellschaft auf die nächsten Gerichte vorzubereiten. Bald machten sich die jungen Leute mit frischen Kräften über Kaninchen im Teigmantel her, gefolgt von einer *olla podrida*, einer Torte aus Artischocken und Karden sowie einem Hammelschulterbraten vom Grill mit einer Tunke aus Rosenessig. Schließlich noch in Schmalz gebackene Krapfen aus Mandeln und Datteln. Dazu hatte man die Datteln eine Nacht in Rosenwasser eingeweicht und sie dann mit Mandeln, Kastanien und einem Bündel Majoran im Mörser zerstoßen.

Das Mahl wurde mit einer *pizza reale* abgeschlossen, einer großen Torte aus fünf frischen Käse- und drei verschiedenen Ricottasorten, Eiern, Mandeln, Rosenwasser und Zucker. Dies war die ideale Einladung, um danach von den süßen Kuchen und wunderschönen Kompositionen aus getrockneten und kandierten Früchten zu kosten, die, zusammen mit einigen Pokalen Lilienlikör, das kleine Mahl auf dem Schiff abrundeten.

Noch bevor die Nacht hereinbrach, zog die Galeere an Pompeij vorüber. In der Dämmerung wirkte der Kegel des Vesuvs wie ein blauer Mantel, den die Heilige Jungfrau ausgebreitet hatte. Als sich die Galeere anschickte, an Punta Campanella vorbei die Meerenge zwischen Capri und der Halbinsel von Sorrent zu durchfahren, kühlte es merklich ab, und die Finsternis eroberte den Himmel. Einige Damen begannen zu frösteln und zogen sich in die Kajüte am Heck zurück, eine Holzkonstruktion mit einem gewölbten Dach, die zu allen Seiten mit Córdoba-Leder bespannt war und so Schutz vor Wind und Wetter bot. Große Seidenkissen auf dem Boden luden dazu ein, hier die Nacht zu verbringen und vielleicht auch ein wenig Schlaf zu finden.

Die Cavalieri waren draußen geblieben, eingemummt in ihre mit Fuchs- oder Eichhörnchenpelz gefütterten Mäntel. Einige hatten auch unter Deck Schutz vor der nächtlichen Kühle gesucht, obwohl sie hier dazu gezwungen waren, den Gestank von Schweiß und Exkrementen zu ertragen, den die Galeerensklaven verströmten. Genaugenommen zog dieser Gestank zwar auch auf Deck, doch dort oben, an der frischen Luft, ließ er sich besser aushalten.

Angetrieben vom nächtlichen Westwind, glitt die Galeere durch ruhiges Wasser. Die Sträflinge hatten ihre Ruder eingezogen und versuchten nun ein wenig auszuruhen, soweit das auf den Bänken, an die sie gekettet waren, möglich war. Einige sangen auch Lieder aus ihrer fernen Heimat, aus denen Schmerz und Sehnsucht sprachen.

Ibn Mansour al-Amid und Monna Andrea lauschten dem Gesang der Sklaven, der den Prinzen an seine sonnige Heimat erinnerte, jene von blendendweißen Mauern umgürtete Insel im gelben Wüstensand. So erzählte er seiner Begleiterin von den gekalkten Häusern im grellweißen Sonnenlicht und dem weiten Marktplatz aus gestampfter Erde, auf dem sich an bestimmten Tagen die Wüstenbewohner mit ihren Kamelen und Waren einfanden. Nach langwierigen Verhandlungen wurden hier in der stechenden Sonne die Vereinbarungen über die nächsten Karawanen getroffen, die Tausende von Meilen im glühenden Sand zurücklegen und viele, viele eiskalte Sternennächte in der unendlichen Wüste verbringen würden, immer weiter Richtung Norden ziehend, bis dann endlich eines Tages in der Ferne die grünen frischen Wasser des Ozeans auftauchten.

Monna Andrea war hingerissen von jener fernen Welt. Ganz dicht stand sie neben Prinz Mansour und lauschte gebannt seiner Stimme, die sie auch körperlich ergriffen zu haben schien. Sie war betört und verwirrt von diesem Mann, dem Widerschein des Mondes auf der Wasseroberfläche und den traurigen Gesängen, die sich von den Ruderbänken der Sklaven erhoben. Es war schon tiefste Nacht, als sie sich von ihm verabschiedete, um sich in die Kajüte zurückzuziehen. Dabei berührte sie sein Gesicht kurz mit beiden Händen und warf ihm einen Blick zu, der viel versprach und von einer Entscheidung kündete, die sie schon lange getroffen hatte.

Die Sonne war bereits über den Bergen aufgegangen, als die Galeere in den Hafen von Amalfi einlief. Die halbe Stadt stand an der Mole, um die Gesellschaft zu empfangen. Die Nachricht von der bevorstehenden Ankunft der eleganten, schön gekleideten jungen Leute hatte sich schnell verbreitet, und niemand wollte sich dieses Spektakel entgehen lassen. In ihren feierlichen Amtsroben waren die *Curiales* am Hafen erschienen und luden nun die illustre Gesellschaft zu einem Willkommensfrühstück ein.

Man reichte süße Suppen aus getrockneten Pflaumen, Datteln und Korinthen, die heiß auf einem Bett aus Brotscheiben serviert wurden. Besonders köstlich waren auch die kleinen, zusammengerollten Pfannkuchen aus frischen Eiern, gefüllt mit Zucker, Zimt und Rosinen. Sie waren mit ein wenig Butter, Zucker, Pomeranzensaft und Rosenwasser gebacken worden und wurden, nachdem man sie mit Zucker und Cinnamomum bestreut und mit Pomeranzensaft beträufelt hatte, noch warm übereinandergeschichtet serviert.

Dazu reichte man frisch gemolkene Kuhmilch, die in Krügen erwärmt worden war, um *capo di latte* zu erhalten, also Schmant, der mit feinem Zucker vermischt in Glasschüsseln kredenzt wurde. Diese Glasschüsseln waren bis zum letzten Moment verschlossen gehalten worden, damit die Milch an der Luft nicht sauer wurde.

Auf den Tischen standen außerdem in Rotwein eingelegte Nüsse, Gebäck mit Malvasier, neapolitanische »Nonnenplätzchen«, *mostaccioli,* Torten aus Muskatellerbirnen und Marzipan, Quittentorten, verlorene Eier in Weißwein sowie Pfannkuchen aus fettem Käse, hergestellt aus in Ziegenmilch eingeweichtem Brot, Mehl und Holunderblüten und in Schmalz gebacken. In dünne Scheiben geschnittenes Zitronat wurde mit Salz, Rosenwasser und Zucker gereicht.

Schließlich gab es noch Kapaun in Aspik mit Quittensaft, kalte Pastete aus Ziegenkeule und am Spieß gegrillte Kalbslende, in dünne Scheiben geschnitten und mit sauren Äpfeln, Kapern und Zucker serviert.

Nach dieser kleinen Zwischenmahlzeit bestiegen die Reisenden frisch gestärkt ihre Maultiere und nahmen den steilen Aufstieg zum Haus der Rufolos in Angriff, wo abends ein großes Bankett auf sie wartete.

Monna Andrea ritt Seite an Seite mit ihrem schönen Prinzen, den sie mittlerweile nicht mehr aus den Augen ließ. Monna Isa hingegen plauderte angeregt mit zwei neapolitanischen Edelmännern und kostete schon die Vorfreude auf den gemeinsamen Abend mit ihnen aus, wobei sie allerdings auch die schöne Evelyne nicht ganz vergaß, mit der sie seit der Abreise aus Mailand ein zartes Verhältnis verband. Trotz des zunehmend verwegener werdenden Wortwechsels mit den beiden feurigen Verehrern wandte sie sich auch immer wieder zu der Freundin um, die in ihr nicht Sinneslust allein, sondern auch mütterliche Beschützerinstinkte geweckt hatte. Doch diese ritt unbeschwert und heiter neben dem Diplomaten Zane dei Roselli aus der Republik Venedig und schien sich keineswegs vernachlässigt zu fühlen.

Dieser Vizegesandte Zane dei Roselli war ein eleganter Mann. Blond und mit hellblauen Augen, trug er die typische Tracht seiner Heimatstadt: eine prächtige Giornea aus goldenem, ziseliertem Samt, die in breiten, eleganten Falten vorn und hinten bis über die Waden fiel und seitlich offen war. Die Öffnung, durch die der Kopf gesteckt wurde, war im Winter je nach Farbe des Gewandes mit Nerz-, Marder- oder Hermelinpelz geschmückt, und die Säume an den Seiten gaben den Blick frei auf den kurzen *farsetto* aus orientalischem Brokat, dessen Ärmel mit Perlen und Edelsteinen verziert waren. Unverkennbar hatte sich der schwunghafte Handel, den seine Heimatstadt Venedig mit kostbaren orientalischen Stoffen trieb, auf seine Kleidung ausgewirkt, denn sogar seine lange, besohlte Strumpfhose war aus Seide.

Wie alle jungen Männer trug er über der Strumpfhose eine knapp geschnittene Braguette, die die Attribute seiner Männlichkeit barg. Verbergen konnte diese allerdings nichts, stellte sie doch sein Geschlecht eher noch zur Schau. Die Braguette war in den gleichen Farben wie die Strumpfhose gehalten, nur in der umgekehrten Reihenfolge angeordnet. Die kräftigen Farben und Muster der Seide, die seine Beine umhüllte, wiesen darauf hin, daß er einer *Compagnia di Calza* angehörte, einer jener in Venedig sehr beliebten Verbindungen lebenslustiger junger Adliger. Dabei wirkte er keineswegs wie ein Draufgänger und Genußmensch, ganz im Gegenteil. Aus seiner Miene sprachen häufig Trauer und Melancholie.

Seit Beginn der Reise schon unterhielt er ein diskretes Verhältnis mit Monna Evelyne, und das trotz seiner Geliebten, der rothaarigen Zirkassierin, die sich immer in seiner Nähe aufhielt.

Diese Zirkassierin war eine faszinierende Frau von vielleicht fünfundzwanzig Jahren, die, so erzählte man, an den Hängen des Kaukasus geboren war. Ihr voller, kupferroter Haarschopf mit den blonden Strähnen ließ ihre lebhaften grünen Augen erstrahlen, und ihr Mund war von einem herrlichen, natürlich dunklen Rot. Auf Schminke oder Zinkweiß konnte sie verzichten, hatte die Natur selbst ihr doch eine unvergleichliche Schönheit verliehen. Ihr schlanker Körper, ihre eleganten Bewegungen und vor allem ihre herausfordernde, lockende Art sorgten dafür, daß sich jeder Mann, dem sie auch nur ein Minimum an Aufmerksamkeit schenkte, sogleich im Netz ihrer Verführungskünste verfing. Der einzige, der sich anscheinend nicht recht für sie begeistern konnte, war zum Erstaunen aller ihr eigener Gefährte, Zane dei Roselli. Aber vielleicht hatte auch nur lange Gewohnheit die Leidenschaft abflauen lassen.

Hinter Zane dei Roselli und Monna Evelyne ritt der Vizegesandte von Florenz, Manetto dei Portinari, ein schöner, braunhaariger junger Mann mit blauen Augen, der bei den Frauen eine Reihe ansehnlicher Erfolge verbuchen konnte. Seine letzte Eroberung hatte er am Hof von Neapel gemacht, und zwar Doña Juana. Die großgewachsene Spanierin – nicht mehr ganz jung, aber immer noch sehr attraktiv – war die Frau des am Hof der Aragonesen akkreditierten Marchese Padilla y Cabrera de Valladolid und hatte eine fünfzehnjährige Tochter, Immaculada, die immer an ihrer Seite war. Doña Juana lebte praktisch allein bei

Hofe, da ihr Gatte sie arg vernachlässigte und sich nahezu ausschließlich seiner Pferdezucht sowie den Schauspielerinnen und Sängerinnen aus seinem Heimatland widmete.

Während des Ritts hinauf nach Ravello liefen die Maultiere von Manetto dei Portinari und der beiden Spanierinnen fast ständig einträchtig nebeneinander her, aber die Beziehung zwischen dem jungen Mann und der reifen Frau war ohnehin mittlerweile keinem Mitglied der Gesellschaft mehr verborgen geblieben. Auch nicht Moises da Corteolona, der am Schluß der Gruppe, sich schweigend an sein Maultier klammernd, den Berg hinaufzog.

Mit einigen Pausen dauerte der Aufstieg sechs Stunden, und am Nachmittag zur zehnten Stunde traf der Zug auf dem Domplatz von Ravello ein.

Die Sonne neigte sich schon den Berggipfeln zu, tauchte sie in ein rotes Licht und vergoldete die Marmorfassaden des Doms und der Palazzi, die ihn umstanden. Seine einzigartige Lage und die Pracht der Paläste, die patrizische Familien hier Jahrhunderte zuvor errichtet hatten, machten Ravello zu einem magischen Ort.

Einige dieser prachtvollen Häuser waren unter der Anleitung orientalischer Baumeister zur Zeit der arabischen Eroberung entstanden und später in den Besitz reicher Christen übergegangen. Unübertroffen aber war der Palazzo der Familie Rufolo. Er bestand aus vielen einzelnen maurischen Gebäuden mit insgesamt über dreihundert Zimmern. Durch ein Portal mit Spitzbogen, das sich auf den Domplatz hin öffnete, gelangte man hinein und fand sich in einer Allee wieder, die von solch einer dichten Vegetation aus Bäumen, Büschen und Blumen gesäumt war, daß hier, auch wenn die Sonne schien, stets alles in einem diffusen Halbschatten lag. Von der Allee fiel der Blick auf verschiedene Bauwerke, maurische Türme, kaum erkennbare Kreuzgänge, arabische Brunnen, im Schatten liegende Korridore und kleine Pavillons. Das Ganze wirkte wie von Zauberhand geschaffen und der Zeit entrückt, kurzum wie ein Ort, wo jede Erquickung möglich und jede Ausschweifung gestattet war.

Am Ende der Allee, auf der Schwelle des eigentlichen Palastes, wurden die Gäste von den Gebrüdern Rufolo erwartet, deren Erscheinung die ganze Atmosphäre noch unwirklicher machte. Die beiden Brüder, zwei schöne, große und schlanke Jünglinge mit leicht olivfarbener Haut, waren Zwillinge von so vollkommen identischem Aussehen, daß vielleicht noch nicht einmal die Mutter, die sie zur Welt gebracht hatte, sie unterscheiden konnte. Mit Sicherheit floß arabisches Blut in ihren Adern, vielleicht als Folge eines der häufig vorkommenden Überfälle sarazenischer Piraten. Von ihren normannischen Vorfahren hatten sie die überraschend hellen Augen geerbt, deren Blau, im Zusammenspiel mit der olivfarbenen Gesichtsfarbe, in einem ironisch wissenden Licht zu erstrahlen schien. Bei diesem Anblick spürten die Damen, wenngleich von dem anstrengenden Aufstieg geschwächt, wie ihre Herzen heftiger schlugen.

Zwischen den Zwillingen stand eine junge Frau, deren dunkle Haut ihre Zigeunerherkunft verriet. Sie hatte einen Arm um die Schulter eines der Jünglinge gelegt und umfaßte liebevoll die Taille des anderen. Melita, so ihr Name, hatte rabenschwarzes Haar und einen knabenhaft schlanken Körper. Unter den perfekt geschwungenen schwarzen Brauen blitzten pechschwarze, fast fiebrig wirkende Augen. Ihre schöne, spitze Nase und die nicht zu fleischigen Lippen gaben ihrer Miene etwas Herausforderndes. Ein zarter Flaum warf einen leichten Schatten auf ihre Oberlippe. Wie bei der Zirkassierin war auch ihr Gesicht weder mit Zinnober oder Zinkweiß geschminkt, noch waren die Linien ihrer Augen mit Bister nachgezeichnet.

Sie trug eine lange, weite geblümte Kotta und darüber ein kurzes ärmelloses Leibchen, das vorne offenstand und über und über mit Goldarabesken verziert war. Blaue orientalische Babuschen vervollständigten ihren kuriosen Aufzug. Sie war ein schönes, fremdartiges Geschöpf, das manche Männer vielleicht erschreckte und sicher bei vielen Frauen größte Befürchtungen weckte, aber an ihr war nichts von Falschheit oder Sünde. Im Gegenteil: Sie strahlte eine fast animalische Reinheit und Natürlichkeit aus.

Die Gäste wurden sogleich in die ihnen zugedachten Gemächer geleitet, damit sie sich dort vor dem Abendessen frisch machen konnten. Während sie die nach Blumen duftenden maurischen Kreuzgänge und langen, schattigen Korridore entlangschritten, um in eins der dreihundert Zimmer zu gelangen, fühlten sich viele von einer seltsamen Unruhe und einem unbestimmten Schwindel ergriffen, so als seien sie in eine andere Welt mit unbekannten Verlockungen an der Grenze zum Mystischen eingetaucht.

»Das ist ganz normal«, erklärte Melita, während sie Monna Isa auf ihr Zimmer brachte, so als habe sie deren Erregung bemerkt. »Das ist die Atmosphäre von Ravello. Hier ergreift einen die gleiche Verwirrung wie in Assuan am oberen Nil oder in Quarzazate im Tal des Dra. An diesen Orten spüren die Männer, wie sich ihr Begehren ins Unermeßliche steigert, und die Frauen, wie ihre Tugend schwindet.«

Melitas Worte und ihre rauhe, tiefe Stimme verstärkten Isas Erregung nur noch.

»Hier erlebe ich es häufig, daß ich nicht warten kann, bis meine Männer zu mir kommen. Dann muß ich mich selbst befriedigen, auf der Stelle, egal, wo ich gerade bin. Du wirst sehen, wenn du ein wenig länger hier bist, wird es dir genauso ergehen.«

Die beiden Frauen waren vor Isas Zimmer angekommen. Die geheimnisvolle Zigeunerin beugte sich schweigend zu ihr vor, streifte lächelnd Isas Lippen und verschwand.

Isa spürte, daß ihr Herz noch heftiger schlug. Sie fühlte sich wie von einem Zauber ergriffen, unfähig, die eigenen Gefühle zu lenken. Zum erstenmal in ihrem Leben hatte sie einer Frau gegenüber ein Gefühl machtloser Unterlegenheit. Melita war das aufrichtigste und unverdorbenste Geschöpf, das sie je getroffen hatte. An eine solch vitale Ursprünglichkeit war sie nicht gewöhnt, denn bei Hofe verschleierte ein jeder seine wahren Gedanken und benutzte seine Gefühle lediglich zum eigenen Vorteil oder zur Befriedigung seiner Lüste.

Währenddessen war Monna Andrea aus ihrem Zimmer in den Patio hinuntergegangen, wo Prinz Ibn Mansour al-Amid sie erwartete. Es war Abend geworden, und violette Schatten hatten sich über alles gelegt. Sie betraten einen Garten, wo es intensiv nach Zitronen duftete, und näherten sich der Balustrade über einem steilen Abgrund.

Ein betörendes Schauspiel breitete sich vor ihren Augen aus. Das Tal, das mehr als tausend Fuß unter ihnen lag, erstreckte sich bis zum malerischen Golf von Amalfi. Die Halbinsel von Sorrent, die man im Osten erkennen konnte, war von den letzten Sonnenstrahlen erhellt. Entlang der Küste flackerten schwache Lichter, und am Himmel zeigten sich die ersten matten Sterne des frühen Abends.

Reglos und schweigend standen die beiden im Halbdunkel. Sie hatte ihre Arme in die seitlichen Öffnungen seines Gewandes gesteckt und hielt ihn fest umschlungen. Dann ließ sie ihre Hände unter sein Hemd gleiten und fuhr ihm mit den Fingerspitzen über Brust und Schultern. Seine Haut war ganz anders als die anderer Männer, unbehaart und so glatt wie Seide, dabei von einer samtenen Weichheit, unter der sie seine harten Muskeln spürte.

Sie streichelte seine Brustwarzen und bemerkte schnell, daß sich in seiner seidenen Pluderhose etwas regte. Sie unterstützte diese Regung und war überrascht vom Ausmaß seiner Lust. Auch dies eine unbekannte Erfahrung, denn das, was sie streichelte, war nichts Hartes, fast Unpersönliches, wie sie es bei vielen hitzigen Jünglingen erlebt hatte, sondern lebendig, zuckend und ungewöhnlich geschmeidig, eine lange Schlange, wie dazu geschaffen, sich ihrem Körper anzuschmiegen.

Auch als sie in seiner Kammer waren, spürte Andrea wieder, wie sich diese Schlange geschmeidig, groß und fordernd bewegte, diesmal in ihr, so tief und drängend, wie sie es sich niemals hätte erträumen lassen. Eine nie erlebte Wollust bemächtigte sich ihres Körpers und führte sie immer wieder zu der Schwelle, hinter der sie plötzlich und heftig den Gipfel erreichte. Es genügte, daß sie ihn in ihr Innerstes eindringen spürte, um am ganzen Körper zu beben und sogleich in den Tiefen des Entzückens zu versinken.

Im Palast hatte inzwischen das Fest begonnen. Das Gewölbe des großen Festsaals wurde von zahlreichen schlanken, reichverzierten Säulen getragen, und eine Seite des Saals ging in einen weiten Patio über, in dessen Mitte sich ein arabischer Brunnen befand.

Der Laubengang, der diesen Garten umlief, war über und über mit Rosen-, Zyklamen- und Oleandersträuchern bewachsen. An die Säulen gelehnt standen, halb versteckt in der Vegetation, Ritterrüstungen verschiedenster Machart, von denen einige sehr alt, andere jüngeren Datums waren, manche prachtvoll verziert für Turniere, andere nüchterner für den Kampf. Das funkelnde Metall inmitten der Pflanzen und Blumen schien daran gemahnen zu wollen, daß dies hier eine Insel des Friedens war, umgeben von den Greueln der Zeit.

In einer Ecke des Saals lagen die Rufolo-Zwillinge auf einem üppig mit Kissen ausstaffierten orientalischen Sofa und beobachteten ihre Geliebte, die sich zur Musik eines kleinen Orchesters bewegte, das melancholische Liebeslieder spielte. Die Mienen der Brüder wirkten distanziert, fast spöttisch, so als warteten sie nur auf das Schauspiel, wie sich die anderen jungen Leute vom Zauber fesseln ließen, den Melitas animalische Sinnlichkeit verbreitete.

Sarazenische Sklaven trugen unablässig Essen auf, während arabische Mädchen in den Gewändern ihrer Heimat im Saal umherliefen, um die funkelnden Pokale der Gäste aufzufüllen. Die meisten von ihnen hatten es sich auf den bunten Seidenkissen, die in jeder Ecke auslagen, bequem gemacht.

Irgendwann trat Melita auf Monna Isa zu, die sich, auf einem Sofa liegend, mit den beiden jungen Neapolitanern unterhielt, ergriff ihre Hand und führte sie sanft zum Tanz.

Alle Blicke richteten sich auf die beiden hinreißenden Frauen, die nordische Schönheit und die Zigeunerin, die ihre gegenseitige Anziehung nicht zu verbergen gedachten und den *danse basse* unübersehbar in ein erotisches Vorspiel verwandelten. Lange folgten ihre Körper dem rhythmischen Auf und Ab der orientalischen Musik, in einem Crescendo schmachtender Erregung, die die Augen und Sinne jedes einzelnen gefangennahm, bis sie schließlich erschöpft und erregt aus dem Saal liefen und zwischen den Zitronenbäumen im Patio verschwanden.

Unterdessen waren auf der langen Tafel in der Mitte des Saals, symmetrisch angeordnet, die Schüsseln und Platten des ersten der drei Gänge aufgetragen worden: verschiedenste Potagen, etwa aus Leber und Hahnenkämmen, aus Kohl und Schweinerippchen, Hammelfleisch und Schwarzwurzeln oder auch aus Granatäpfeln und Kräutern. Dazu eine große Auswahl an Pasteten: Tintenfischpastete mit Kruste, Pastetchen aus Hühnerfleisch, Ei und Kräutern, dick mit Zucker und Zimt bestreut, Pastetchen aus scharfem oder mildem Käse, schließlich Torten aus Eidotter, Mehlklößchen, eine Sahnepotage und *tomaselle.* Auch Tellerchen mit *biancomangiare* aus Hühnerfleisch mit Mandel- oder Rosengeschmack durften nicht fehlen. In der Mitte der Tafel waren kunstvoll Gefäße mit Likören in allen Farben und Geschmacksrichtungen aufgebaut.

Monna Evelyne war ständig mit dem Vizegesandten von Venedig zusammen, der sich zwar bemühte, ihr seine Aufmerksamkeit zu widmen, aber mit seinen Gedanken sehr weit von dem Fest entfernt zu sein schien.

Seine Geliebte, die Zirkassierin, stürzte sich hingegen, als die schnelleren *danse haute* begannen, mit dem jungen Grafen Uberto dei Pirovani in eine Spanische Galliarde. Die anderen Freunde des Herzogs applaudierten und untermalten so die gekonnten Schritte und Drehungen des Paares, während sie gleichzeitig mit den schönen Neapolitanerinnen poussierten, denen sie schon beim Aufstieg mit den Maultieren den Hof gemacht hatten.

Der Wein floß in Strömen und sorgte für eine immer ausgelassenere Stimmung, während jetzt der zweite Gang aufgetragen wurde: Konfekt in verschiedensten Geschmacksrichtungen, *spongate,* Teller übervoll mit fritierten Hühnerfleischbällchen und herrliche Königstorten, so die Königstorte aus feinem Fasanenfleisch oder die berühmte Königstorte vom Täubchen, von den Neapolitanern »Damenmundpizza« genannt. Dann Kalbsbriespasteten, Schinkenpastetchen, *limonia* und Crêpes. Erlesene Speisen allesamt, die mit dem sogenannten »Herzogspulver« bestreut waren, das aus Zimt, weißem Ingwer, Gewürznelken und Zucker hergestellt wurde.

Die Hausherren hatten wohlwissend exzellente, aber nicht zu zahlreiche Gänge servieren lassen, damit sich die jungen Cavaliere und ihre Damen während der Tänze und der wahrscheinlich nachfolgenden Liebesspiele nicht zu satt und schwer fühlten. Wer sich würde kräftigen müssen, für den standen während der ganzen Nacht weitere Speisen und Getränke bereit.

Die mittlerweile tiefe Nacht hatte überall im großen Saal, in den Nischen und dem Patio dunkle Inseln entstehen lassen. Das wogende Licht der Fackeln und die langen Schatten hatten zusammen mit dem Wein dafür gesorgt, daß die Atmosphäre, in der das Bankett weiter seinen Lauf nahm, immer unwirklicher und sinnlicher wurde.

Nur der Jude Moises da Corteolona saß langsam kauend in einer Ecke und beobachtete seine dreisten Schuldner, die sich, mittlerweile betrunken, nicht im mindesten von seiner Anwesenheit stören ließen. In einer anderen Ecke ließ sich der Vizegesandte von Mantua, Basso Folchini, der mittlerweile auf Monna Isa hatte verzichten müssen, von zwei kleinen schlanken Sklavinnen verwöhnen.

Doch allmählich begann die zunächst lebhafte Atmosphäre gedämpfter und träger zu werden. Die Gäste hatten sich auf die Sofas zurückgezogen und bildeten kleine Gruppen, die sich langsam bewegten, während man zwischen den Klängen der Musik Keuchen, Flüstern und Seufzer vernahm.

Der Zauber, der von diesem imposanten maurischen Palast sowie der einzigartigen Frau, die ihn bewohnte, ausging, hatte von den jungen Gästen vollkommen Besitz ergriffen, und in jener Nacht spürten sie alle, daß sie hier den Ursprüngen des Lebens näher als irgendwo sonst waren.

Als der dritte Gang aufgetragen wurde – ein Süppchen mit frischen Sardinen, Potagen mit Krebsschwänzen oder Seebarschmilch, Hechtpastetchen, Aal-*Fiadonelli,* Fischwürste und eine Tintenfischbrühe –, waren es nur noch wenige, die sich von den Speisen bedienten. Auch die Musik verklang, und langsam machte sich in dem großen, im Dunkel liegenden Palast Stille breit. Das einzige Geräusch war das leise Plätschern der arabischen Brunnen im Patio.

Der Nacht folgte ein herrlicher Tag, doch beim Glockenschlag zur Mittagszeit fiel es den verschlafenen Gästen schwer, sich der blendenden Wintersonne von Ravello zu stellen. Eine müde Schlange junger Menschen, die trotz ihrer prachtvollen Gewänder wie Schiffbrüchige wirkten, schleppte sich schweigend zum Dom hinüber.

Die feierliche Messe sollte gerade beginnen, als sich die ersten Gäste schwer auf die Bänke fallen ließen. Nach und nach trafen weitere Mitglieder der Gruppe ein. Die Damen hatten es leichter, mit Hilfe dicker Schichten Zinkweiß und Tupfern von Karmesinrot auf den Lippen und Wangenknochen die Folgen der nächtlichen Ausschweifungen zu verbergen, doch bei den Männern waren die Spuren nicht zu übersehen.

Der Dom war ähnlich prachtvoll wie der Palazzo Rufolo, und die nüchterne Klarheit der Wände ließ den farbenprächtigen Reichtum der Fußbodenmosaike und den fein gearbeiteten Marmor der beiden Ambonen besonders gut zur Geltung kommen. Das funkelnde Gold der Sonne, das durch die großen Fenster in den Innenraum flutete, brach sich in den Weihrauchwolken, die vom Altar aufstiegen, und ließ die Meßgewänder der Priester erstrahlen. Und während jetzt die Klänge eines gregorianischen Gesangs die Kirche erfüllte, waren viele Gäste in Gedanken noch bei der vergangenen Nacht, und einige fragten sich, ob sie nicht alles nur geträumt hatten.

Nach der feierlichen Messe im Dom erwartete die Gäste ein arabisches Abschiedsbankett im Palast. Danach würden sie wieder nach Amalfi absteigen und von dort mit der Galeere, die sie auch hergebracht hatte, nach Neapel aufbrechen. Melita und die Rufolo-Zwillinge würden sich der Gruppe anschließen, denn auch sie zählten zum Kreis der Edelleute, die die neue Herzogin Isabella nach Mailand begleiten sollten.

Bei den Gästen war die starke Anspannung der Nacht inzwischen einer ruhigen Mattigkeit und einer wehmütigen Erinnerung an den Taumel gewichen.

Monna Andrea ließ ihren afrikanischen Prinzen nicht mehr allein, streichelte ihm immer wieder über die Brust und umfaßte seine Hüften, so als wolle sie jeden Zoll seiner Haut auskosten. Monna Evelyne und Zane dei Roselli aßen zusammen von einem Teller, wirkten jedoch ein wenig abwesend.

Die Zirkassierin besaß die Kühnheit, in Gegenwart ihres venezianischen Geliebten auch den Freunden von Gian Galeazzo Sforza und gleichzeitig auch einigen jungen Pagen schöne Augen zu machen. Monna Isa hingegen schien die Ereignisse der vergangenen Nacht vergessen zu haben und ignorierte jetzt die beiden Neapolitaner, mit denen sie so eifrig das Sofa und ihre Reize geteilt hatte. Diesen war die Veränderung unerklärlich, und es gelang ihnen nicht, in ihr die enthemmte, verliebte Frau wiederzuerkennen, die noch wenige Stunden zuvor in ihren Armen gelegen hatte.

Einige Kavaliere und ihre Gespielinnen waren noch gar nicht aus ihren Kammern aufgetaucht. Auch Graf Uberto dei Pirovani zählte zu jenen, die der Messe im Dom nicht beigewohnt hatten, und nun begannen seine Freunde, ihn zu suchen, wenn auch recht halbherzig; in irgendeinem der dreihundert Zimmer des Palastes würde er wohl nach dem heftigen Besäufnis der Vornacht seinen Rausch ausschlafen.

Der Toskaner Manetto dei Portinari saß zwischen den beiden Spanierinnen, Mutter und Tochter, die ihn mit auserlesenen

Häppchen von der Tafel fütterten und dazu Wein und Hypocras reichten. Die Marchesa war ihrer Tochter offensichtlich dankbar, daß sie ihren Liebhaber so wohlwollend akzeptierte und sich so nett um ihn kümmerte.

Zum Ende des opulenten Mahls klatschte einer der Rufolo-Zwillinge in die Hände, woraufhin die Musiker durch den Laubengang des Patio mit ihren glänzenden Instrumenten den Saal betraten und zu einem Stück ansetzten, das von kleinen Trommeln rhythmisch untermalt wurde.

Hinter ihnen hielt auf einer vergoldeten Sänfte, die auf den Schultern von vier Sklaven ruhte, die geheimnisvolle Melita ihren Einzug in den Saal, deren Nacktheit lediglich vom üppigen Grün berauschend duftender Zitronenschößlinge verdeckt wurde.

Ein begeisterter Applaus begrüßte diese außergewöhnliche Frau, die es immer wieder aufs neue verstand, mit ihrer sinnlichen Ausstrahlung Männer ebenso wie Frauen in ihren Bann zu ziehen. Während sich die Sklaven noch zwischen den ins Sonnenlicht getauchten Pflanzen und Blumen des Laubengangs ihren Weg bahnten, hörte man plötzlich, wie irgend etwas mit einem metallischen Krachen auf dem Fußboden aufschlug. Im Vorbeiziehen war die Sänfte gegen eine der zahlreichen, in der Vegetation des Laubengangs halbversteckten Rüstungen gestoßen.

Die Rüstung, offensichtlich nicht richtig an der Säule befestigt, war umgefallen und in ihre Einzelteile zerschellt, die jetzt über die Terrakottakacheln rollten. Nach einem kurzen Moment der Stille erhob sich ein Schrei aus der Schar der Gäste, denn zwischen den über den Boden verstreuten Diechlingen, Vorderflügeln, Armbeugen und Beinröhren lag, mit dem Gesicht nach unten, der Körper eines Jünglings. Auf dem Rücken seiner herrlichen, mit Gold durchwirkten Giornea befand sich ein großer, dunkler Fleck schon geronnenen Blutes. Noch bevor man ihn umdrehte, wußten seine Freunde, daß dies die Leiche des jungen Grafen Uberto dei Pirovani war. Ein Dolchstoß von hinten hatte seinem Leben ein Ende gesetzt.

Die Miene auf dem fahlen Gesicht des Jünglings wirkte heiter, und seine Kleider wiesen keinerlei Spuren eines Kampfes auf. Ebensowenig waren Kratzer oder sonstige Verletzungen erkennbar. Er schien auf direktem, wenn auch tragischem Wege vom Rausch in den Tod gegangen zu sein.

III

Als die Galeere mit den jungen Leuten im Hafen von Neapel einlief, standen am Kai einige Mailänder Bogenschützen unter dem Kommando eines Offiziers, der winkend den Steuermann zur Eile antrieb.

Die meisten Passagiere brachten die Anwesenheit der Bogenschützen sogleich mit dem Toten von Ravello in Zusammenhang. Die Ermordung des Jünglings lag wie ein düsterer Schatten über der Reisegesellschaft. Keiner wußte, was tatsächlich geschehen war, denn sofort nach der Entdeckung hatte der Anführer der Bogenschützen die Anwesenden entfernen und die Leiche verschwinden lassen. Es war auch vergeblich, die Soldaten um Auskunft zu bitten. Schweigen hatte sich über den tragischen Vorfall gesenkt, aber natürlich mußten die jungen Leute immerzu an den Toten denken. Und nun wartete der Offizier wohl auf die Gesellschaft, um seine Ermittlungen aufzunehmen.

Doch kaum hatte man die Landebrücke ausgelegt, kam er mit einigen seiner Männer an Bord und machte sich hektisch auf die Suche nach Moises da Corteolona. Als sie ihn endlich entdeckt hatten, nahmen sie ihn in die Mitte, gingen eilig an Land und verfrachteten ihn in einen bereitstehenden vierspännigen Wagen.

Kein einziges Wort über den Mord.

»Schnell, Mastro Moises, Graf Sanseverino erwartet Euch. Gleich erfolgt die Übergabe der Mitgift der jungen Herzogin Isabella, und Ihr sollt die eingestrichenen Münzen prüfen. Also los,

Ihr kennt ja meinen Herrn. Er haßt es, wenn man ihn warten läßt, besonders bei einer solch wichtigen Angelegenheit.«

Und schon preschte der Wagen los in Richtung des Schlosses Castelnuovo. Dort angekommen, hastete Moises die breite Treppe hinauf und stand kurz darauf keuchend im Notariatssaal, in dem bereits eine große Zahl sehr bedeutend wirkender Persönlichkeiten wartete. Verwirrt und eingeschüchtert begann Moises, sich vorsichtshalber vor jedem einzelnen mit tiefen Bücklingen zu verneigen, wobei er sich Mühe gab, niemanden auszulassen. Erst nachdem er sich dieser ermüdenden Aufgabe entledigt hatte, gewann er allmählich Klarheit darüber, wer die Anwesenden waren, und diese Erkenntnis trug keineswegs dazu bei, ihm größere Sicherheit zu verleihen.

Im Saal drängten sich die höchsten Würdenträger der Höfe von Neapel und Mailand.

Auf einem kleinen Thron saß Herzog Alfonso, der Sohn des Königs, dem der Ruf eines skrupellosen Machtmenschen vorausging. Für nichtigste Vergehen ordnete er die schrecklichste Folter an, und sein Zorn und seine blutigen Racheakte waren gefürchtet, obwohl, wie Moises dachte, auch an anderen Höfen Grausamkeit keine knappe Ware war.

Alfonso bot mit seinem Stiernacken und den stechenden, hervorquellenden Augen, die ihn stets wie kurz vor einem Tobsuchtsanfall aussehen ließen, einen recht widerlichen Anblick. Und es gab nur wenige, die sich in seiner Anwesenheit wohl und sicher fühlten.

Neben ihm, ebenfalls auf einem mächtigen vergoldeten Sessel, saß der bartlose, ganz in Schwarz gekleidete Hermes Sforza. Sein bleiches Jünglingsgesicht stand in heftigem Kontrast zu dieser Trauerkleidung und verschwand fast unter dem schweren Samtbarett mit den wunderschönen weißen Federn. Vor einem langen Tisch stand Galeazzo Sanseverino, der Graf von Caiazzo, neben ihm der herzogliche Pronotar Cristoforo Lampugnani und weitere lombardische Notare sowie die einflußreichen Mailänder Höflinge, Antonio und Ambrogio da Corte.

Galeazzo Sanseverino war ein schöner Mann, eine großgewachsene, sehr männliche Erscheinung, abgehärtet von den ständigen Anstrengungen der Jagd und der Turniere. Bekannter noch für seine Erfolge bei Frauen als für Siege auf dem Schlachtfeld, ging ihm der Ruf voraus, auch den mächtigsten Männern des Hofes gegenüber arrogant und hochmütig aufzutreten.

An diesem Morgen trug er eine Giornea aus schwarzem Samt, bestickt mit Darstellungen von Löwen und Bäumen. Ebenfalls schwarz waren seine Strümpfe, die kostbaren Stiefel aus lombardischem Kuhleder und das seidene, mit mächtigen Federn geschmückte Barett. So hatte er sich zwar der Anordnung König Ferrantes, Trauerkleidung zu tragen, gebeugt, doch unter seiner gefütterten Giornea schaute das typische plissierte Hemd hervor, dessen Ärmel über und über mit Perlen und Diamanten besetzt waren. Auf seiner Brust funkelten zwei Wappen in Gold und Edelsteinen: das seines eigenen Geschlechts und das des Hauses Sforza. Sie hingen an einer ebenfalls goldenen Kette mit Granatsteinen, die mehrfach wiederholt den Schriftzug *Lodovicus Dux*, »Herzog Ludwig«, bildeten.

In der Tat trug sein Herr, Ludovico il Moro, zwar den Titel eines Herzogs, doch nicht den von Mailand, sondern den von Bari. Diese Auszeichnung Ludovico Sforzas als Dux, die der Anführer der Mailänder Delegation so selbstverständlich zur Schau stellte, bestätigten die Stimmen, die den Moro der Usurpation bezichtigten. Für die Neapolitaner war dies eine ärgerliche Provokation, zumal es während der offiziellen Zeremonie geschah, die der Hochzeit von Isabella mit dem eigentlichen Herzog vorausging. Doch die Provokation paßte in das feindselige Klima, das mittlerweile zwischen den beiden Parteien herrschte.

Die neapolitanischen Notare nahmen die andere Seite des Tisches ein, und wie ihre Mailänder Kollegen trugen sie ihre typischen *roboni* aus schwarzem Samt mit weißen Halskrausen, dazu auf dem Haupt Filzbarette à la *capitanesca*.

Als Moises eintraf, hatte man schon das Protokoll, die Mitgift der Herzogin betreffend, verlesen, das seinerzeit von König Ferrante und dem Minister Giovanni Pontano unterzeichnet worden war. Darin wurde die neapolitanische Vertretung der Bank *Ambrogio Spannocchi e Soci di Siena* beauftragt, beim Akt der Eheschließung achtzigtausend Dukaten *bon aurei et justi ponderis*, also »reinen Goldes und von richtigem Gewicht«, unverzüglich auszuzahlen, und die Zahlung einer noch ausstehenden Summe von zwanzigtausend Dukaten auf einen späteren Zeitpunkt festgesetzt.

Nach Verlesung dieses Protokolls wurden zwanzig silberne Truhen auf den Tisch gestellt, die Bediensteten Alfonsos öffneten sie, holten einige Golddukaten daraus hervor und machten sich ans Zählen. Moises, wie immer besonders aufmerksam, wenn mit diesem Metall herumhantiert wurde, überkam fast augenblicklich ein gewisses Unbehagen.

Schweißperlen traten auf seine Stirn und rannen ihm übers Gesicht, obwohl in dem Raum noch nicht einmal im Kamin ein Feuer brannte. Dieses Gefühl, daß etwas mit den Münzen nicht stimmte, ließ ihn nicht mehr los, und so zog er ein Etui aus der Tasche seiner Garnasche, öffnete es und entnahm ihm eine große, in Buchsbaumholz gefaßte Brille, deren Linsen in Venedig gefertigt und das Beste waren, was man in Italien bekommen konnte. Mit der Linken umfaßte er die beiden Griffe, die unten zusammengefügt waren, zog die Linsen auf Augenabstand auseinander und näherte sich vorsichtig dem Tisch. »Zum Teufel«, murmelte er, während ihm das Blut in den Adern gefror, »die Münzen sind rasiert.«

Er saß in der Falle! Den Betrug aufzudecken und die Aragonesen während einer solch feierlichen Zeremonie bloßzustellen würde möglicherweise seine Ermordung durch die rachsüchtigen Neapolitaner nach sich ziehen. Andererseits würde Schweigen mit Sicherheit bedeuten, vom Moro nach einer ausgiebigen Folterung lebenslang auf eine Galeere verbannt zu werden. Von Mut konnte bei seiner Entscheidung nicht die Rede sein. Er wog lediglich das sichere Verhängnis gegen das mögliche ab. Das Problem war nur, wie er Sanseverino im Beisein des cholerischen Alfonso von dem Vorfall in Kenntnis setzen mußte.

Der Schweiß troff ihm aus allen Poren, als er sich dem Grafen von Caiazzo näherte und zitternd mit einem Finger dessen Ärmel berührte. Der Graf blickte ihn kurz an, leicht ungehalten, weil ihn dieser Jude gestreift hatte.

Moises schluckte und berührte ihn erneut am Ärmel, woraufhin sich Sanseverino endlich mit fragender, strenger Miene zu ihm umdrehte.

»Dürfte ich … Exzellenz. Dürfte ich … Euch etwas … verzeiht meine Kühnheit … ins Ohr flüstern?«

Der Graf war verblüfft, daß der Jude es wagte, ihn einfach anzusprechen.

»Nun?« sagte er und mußte sich zügeln, um nicht die Beherrschung zu verlieren.

Moises fühlte sich mittlerweile schon mehr tot als lebendig. Trotzdem näherte er seinen Mund dem Ohr des Grafen und öffnete die Lippen, doch seine Stimme gehorchte ihm nicht mehr: »Die M… zen sind … iert.«

»Was zur Hölle stammelt Ihr da? Außerdem stinkt Ihr nach Knoblauch!«

Alle Blicke hatten sich auf die beiden Männer gerichtet. Der Jude stand kurz vor einem Zusammenbruch, doch nahm er seine letzten Kräfte zusammen und raunte dem Grafen ins Ohr: »Die Münzen sind rasiert.«

Sanseverino fuhr hoch, als habe man ihm mit einem Panzerbrecher in die Seite gestochen, ergriff Moises' Arm und zog ihn in den hinteren Teil des Saals.

»Seid Ihr sicher?«

»Ich fürchte, ja, Exzellenz«, antwortete der Geldwechsler, dessen Blut jetzt wieder aufzutauen begann. »Ich müßte sie wiegen, um jeden Zweifel auszuschließen, doch ich komme geradewegs aus Amalfi und habe meine Waage in meiner Kammer gelassen.«

»Dann holt sie. Aber schnell. Ein Offizier wird Euch begleiten.«

Er flüsterte einem seiner Männer etwas zu, woraufhin dieser, wieder einmal, den Juden am Arm packte und ihn hinauszog.

Die Zählung ging weiter, doch der Wortwechsel zwischen Sanseverino und seinem Münzexperten war Alfonso natürlich nicht entgangen. Waren die Mailänder schon hinter den Schwindel gekommen? Um eine gleichgültige Miene bemüht, doch von seinen angespannten Gesichtszügen verraten, verließ Alfonso unter dem Vorwand dringender Angelegenheiten, gefolgt von seinen Edelleuten und seiner Leibwache, überstürzt den Notariatssaal.

Die Zählung ging regulär weiter, doch versuchten die Mailänder Notare, von Sanseverino unterrichtet, die Sache in die Länge zu ziehen. Schließlich betrat Moises, eine kleine Goldwaage in der Hand, wieder den Saal.

Der lombardische Pronotar, ein äußerst diplomatischer Mann, räusperte sich und rang um die Worte, die der Prozedur, um die man jetzt nachsuchen würde, die Schärfe nehmen sollten.

»Meine Herren Notare«, begann er, »wenngleich selbstverständlich keinerlei Grund zum Mißtrauen vorliegen kann, ist es, wie die Herren wohl wissen, üblich, einige Münzen zu wiegen. Dabei handelt es sich um eine reine Formalität, die lediglich dazu dienen soll, im Protokoll, das wir anzufertigen haben, den Punkt ›Wiegen der Münzen‹ anführen zu können.«

Die Bestürzung der neapolitanischen Notare war nicht zu überbieten: Welch eine Ungeheuerlichkeit, das Wort ihres Königs in Zweifel zu ziehen! Doch die Mailänder ließen sich nicht umstimmen, und vor allem Antonio und Ambrogio da Corte drängten, wenn auch mit ausgesucht höflichen Worten, das Goldgewicht der Münzen feststellen zu lassen. Schließlich verlor Sanseverino die Geduld: Er griff sich, fast mit Gewalt, eine Handvoll Münzen und reichte sie Mastro Moises. Die Anwesenden waren wie versteinert, und Grabesstille legte sich über den Saal, als der Jude jetzt zum Wiegen des ersten Dukaten schritt.

Alle Blicke waren auf die Goldwaage gerichtet. Auf eines der beiden Schälchen hatte Moises kleine Gewichte gelegt, die exakt dem geforderten Gewicht einer Goldmünze entsprachen, und auf das andere legte er den ersten Dukaten. Nichts! Die Münze konnte die Waage nicht ausgleichen, ihr Gewicht war offensichtlich geringer als das des Maßes auf der anderen Seite. Und obwohl der arme Moises mehrmals gegen die Waagschale tippte, rührte sich nichts: Das Schälchen mit der Goldmünze blieb oben.

Kein Zweifel, der Dukat wog weniger als das *justo pondere*. Sogleich wurde der Vorgang mit einer zweiten, einer dritten und vierten Münze wiederholt. Doch keine erreichte das richtige Gewicht.

»Gefälscht?« fragte Sanseverino in die Stille des Saals, und dieses Wort, obwohl nur halblaut ausgesprochen, schien von allen Wänden widerzuhallen.

»Nicht gefälscht. Rasiert. Die Ränder wurden ein gutes Stück abgeschabt, um an Gold zu sparen.»

Die Lage schien mittlerweile nicht mehr zu retten zu sein. Man steuerte auf eine Tragödie zu, und den neapolitanischen Notaren, die wahrscheinlich gar nicht eingeweiht waren, brach der kalte Schweiß aus.

Der Graf verlor die Beherrschung und rief mit hochrotem Kopf: »Euer König ist ein Betr…«, doch bevor er das Wort ganz ausgesprochen hatte, packte der Pronotar Lampugnani sein Handgelenk, und zwar so fest, daß es schmerzte.

Dieses Wort, ob es nun zutraf oder nicht, durfte unter keinen Umständen fallen. Die Folgen wären unabsehbar gewesen. Auch Sanseverino selbst war die Tragweite dieser Behauptung schon in dem Moment klargeworden, als ihm das Wort über die Lippen zu kommen drohte, und so war er eigentlich froh, daß Pronotar Lampugnani ihn zur Vernunft gebracht hatte.

Schließlich war es wieder Cristoforo Lampugnani, der einen Versuch unternahm, einen Ausweg aus der verfahrenen Situation zu finden. Bemüht, seine Worte so selbstverständlich wie möglich erscheinen zu lassen, hob er an: »Meine Herren, es erscheint mir nicht recht, in Abwesenheit des erhabenen Prinzen Alfonso fortzufahren. Es ist fast Mittag, und wir sind alle erschöpft und hungrig. Deshalb würde ich vorschlagen, die Beendigung der Zeremonie auf morgen zu verschieben.«

Den Anwesenden fiel hörbar ein Stein vom Herzen. Die Neapolitaner, bestürzt über das, was sie mitansehen mußten, und noch mehr über das, was sie fast hätten mit anhören müssen, nickten eifrig und bedachten den Mailänder Kollegen mit einem Blick fast komplizenhafter Anerkennung.

Man verabschiedete sich kurz und mit plumper Hast, und ohne sich noch einmal umzudrehen, verließen alle den Saal, die einen erleichtert, sich der furchtbar beklemmenden Situation entziehen zu können, die anderen darüber brütend, wie die Maßnahmen zur Wiedergutmachung des versuchten Betrugs an ihren Herzögen würden aussehen müssen.

Zu viele Personen waren bei dem Vorfall anwesend, und aller gegenteiliger Bemühungen zum Trotz breitete sich die Neuigkeit rasch am ganzen Hof aus, so wie ins Meer gekipptes Öl an der Wasseroberfläche.

Hätten die Mailänder die Mitgift nicht nachgewogen, wären sie um fünfzehntausend der vertraglich festgelegten Gesamtsumme von achtzigtausend Golddukaten geprellt worden. Die ganze Angelegenheit war ein Riesenskandal, der jedoch nicht an die große Glocke gehängt werden durfte, um die geplante Hochzeit nicht zu gefährden. Unter den Mailändern war man sich bald einig, daß man Alfonso und seinem Vater wohl oder übel die Möglichkeit geben mußte, ohne großen Gesichtsverlust aus der unglücklichen Geschichte herauszukommen. Das erforderte irgendeinen Vorwand, um die ganze Zählung wiederholen zu können, darauf bauend, daß die Aragonesen in der Zwischenzeit die rasierten Münzen durch andere von richtigem Gewicht ersetzen würden.

Auf Mailänder Seite wurde der ständige Botschafter am neapolitanischen Königshof, der als hervorragender Diplomat bekannte Branda Castiglioni, damit beauftragt, ganz behutsam das Thema anzusprechen. Er sollte Alfonso um eine Audienz bitten und, ohne den peinlichen Vorfall überhaupt zu erwähnen, um eine Wiederholung der Zählung ersuchen, da ein unachtsamer Mailänder Notar die Dokumente, auf denen die Zahlen verzeichnet waren, verlegt habe.

Alfonso tobte, schimpfte und beleidigte den Botschafter und überhaupt alle Lombarden, erlaubte schließlich aber doch, so als würde er allen eine große Gunst erweisen, die ganze Zählung von neuem vorzunehmen.

Die neue Sitzung sollte am folgenden Tag stattfinden. Alfonso war außer sich vor Zorn, weil sein betrügerisches Vorhaben aufgeflogen war, und machte Sanseverino für alles verantwortlich. Am liebsten hätte er ihn auf der Stelle beseitigen lassen, wußte aber nicht, wie sich sein Vater zu solch einem Racheakt in seiner eigenen Stadt stellen würde. Auf alle Fälle aber mußte die ungeheure Beleidigung, die dem Grafen von Caiazzo für alle hörbar auf der Zunge gelegen hatte, irgendwie gesühnt werden, wobei es sicher nicht ratsam war, sogleich zu handeln und sich damit offen gegen Herzog Ludovico zu stellen. Vielleicht später, wenn die Lombarden das Königreich Neapel wieder verlassen hatten.

Doch egal, wie, zwischen Mailändern und Neapolitanern war nun ein Graben aufgebrochen, dessen Folgen bald für alle sichtbar wurden. Auch wenn die Liebeleien und persönlichen Freundschaften weiter Bestand hatten, kam es doch zwischen den Gruppen immer häufiger zu Beleidigungen und Drohungen.

Während Hermes Sforza noch mit dem gebührenden Respekt behandelt wurde, begann man gegen Sanseverino einen tückischen Kleinkrieg. Bei jeder sich bietenden Gelegenheit wurde der Graf demonstrativ ignoriert, oder man sorgte dafür, daß er die herabsetzenden Dinge, die man sich allerorten über ihn erzählte, mit anhören mußte. Ebenso drangen immer wieder düstere Vorhersagen kommenden Unheils an sein Ohr, ohne daß er erfahren hätte, wann und wie sich die Drohungen erfüllen sollten.

Das erneute Treffen fand in einer Atmosphäre stummer Feindseligkeit statt. Alfonso ließ sich von einem seiner Barone vertreten, ebenso wie Hermes von einem lombardischen Edelmann. Mit größter Genugtuung stellten die Mailänder fest, daß man die Münzen gegen neue Dukaten ausgetauscht hatte, die diesmal tatsächlich *boni et justi ponderis* waren.

Niemand war so unbedacht, auf die Sitzung vom Vortag anzuspielen, und so gelangte man schließlich zur Erleichterung aller zu dem Punkt, daß das ersehnte Protokoll, in dem die Zahlung des vereinbarten ersten Teils der Mitgift festgehalten war, unterzeichnet werden konnte. Der Hochzeit stand somit nichts mehr im Wege.

Es war der 21. Dezember, als Hermes Sforza in seiner Eigenschaft als Prokurator des Bräutigams, seines älteren Bruders Gian Galeazzo, der neapolitanischen Prinzessin Isabella den Ehering an den Finger steckte und sie damit zur neuen Herzogin von Mailand machte. Der Bischof von Como, Antonio Trivulzio, der das Sakrament stiftete, hatte zuvor noch Isabellas Tugenden gepriesen und dann mit warmen Worten nicht so sehr die Qualitäten des Bräutigams Gian Galeazzo herausgestellt, wie es die Umstände eigentlich erfordert hätten, sondern die seines Onkels Ludovico, mit der Begründung, daß dieser für ihn solch ein hervorragender Ziehvater gewesen sei.

Trotz der verordneten Trauer um Isabellas Mutter wollte die Braut ebensowenig wie die Königin Giovanna darauf verzichten, im Anschluß an die Zeremonie zu Ehren der Gäste einen kurzen *danse basse* zu tanzen – Isabella in einem neapolitanischen Kostüm, die Königin in einem kastilischen Kleid.

Es waren derlei symbolträchtige Formalitäten, mit denen an den Höfen verschlüsselte Botschaften und Ankündigungen, nicht immer freundlichen Inhalts, ausgetauscht wurden. Doch trotz all der Spannungen zwischen den Lombarden und den Neapolitanern riß die Kette der Feste, Bälle und nächtlichen Zechereien in den Tavernen nicht ab.

In ihren Gesprächen untereinander gaben sich die Mailänder alle Mühe, nicht auf den in der Rüstung gefundenen Toten zu sprechen zu kommen. Doch in den Gedanken seiner vier Freunde war er ständig gegenwärtig, wie ein düsterer Schatten, der schwer auf ihren Gemütern lastete und bohrende Fragen aufwarf, wovon sich auch die anderen Mitglieder der Gruppe anstecken ließen. Doch sosehr sie sich auch den Kopf zerbrachen, es wollte ihnen nicht gelingen, auch nur eine vage Vorstellung davon zu gewinnen, wer der Mörder und welches sein Motiv sein könnte. So steigerten sich in der Gruppe Verwirrung und Niedergeschlagenheit, die zusätzlich noch von der Anordnung zum Schweigen genährt wurden. Denn beim Aufbruch von Mailand hatte Ludovico il Moro seinen Männern ausdrücklich ans Herz gelegt, daß nichts, aber auch gar nichts die harmonische Hochzeitsstimmung trüben dürfe. Und daher hatte Sanseverino jetzt auch Befehl gegeben, auf Mailänder Seite bis zur Heimkehr ins lombardische Herzogtum die Ermordung des jungen Grafen Uberto dei Pirovani totzuschweigen. Nur die Freunde und näheren Bekannten des Toten wagten es, hinter vorgehaltener Hand Mutmaßungen zu äußern.

Leider zeigte Sanseverinos ausdrücklicher Befehl keinerlei Wirkung bei den Neapolitanern, die es sich nicht nehmen ließen, ständig an den Tod des jungen Grafen zu erinnern. Lautstark, damit die Mailänder sie hören konnten, unterhielten sie sich über die Todesumstände und witzelten darüber, daß sich die Lombarden jetzt schon untereinander umbrächten. Dennoch wurde, wie die Tage ins Land gingen, der tragische Vorfall immer mehr von der Aufregung um die kommenden Festlichkeiten und den Aufbruch der Flotte überlagert.

Neben den Lombarden waren es vierhundert Neapolitaner mit ihrem Gefolge, die sich aufmachen würden, ihrer Herzogin das Ehrengeleit nach Mailand zu geben. Liebschaften waren entstanden, manche sogleich zu großer Leidenschaft aufgeblüht, andere langsam gewachsen, wieder andere schon in rascher Verwelkung begriffen. Aber nicht nur die Liebe, auch Auseinandersetzungen, Haß, Interessenkonflikte und Eifersucht hatten zur Umwandlung der riesigen Abordnung in ein sehr lebendiges, abgeschlossenes kleines Universum beigetragen, in dem die Emotionen, die die Welt draußen bewegten, noch intensiver und impulsiver gelebt wurden.

Ein jeder, ob er nun haßte oder liebte, war sich bewußt, daß dies alles bald zu Ende gehen würde, spätestens wenn man nach dem feierlichen Bankett in Tortona nach Mailand und auf seine eigenen Burgen zurückkehrte. Das Gefühl eines bevorstehenden Weltuntergangs, und sei es auch nur dieser kleinen künstlichen Welt, entflammte die Sinne und das Begehren – und förderte den Abschluß von Geschäften. Ja, auch Handelsbeziehungen wurden hier geknüpft, denn schließlich würde durch die Hochzeit zwischen den Nachkommen der beiden Herrscherhäuser auch der Warenverkehr zwischen Mailand und Neapel intensiviert werden, und es stand zu erwarten, daß die Geschäftsbeziehungen, im Gegensatz zu den Liebschaften, das Ende der Reise überstehen würden.

Das Techtelmechtel zwischen dem Vizegesandten der Toskana, Manetto dei Portinari, und der Marchesa Juana di Valladolid hatte sich mittlerweile zu einer leidenschaftlichen Liebesaffäre entwickelt. Die Marchesa, dunkelhaarig, schlank und eine hervorragende Tänzerin, war schon in einem Alter, da Frauen üblicherweise weniger Sorgfalt auf die Verheimlichung einer Affäre verwenden, und so benutzte sie als einzigen, dünnen Deckmantel ihre fünfzehnjährige Tochter, von der sie sich stets zu ihren Verabredungen mit ihrem Liebhaber begleiten ließ. Immaculadas Anwesenheit sollte, so hoffte sie, wenigstens den Schein wahren und verhindern, daß die bösen Zungen in dieser Gruppe müßiggängerischer Genußmenschen allzuviel Stoff für Klatsch und Tratsch bekamen, auch wenn sie sich im Grunde nicht wirklich Sorgen darum machte.

Das Auftreten der Marchesa sprach vom Stolz der Kastilierinnen. Sie hatte einen schönen schlanken Hals, einen eher zierlichen Kopf mit hohen Wangenknochen und schwarzes, glänzendes Haar, das sie in der Mitte gescheitelt trug. Die hellbraunen Augen und die schneeweißen Zähne gaben ihr etwas von einer Katze. Doch war es vor allem diese stolze Haltung, die allen ins Auge stach.

Die Brust kühn vorgereckt und die schlanken Schultern weit zurückgezogen, vermittelte sie den Eindruck, als wolle sie stets alle und jeden herausfordern. Diesen Eindruck verstärkte sie noch durch eine auffallende Angewohnheit, wenn jemand das

Wort an sie richtete und sie diese Worte als unpassend oder lästig empfand. Dann wandte sie sich ganz ruhig und mit fast geschlossenen Augen zu demjenigen um, hob langsam, dabei die Augen öffnend, den Kopf an und ließ ihren Blick provozierend lange an ihrem Gesprächspartner von unten nach oben wandern. Erst dann schenkte sie ihrem Opfer ein halb spöttisches, halb ironisches Lächeln, das von den sehr ausdrucksstarken Falten links und rechts ihres sinnlichen Mundes unterstrichen wurde. Sie hatte wenig Busen, aber es reichte, um ihr eng geschnürtes Kleid im spanischen Stil zu füllen. Sie war entfernt mit der königlichen Familie verwandt, und das Wissen um diese Herkunft spiegelte sich im stolzen Glanz ihrer Augen, die viele täuschen konnten, nur jene nicht, denen zu entdecken vergönnt war, wie stark die Leidenschaft war, die in ihnen glühte.

Ihre fünfzehnjährige Tochter Immaculada war ihr in vielem nachgeschlagen: die gleiche Gestalt, wenn auch noch zierlicher, die gleichen schwarzen Haare, die gleichen hellbraunen Augen, das gleiche Kinn mit der ein wenig vorstehenden Unterlippe, die beiden Frauen einen leicht schmollenden Gesichtsausdruck verlieh. Immaculadas Miene war jedoch noch ein wenig herablassender und ihr Lächeln koketter als das ihrer Mutter, für die sie eine große Zuneigung empfand, eine Zuneigung, die sie aber nicht davon abhielt, sie auch immer wieder als ihre Rivalin zu betrachten.

Die ganze Zeit des Aufenthalts in Neapel über waren die Marchesa und der Florentiner einander nicht von der Seite gewichen, und es war leicht abzusehen, daß sich dies auch auf der Heimreise nach Mailand nicht ändern würde.

Die Vizegesandten von Mantua, Burgund und Venedig, die mit Manetto dei Portinari befreundet waren, hatten immer wieder Gelegenheit, zu jeder Tages- und Nachtzeit die schöne Marchesa zu beobachten, wie sie sich zu dem Florentiner in die Zelle des Konvents schlich, in dem dieser logierte. Die Tochter begleitete sie bis zu einem kleinen Tor, sah ihr dann nach, wie sie in dem zur Kammer ihres Liebhabers führenden Garten verschwand, und kehrte dann zu ihrer eigenen Unterkunft zurück.

Doch in den letzten Tagen hatten die Freunde beobachtet, daß die Mutter immer häufiger allein kam. Überhaupt hatte die Tochter ihr Verhalten geändert. Es war nicht klar, ob ihr der Vizegesandte aus Florenz tatsächlich gefiel oder ob sie es lediglich darauf anlegte, ihre Mutter herauszufordern. Jedenfalls hatte Immaculada begonnen, den Liebhaber ihrer Mutter in jeder nur erdenklichen Weise zu umgarnen. Während der Empfänge hielt sie sich stets in seiner Nähe auf und reizte ihn mit Galanterien und Nettigkeiten, wobei ihre Liebenswürdigkeit aber häufig auch, scheinbar grundlos, in betont unhöfliches Verhalten umschlug.

Bei den Tänzen versuchte sie dann als ausgezeichnete Tänzerin, die sie war, seine Aufmerksamkeit durch ihre gewandten Schritte und eleganten Bewegungen zu erregen. Andere Male provozierte sie ihn schon allein dadurch, daß sie ihn unentwegt anblickte.

Zuweilen ließ sie ihm gegenüber auch eine innige Vertrautheit erkennen, die ihre Mutter fälschlicherweise für pflichtschuldige Zuneigung ihrem Geliebten gegenüber hielt, andere jedoch als stark übertrieben empfanden, so daß allmählich der Eindruck entstand, das Mädchen lege es eindeutig darauf an, im Bett des Florentiners zu landen.

Eines Abends schließlich konnten die Freunde beobachten, wie das Mädchen flugs in die Kammer des Florentiners schlich, kurz nachdem ihre Mutter diese verlassen hatte. Bald schon kamen diese Besuche immer häufiger vor, so daß die Freunde schließlich bereits, wenn sie die Mutter herauskommen sahen, darauf warteten, gleich darauf die junge Tochter hineinschlüpfen zu sehen.

Das Kommen und Gehen der beiden Frauen wurde für Manetto bald schon weniger eine Gewohnheit als vielmehr eine Droge, die ihn süchtig machte. Er war hingerissen von der Vorstellung, eine Frau gleich zweimal zu lieben, in einer jüngeren und einer älteren Gestalt.

Die Mutter wußte natürlich nicht, was hinter ihrem Rücken

vorging. Immaculada hingegen überschüttete ihren Liebhaber, wenn sie nach dem Liebesspiel plaudernd mit ihm zusammen auf dem Bett lag, mit Fragen über ihre Rivalin. Sie wollte von ihm wissen, wen er mehr liebe, und entlockte ihm nach und nach immer intimere Details über sein Verhältnis zu ihrer Mutter. Obwohl diese Fragen den Florentiner einerseits in Verlegenheit brachten, erregten sie ihn andererseits auch so sehr, daß er mehr und mehr den Sinn für die Realität verlor. Immaculada merkte das, und um ihn noch heftiger zu entflammen, drängte sie ihn, intimste Vergleiche anzustellen, und malte ihm pikante neue Konstellationen aus. Manetto empfand gerade diese kindliche Schamlosigkeit als so erregend, daß er voll und ganz ihren Verführungskünsten erlag. Dieses Mädchen war ohne Zweifel die hemmungsloseste Frau, die er je kennengelernt hatte, und manchmal, wenn sie auf dem Höhepunkt der Leidenschaft auf ihm ritt, feuerte sie ihn an, als wäre er ein Kampfpferd, und verglich sich dabei mit ihrer Mutter. Und Manetto ertappte sich dabei, daß er im Liebesspiel die eine mit der anderen verwechselte, was ihn in eine merkwürdige Betäubung versetzte und ihn in einem Zustand ständiger, nicht nur körperlicher, sondern auch seelischer Erregung hielt. Die beiden Frauen indes waren glücklich, hatten sie doch einen wirklich überaus befriedigenden Liebhaber gefunden.

Es war ein Abenteuer, das alle drei in eine fast erstickende Umklammerung trieb. Auch die Mutter spürte, obwohl sie nicht wußte, was da tatsächlich vor sich ging, die eigenartige morbide Aura ihrer Beziehung. Die Tochter ihrerseits war stolz darauf, diese Aura geschaffen zu haben, und glaubte, die Situation zu beherrschen. In Wirklichkeit konnte sich jedoch keiner der drei diesem Taumel, der sie mehr und mehr erfaßte, entziehen.

Mittlerweile war es die Regel, daß die Tochter, sobald die Mutter den Konvent verließ, wenige Minuten später den Weg dorthin nahm. Doch mit der Zeit konnte es nicht ausbleiben, daß den jungen Mann trotz seines bemerkenswert guten Willens langsam die Kräfte verließen.

Außerdem würden in Kürze alle drei gemeinsam die Reise nach Mailand antreten, und die Freunde fragten sich schon, wie er sich wohl auf dem recht kleinen Schiff aus der Affäre ziehen würde, ohne Raum, um einmal für sich zu sein, eingekeilt zwischen den beiden unersättlichen Frauen.

Die Marchesa Juana hingegen war glücklich und aufgeregt, weil sie ihren Geliebten auf der Reise ständig in Reichweite haben würde. Die Tochter ihrerseits schmiedete schon Pläne, um auch dann weiterhin den süßen Reiz des Verbotenen auszukosten zu können, und überschüttete Manetto mit Tausenden von Fragen bezüglich der Reise und speziell der Unterbringung an Bord.

Zuweilen schoß dem Florentiner, der sich trotz des erotischen Taumels einen Rest seines klaren Verstandes bewahrt hatte, blitzartig eine Frage durch den Kopf: Was, wenn Immaculada sich nur deswegen so verhielt, weil sie von ihrer Mutter entdeckt werden wollte? Und in manchen Momenten hatte der Jüngling tatsächlich das Gefühl, daß die Marchesa vom Anflug eines Verdachts gestreift wurde, sich jedoch beharrlich weigerte, die Augen zu öffnen, um den Zauber der für sie so wichtigen Liebe nicht zu zerstören. Manetto dei Portinari war realistisch genug, um die schwarzen Wolken, die sich unweigerlich am Horizont zeigen würden, vorauszuahnen, jedoch war er zu sehr dem Rausch der fesselnden Doppeldeutigkeit der Situation erlegen, um daraus Konsequenzen zu ziehen.

Die Situation brachte es mit sich, daß der Florentiner immer weniger Zeit für seine Freunde fand, die häufig mit den vier Gefährten Gian Galeazzos zum Kartenspielen und Trinken in einer nahen Osteria zusammenkamen.

Der elegante Graf de Commynes hatte derweilen alle Hände voll damit zu tun, seine Freundinnen zu Empfängen zu begleiten oder Ausflüge in die herrliche Umgebung von Neapel zu organisieren, wo sie immer wieder herzliche Aufnahme in den Landhäusern des neapolitanischen Adels fanden. Natürlich konnte es der Vizegesandte von Burgund auch während dieser Ausflüge nicht lassen, Kontakt zu den jungen Pagen in ihrer Begleitung zu suchen. Aber der Graf fand auch immer wieder Gelegenheit, sich mit neapolitanischen Gassenjungen anzufreunden, von denen man vielen, besonders ihrer strahlenden dunklen Augen und ihres frechen Lächelns wegen, eine gewisse natürliche Schönheit nicht absprechen konnte.

Auch Monna Isa und Monna Evelyn pflegten weiter ihre zarten Liebesbande. Auf der Suche nach den intensivsten Gefühlen ihrer jungen Körper verbrachten sie viele Stunden zusammen, in denen sie sich flüsternd von ihren Hoffnungen und Wünschen erzählten und sich gemeinsam auf Reisen voller intimster Zärtlichkeiten begaben, die sie immer wieder zu nie erlebten Höhepunkten rauschhafter Erfüllung führten, bis sie schließlich ermattet eng umschlungen in der erholsamen Stille der Nacht einschliefen.

Doch trotz allem lächelte Monna Evelyn, wenn sie erwachte und daran dachte, daß sie auch heute ihren schönen Venezianer wiedersehen würde, der so verschlossen war, umgeben von einer faszinierenden Melancholie.

Die Beziehung zu ihm schenkte ihr die Freude einer keuschen Reinheit, nach der sie sich unbewußt immer gesehnt hatte. Im Unterschied zu ihrem Verhältnis mit Isa, das, obwohl überaus zärtlich, sie doch im tiefsten Innern aufwühlte, wärmte ihr die Verbindung mit Zane dei Roselli das Herz. Mehr und mehr wurde sie gewahr, daß in seiner Nähe die milde Luft Neapels noch milder, die Kirchen, die sie Hand in Hand besuchten, noch schattiger und die ärmeren Viertel der Stadt mit ihrem Lärm und Geschrei noch lebendiger waren.

Isa hingegen war ständig von ihren vielen Verehrern umgeben, die sie auch ohne Zurückhaltung mit ihrem Liebreiz bedachte. Doch wie stets erlaubte sie es keinem, daraus irgendwelche Rechte auf sie abzuleiten, was ihre Liebhaber immer wieder zur Verzweiflung trieb. Wenn Isa sich einem Mann hingab, gab sie ihm das Gefühl, seine Liebessklavin zu sein, doch traf sie ihn, den Liebhaber für eine Stunde oder auch eine Nacht, später dann wieder, verhielt sie sich zwar liebenswürdig, aber auch distanziert, so als sei ihr Verhältnis nie mehr als eine herzliche Freundschaft gewesen. Dieses Verhalten, das ganz ihrem Wesen entsprach, wurde von ihren Männern nur widerwillig akzeptiert, besonders von den Neapolitanern, die sich immer wieder vormachten, aus der Intimität einer flüchtigen Liebesnacht fortan Ansprüche auf die Frau ableiten zu können. Dabei war Isas Handeln weder von Taktik noch von Kalkül bestimmt; vielmehr entsprach diese Freiheit in ihren Entscheidungen und Verhaltensweisen ihrer Natur, und so konnte sie nicht verstehen, wieso die Männer ihr erotisches Geschick und die Intensität ihrer Empfindungen mit dem Versprechen einer länger andauernden Liebesbeziehung verwechselten. Auf die entsprechenden Vorhaltungen ihrer enttäuschten Liebhaber reagierte sie nur, indem sie ihre klaren, himmelblauen Augen weit aufriß und ihre schneeweißen Zähne zu einem schelmischen Lächeln entblößte, sich dann hüftschwingend umdrehte und lachend entfernte.

Monna Andrea hingegen erlebte mit Ibn Mansour al-Amid eine kurze, mitreißende Zeit, und mittlerweile war das Begehren nach diesem Mann ihr ständiger Begleiter. Jedoch wunderte sie sich über die Tatsache, daß sie sich, obwohl ihr jede Einzelheit ihres Geliebten präsent war, anstrengen mußte, sich an sein Gesicht zu erinnern. Dies war keine Liebe, das wußte sie sehr genau, dies war eine rein körperliche Ekstase, die sie aber zum klaren Denken unfähig machte und immer weiter fortriß.

Mittlerweile hatte sie sich durch diese Besessenheit ein wenig von der Gruppe entfernt. Die Freunde bemerkten, daß sie nicht mehr das gleiche Interesse an ihren Vergnügungen und Plaudereien zeigte und immer seltener mit ihrem schwarzen Prinzen an den Ausflügen der Gruppe außerhalb der Stadtmauern teilnahm.

An den Abenden, wenn keine höfischen Bankette auf dem Programm standen, kam die ganze Gesellschaft gerne in der Taverna Crispano im alten Borgo Sant'Antonio zusammen.

Hier fühlten sich die jungen Leute freier, hier konnten sie singen und sich in den volkstümlichen Tänzen, die gerade in Mode waren, versuchen. Und wenn dann nach Mitternacht die Türen der Taverne geschlossen und die anderen Gäste gegangen waren, vergaßen sie jegliche Hemmungen und gaben sich allen nur denkbaren Spielarten lustvollen Vergnügens hin.

Die Zirkassierin war dann wie entfesselt, aber mehr noch war es Monna Melita, die, normalerweise schon mit einem außergewöhnlichen Temperament gesegnet, ihre an beunruhigenden und mitreißenden Fähigkeiten reiche Natur zur Entfaltung brachte. Man merkte schnell, daß das, was dieses Geschöpf ausstrahlte, nicht bloß eine aufreizende Sinnlichkeit war, sondern etwas Geheimnisvolleres, ein mächtiges Fluidum, das die ganze Atmosphäre ihrer Umgebung zu prägen vermochte. In manchen Augenblicken entstand um sie herum eine Aura, in der sie die anderen mit der Zauberkraft eines höheren Wesens beherrschte und die Empfindungen derer, die ihrem Einfluß erlagen, bis zur Raserei steigerte.

Melitas Wirkung auf die Männer, die sie umgaben, war enorm. Noch größer aber war ihr Einfluß auf viele Frauen, die ihre Macht spürten, Türen zu einer neuartigen Gefühlswelt in ihrem Innern zu öffnen. All diese besonderen Fähigkeiten hätten sie leicht als Hexe auf den Scheiterhaufen bringen können, wäre sie nicht die Geliebte der mächtigen, ja unangreifbaren Rufolo-Zwillinge gewesen. Die Brüder genossen die Wirkung dieses betörenden Geschöpfs und hatten ihren Spaß daran, Melita ihren Freunden und Freundinnen mit einer vornehmen, ja spöttischen Distanz zur Verfügung zu stellen.

Eines Nachts war Melita gegen Ende eines ausgelassenen Mahls in der Taverna Cerriglio von den Zwillingen zu einem Tisch geleitet worden, wo sie sich, mit gerafften Röcken auf der Tischplatte zwischen Obstschalen, Weingläsern und Speiseresten liegend, so als wollte sie sich nun an einer neuen Herausforderung laben, allen anwesenden Männern wie Frauen hingegeben hatte. Als sie schließlich mit ihren Kräften schon am Ende schien, hatte sie sogar noch die Küchenjungen der Taverne kommen lassen, die, zunächst zögernd, dann jedoch durch die Anfeuerungen der anderen mutiger geworden, das Werk mit dem Ungestüm ihrer Jugend vollendeten.

In den aragonesischen Königsschlössern wurden unablässig Bankette gefeiert, die von den starren Regeln der spanischen Etikette geprägt waren. Doch lediglich in den ersten Stunden der Feierlichkeiten fanden die protokollarischen Normen Beachtung. Je mehr dann die Sinne durch Wein und Galanterien angeregt wurden, desto weiter wurden auch die engen Maschen der höfischen Etikette. Zunächst nur entspannt, degenerierte die Atmosphäre nach und nach, bis sie schließlich das für die Fürstenhäuser jener Zeit typische dekadente Niveau erreicht hatte, das viele christliche Prediger verständlicherweise immer wieder anprangerten.

König Ferrante wollte die Mailänder um jeden Preis mit einer prunkvollen Demonstration seiner Gastfreundschaft aus der Fassung bringen. Der Glanz der Festmahle sollte den ungeheuren Reichtum und die Eleganz übertreffen, welche die Lombarden, solange es ihnen erlaubt war, mit ihren an Gold, Perlen und Diamanten überreichen Gewändern zur Schau gestellt hatten.

Am Hof von Neapel wußte man sehr genau, daß im Schloß der Sforza in Mailand ein Küchenmeister namens Stefano de Rossi arbeitete, dessen Vater, Mastro Martino, eine Sammlung der erlesensten Rezepte seiner Kunst zusammengestellt hatte. Das Manuskript hatte den päpstlichen Bibliothekar, den bekannten Humanisten Platina, dazu angeregt, die Rezeptsammlung zu einem gedruckten Buch zu verarbeiten, das bald schon an allen Höfen berühmt wurde. Mithin waren die Mailänder also auch auf dem Feld der Kochkunst zu fürchten, und die Auseinandersetzung versprach sehr hart zu werden.

Dabei stand Neapel der lombardischen Hauptstadt hinsichtlich der Berühmtheit seiner Küchenmeister in nichts nach. Hier arbeitete Ruperto da Nola, ein von der spanischen Kultur geprägter Neapolitaner, der ebenfalls ein wichtiges Werk über Zeremonien und Rezepte herausgebracht hatte, das in katalanischer

Sprache verfaßte *Libre del coch*. Darin waren die Tischkulturen Spaniens und Italiens zusammengefaßt, ergänzt von den wichtigsten kulinarischen Errungenschaften der Araber auf Sizilien sowie der legendären Kalifate von Sevilla, Granada und Córdoba.

Mastro Ruperto würde diesen aufgeblasenen Mailändern schon zeigen, wozu die Küche des aragonesischen Hofes imstande war. Mit dem Bild der prunkvollen Festtafeln Aragons im Kopf und dem köstlichen Geschmack der spanischen Küche auf der Zunge sollten die Lombarden in ihre kalten Burgen im Norden zurückkehren.

Eine historische Auseinandersetzung zwischen den beiden großen Schulen der so unterschiedlichen Küchen und Festzeremonielle bahnte sich an: die Kultur des großen Spanien und die verfeinerte Eleganz der italienischen Renaissancehöfe würden sich dabei gegenüberstehen. Die anderen – Deutsche, Flamen (obwohl ebenfalls sehr reich), Engländer und sogar Franzosen – bewegten sich in der Verfeinerung der Lebenskunst und der Kultur des guten Essens auf keinem Niveau, das sie dazu berechtigt hätte, mit diesen beiden großen Traditionen zu wetteifern. Nur der Hof des Herzogtums Burgund mit seinem beachtlichen Luxus hätte womöglich neben den beiden kulturellen Großmächten Italiens keine allzu schlechte Figur gemacht.

Auf dem Podium im Ehrensaal von Castelnuovo würde in der Mitte das Königspaar Ferrante und Giovanna Platz nehmen, daneben Alfonso, der Herzog von Kalabrien, dann Hermes Sforza, die neue Herzogin Isabella von Mailand, der Bischof von Como, Antonio Trivulzio, sowie der Erzbischof von Neapel, Alessandro Carafa.

Das imposante, mit kostbaren orientalischen Teppichen bezogene Podium ließ die königliche Tafel hoch über die anderen Tische hinausragen, die sich in zwei unendlich langen Reihen die Saalseiten entlangzogen. Hier würden die anderen Gäste gemäß einer strengen protokollarischen Rangfolge Platz finden: die bedeutendsten in nächster Nähe zur königlichen Tafel, die anderen immer weiter entfernt. Die letzten würden die Künstler sein und die allerletzten die Dichter, einem Brauch entsprechend, der noch auf die französischen Anjou zurückging. Jedermann wußte und hielt es für richtig, daß niemals alle Teilnehmer eines Banketts mit Speisen von gleicher Qualität bedient wurden. Der arme Boccaccio hatte sich schon ein Jahrhundert zuvor in Neapel bei seinem Freund Niccoló Acciaiuoli, der damals Minister im Dienste der Anjou war, über den schlechten Platz beschwert, den man ihm an der Festtafel zugewiesen hatte, und daraus folgend über die Dürftigkeit der Speisen, die den Dichtern zugedacht waren.

Die Tafel von König Ferrante aber würde mit den üppigsten und raffiniertesten Leckereien versorgt werden, und auch die Vertreter der verschiedenen Fürstentümer würden nicht zu kurz kommen. Dann aber würde nach und nach die Qualität der Speisen und Getränke stark absinken, so daß die letzten Gäste mit dem würden vorlieb nehmen müssen, was die hochrangigen Gäste in den Tellern gelassen hatten, und die allerletzten mit den Resten derer, die wiederum ein wenig über ihnen standen.

Unter Trompetenklängen und Trommelwirbel hielten König Ferrante und Königin Giovanna nun feierlich Einzug in den Saal. Die Höflinge und Diener beugten das Knie, alle übrigen Gäste hatten sich erhoben und die Kopfbedeckungen abgenommen. Hurtig sprang der Großkammerherr auf, um das Königspaar zu seiner Tafel zu geleiten.

Ihnen folgten Herzog Alfonso und nach und nach all jene, die auf dem Podium Platz finden würden. Als sich die Fürsten niedergelassen hatten, durften auch die Diener sich wieder erheben, während die Gäste an den niederen Tischen die Barette auf- und sich selbst hinsetzten.

Dem königlichen Befehl folgend, waren die Cavalieri in Trauergewändern erschienen, doch hatten die Mailänder den Schmuck, der ihre farbenfrohen Gewänder geziert hatte, einfach umsetzen lassen. Mit dem Ergebnis, daß sich die Perlen und Edelsteine auf dem schwarzen Untergrund der Seiden- und Samtstoffe noch wirkungsvoller abhoben. Vor allem die Barette, die nach der Etikette während des gesamten Mahls aufzubehalten waren, erstrahlten durch die Pracht des Federschmucks, der Perlenreihen und der großen, farbigen Edelsteine. König Ferrante und sein Sohn Alfonso waren recht verstimmt ob dieses listigen Gegenmanövers, hatten aber eben keinen überzeugenden Grund gefunden, um das Tragen von Schmuck zu verbieten.

Außerdem war die Entscheidung, die ganze Festgesellschaft zu Trauerkleidung zu zwingen, sicherlich nicht dazu angetan, dem Bankett einen fröhlichen Rahmen zu geben. Die Ritter und ihre Edeldamen mit den dichten Schleiern vor den Gesichtern gaben ein seltsam unwirkliches Bild ab, wozu die allgemeine Heiterkeit, die trotz der verordneten Trauer schon bald im Saal herrschte, das ihre beitrug.

Nun wurden die ersten Speisen einer unendlichen Reihe von Köstlichkeiten aufgetragen. Früchte in großen Körben, die mit buntem Papier geschmückt und mit vergoldeten oder versilberten allegorischen Figuren verziert waren; gekochte Quitten, Birnen, Trauben sowie getrocknete Feigen aus Neapel und Smyrna; in der Glut geröstete Kastanien sowie Pomeranzen, Zitronen, Zitronat, kandierte Früchte und Nüsse.

Dann kamen die acht verschiedenen Potagen an die Reihe: Potage *de manos de canero,* eine Suppe aus zerstoßenen und in Hammelbrühe gekochten Mandeln und Wacholderbeeren, mit kleinen Hammelbeinstücken sowie reichlich Mandelmilch und Zucker.

Die zweite der acht Potagen war die *asadura,* für die man die Innereien eines Zickleins zunächst in einem großen Topf kochte. Dann schnitt man das Fleisch in kleine Würfel, briet es mit Speck und Zwiebeln an und gab dann im Mörser zerstoßene Mandeln, die zuvor zusammen mit der Leber des Zickleins geröstet worden waren, sowie in weißem Essig eingeweichtes Brot hinzu. Das Ganze drückte man nun durch ein Sieb, verlängerte es mit einer fetten Brühe und kochte es mit einer Soße aus verschiedenen Gewürzen. In Schüsseln, in die man zuvor einige Eier gegeben hatte, kam die Suppe schließlich auf den Tisch. Wichtig war dabei, daß sie ganz leicht nach Essig schmeckte.

Danach wurden die drei Potagen *el primo, el segundo* und schließlich *el tercio* serviert. Letztere bestand aus fein geschnittenem grünem Koriander, den man mit getrocknetem Koriander sowie gerösteten Mandeln und Nüssen in einem Mörser zerstoßen hatte; die Masse kochte man dann in einer Soße aus verschiedenen Gewürzen, mit viel Safran, einer guten fetten Brühe, Essig und Zucker. Wenn die Suppe die gewünschte Konsistenz angenommen hatte, streute man kurz vor dem Servieren noch einmal reichlich Zimt und Zucker darüber.

Dann wurde die Potage aus *capon armado* aufgetragen, anschließend eine Lebersuppe sowie eine Potage aus Emmer und Grieß. Dazu wurde der Emmer mehrere Male in kaltem Wasser gewaschen, dann in einem Topf mit Hühnerbrühe halb gar gekocht und Mandelmilch und Zucker (von hoher Qualität) hinzugefügt. Das Ganze ließ man nun weiterköcheln, bis es eingedickt war, ließ es dann eine Zeitlang ruhen und servierte es mit Zimt und Zucker. »Dies war«, wie es in einer Chronik hieß, »eine so milde Potage, daß sie auch einem Kranken genutzt hätte«. Nach diesen stärkenden Suppen waren die Mägen gut gewappnet, um endlich nahrhaftere Speisen aufzunehmen.

Auf die Tische gelangten nun verschiedenste, äußerst delikate Pasteten, wie die aus Ziegenfleisch mit Auberginen oder auch die berühmten »Auberginen maurischer Art«, ein Rezept, bei dem das Gemüse zunächst in Fett angebraten und dann mit geriebenem Käse, Koriander und fetter Brühe gekocht wurde. Ebensowenig fehlten gefüllte Zucchini oder in der *cazuela* gegarter Reis.

Unter ausgiebigsten Ehrenbezeugungen trug man die Speisen zur königlichen Tafel und wechselte jedesmal das Mundtuch, sobald einer der erlauchten Gäste nach einem Schluck Wein die Lippen damit abgetupft hatte. Und jeder Gegenstand, der auf die königliche Tafel kam, egal, ob Mundtuch, Messer oder Salzfäßchen, wurde zuvor kniend geküßt.

Die Pokale mit Wein wurden vom *Copero* gereicht, der beim Näherkommen darauf bedacht war, das Gefäß höher als seine Nasenflügel zu halten, damit in dem tadelnswerten, aber dennoch möglichen Fall eines Niesens nichts Unerwünschtes in den Wein fiel. Brachte er Wasser, trat er mit dem Pokal in der Rechten und dem gefüllten Krug in der Linken heran, verbeugte sich so elegant wie möglich, reichte seinem König den Pokal, ließ den Krug in die Rechte gleiten, goß anmutig ein, ließ den Krug in die Linke zurückwandern und entfernte sich schließlich nach nochmaligen Ehrerbietungen.

Die Pokale der Edelleute waren aus Silber oder einem anderen Metall gefertigt. Nur der König und die höchsten Herrscher benutzten ausschließlich Kelche aus Selicorniokristall, da man überzeugt war, daß dieses überaus feine Glas bei der ersten Berührung mit einem Getränk, das Gift enthielt, zerspringen würde.

In dem großen Festsaal herrschte mittlerweile fröhlicher Trubel. Der gute Wein und die erlesenen Köstlichkeiten hatten die Zungen gelöst und die starre Etikette merklich gelockert. Die Suppen, Soßen und Tunken hatten überall ihre Spuren hinterlassen, und vor allem die Tischdecken, an denen sich jedermann Hände und Mund abputzte, waren mit Flecken übersät.

Die ersten eingeweichten Brotstücke, zu Formen mit eindeutigen Anspielungen geknetet, flogen durch die Luft und ebenso Konfekt und Backwerk, die stets das ganze Bankett über auf den Tischen standen. Einigen besonders geschickten Werfern gelang es sogar, Pralinen in den tiefen Dekolletés der Damen zu versenken, woraufhin lauthals und unter dem Gegröle der Tischnachbarn die Rückerstattung gefordert wurde. Andere machten sich auch einen Spaß daraus, sich den Mund mit Wein zu füllen und prustend Spritzer auf andere Gäste niedergehen zu lassen.

Alle warteten nun auf die wichtigsten Gerichte des Banketts, denn ein wahrer Edelmann fühlte sich im Grunde nicht satt, solange er sich nicht an einer ordentlichen Portion Wild und anderer Fleischsorten gelabt hatte, die allgemein als der entscheidende Bestandteil jedes Festmahls galten. Besonders die Mailänder Cavalieri konnten es gar nicht erwarten, endlich die Tranchiermesser am Werk zu sehen.

Als der große Moment gekommen war, zogen unter Pfeifen-, Trommel- und Hornklängen in einer langen Reihe die Diener in den Saal. Sie hatten Tragen geschultert, die mit riesigen Platten voller aller nur denkbaren Fleischsorten beladen waren: Pfauen mit kunstvoll zusammengerollten Federn und Schwänzen, ganze »vergoldete« Kälber, gefüllte Spanferkel, Kraniche, Fasane, Rehböcke, Hirsche und sogar ganze ungehäutete Wildschweine.

Schließlich hielt, hinter seinen Helfern herschreitend, der Erste Tranchiermeister Einzug, höchst elegant in seiner schwarzen, silbern bestickten seidenen Giornea. Auf dem Kopf trug er ein mächtiges, mit schwarzen Reiherfedern und Perlen geschmücktes Barett, und an seinem Gürtel hing der Galanteriedegen, das *signum distinctionis* seines Ranges als Cavaliere.

Fast tänzelnd bewegte er sich auf seinen König zu, verneigte sich tief, zog mit einer eleganten Geste das Barett, schwang es ein paarmal als Zeichen der Ehrerbietung hin und her, setzte es wieder auf und trat gravitätisch an den kleinen Tisch, auf dem seine Helfer schon große Fleischstücke bereitgestellt hatten. Andere Gehilfen reichten ihm nun das bereits geöffnete Etui, in dem die Spezialmesser und -gabeln seiner Zunft steckten.

Der ganze Saal beobachtete ihn und wartete gebannt auf die Vorführung, die jetzt an der königlichen Tafel beginnen sollte, während andere, niedere Tranchiermeister an die Tische mit den ranghöheren Gästen traten. Die Mailänder grinsten bereits: Es war ihnen nicht entgangen, daß die Helfer ein Schneidebrett auf den kleinen Tisch gestellt hatten, was bedeutete, daß es sich bei dem Tranchiermeister um keinen Vertreter der italienischen Tranchierschule *in aria,* also »in der Luft«, handelte.

Der Cavaliere begann unterdessen mit seinem Ritual: Zuerst suchte er sorgfältig ein spezielles Messer aus und nahm die *aguzadera* aus dem Etui an seinem Gürtel zur Hand, dann machte er sich endlich, nach dem letzten Feinschliff, ans Werk. Mit wenigen sicheren Schnitten tranchierte er den Rehbock auf dem Schneidebrett und verteilte die einzelnen Fleischscheiben kunstvoll auf dem Teller des Königs, den ihm ein kniender Gehilfe hinhielt.

Der Tranchiermeister hatte also tatsächlich das Fleisch zum Schneiden auf ein Brett gelegt, anstatt es »in der Luft« in Scheiben zu zerteilen, wie es das Protokoll eines zivilisierten Hofes verlangt hätte. Den Mailändern kam die Gelegenheit gerade recht, um sich über die Neapolitaner und Spanier lustig zu machen. Zunächst noch gedämpft, dann immer lauter werdend, ereiferten sie sich über die barbarischen Sitten gewisser Völker und den durch nichts gerechtfertigten Hochmut ihrer Höfe.

Mit Fleischstücken, die sie auf Vorlegegabeln gesteckt hatten und gut sichtbar in die Höhe hielten, verhöhnten sie die Aragonesen und machten ihnen vor, wie ordentlich »in der Luft« tranchiert wurde. Es war beschämend, so sagten sie, daß König Ferrante und sein Sohn mit ihrem spanischen Gehabe nicht einen einzigen erstklassigen »In-der-Luft«-Tranchiermeister an ihrem Hof beschäftigten. Aber man würde diesen arroganten Neapolitanern ja Gott sei Dank schon bald in Mailand zeigen können, wie es an einem wirklich zivilisierten Hof zuging.

Die Gemüter waren jetzt so erregt, daß ein handfester Streit auszubrechen drohte. Ein Spanier, der Conde Ramiro de Guzman y Barriga, stürzte sich auf einen der Freunde des Herzogs Gian Galeazzo, den jungen Marchese von Crema, der ihn offensichtlich zu provozieren versuchte. Sie hatten schon die Klingen aus den Scheiden gezogen, als sich auf beiden Seiten die Freunde dazwischenwarfen, um die zornentbrannten Hitzköpfe zu bremsen. Schmähungen, spitze Schreie von Hofdamen, Knüffe, schneidige Befehle der Offiziere der Bogenschützen beider Gruppen: Fürs erste gelang es, die Gemüter etwas zu beruhigen. Fast mit Gewalt wurden die beiden Streithähne zu ihren Hockern zurückgeführt, doch die Spannung war immer noch greifbar, und Beleidigungen und Verhöhnungen flogen weiter zwischen den Seiten hin und her, wenn auch nur noch halblaut.

Die Hofnarren, Gaukler und Musikanten hatten Befehl erhalten, sobald es zu Handgreiflichkeiten kommen sollte, die Raufbolde mit ihren Vorführungen abzulenken und sich im Saal immer dort aufzuhalten, wo ihre Anwesenheit gerade am notwendigsten erschien. Währenddessen zerlegten und verteilten andere Tranchiermeister große Stücke aller nur denkbaren Fleischsorten zunächst auf dem Podium und dann, nach und nach, auch an den anderen Tischen.

Die niederrangigen Gäste mußten sich lange gedulden und schließlich mit dem Fleisch vorliebnehmen, das die anderen vor ihnen abgelehnt hatten. Die untersten Offiziere bei Hofe sowie die Künstler, die am Ende der langen Tafel saßen, erhielten erst jetzt die Reste der mittlerweile schon kalten Suppen von den höheren Tischen.

Nach dem gebratenen und gekochen Fleisch sollten die Fischgerichte serviert werden. Fische und Meeresfrüchte, an denen das Meer vor Neapel so reich war, galten als wenig nahrhaft, und so war man daran gewöhnt, sie in großen Mengen zu verzehren. Obwohl sie den Magen nicht belasten, sondern im Gegenteil dazu beitragen, das Fleisch besser zu verdauen, war es eine Selbstverständlichkeit, daß auch diese Gänge mit einer Reihe verschiedener Potagen eingeleitet wurden.

So hatte der erfahrene Ruperto da Nola zum Beispiel eine Suppe aus Tintenfisch und Sepia zubereitet. Eine Potage aus Grieß, mit ein wenig Mandelmilch in Hühnerbrühe gekocht, schien wie geschaffen dazu, den Appetit neu anzuregen.

Außerdem durfte natürlich die *Cebollada,* also eine Zwiebelsuppe, die heiß mit einigen aufgeschlagenen Eiern in tiefen Tellern serviert wurde, nicht fehlen.

Nur die wenigsten schafften es, von allen Speisen zu kosten, die auf den Tisch kamen. Viele aßen nur ein wenig von den zahlreichen Gerichten, die vor ihnen aufgebaut wurden, und begnügten sich damit, die anderen lediglich zu probieren. Besonders die jungen Damen gefielen sich darin, allen zu zeigen, wie sehr sie im Gegensatz zu den gefräßigen Matronen Völlerei verabscheuten. Doch das Bankett zog sich so lange hin, daß schließlich jeder Gast, der eine mehr, der andere weniger, den kulinarischen Höhepunkten die Ehre antat.

Und es wäre ja auch tatsächlich eine Sünde gewesen, sich all diesen Gaumenfreuden zu verschließen. Wer hätte schon einer Brühe aus Tintenfisch, Sepia und Krake, angereichert mit Nüssen und leicht geröstetem Brot und mit Pomeranzensaft gewürzt, ernsthaft widerstehen können? An den von Ruperto da Nola zubereiteten Gaben Neptuns fanden sogar die Mailänder nichts zu bemängeln.

Eine Fischsuppe schloß die Reihe der Appetitanreger ab. Dann zogen die Diener unter Trompeten- und Trommelklängen mit den Tragen in den Saal ein, auf denen sich Platten mit den herrlichsten Gerichten aus Fleisch und Meeresfrüchten befanden: so Langusten, ganze Thunfische, panierte Lampreten, große Maifische in Kruste mit Wacholder und Essig, Störe in einer Wacholder-Koriander-Soße, gegrillte Bonitos, geschmorte Seeaale, gekochte Seeaale mit Kräutern und Essig, dann die kleinen Sardinen, die über dem offenen Feuer in der *cazuela* gegart und mit Wacholder, Safran, Petersilie, Minze, Mandeln, Pinienkernen, verschiedenen Kräutern und Essig zubereitet waren.

Unter lautem Applaus wurden danach Platten mit Steinbutten, Seezungen, Tintenfischen, Dorschen, auf fünf verschiedene Arten zubereitet, und schließlich ganze Berge von *ostias* herbeigetragen. Diese Austern wurden zunächst ausgebacken und dann in eine Marinade aus Orangensaft, Pfeffer und Lorbeerblättern eingelegt. Oder sie kamen direkt mit Zwiebeln, Pfeffer und Essig gebraten auf die Tafel.

Währenddessen waren die Gäste an den hintersten Tischen noch damit beschäftigt, die Knochen abzunagen, die die Tranchiermeister nicht vollkommen vom Fleisch befreit hatten.

Die Diener, denen man die Aufgabe übertragen hatte, die Reste von den ersten zu den letzten Tischen zu bringen, steckten auf dem Weg geschickt die leckersten Bissen in die weiten Taschen ihrer »geteilten« Livreen, um sie später mit nach Hause zu nehmen. Auf diese Weise verschwanden die größten Stücke Fleisch und Pasteten.

Auch beim Weinausschank fand die gleiche strenge Hierarchie zwischen den Tischen Beachtung. Der vorzüglichste Wein war dem König und den ranghöchsten Gästen auf dem Podium vorbehalten, guter Wein wurde an den ersten Tafeln ausgeschenkt, den anderen servierte man einen leichten, aber trinkbaren Wein, und nur die Gäste an den letzten Tischen mußten mit direkt aus den Fässern gezapftem Wein vorliebnehmen, der abgestanden war und nach Essig schmeckte. Mit Wasser verdünnt löschte er aber immerhin noch den Durst.

Wie nicht anders zu erwarten, waren trotz der Reibereien zwischen den beiden Gruppen die jungen Cavalieri damit beschäftigt, den Damen den Hof zu machen, was diese auch gerne geschehen ließen. Manche waren auch schon im Schutz der zahlreichen dunklen Ecken im Saal dazu übergegangen, sich recht unbefangen erotischen Vergnügungen hinzugeben. Im Saal herrschten ein ohrenbetäubender Lärm und ein wüstes Durcheinander, und fast die ganze Gesellschaft, Männer wie Frauen, war betrunken. Viele Bänke waren leer, und überall im Halbschatten frönte man unter Gelächter und unterdrücktem Stöhnen hemmungslos der Sinneslust.

Nun war der große Moment der Desserts gekommen: Kandierte Früchte wurden aufgetragen, Nußbrote mit Melasse, spanischer Nougat, *pignoccate,* Marzipan aus Sizilien oder auch arabische Süßspeisen, überzogen mit Honig und gehackten Mandeln. Aus Kalabrien kamen zwei Spannen große Figurinen, kunstvoll in anmutigen Farben aus Trockenobst gefertigt: aus Feigen, Äpfeln, Aprikosen, Pflaumen, Kastanien, Mandeln sowie Wal- und Haselnüssen. Solche Desserts wurden als leichter Ausklang eines jeden Banketts geschätzt, denn sie sorgten für eine gute Verdauung und einen ruhigen, erholsamen Schlaf.

Wieder erklangen Trompeten und Pfeifen, und nun wurden große Bauten aus Nougat oder Marzipan auf den Schultern von Dienern in den Saal getragen. Dabei handelte es sich um kunstvolle Schiffe und Burgen, Rekonstruktionen berühmter Seeschlachten gegen die Sarazenen oder der Erstürmung maurischer Festungen durch die Kreuzfahrer, reich ausgeschmückt in schillerndsten Farben mit Knappen, Pferden und Armbrustschützen.

Auf jedem Nougatschiff und jedem Marzipankastell flatterte aus Zuckerwatte das Banner des Hauses Aragon.

Rasch wurden die süßen Bauwerke in ihre Einzelteile zerlegt und gegessen oder unter Gelächter und Gekreische als Wurfgeschosse zwischen den Tischen verwendet.

Spätestens jetzt mußten auch die Lombarden eingestehen, daß König Ferrante ein spektakuläres Bankett veranstaltet hatte, wenngleich die italienischen Traditionalisten vieles daran auszusetzen hatten.

Zunächst einmal hatten sie die längeren Unterbrechungen zwischen den verschiedenen Gängen vermißt, wie man sie von ihren Höfen kannte, Pausen, die man dazu nutzen konnte, sich ein wenig die Beine zu vertreten oder die Einlagen von Gauklern, Narren und Musikanten zu genießen.

Weiter bemängelten sie, daß zuwenig Gewürze Verwendung gefunden hätten, was sich nicht nur auf den Geschmack der einzelnen Gerichte nachteilig ausgewirkt habe, sondern auch eine grobe Unhöflichkeit gegenüber den Gästen sei. Schließlich hatte der Gebrauch oder, besser, Mißbrauch von Gewürzen jeder Art erst in zweiter Linie mit der Speise selbst zu tun. Cinnamomum, Mazis, Koriander, Moschus und viele mehr waren so teuer, daß ihre Verwendung als ein Zeichen der Ehrerbietung gegenüber dem Gast betrachtet wurde. Je bedeutender er war, desto zahlreicher und phantasievoller die verwendeten Gewürze. So jedenfalls lautete die Regel an den Höfen im Norden.

Ebenso wurde der ihrer Meinung nach übertriebene Gebrauch von Rosenwasser und gestampften Mandeln kritisiert, was, wie man naserümpfend feststellte, einen starken Einfluß der arabischen Küche verrate.

Nicht zu vergessen die Sache mit dem Tranchiermeister.

Und schließlich, die schwerwiegendste Verfehlung, der sparsame Gebrauch von Zucker. Der so kostbare süße Stoff war unbedingt reichlich über jedes Gericht zu streuen, egal, ob Fleisch oder Fisch. Dies galt als eine Huldigung an den Gast und als ein Zeichen seiner höchsten Wertschätzung.

Hier muß allerdings gesagt werden, daß die Gäste aus dem Norden den Einfluß der anspruchsvollen arabischen Kultur auf den aragonesischen Hof, und hier besonders auf den genialen Küchenmeister Ruperto da Nola, einfach nicht zu schätzen wußten. Der Koch hatte sich, der orientalischen Tradition folgend, von der archaischen Sitte entfernt, die Gewürze wahllos über die Gerichte zu streuen, und dosierte sie so, wie es das jeweilige Rezept tatsächlich verlangte, wobei er die intensivsten Gewürze oft genug durch mildere Kräuter ersetzte. Das Kochbuch, das er verfaßt hatte, orientierte sich selbstverständlich an diesen neuen Kriterien.

Wie alle Norditaliener fühlten sich die Mailänder ihrerseits noch immer an die alten Sitten gebunden und konnten der neuen, einfacheren Küche mit den differenzierteren Geschmacksrichtungen nichts abgewinnen. Sie kannten und schätzten allein jene Kochkunst, bei der der reichliche Gebrauch von Gewürzen alle Geschmacksunterschiede einebnete und auch die verschiedenartigsten Zubereitungen im Grunde ähnlich schmecken ließ.

Doch egal, welche Einwände man auch vorbringen mochte, niemand konnte abstreiten, daß das Bankett tatsächlich gelungen war.

Die Genugtuung der Aragonesen war spürbar, und so ließen sie sich nun sogar dazu herab, ihre lombardischen Gäste nicht nur höflich, sondern auch herzlich zu behandeln, boten ihnen ausgesuchte Leckerbissen an und ließen sie aus ihren eigenen Pokalen trinken. Tatsächlich fühlten sich jetzt alle zufrieden und gesättigt, und für die, die es noch nicht waren, wurden auch weiterhin kleine Köstlichkeiten serviert.

Nun war der Moment gekommen, da feierlich auf die Brautleute angestoßen werden sollte. Man brachte Hermes und Isabella einen großen, wunderschönen goldenen Hochzeitskelch. Nacheinander hob jeder der beiden den Kelch in die Höhe, hielt ihn rundum allen Anwesenden entgegen und sprach die besten Wünsche für sich selbst und alle Anwesenden aus. Ergriffen erlebten die Gäste, wie die Brautleute zusammen den traditionellen

Hypocras mit Rosenlikör tanken, der einer alten Sitte gemäß den Abschluß eines Hochzeitsmahls markierte.

Sämtliche Gäste hielten nun einen Pokal mit Hypocras hoch, und ihre Antwort auf den Trinkspruch der Brautleute war ein lauter Hochruf. Dann tranken alle zusammen, und schon kurz darauf zog sich der Monarch, gefolgt von seinen höchsten Würdenträgern, in einem Schwall von Verbeugungen, Kniefällen, Trompetengeschmetter, Trommelwirbeln und Tubaklängen in seine Gemächer zurück.

Dies geschah zur ersten Stunde des neuen Morgens.

Doch in dem großen Saal, der sich schon lange zum Schauplatz einer Orgie gewandelt hatte, feierte man die ganze Nacht weiter, bis das klare Licht des neapolitanischen Wintermorgens durch die Fenster drang. Erst jetzt, geblendet von den Farbflecken der Sonne, die durch die bunten Scheiben fiel, spürte ein jeder in sich jene Ermattung und stille Melancholie aufkommen, die unweigerlich das Ende einer solchen Nacht begleiten.

IV

Ein Küchenjunge hatte eine vorzügliche Wurst aus frischem Schweinefleisch gebracht, gekocht in einem *Pignolo della Morra,* dazu rote Rüben und Kohl mit einer Soße aus saurem Traubensaft und Honig. Und nun war der Wirt dabei, mit aufreizender Langsamkeit die kleinen Teller auf dem Tisch zu verteilen. Mastro Stefano bebte vor Ungeduld und begann dem Mann zu helfen, damit es schneller ging, denn er konnte es kaum erwarten, von dem Inhalt der eben gebrachten Botschaft zu erfahren.

Nach einiger Zeit, die dem Küchenmeister quälend lang vorkam, hatte es der Wirt endlich geschafft, sein Werk zu vollenden, und zog sich unter zahlreichen Bücklingen in seine Küche zurück.

»Das Schreiben ist sehr kurz«, begann Jacopo Trotti zu erzählen. »Mein Berichterstatter unten in Neapel, Ludovico Terzaghi, Ihr kennt ihn ja, läßt mir gewöhnlich lange, detaillierte Depeschen zukommen, die mich meistens erst dann erreichen, wenn die Ereignisse schon längere Zeit zurückliegen. Diesmal hingegen hatte er es eilig, und daher beschränkte er sich auf wenige Zeilen. Jedenfalls teilt er mir mit, daß einer der engsten Freunde des jungen Herzogs Gian Galeazzo während eines Ausflugs ins Umland von Neapel, in einem Ort namens Ravello, unter seltsamen Umständen ermordet aufgefunden wurde. Bis jetzt weiß man noch nicht, wer der Mörder ist, und Sanseverinos Männer haben den Mailändern auferlegt, keinen großen Wind um die Sache zu machen. Sie sollen den Vorfall totschweigen und noch nicht einmal untereinander darüber sprechen. Terzaghi schreibt, daß er versuchen will, mir demnächst ausführlicher zu berichten.«

Mastro Stefano hatte mit offenem Mund zugehört, und nun saßen sie eine Zeitlang schweigend da.

»Exzellenz«, fragte der Koch schließlich besorgt, »und mehr steht wirklich nicht in dem Brief?«

»Nein, leider nicht. Man wußte ja schon, daß zwischen Mailändern und Neapolitanern starke Spannungen herrschen und daß König Ferrante alles daransetzen würde, unsere Leute mit prunkvollen Festen und ausschweifenden Feiern zu beeindrukken, wenn nicht gar zu beschämen. Doch durch die Sache mit dem Toten spitzt sich nun die Situation gefährlich zu. Höchst gefährlich. Ich hatte gehofft, daß sich alles in einer der üblichen Auseinandersetzungen um Opulenz und Reichtum erschöpfen würde. Sozusagen in einem Duell, das mit Banketten ausgetragen wird, und nicht mit tödlichen Waffen.«

»Was soll man dazu sagen? Jedenfalls läßt sich das Unternehmen schlecht an«, bemerkte der Küchenmeister, während er betrübt das Fleisch auf dem Tisch betrachtete und dann den Blick zu seinem Freund wandern ließ. Dabei hatte er den Eindruck, daß dieser die Sache genauso sah wie er selbst: Die Neuigkeiten aus Neapel waren zwar ziemlich beunruhigend, aber auch nicht so sehr, daß es einem deswegen den Appetit verschlagen mußte.

Schweigend aßen sie weiter.

»Dieser schreckliche Wahn, sich sogar an der Festtafel gegenseitig in den Schatten stellen zu müssen!« nahm der Koch nach einer Weile das Gespräch wieder auf. »Aber was soll man dagegen machen? Die Neapolitaner beschäftigen an ihrem Hof einen großartigen Koch, den berühmten Ruperto da Nola. Und vielleicht liegt unserem hochverehrten Herrn, Messere Ludovico Sforza, eben deswegen das Bankett in Tortona so am Herzen.«

»Ja, dieses Hochzeitsmahl ist wirklich in aller Munde, und wie ich hörte, soll sich der Moro sogar höchstpersönlich in die Planung eingeschaltet haben«, fügte Trotti hinzu, der es vorzog, nicht weiter über die tragischen Neuigkeiten aus Neapel zu sprechen.

»Ganz recht, mein lieber Ambasciatore. Aber wißt Ihr auch, daß ich selbst zugegen sein durfte, als Herzog Ludovico seinem Großseneschall die entsprechenden Anweisungen für den Ablauf des Mahls gab?«

»Das dachte ich mir bereits! In Mailand wurde ja so einiges über dieses Treffen gemunkelt. Aber wollt Ihr mir nicht selbst erzählen, was bei der Audienz vor sich ging?«

»Nun, anfangs sah noch alles recht einfach aus«, begann der Küchenmeister. »Vor zehn Tagen, an einem schönen Nachmittag, kam der Großseneschall, Messere Gian Giacomo Vincimala, in seinen Audienzgewändern zu mir in die Küche und forderte mich mit seiner typischen strengen Miene auf, mich schnell fertig zu machen, denn unser aller Herr, der Herzog, erwarte uns ... ›Wen, uns?‹ fragte ich. ›Er erwartet mich und auch Euch, Mastro Stefano, um uns wichtige Mitteilungen zu machen‹, antwortete Vincimala leicht herablassend. Im ersten Moment war ich skeptisch. Schließlich war ich es gewöhnt, daß mir Herzog Ludovico seine Anweisungen für die Bankette stets indirekt zukommen ließ. Nun, um es kurz zu machen, ich streifte mir also meinen besten Giubbone über und ein Barett aus karmesinrotem Samt, und so eilten wir in den Scarglioni-Saal im oberen Stockwerk. Mir zitterten zwar die Beine, aber was sollte ich machen? Befehl war Befehl. Dort warteten wir ziemlich lange, dann endlich öffnete sich die Tür, und sechs Bogenschützen in Paradeuniformen traten ein, und sogleich hinter ihnen Herzog Ludovico, begleitet von seinem Hofdichter – wie heißt er noch gleich?, Tac ..., Taccone, ja – und einem weiteren jungen Künstler, diesem Florentiner Maler mit dem blonden Bart.«

»Ach, Ihr sprecht von Maestro Leonardo da Vinci?«

»Genau! Dieser Toskaner ist ja wirklich ein schlauer Kerl. Wißt Ihr, daß er einen selbstdrehenden Bratspieß für mich entworfen hat? Aber egal, jedenfalls beugte der Großseneschall sogleich das Knie, und ich tat es ihm selbstverständlich nach. Dabei hätte ich doch beinahe das Gleichgewicht verloren und wäre umgefallen. Na ja, der Herzog reichte dem Großseneschall die Hand zum Kuß und bedeutete ihm dann, sich zu erheben. Mich selbst würdigte er keines Blickes, und so kniete ich weiter da und hatte Mühe, das Gleichgewicht zu halten, aber seine Worte haben sich mir dennoch tief eingeprägt, auch wenn er sich so gewunden wie ein Bischof in der Kirche ausdrückte.«

Der Koch bemühte sich nun, für seinen Freund die Rede des Herzogs mit möglichst gewählten Worten wiederzugeben. »›Messere Gian Giacomo, Unsere Kuriere bringen Uns die Kunde, daß in Neapel König Ferrante und sein Sohn Herzog Alfonso, Unsere lieben Brüder im Glauben Christi sowie Großvater und Vater Unserer teuren Nichte Isabella, die auf dem Weg zu Uns ist, die Vertreter Unseres Hofes mit allergrößtem Pomp empfangen haben. Uns und ihnen zu Ehren werden Bälle gegeben, exzellente Schauspiele aufgeführt und, weit wichtiger noch, Bankette ausgerichtet, für die jener große Meister der Tafelfreuden, Ruperto da Nola, der Gran Cuciniere an jenem Durchlauchigsten Hof, verantwortlich zeichnen soll. Nun, all dies erfüllt Uns mit Freude und Dankbarkeit gegenüber dem König und seinem Sohn, verpflichtet Uns, und dies ist eine willkommene Pflicht, zugleich aber auch dazu, diesen christlichen Herrschern ihre Bemühungen und ihre opulente Gastfreundschaft mit der gleichen Münze zu vergelten und dem neapolitanischen Hof einen Empfang zu bereiten, der ihm und dem großen Haus der Sforza würdig ist. Vor allem ist es Unser Wunsch, ihnen, sobald der Ehrengeleitzug mit der jungen Braut Herzogin Isabella die Grenzen Unseres Herzogtums überschreitet, ein Bankett zu bieten, wie es die Welt noch nicht gesehen hat. Dieses Bankett, das, wie Wir sicher sind, in die Geschichte eingehen wird, soll in einem Lehen Unseres geliebten Schatzmeisters, Graf Bergonzio Botta, stattfinden, und zwar in Tortona, der ersten Stadt Unseres Herzogtums, der die Ehre zukommen wird, Unsere sanfte Nichte willkommen zu heißen. Wir hegen keinen Zweifel daran, daß Unser exzellenter Gran Cuciniere …‹, so sagte er und wandte seine Aufmerksamkeit mir zu, der ich immer noch am Boden kniete, bedeutete mir dann mit seiner behandschuhten Hand, mich zu erheben, und fuhr fort …«

Der Küchenmeister brach ab und versuchte sich an die genauen Worte seines Herzogs zu erinnern. Dann begann er erneut.

»›Unser ruhmreicher Mastro Stefano, der noch besser und berühmter ist als der schon exzellente Ruperto da Nola, wird dafür Sorge tragen, daß der Stolz des Hauses Sforza neben dem der Aragonesen keine Demütigung erfahren muß. Ja, mehr noch, Wir erwarten Uns von ihm, daß er im Gedenken an den Ruhm seines Vaters, des großen, leider schon verblichenen Mastros Martino Rossi, mit seiner Kunst alles, was immer auch der Hof von Neapel zustande bringen konnte, in den Schatten stellen wird. Es wäre nur zu beschämend für Uns, müßten Wir eingestehen, den edlen Neapolitanern, die Unsere geliebte Isabella bis in Unser Herzogtum begleiten, nicht in einem Maße gehuldigt zu haben, wie es ihnen und Uns zukommt.‹«

Der Küchenmeister war mittlerweile vollkommen erschöpft von der Wiedergabe dieser gespreizten Rede. Er spürte, wie ihm der Schweiß den Rücken hinabfloß und sein Hemd durchnäßte. Doch er gab nicht auf.

»›Was Wir Uns wünschen, ist kein gewöhnliches, wenn auch opulentes Bankett, sondern etwas Einzigartiges, etwas, das die Welt nicht vergessen wird. Das Festmahl soll ein einziger triumphaler Höhepunkt sein, nicht nur der Kochkunst, sondern auch der Musik und der Poesie. So hat es klugerweise Unser Maestro Leonardo angeregt, mit dem Ihr, verehrter Großseneschall, die notwendigen Absprachen treffen werdet. Auch der hier anwesende Poet Baldassare Taccone, Schüler Unseres Hofdichters Maestro Bernardo Bellinconi, wird, unterstützt von seinen Gehilfen, das Seine zum Gelingen jenes, wie Wir hoffen, einzigartigen Ereignisses beitragen. Wir sind sicher, daß niemand Unser Vertrauen enttäuschen wird. Alles, was Euch in irgendeiner Weise dienen kann, sei Euch hiermit gegeben, und ebenso die Erlaubnis, unverzüglich in Unserem Namen alle Befehle zu erteilen, von denen Ihr glaubt, daß sie zum Gelingen des großen Vorhabens nötig sind. Von jedwedem Hindernis, das Euch, von wem auch immer, auf dem Weg zum Erreichen des angegebenen Ziels in den Weg gelegt wird, möchten Wir auf der Stelle Kenntnis erhalten, um die entsprechenden Maßnahmen ergreifen zu können. Und nun geht mit Gott, Messere Gian Giacomo, und möge die Heilige Jungfrau Euch beistehen.‹ Damit verließ er, gefolgt von seinen Wachen, den Saal. Ich selbst fühlte mich mehr tot als lebendig. Doch obwohl mir ein dicker Kloß im Hals steckte, gelang es mir, den Großseneschall zu fragen: ›Was hat das alles zu bedeuten?‹

›Was das alles zu bedeuten hat?‹ wiederholte der Großseneschall, der einiges von seinem sprichwörtlichen Hochmut verloren hatte. ›Nun, ganz einfach. Herzog Ludovico ist rasend vor Wut und brennt darauf, jedes Fest der Neapolitaner an Opulenz und Einfallsreichstum zu übertrumpfen. Und für uns heißt das: Sollte es uns nicht gelingen, seinen Wünschen voll und ganz zu entsprechen, geht es uns an den Kragen. Das hat der Herzog gemeint, nicht mehr und nicht weniger. Sein Hinweis auf den Beistand der Heiligen Jungfrau läßt keinen Zweifel daran: Wehe uns, wenn wir versagen!‹«

Die Worte von Vincimala und mehr noch die Tatsache, daß er, der doch gewöhnlich diese steife Würde des Hochadels zur Schau trug, sich zu solch düsteren Vorahnungen hinreißen ließ, hatten Mastro Stefano entsetzt.

»Mit Mühe erreichte ich die Burgküche. Meine Beine wollten mich kaum tragen, ich fühlte mich wie im Fieber, und nachdem ich ein paar Tassen heißen Weins mit reichlich Zimt getrunken hatte, legte ich mich sogleich mit einem feuchten Lappen auf der Stirn ins Bett. Am Tag darauf erfuhr ich dann endlich, was sich dieser verrückte florentinische Künstler hatte einfallen lassen.«

Maestro Leonardo da Vinci war im Hause Sforza nicht nur Maler und Bildhauer, sondern auch zuständig für das Bewässerungssystem der ganzen Lombardei. Außerdem entwarf er Militärstrategien und organisierte Feste und Theatervorführungen.

Für die Zeremonie in Tortona hatte er angeregt, daß das ganze Bankett von den Versen eines noch zu verfassenden Epos begleitet werden sollte. Die darin auftretenden Götter des Olymp, die Nymphen und viele weitere Gestalten der antiken Mythologie sollten, unterstützt von Tänzerinnen und Komparsen, die einzelnen Speisen zur Tafel der Herzöge bringen und dabei tanzen und Verse rezitieren. Jede mythologische Gestalt würde ein Gericht aufzutragen haben, das genau zu ihrer Funktion paßte, also Diana das Wild, Neptun die Meeresfrüchte und so fort.

»In der Zwischenzeit«, erzählte nun Mastro Stefano weiter, »werden Musikanten mit der passenden Musik die Handlung des Epos begleiten. Das Ganze ist ein kühnes Unterfangen, wie es sonst noch nie gewagt wurde. Und ich weiß immer noch nicht, wie das alles gehen soll. Wie soll ich zum Beispiel ein Gericht zubereiten, das genau zu dem Zeitpunkt, da eine bestimmte Verszeile vorgetragen wird, gar zu sein hat? Und jede einzelne Speise wird danach zu kochen sein, daß sie sich exakt in das Epos einfügt, wie umgekehrt auch das Epos in Übereinstimmung mit der Küche geschrieben werden muß, damit die jeweilige Gottheit auch das passende Gericht zur Hand hat. So sagen jedenfalls die großen Geister, die sich alles ausgedacht haben. Nun bin ich kein Dichter, aber ich frage mich doch, wie man ein anständiges Gedicht schreiben soll, das mit dem Koch abgesprochen werden muß, und ebenso mit dem Hofmeister, dem Credenziere, dem Kellermeister und nicht zuletzt dem Tranchiermeister. Was wird da bloß für ein Epos herauskommen? Und welche Leckerbissen soll ich unter diesen Bedingungen kreieren? Verflucht sei dieser verrückte florentinische Erfinder. Der schlägt die Sache einfach vor, aber wenn es dann schiefgeht, fällt es nicht auf ihn, sondern auf uns zurück. Dabei war er mir doch so sympathisch, wegen des Bratspießes, von dem ich Euch erzählt habe.«

»Und wie habt Ihr das Problem gelöst?« wollte Messere Trotti wissen.

»Na wie schon, Exzellenz? Wir haben die Ärmel hochgekrempelt und uns an die Arbeit gemacht. Zusammen mit den Dichtern Bellincioni und Taccone sowie dem Großseneschall haben wir eine lange Liste mit allen Gerichten und Gängen erstellt. Um die Sache noch etwas komplizierter zu machen, hat dann aber immer wieder Maestro Leonardo da Vinci seine Nase in unsere Arbeit gesteckt und dies und jenes bemängelt oder vorgeschlagen. Auch die Musiker haben mit ihren Proben begonnen, und so bleibt mir nun nichts anderes übrig, als mit diesem verrückten Bankett meinen guten Ruf und vielleicht auch meine Freiheit aufs Spiel zu setzen.«

Allein schon bei dem Gedanken daran war Mastro Stefanos Kehle trocken geworden, und um sich Erleichterung zu verschaffen, leerte er seinen Becher Wein fast in einem Zug.

So saßen sie da und bedienten sich weiter von dem, was der Wirt auf den Tisch gestellt hatte, kosteten nun nach dem Kalbskopf mit der scharfen Knoblauch-Peperoni-Soße von dem gespickten Eisbein.

Der Abend war noch jung, und in der Taverne würden sie sich, trotz der schlechten Nachrichten, noch längere Zeit einer ihrer Lieblingsbeschäftigungen hingeben können: dem Austausch neuester Klatsch- und Tratschgeschichten vom Hofe. So wie sie es auch an manchen Abenden nach dem Essen im Mailänder Kastell Porta Giovia taten. Wenn die Tische abgedeckt waren und sich die Stille auf diesen prunkvollen Hof hinabgesenkt hatte, setzten sie sich in einem Räumchen neben der Küche zusammen und widmeten sich dem, was für beide fast so etwas wie eine sakrale Handlung war: dem Genuß der feinen Küche.

Mastro Stefano deckte dann für sie beide einen kleinen Tisch (zuweilen gesellten sich auch ein paar enge Freunde dazu) und servierte eine gute Flasche Wein und seine speziellen Leckerbissen, die er tagsüber, nebenher, eigens zu diesem Anlaß zubereitet hatte.

Der Botschafter war mit seinen fünfundvierzig Jahren um einige Jahre jünger als der Küchenmeister. Von nicht eben großer, rundlicher Gestalt und mit etwas schütterem Haar, zierte sein

Gesicht ein prächtiger, kerzengerader, dünner Schnurrbart, den er liebevoll mit einem Mittel arabischer Herkunft pflegte.

Er war ein Mann von raffinierter Eleganz, und als großer Feinschmecker, der er war, erfreute er sich auch daran, selbst zu kochen. Für ihn schloß diese Lust am Schönen und Raffinierten alle Bereiche ein, von der Literatur über Archäologie und Malerei bis zu den üppigen Dekolletés seiner zahlreichen weiblichen Eroberungen. Bevor er Botschafter am Hof der Sforza in Mailand wurde, hatte er im Dienste des Herzogs von Ferrara schon an zahlreichen anderen Fürstenhöfen gewirkt.

Mastro Stefano hatte von seinem Vater die große, kräftige Gestalt geerbt, die durch auffällige Rundungen an gewissen Körperstellen, besonders am Bauch, noch massiger wirkte. Sein kräftiger Wuchs verriet unzweifelhaft seine ländlichen Wurzeln, doch hatte er trotz dieser Herkunft durch die lange Zeit bei Hofe viele eher städtische Verhaltensweisen angenommen. Auch seine Sprache war durch vieles Lesen und den Umgang mit seinen vornehmen Freunden immer geschliffener geworden. Dabei hatte er sich aber den Scharfsinn und den Humor der Menschen seiner Heimat bewahrt. Er war bekannt dafür, beim Reden immer wieder Sprichwörter einfließen zu lassen, die seine meist klugen Gedanken auf den Punkt brachten. Wie sein Vater war er eine Art Mythos am Hofe, und genau wie dieser zeigte er sich, so bescheiden er auch war, nie demütig oder gar unterwürfig.

Die gemeinsame Leidenschaft für die guten Dinge des Herdes und des Weinkellers hatte die beiden nach und nach Freunde werden lassen. Daraus war ein tiefes, wechselseitiges Vertrauen erwachsen, von dem manche überrascht waren, das aber tatsächlich auf der gegenseitigen Wertschätzung ihrer wachen, stets von einer leichten Ironie umrankten Intelligenz und dem Wissen um die Ehrlichkeit des anderen basierte. Darüber hinaus verband sie die fast krankhafte Neugier hinsichtlich aller Intrigen des Hofes, seien sie nun politischer oder eher privater Natur. Indem sie die Neuigkeiten austauschten, die der Gesandte direkt aus den höheren Kreisen erfuhr, der Küchenmeister jedoch von der Dienerschaft, die wie üblich ihre Augen und Ohren überall hatte, kamen sie schnell hinter jedes noch so gut gehütete Geheimnis oder Ränkespiel. Und wenn es notwendig war, zögerte Mastro Stefano auch nicht, unter dem Vorwand eines außergewöhnlichen Lekkerbissens oder eines besonders guten Weins die Persönlichkeiten, von denen er wichtige Details erhoffte, in das Räumchen neben der Küche zu locken und sie, ohne daß sie mißtrauisch wurden, auszuhorchen.

Auch die gerissensten Damen des Hofes verfingen sich immer wieder in seinem Netz, das zu dieser Gelegenheit aus süßen Leckereien und Veilchen- oder Jasminblütenlikör geknüpft war, die er ihnen von seinen anmutigen, ihm treu ergebenen Gehilfinnen überbringen ließ.

Auf diese Weise konnte auch der Botschafter den Wahrheitsgehalt bestimmter Informationen überprüfen und seinem Herrn, dem Herzog von Ferrara, fast täglich eine seiner Depeschen zukommen lassen, die wegen ihrer Vollständigkeit und Genauigkeit sehr geschätzt wurden.

Mastro Stefano jedoch gewann durch sein Wissen stetig an Autorität: Da er über jedes Geheimnis auf dem laufenden war, geriet er weniger leicht in Gefahr, sich selbst in den Fallstricken des Sforza-Hofes zu verfangen.

Voraussetzung ihrer Freundschaft war auch, daß sie ihre unterschiedlichen Rollen und die Würde des anderen respektierten. So sprach der Küchenmeister den Freund trotz ihrer langen Bekanntschaft und offensichtlichen Verbundenheit stets seiner hohen Stellung als Botschafter entsprechend an. Und der Botschafter seinerseits hätte es sich nie erlaubt, den anderen wie einen Untergebenen zu behandeln, da er dessen feinen Charakter ebenso wie seine kulinarische Meisterschaft viel zu sehr schätzte.

»Eigentlich sind ja die Spannungen zwischen Herzog Ludovico und dem Hof von Neapel schwer zu verstehen. Ich jedenfalls verstehe diesen Mann einfach nicht, obwohl ich ihn bewundere«, bemerkte Messere Trotti, den die Ereignisse in Neapel offenbar doch nicht losließen.

»Tja, ich kann mir das Ganze auch nicht erklären, Exzellenz. Einerseits treibt der Moro einen ungeheuren Aufwand und schickt vierhundert seiner schönsten Edelleute und Hofdamen nach Neapel, um den Bruder des jungen Herzogs Gian Galeazzo zu begleiten, der stellvertretend die Enkelin von König Ferrante heiraten soll. Sicher, damit will er Neapel als Verbündeten gewinnen. Doch andererseits stirbt er gleichzeitig fast vor Haß und Mißgunst und läßt nichts unversucht, um die Gastgeber zu demütigen. Nein, für mich ist das unverständlich. Und dann, Messere Trotti, was spielt eigentlich Gian Galeazzo Sforza in dem Geschehen für eine Rolle, der ja, soviel ich weiß, der einzig rechtmäßige Herzog von Mailand ist?«

Der Diplomat blieb die Antwort schuldig, denn der Wirt war zurückgekommen und servierte weitere Fleischspeisen aus dem Kochtopf: Kalbshaxe, Vorderhesse, Kalbswangen in dünnen Scheiben, dicke Schweinswürste, Kuheuter und einen prächtigen ganzen Kapaun. Dazu reichte er eine Schüssel mit einer Tunke aus Brotkrumen in Öl und Essig, die mit Knoblauch und Pfeffer gewürzt war. Außerdem kamen eingekochte Früchte, *biancomangiare* und Genueser kandierte Früchte auf den Tisch sowie Gefäße mit verschiedensten Gewürzen, Cinnamomum, Pfeffer, Kümmel und eine große Schüssel mit einer Knoblauchsoße.

Der Wirt hatte offensichtlich den Ansturm hochgestellter, verwöhnter Persönlichkeiten anläßlich der Hochzeitsfeierlichkeiten in Tortona vorhergesehen und sich mit allem Nötigen gewappnet, um stets das Beste in seiner Taverne servieren zu können. Für gewöhnlich wäre seine Küche sicher nicht so gut bestückt gewesen.

Während die Freunde darauf warteten, daß der Wirt sich entfernte, versuchten sie von dem Kapaun, und als es endlich soweit war, setzten sie ihr Gespräch fort.

»Herzog Gian Galeazzo spielt eigentlich überhaupt keine Rolle«, sagte der Gesandte leise, indem er sich vorbeugte. »Ihr habt recht, er ist der rechtmäßige Herzog von Mailand, aber die Macht hat allein sein Onkel Ludovico inne. Gut, der Moro ist auch Herzog, aber eben nicht der von Mailand, sondern nur von Bari. Schon vor längerer Zeit hat er, wie Ihr ja sehr gut wißt, Gian Galeazzos Mutter, Bona di Savoia, vom Mailänder Hof entfernt und ins Kastell von Abbiategrasso verbannt, unter dem Vorwand, sie sei die Geliebte eines ihrer Höflinge. Und das Ende von Cicco Simonetta, Bonas erstem Minister, kennt Ihr ja auch: nach einer, gelinde gesagt, gnadenlosen Intrige verhaftet und kurz darauf geköpft. So war der Weg frei für den Moro, denn in seiner Eigenschaft als Vormund Gian Galeazzos hielt er nun praktisch alle Macht in Händen. Danach hat er sein Mündel, das heute zwanzig Jahre zählt, kurzerhand in die Burg von Vigevano abgeschoben, zusammen mit seinen zwielichtigen Freunden, die sich, wie Ihr ja wißt, zur Zeit gerade mit der Mailänder Delegation in Neapel aufhalten.

Heute hat der rechtmäßige Herzog überhaupt nichts mehr zu sagen, und ich glaube auch nicht, daß es seine Entscheidung war, Isabella zu heiraten. Böse Zungen behaupten sogar, Gian Galeazzo zeige auffallend wenig Interesse an Frauen und neige mehr zu anders gearteten Beziehungen, wie zum Beispiel der mit seinen nichtsnutzigen Freunden.«

»Was meint Ihr, Exzellenz, ob seine Braut Isabella von all dem etwas weiß?« warf Mastro Stefano ein.

»Was wird die schon wissen? Sie ist doch erst achtzehn. Außerdem muß ich Euch ja nicht erzählen, wie vortrefflich man es an unseren Höfen versteht, den Betroffenen, wenn es vorteilhaft erscheint, die offensichtlichsten Wahrheiten vorzuenthalten. Beim Volk ist das nicht so leicht, da läßt sich ein Geheimnis nicht lange wahren. An den Höfen hingegen ist Geheimhaltung der wichtigste Nährstoff aller Politik und Diplomatie. Die junge Braut weiß lediglich, daß Gian Galeazzo ein schöner Jüngling ist. Sie kennt ihn ja nur von einigen Gemälden und dieser herrlichen Medaille von Caradosso. Die beiden sind sich schon seit Kindesbeinen versprochen, ohne daß sie einander je gesehen hätten. So kennt natürlich auch der Herzog seine Braut nur von Gemälden, darunter die besonders gelungene Zeichnung von Boltraffio. Doch wie dem auch sei, jedenfalls haben sich die beiden Verlobten während Jahren immer mal wieder Porträts und kostbare Geschenke zugesandt.«

»Aber wie erklärt Ihr Euch, Messere Trotti, daß sich ein junger Mann von einem solchen Rang wie Gian Galeazzo von seinem Onkel auf diese Weise an der Nase herumführen läßt?«

»Was soll ich Euch da antworten, Mastro Stefano? Der junge Herzog hat eben kein Interesse an der Macht. Er bringt sein Leben mit der Jagd und Besäufnissen zu, umgeben von einer Heerschar von Kurtisanen und abgesunken in die Niederungen aller nur denkbaren Ausschweifungen. Jedes Bankett geht in ein Saufgelage über, wenn nicht gar, wie man hört, in noch weit Widerwärtigeres. Gian Galeazzo läßt sich wie eine Marionette lenken, dort in Vigevano, dem einzigen Ort, der ihm von seinem Reich noch geblieben ist. Da sind es schon eher seine fünf Freunde, die Herzog Ludovico allmählich Sorgen machen. Immer mal wieder zetteln sie Verschwörungen und Intrigen an. Sie arbeiten nämlich darauf hin, daß Gian Galeazzo zumindest einen Teil seiner Herrschaft wiedererlangt. Und das kann Seiner Exzellenz, Messere Ludovico, natürlich nicht gefallen.«

»Von den Gelagen auf der Burg von Vigevano habe ich natürlich gehört«, warf Mastro Stefano ein. »Doch daß da auch politische Interessen im Spiel sind, wußte ich gar nicht.«

Mittlerweile hatte man ihnen einen schönen Schulterbraten vom Rind gebracht, gespickt mit Schweinespeck, dazu eine Soße aus Knoblauch, Petersilie, Kapern und Essig, und die beiden Freunde mußten ehrlich zugeben, daß der Braten gelungen war. Sicher, bei den Gerichten, die man ihnen hier servierte, handelte es sich nicht eben um lukullische Meisterleistungen, aber dennoch boten sie den passenden Rahmen, um gemütlich am Tisch zusammenzusitzen und miteinander zu plaudern.

Mastro Stefano erinnerte sich daran, daß sein Freund ihm, als sie gekommen waren, von den Frauen am Mailänder Hof erzählt hatte, und gerne kam er wieder auf sein Lieblingsthema zu sprechen.

»Verzeiht, Messere Trotti, aber was ich noch zu den Hofdamen sagen wollte, ich denke...«, er brach ab und suchte nach den passenden Worten, »...nun, ich denke, daß sich diese edlen Damen... ja, wie soll ich sagen?... etwas zu unbefangen benehmen.«

Obwohl er mit den Verhältnissen bei Hofe schon so lange vertraut war, war Mastro Stefano im Grunde ein einfacher Mann vom Land geblieben. So erschien es ihm normal, daß ihn die hübschen Mägde, mit denen er sich umgab, mit ihren Reizen verwöhnten, wunderte sich aber immer noch über die freizügigen Verhaltensweisen der Hofdamen, denn im tiefsten Innern hatte er sich ein hohes, alles andere als realistisches Bild von der Aristokratie bewahrt.

»Haben diese Damen denn keine Ehemänner, keine Väter oder Brüder?«

»Natürlich haben sie Gatten, Väter und Brüder«, bemerkte mit einem ironischen Lächeln der Botschafter. »Sie sind es ja gerade, die die Mädchen an den Mailänder Hof schicken. Besonders die hübschesten, denn mit ihren körperlichen Reizen oder, besser, indem sie ihre körperlichen Reize verschenken, fördern sie die Karrieren ihrer männlichen Verwandten. Die Hofdamen tun nichts anderes als das, wozu sie von klein auf erzogen wurden. Es ist sozusagen ihre Pflicht, was natürlich nicht ausschließt, daß sie bei passender Gelegenheit das Notwendige mit dem Angenehmen verbinden. Und, Mastro Stefano, Ihr werdet doch nicht glauben, daß das nur in Mailand so sei! Nein, nein, das verhält sich überall so. An allen Fürstenhöfen. Die Damen kommen an den Hof, weil sie jung und schön oder zumindest reizvoll sind, und leben im Palast des Fürsten, um seinem Hof Glanz zu verleihen. Tatsächlich werden sie aber in diese Zentren der Macht geschickt, um die Interessen ihrer jeweiligen Familien zu vertreten und ihren engsten Verwandten Titel, Ländereien und Pfründe zu verschaffen. Die meisten erledigen das hervorragend, auf die einzige Art und Weise, die sie kennen und die auch die effektivste zu sein scheint. Außerdem halten sie ihre Familien über alles auf dem laufenden, was bei Hofe und darüber hinaus geschieht, und das ist, wie Ihr sehr gut wißt, in diesen Kreisen von größter Wichtigkeit.

Wenn sich dann das Alter nicht mehr leugnen läßt, verbleiben nur jene am Hof, die es verstanden haben, ihre längst verblühten körperlichen Reize durch List und Weisheit zu ersetzen, die sie, zusammen mit ihrem Wissen um alle Regeln und Kunstgriffe der Galanterie, zu geeigneten Gesellschafterinnen und unverzichtbaren Vertrauten der Fürstinnen macht. So geschieht es am Hof in Mailand ebenso wie an dem in Florenz oder in Ferrara, am französischen Königshof genauso wie am Hof des Heiligen Römischen Reiches und gleichermaßen am Hof der Päpste im Vatikan. Ja, der päpstliche Hof ist sogar noch überfüllter mit schönen Damen, denn hier geht es nicht nur darum, Seine Heiligkeit und ein paar seiner Würdenträger zu beglücken, sondern auch darum, für ein gutes Verhältnis zu allen Mitgliedern des Kardinalskollegiums mitsamt ihren Parteigängern zu sorgen.«

Maestro Stefano schwieg lange, als Messere Trotti geendet hatte. Etwas schien ihn zu beunruhigen, und schließlich drängte es ihn zu fragen: »Tatsächlich? Auch am Hof des Papstes geht es genauso lasterhaft zu?«

»Leider ja, wenn nicht sogar noch schlimmer. Wahrscheinlich ist das auch der Grund, warum sich gerade in den deutschen Fürstentümern so viele Stimmen gegen die Zustände im Vatikan erheben, der manchem gar als eine Art Vorzimmer der Hölle gilt. Aus den vertraulichen Depeschen, die von den Höfen des Deutschen Reiches an die Kanzleien halb Europas hinausgehen, weiß ich, daß es dort gärt, daß die Mißstimmung wächst, und es würde mich nicht wundern, wenn es eines Tages zu einem großen Knall käme …«

Diese letzte Bemerkung hatte natürlich nicht dazu beitragen können, die Sorgen des Küchenmeisters zu zerstreuen, der im tiefsten Innern ein sehr religiöser Mensch war. Der Botschafter nahm die Verwirrung seines Freundes wahr und versuchte, das Gespräch wieder ein wenig aufzulockern.

»Vergeßt nicht, daß zum Beispiel der Hof in Mailand nicht nur ein großes Freudenhaus ist, sondern auch ein einzigartiges Zentrum der Kultur und der Verfeinerung der Sitten. Und auch dies verdanken wir den Sforza, und ganz besonders dem Moro. Dieser ist schon von seinem Wesen her ein feinfühliger Mensch mit einem echten Interesse am Schönen und an den Künsten, aber darüber hinaus drängt es ihn auch noch, die kulturelle Überlegenheit gerade seines Hofes für alle sichtbar herauszustellen. Auf diese Weise versucht er – aber das muß unter uns bleiben –«, Trottis Stimme wurde jetzt noch leiser, »vergessen zu machen, was eigentlich alle wissen: daß er ein Ursurpator ist. Deshalb kauft er zum Beispiel von überall die kostbarsten Handschriften für die Bibliothek seiner Residenz zusammen, umgibt sich mit großen Geistern wie Maestro Leonardo da Vinci, Bramante und vielen anderen mehr, und treibt prestigeträchtige Bauvorhaben voran: die des Mailänder Doms, der Kartause in Pavia oder der Burg von Porta Giovia.«

Tatsächlich war dies alles für Herzog Ludovico nicht nur ein Bedürfnis, sondern auch eine fundamentale Notwendigkeit. In seiner Situation durfte er die Tatsache nicht unterschätzen, daß jeder Fürst, sei er nun guelfisch oder gibellinisch, einen Usurpator mit äußerstem Mißtrauen betrachtete, da er fürchten mußte, solch ein Beispiel könne auch in seinem eigenen Herrschaftsbereich Schule machen. So zeigten sich viele Machthaber dem Sforza zwar freundlich gesonnen, während sie ihm in Wahrheit nicht über den Weg trauten. Daher versuchte er nun, die Herrscher aller italienischen Staaten ebenso wie die jenseits der Alpen mit der Pracht seines Hofes zu blenden. Indem er sich als Förderer der Künste und Wissenschaften zeigte, versuchte er davon abzulenken, daß er eine Macht ausübte, die ihm eigentlich gar nicht zukam. Außerdem fürchtete er jeden Vergleich mit jenem gnadenlosen, blutrünstigen Tyrannen, der sein Bruder Galeazzo Maria gewesen war.

Der Küchenmeister war von den Worten seines Freundes beeindruckt. So manches hatte er zwar schon geahnt, aber dadurch, daß er dies alles aus dem Mund eines Botschafters bestätigt fand, wandelte sich nun diese Ahnung in traurige Gewißheit. In Mailand hatten sie ja nie offen über dieses Thema sprechen können, da im Kastell von Porta Giovia auch die Wände Ohren hatten.

»Dennoch kann kein Zweifel daran bestehen, daß unser Herzog Ludovico ganz anders als sein Bruder ist«, sagte Mastro Stefano leise und blickte sich um, um sicherzustellen, daß sie nicht belauscht wurden. »Der Herr möge seiner armen Seele vergeben, aber Galeazzo Maria muß ja wirklich ein Unmensch gewesen sein. Ich habe noch unter ihm gearbeitet und hatte immer das Gefühl, daß er ein blutrünstiger Wahnsinniger ist. Einmal hat mir auch ein Bogenschütze, der des Tötens und Blutvergießens überdrüssig war und nun bei mir in der Küche arbeitete, einige schreckliche Dinge erzählt, die ich kaum glauben konnte. So soll Galeazzo Maria, es widert mich fast an, davon zu erzählen, eine Folter erfunden haben, die er höhnisch ›Höllische Fastenzeit‹ nannte. Dabei quälte er seine Opfer täglich auf eine andere Weise, aber so, daß sie mindestens vierzig Tage überlebten. An einem Tag ließ er den Ärmsten die Ohren abschneiden, an einem anderen den Rücken häuten und mit Salz bestreuen, dann wurden ihnen die Augen ausgestochen und dergleichen mehr. Sogar die Folterknechte sollen irgendwann davon genug gehabt haben, so erzählte er mir. Mir kam das alles wenig glaubhaft vor. Was meint Ihr, Exzellenz, ob das wohl stimmt?«

»Ich denke schon, leider.«

Am Hof hätte sich der Botschafter niemals zu dem hinreißen lassen, was er nun berichtete: »In Wahrheit war alles noch viel grauenvoller, denn wie ich hörte, wollte Galeazzo Maria oft genug auch noch persönlich der Folter beiwohnen, um sich an den Qualen seiner Opfer zu weiden. Kein Wunder, daß ihn Lampugnani und die anderen schließlich aus dem Weg räumten. Und auch die Edelleute, die nicht in die Verschwörung verwickelt waren, fühlten sich nach dem Tod des Tyrannen wie von einem Alptraum befreit.

Mittlerweile sind schon dreizehn Jahre seit der Bluttat in der Kirche Santo Stefano vergangen, aber viele werden diese Zeit nie vergessen.«

Vorsichtig setzte Mastro Stefano zu einer Frage an, die er sonst niemandem gestellt hätte: »Exzellenz, was ist unser Herzog eigentlich für ein Mensch?«

Der Botschafter schien zu überlegen, ob er frei sprechen könne, und überwand sich schließlich: »Messere Ludovico ist mit Sicherheit ganz anders als sein Bruder, obwohl er wirklich nicht leicht zu durchschauen und von daher schwer einzuschätzen ist. Ich sehe ihn schon seit Jahren fast täglich und weiß dennoch oft nicht, was er eigentlich denkt und was er vorhat. Der Charakter dieses Herrschers ist zu kompliziert, zu widersprüchlich.«

Ludovico il Moro, der siebenunddreißig Jahre zählte, war nach außen hin ein resoluter Mann von majestätischer Haltung, was durch seine große Adlernase, die an einen römischen Imperator erinnerte, noch betont wurde. Doch die nach oben weisenden Nasenflügel, die hervorstehenden Augen, das runde Kinn und die ein wenig weich wirkenden Muskeln verliehen ihm etwas Feminines, das sich auch in seinem zögerlichen Charakter widerspiegelte, wenn es galt, wichtige Entscheidungen zu treffen. Seinen grenzenlosen Ehrgeiz versuchte er hinter sanftem Verhalten zu verbergen, doch in Wirklichkeit war ihm zum Erreichen seiner Ziele nicht nur jede Intrige recht, sondern er ging sogar so weit, häufig gleichzeitig verschiedene Parteien zu verraten.

Darin bewies er eine Geisteshaltung, die typisch war für jene Epoche, in der Intrigen und falsches Spiel fast schon vom bloßen Mittel zum Selbstzweck geworden waren. Ludovicos Politik erwuchs auf der Grundlage der traditionellen Freundschaft mit den Medici in Florenz, die er jedoch bald schon verriet. Dann schloß er Verträge mit der Republik Venedig und dem Papst, von denen er aber schnell nichts mehr wissen wollte, da sie seinem Interesse an venezianischen Gebieten und teilweise auch an solchen des

Kirchenstaats im Wege standen. Neapel gegenüber schwankte er zwischen Bündnissen, Kompromissen und unterschwelliger Feindschaft. In der Absicht, den Einfluß Neapels als Gegengewicht zu den päpstlichen Machtansprüchen für sich auszunutzen, hatte er zunächst den Plan verfolgt, selbst eine Ehe mit einer Aragonesin einzugehen, schließlich aber seine Pläne geändert und auf eine Verbindung seines entmachteten Neffen Gian Galeazzo mit Isabella, der Enkelin des Königs, hingearbeitet. Und mit dem König von Frankreich bemühte er sich, freundschaftliche Beziehungen zu unterhalten, während er gleichzeitig jedoch den Herzog von Burgund gegen ihn aufhetzte.

»Trotz all seiner Widersprüche, seiner fast bigotten Religiosität und seiner Unbarmherzigkeit gegenüber seinen Feinden kann man doch nicht leugnen, daß der Moro ein großer Herrscher ist«, stellte Trotti nun klar, vielleicht selbst erschrocken über seine offenen Worte.

Um der Wahrheit die Ehre zu geben, mußte man jedoch tatsächlich zugeben, daß Herzog Ludovico die Wirtschaft seines Landes zur Blüte gebracht hatte. Die Lombardei war nun eine der reichsten Regionen ganz Europas. Dank der Kanäle, die er nach den Plänen Leonardos hatte bauen lassen, waren die Felder vielerorts beispielhaft bewässert, die Spinnereien waren in der ganzen Welt berühmt, und um seine Waffenschmieden und Bronzegießereien beneideten ihn alle Fürsten des Kontinents.

»Bleibt zu hoffen, daß all dieser Wohlstand keine Begehrlichkeiten bei den mächtigen Nachbarn der Lombardei weckt«, fuhr der Botschafter ernst fort. »Wenn sich diese einflußreichen Staaten gegen den Herzog stellten, sehe ich schwarz.«

Die mächtigsten Länder Europas, vor allem Spanien und Frankreich, hatten auf Kosten ihrer hungernden Bevölkerung gut ausgerüstete und ausgebildete stehende Heere geschaffen, in denen ihre eigenen Untertanen Dienst taten. Besonders Frankreich tat sich auf diesem Gebiet hervor. Der Moro verließ sich hingegen, wie die anderen italienischen Fürsten auch, weiterhin auf sein Gold, das heißt, er ging nicht von dem alten System ab, fremde Söldnertruppen anzuwerben, die von bezahlten Condottieri geführt wurden. Doch mittlerweile hatte er schon häufiger erfahren müssen, wie unzuverlässig solche Truppen waren. Wenn sich die Lage zum Schlechteren wendete, zögerten die besoldeten Heere keinen Moment, zum Feind überzulaufen, falls der sie besser zu bezahlen versprach.

»Doch wie auch immer«, fuhr Jacopo Trotti fort, »der Moro wird für alle Fürstentümer Italiens immer wichtiger, und wenn er mit seiner Politik erfolgreich ist, wird er bald der mächtigste Herrscher Italiens sein. Bei diesem Vorhaben könnte ihm allerdings der Umstand hinderlich sein, daß er nicht das Format eines wahren Condottiere besitzt und ihm außerdem zwei mächtige Feinde im Weg stehen. Einmal der Papst, der schon seit jeher die italienischen Fürsten gegeneinander aufhetzt: Sobald er sieht, daß irgendwo ein starker Machthaber die Fäden in die Hand nimmt, schließt er rasch mit allen anderen ein Bündnis, um ihn niederzuwerfen. Der andere große Widersacher aber ist, und zwar von alters her, die Republik Venedig. Ihre Regierung fürchtet nichts mehr, als daß es jemandem gelingt, wenn schon nicht alle, so doch einen Teil der Fürsten der Halbinsel zu einer gemeinsamen Allianz zu bewegen. Denn das würde das Ende der eigenen Vorherrschaft und der Unabhängigkeit bedeuten. Der Herzog gibt sich zwar als Freund der *Serenissima Repubblica*, doch die Venezianer mißtrauen ihm und würden alles tun, um ihn loszuwerden. Der Moro weiß das, ist aber klug genug, seine Vorbehalte gegenüber Venedig unter der Maske der Diplomatie zu verbergen. Eben deswegen zeigt er sich auch stets so beflissen gegenüber dem Botschafter Venedigs und seinem Gefolge. Nicht zufällig hat er ja auch anläßlich der Hochzeit des jungen Herzogs eigens eine Delegation der Republik Venedig in das Ehrengeleit nach Neapel aufgenommen.«

»Aber mit dieser Hochzeit kommt unser Herzog seinem Ziel doch erheblich näher, nämlich der mächtigste Herrscher in ganz Italien zu werden«, warf der Küchenmeister mit unverhohlener Genugtuung über die künftige Machtstellung seines Herrn ein.

Der Botschafter war da weniger optimistisch: »Ich bin mir nicht sicher, ob der Weg des Herzogs tatsächlich so steil nach oben führt, wenngleich ich den Prophezeiungen von Maestro Ambrogio da Rosate nicht unbedingt Glauben schenken will. Aber auch abgesehen von dem, was der Astrologe vorhersagt, und den schlechten Neuigkeiten, die uns heute abend aus Neapel erreichen, sehe ich dunkle Wolken am Horizont des Herzogtums Mailand aufziehen. Der Herzog ist von zuviel Haß umgeben, und zu viele Widersprüche umranken diese Heirat. Nein, nein, das Bündnis mit dem Königreich Neapel ist nicht auf festem Grund gebaut, wie ja auch die Ereignisse dort beweisen.«

»Ja, was zum Teufel hat Maestro Ambrogio denn in den Sternen gelesen?« fragte der Küchenmeister gespannt.

»Noch bevor das Datum der Abreise nach Neapel feststand, versuchte Maestro Ambrogio alles, um den Herzog von der ehelichen Verbindung mit dem Hause Aragon abzubringen. Die Sterne sprächen gegen diese Heirat, ja, sie sähen Leid und Unglück nicht nur für die Brautleute, sondern auch für das ganze lombardische Herzogtum voraus. Da mache sich der ungünstige Einfluß der ›Konjunktion des Mars‹ bemerkbar. Der Astrologe sagte weiter, daß zuweilen, und dies scheint hier der Fall zu sein, böse Geister, deren Herkunft im dunkeln liegt, von Menschen oder auch ganzen Ländern Besitz ergreifen und sie zu verhängnisvollen Fehlern verleiten, die schließlich zu ihrer Vernichtung führen. Die Unglücklichen glauben eine glückliche Zeit zu erleben, versunken in die Vergnügungen und Laster der Welt, und ahnen nicht, daß die geheimnisvollen Mächte auf ihre Vernichtung hinarbeiten. Maestro Ambrogio ging sogar so weit zu behaupten, die Sterne hätten ihm anvertraut, daß der ›Baum des Todes‹ schon im Garten der Brautleute Wurzeln geschlagen habe und bald Blüten treiben werde …«

»Was meint er damit, die Blüten des Todes?«

»Na was schon, mein lieber Mastro Stefano? Na was schon …? Dennoch waren für den Herzog, der sonst stets auf den Rat seines Astrologen hört und keine Entscheidung trifft, ohne zuvor die Sterne zu konsultieren, die Erfordernisse der Staatsräson so dringend, daß er darauf beharrte, seinen Weg unbeirrt weiterzuverfolgen.«

Mastro Stefano mußte daran denken, daß sich ein, wenn auch nur verschwindend geringer Teil der Prophezeiungen von Ambrogio da Rosate bereits erfüllt hatte. Dies beunruhigte ihn, denn er fühlte sich dem Hause Sforza, in dem seine Familie schon seit vielen Jahren Dienst tat, eng verbunden und sorgte sich nun verständlicherweise, daß sich auch die anderen, noch düstereren Vorhersagen bewahrheiten könnten.

Schweigend saßen die beiden Freunde da und leerten langsam ihre Weinbecher. Ohne daß sie es recht gemerkt hatten, waren die Stunden vergangen, und von der Burg auf dem Hügel her drangen die Rufe der Wachposten zu ihnen, die die sechste Stunde ankündigten.

Die Freunde tranken noch ein Gläschen Brombeerlikör, den ihnen der Wirt zum Abschluß des Mahls gebracht hatte, ließen einige Münzen auf dem Tisch zurück und näherten sich, während sie sich die warmen Mäntel überzogen, gedankenverloren dem Ausgang. Es war kurz nach Mitternacht. Draußen warteten die beiden Gehilfen von Mastro Anselmo auf sie und versuchten, indem sie mit den Füßen aufstampften und sich die Hände rieben, die Kälte zu vertreiben.

»Eine gute Nacht, Mastro Stefano.«

»Euch auch, Messere Jacopo. Der Abend ist wirklich wie im Fluge vergangen. Wie sagt man in meiner Gegend so schön, *né a l'ostaria, né in lecc no se ven mai vecc.*«

»Was meint Ihr?«

»Wie, das versteht Ihr nicht? Dabei ist es so einfach: In der Osteria und im Bett wird man nie alt.«

Messere Jacopo schmunzelte und stieg auf den Wagen, der ihn zurück auf die Burg bringen würde.

Mastro Stefano jedoch folgte seinem Begleiter durch ein dunkles Gäßchen zum Haus seines Gastgebers. Unterdessen hatte der Wind aufgefrischt und wirbelte den wenigen Schnee auf, der kaum den gefrorenen Schlamm auf den Straßen mit einer weißen Schicht zu überziehen vermochte. Der morgige Tag würde sehr anstrengend für ihn werden. Doch die Kälte, die Mastro Stefano in sich spürte, rührte nicht von dem eisigen Wind her und auch nicht vom Schnee, sondern von einer inneren Unruhe, die mehr und mehr Besitz von ihm ergriff.

Während sich sein Blick in der Dunkelheit verlor, kam es ihm so vor, als würden nicht nur Schneeflocken, sondern auch böse Totengeister durch die Luft wirbeln.

V

Am Abend des 29. Dezember im Jahr des Herrn 1488 traten König Ferrante, Königin Giovanna und ihr Sohn Alfonso mit dem gesamten Hof auf die Terrasse, die auf den von tausend Fackeln erhellten Platz vor ihrer Residenz Castelnuovo hinausging.

Ihren Augen bot sich ein einmaliges Schauspiel. Auf der Piazza, die so breit wie ein Exerzierplatz war, hatte man einen künstlichen, von Wegen durchzogenen Hügel errichtet mit Wiesen, auf denen Kühe, Schafe und Ziegen weideten. Bäume und Büsche machten das Werk noch wirklichkeitsgetreuer. Auf dem Gipfel des kleinen Berges trohnte eine richtige Burg mit Türmchen, Wachmauern, Zinnen und Zugbrücke, so groß, daß sie einen ganzen Trupp Soldaten zu fassen vermochte. Zu Füßen des Hügels breitete sich ein herrlicher, geometrisch angelegter Garten mit schnurgeraden Hecken aus. Drei Brunnen, von denen der mittlere die beiden anderen überragte, krönten den unteren Teil der Wiese.

Auf dem flachen Teil der Wiese standen zwei hohe, mit Talg eingeschmierte Maibäume. Auf der Spitze des einen hing eine reichbestickte Bauerntracht, komplett mit Strümpfen, Schuhen und Hut; auf dem anderen ein wunderschönes Bäuerinnenkostüm mit goldenen Litzen und allem, was dazugehörte. Dies waren die Preise für die Glücklichen, die es als erste schaffen würden, die glitschigen Stangen hinaufzuklettern.

Um den Hügel herum waren Bogenschützen in Doppelreihen postiert, die mit ihren Fackeln das Kunstwerk erhellten und nur mit Mühe die Menschenmenge, die den Berg stürmen wollte, zurückhalten konnte. Die königliche Familie fand großen Gefallen an der hervorragenden Arbeit ihrer Architekten und Künstler und erfreute sich an ihrer eigenen Großherzigkeit diesen ausgehungerten Armen gegenüber, die in so großer Zahl zum Hochzeitsfest von Isabella gekommen waren. Die Hungerleider ließen die Braut hochleben, während sie weiter versuchten, die Absperrung zu überwinden.

Der König gab ein Zeichen, Trommelwirbel ertönte, und die Soldaten ließen es endlich geschehen, daß die rasende Menge den Hügel aus Holz und Pappmaché stürmte und, unter den amüsierten Blicken des ganzen Hofes, mit der Plünderung begann.

Denn was den kleinen Berg so außerordentlich attraktiv machte, war die Tatsache, daß die Wege und Hecken ebenso wie die Brunnen und die Burg eßbar waren. Die Hecken waren aus Schinken, die Straßen mit Käse gepflastert, die Wände der Burg mit Mortadellas, Salamis und *butirri* verkleidet. Aus den Brunnen plätscherte Rotwein, und all diese Köstlichkeiten waren nur dazu da, um ergriffen und nach Hause geschleppt zu werden. Ein wildes Gerangel entbrannte: Schinken wurde von den Hecken gerissen, Käse von den Balustraden und Säulen, von den Mauern die langen Girlanden, die aus Würsten und kleinen Mortadellas gewunden waren.

Bei der Plünderung galt es allerdings, sich in acht zu nehmen, damit man von den anderen nicht zertrampelt wurde. Manch einer stürzte sich auch in den kleinen See, um die Enten und Gänse, die auf dem Wasser schwammen, zu jagen, oder die großen Fische zu fangen, die unter dem Wasserspiegel hin und her zuckten.

Die Würste und Mozzarellas lagen überall verteilt, auch auf den Wiesen, wo Kühe, Ziegen und Lämmer vergeblich zu weiden versuchten, denn dieses Gras hatte nichts, was ihnen hätte Appetit machen können. Auch das Vieh konnte mit nach Hause genommen werden, vorausgesetzt, man wußte seine Fäuste richtig einzusetzen, denn um die größten Tiere entbrannten sofort wüste Raufereien.

Die einen packten die Kühe an den Hörnern, andere zerrten sie am Schwanz, wieder andere hatten die Beine zu fassen bekommen, so daß man fürchten mußte, die armen Tiere würden genau wie die Ziegen und Lämmer in der Nähe bei lebendigem Leib in Stücke gerissen.

Das Kleinvieh hingegen war einfacher wegzuschaffen, und so sah man viele arme Neapolitaner mit einem Kapaun unter dem Arm davonstürmen, oder einem Huhn oder einer jungen Gans, während andere dabeiwaren, die Burg einzunehmen, um an die Schinken, die vielen verschiedenen Käse, Brotlaibe, Würste und alle möglichen anderen Gottesgaben zu kommen. Auch der Wein floß in Strömen, roter aus dem größeren Brunnen in der Mitte, Weißwein aus den beiden anderen daneben.

Der Kampf um die kostbaren Lebensmittel wurde bis aufs Messer geführt, und die vornehme Gesellschaft hatte ihre helle Freude daran zu beobachten, zu was diese verwahrlosten Männer und mehr noch ihre Frauen fähig waren, um an ein gutes Stück Fleisch zu kommen. Zahlreiche Verwundete, und sogar einige Tote, konnten in der Schlacht um Rinder, Schweine und Schafe nicht ausbleiben. Doch König Ferrante, der sich bei solchen Anlässen stets großherzig zeigte, hatte zuvor schon angeordnet, daß die Angehörigen der Opfer mit zwei Schinken, zwei Käselaiben und zwei großen Flaschen Wein entschädigt werden sollten.

Währenddessen versuchten die Jüngeren, dic Maibäume zu erklimmen. Die ersten waren noch an den glitschigen Stangen gescheitert und hatten sich beim Herunterfallen sämtliche Knochen gebrochen. Nun waren zwei Burschen an der Reihe, die klugerweise gewartet hatten, bis ihre unerfahrenen Vorkletterer den Talg heruntergewischt hatten. Auch für sie war die Aufgabe nicht einfach, aber unter Aufbietung der letzten Kräfte schafften sie es, die kostbaren Preise zu erreichen.

Unter dem Gelächter der Hofleute wurde in kürzester Zeit alles Eß- und Transportierbare an sich gerissen und fortgeschafft, und in Grüppchen zogen die Familien mit ihren Karren und Säcken voller Lebensmittel ab.

Auch die Kinder versuchten, etwas nach Hause zu schaffen, das eine Salami, ein anderes, mit Mühe, eine große Flasche Wein, wieder ein anderes eine Ente, die es fest unter den Arm geklemmt hatte. Wichtig war, sich die Sachen von den Älteren nicht wieder abjagen zu lassen, und dazu mußten die Kleinen die Beine in die Hand nehmen oder sich eng an jemanden aus der Sippe halten. In dem wilden Chaos waren einige Knaben unter die Füße der Großen geraten, und nun brachten ihre verzweifelten Mütter sie in den nahen Konvent in der Hoffnung, dort jemanden zu finden, der sie versorgen könnte.

Als schließlich alles abgeräumt war, blieben auf dem künstlichen Hügel nur ein paar Kinder und alte Bettler zurück, die die Ruinen nach eßbaren Resten durchwühlten. Die Szene wirkte noch bizarrer durch die Fackeln, deren Schein die Schatten der Nacht nur teilweise vertreiben konnte, während die letzten Neapolitaner wie Gespenster auf dem Hügel auf und ab huschten, obwohl sie wußten, daß dort nun nichts mehr zu holen war.

Für das Volk von Neapel war diese Nacht ein Ereignis, an das es sich lange, lange erinnern würde, und auch der Hof hatte sich prächtig amüsiert. Es war schon weit nach Mitternacht, als sich die königliche Familie in ihre Gemächer zurückzog und auch ihre Gäste in ihren Unterkünften verschwanden.

Am Morgen darauf verließ mit großem Pomp die gesamte königliche Familie zu Pferd das Schloß Castelnuovo. Die Aragonesen, die die neue Herzogin nach Mailand begleiten sollten, sowie die vierhundert Mitglieder der lombardischen Gesandtschaft warteten bereits auf der Esplanade. So formierte sich nun der imposante Triumphzug, der sich bald durch die dichtbevölkerten Viertel der Stadt vorbei an Castel Capuano, Castel Sant'Elmo und Castel dell'Ovo zum Hafen in Bewegung setzen würde. Hier lagen die elf Galeeren vor Anker, die von einer Karracke der Rhodeser Ritter begleitet würden, sowie von einigen kleineren und schnelleren Seglern.

Auf Anordnung des Königs mußte bei dem festlichen Umzug

keine Trauer getragen werden, und so wirkten alle Gewänder, wie ein Zeitzeuge berichtete, »besonders reizvoll, nicht nur weil sie aus Brokat oder anderen Gold- und Silberstoffen waren, mit glitzernden Spitzen und reich bestickt, sondern weil auch jedes einzelne Gewand mit zahllosen Edelsteinen besetzt war.«

Der oberste Herold im königlichen Waffenrock und der *Camerlengo* Ettore Carafa zogen den dreihundert Reitern in Paraderüstung voran, deren Schilde das Wappen des Königreichs Neapel trugen. Über ihnen flatterten die Banner der königlichen Heere im frischen Morgenwind.

Unter Trompetengeschmetter zogen als nächstes die Kirchenfürsten heran, angeführt vom Erzbischof und den anderen Bischöfen in Pontifikalgewändern. Der Chormantel des Erzbischofs war aus weißem Damast mit eingewebten Engel- und Vogelmotiven; die Gewänder der anderen kirchlichen Würdenträger zeigten Adler und Löwen, Strahlen und Flammen, oder auch die Pietà, die Jungfrau Maria, Maria Magdalena, Gottvater und andere Heiligenfiguren. Auch der niedere Klerus trug kostbare Mäntel, Dalmatiken und Kaselen.

Gleich nach den Männern der Kirche ritten sechs Trompeter, die mit ihren regelmäßigen Trompetenstößen das Herannahen der königlichen Familie ankündigten.

Acht Edelleute, vier in Rot und vier in Gold gekleidet, trugen den Baldachin aus roter und goldener Seide, in dessen Schutz König Ferrante, mit der Krone auf dem Haupt und dem Zepter in der Rechten, auf einem Schimmel ritt. Bekleidet war er mit einem Gewand aus schwarzem, mit Luchspelz besetztem Samt, in das ein Hermelin mit der Inschrift *Probanda* und eine goldene Rose mit dem Wahlspruch *Ante siempre Aragona* eingewebt waren.

Ihm folgten zu Pferd der *Caballerizo*, das heißt der erste Stallmeister, und die Schildträger, die das königliche Banner, Paradehelm, Schild und Schwert trugen.

Unter einem anderen Baldachin nahte Königin Giovanna auf einer Sänfte heran, die von zwei Pferden gezogen wurde, deren weicher spanischer Gang der vornehmen Dame größere Stöße ersparten. Sie war mit einer Gamurra aus schwarzem, mit Goldlocken verziertem Atlasstoff bekleidet, und ihr Hals und ihre Brust waren überreich mit herrlichen Juwelen geschmückt; auf dem Haupt trug sie einen Hut aus schwarzem Samt, auf dem ein roter Federbusch hin und her schwankte.

Dahinter, in stolzer Haltung, ritt Prinz Alfonso in einem Gewand aus goldbesticktem, grünem Samt und mit einem Hut, dessen Feder mit einem prächtigen Edelstein befestigt war. Auch er hatte die Wappen des Hauses Aragon in seine Kleidung eingewebt.

Isabellas Bruder Ferrandino ritt neben ihm, bekleidet mit einer weißen Giornea mit goldenen Knöpfen, unter der ein prachtvoll verziertes Hemd mit goldenen Litzen am Kragen und auf der Brust hervorschaute.

Unter einem Baldachin aus gewirktem Atlasstoff nahte nun Isabella an der Seite von Hermes, umgeben von Brautjungfern, die im Vorüberziehen verschiedenste wohlduftende Blüten streuten. Auch die Mädchen trugen anmutige, reichbestickte Gewänder aus gold- oder silberdurchwirkter Seide und waren mit Edelsteinen geschmückt. Auf den Häuptern prangten Kronen aus Silber, ebenfalls kostbar verziert, und auf den Rücken erblickte man feine Flügelchen aus Federn.

Die junge Herzogin, »schön und rein wie die Sonne«, wie ein Beobachter beschrieb, trug einen Mantel aus weißer Seide über der taftgefütterten Gamurra aus Lampas. Hermes seinerseits war mit einer Giornea und darüber einer langen Houppelande aus unregelmäßig gekräuseltem Frisésamt.

Alles an dem Brautpaar war weiß: der Baldachin, die Gewänder und die Pferde. Nur zwei Farbtupfer glitzerten in diesem weißen Meer, nämlich die riesigen, herzförmigen, blutroten Rubine an den Goldketten, die die Brautleute um den Hals trugen. Jeder dieser Ballasrubine – Hochzeitsgaben des Moro – wurde auf einen Wert von zwanzigtausend Dukaten geschätzt.

Auf zwölf Wagen folgten Isabellas vornehme, ebenfalls weiß

gekleidete Ehrenjungfrauen, die in der Rechten Symbole der Keuschheit, des Glücks und der ehelichen Liebe hielten.

Dann folgten die Barone des Reiches, Edelmänner, Lehnsherrn, Berater und Höflinge, alle prachtvoll gekleidet in Gewändern aus mit Goldfäden durchwirkten Sergestoffen.

Die Mitglieder der Mailänder Gesandtschaft in ihren farbenfrohen, mit Juwelen und Perlen besetzten Gewändern wurden von Galeazzo Sanseverino angeführt, dem Grafen von Caiazzo, der einen eleganten *zupparello* mit einem Saum aus Eichhörnchenpelz trug, aus dem die reichverzierten, mit kostbaren Juwelen übersäten Ärmel seines Hemdes hervortraten. An seiner Kragenkapuze aus Goldbrokat hing eine lange Sendelbinde, die er von Schulter zu Schulter über seine Brust geworfen hatte.

Diesen Edelleuten hatten sich die Botschafter und Vizegesandten angeschlossen, und deren Begleiterinnen wiederum folgten auf den Wagen. Das Ende des Festzugs bildeten die Pagen in den Livreen des Hauses Sforza beziehungsweise des von Aragon.

Auf seinem Weg zu den Schiffen durchquerte dieser imposante Festzug die Viertel Decumano Maggiore und Decumano Minore sowie das Markt- und Hafenquartier. Die applaudierende Menschenmenge entlang der Straßen wurde überall von einer lückenlosen Kette bewaffneter Soldaten in Schach gehalten.

Vor dem Castel dell'Ovo war ein Pavillon errichtet worden, der mit seinem Schmuck aus Zweigen, Blumen und ganzen Bäumen wie ein erhöht liegender Garten aussah. Hier kam der Festzug zum Stehen, denn auf der Bühne wurde nun das Hochzeitslied vorgetragen und gespielt, das der junge Humanist Gabriele Altilio, ein Schüler des großen Giovanni Pontano, komponiert hatte.

Die lateinischen Hexameter erzählten, wie die Jungfrau Isabella im rosa Licht des erwachenden Tages in See sticht, um zu ihrem Bräutigam zu gelangen, während ihr das neapolitanische Volk von der Stadtmauer und von den Ufern des lieblichen Golfes aus nachsieht. An der Mündung des Flusses Sebeto versammeln sich die Nymphen der Inseln und Städte, von Posillipo,

Gauro, Literno, Nisida, Baia, Sarno und gar vom Vesuv, um ihr Lebwohl zu sagen.

Zwölf wunderschöne, verführerische Mädchen, die Gefährtinnen der Nymphe Parthenope, stimmten, leichtfüßig tanzend und sich an den Händen haltend, den Hochzeitsgesang an, die traditionelle Anrufung des Hochzeitsgottes Hymenäus:

Dicite Hymen, Hymen, Hymen ter dicite, Ninphae!

Dann besangen sie die Lüste, die die junge Braut in den Armen ihres rechtmäßigen Gemahls, ihm unter dem sidonischen Purpurtuch ihre zarte Brust darreichend, genießen würde, in süßen Umarmungen, aus denen eine Reihe ruhmreicher Könige hervorgehen würde.

An dieser Stelle bemerkte die Herzogin Piccolomini, die Isabella dicht folgte, wie das Antlitz der Prinzessin vor Schamesröte entbrannte, da sie von den Verzückungen singen hörte, von denen sie so sehnsüchtig geträumt hatte, ohne allerdings zu wissen, worin sie eigentlich bestanden.

Die anmutigen Nymphen besangen nun die berühmten Liebespaare der Antike und riefen die Göttinnen Venus, Juno und Minerva an, sie mögen der neuen Herzogin von Mailand, ihre Hochzeitsgaben überbringen. Diese Stelle hatte der Dichter Altilio genutzt, um an die hohe Kultur und Bildung der Braut zu erinnern (nicht zufällig war er selbst ihr Lehrer gewesen) und ihre charakterlichen Vorzüge zu preisen, die, »über ihr eigenes Geschlecht hinausgehend«, den Tugenden eines Mannes nahekämen.

Nachdem die Jungfrauen ihren Schmerz über den Abschied von jenem so sanften Geschöpf beklagt hatten, erinnerten sie an die Spiele und Tänze, mit denen sie sich einst zusammen vergnügt hatten, und beteuerten, daß sie sie nie vergessen würden. Und unter die von ihr so geliebte Lotuspflanze würden sie zur Erinnerung schreiben: »Ich, königlicher Lotus, gehörte Isabella, ehre mich.«

Der Hochzeitsgesang klang mit Versen aus, die Isabellas Aufbruch besangen, hin zu ihrem so sehnsuchtsvoll erwarteten Bräutigam. Während ihr alle, bestürzt über den Verlust, nachblicken, werde sie die Wasser des Tyrrhenischen Meeres durchpflügen, die Küsten Italiens hinauf, Venus und Thetis gleich auf dem hohen Bug des Schiffes stehend.

Als die Cavalieri während der Darbietung mit ihren Pferden im Gedränge des Festzugs standen, hatte jemand in der Nähe Sanseverinos, des Grafen von Caiazzo, gerufen: »Ein gewaltsamer Tod wird Caiazzo ereilen!«

Und kurz darauf eine andere Stimme: »Bald schon wird das Schwein für seinen Hochmut bezahlen!«

Die mit Falsettstimmen vorgebrachten Drohungen waren gerade so laut, daß Sanseverino sie deutlich vernehmen, aber nicht feststellen konnte, wer sie ausgesprochen hatte.

Der Graf war sogleich aus seinem Sattel hochgefahren und hatte sich nach allen Seiten umgeblickt, doch sein Pferd war zwischen den anderen Reittieren eingekeilt, die die Cavalieri nur mit Mühe ruhig zu halten vermochten, und so hatte er nichts unternehmen können. Aber Sanseverino war klar, daß die Stimmen von Neapolitanern gekommen sein mußten, die das Durcheinander ausgenutzt hatten, um ihn an die Schmach zu erinnern, die er dem König und dessen Sohn in der Sache mit den rasierten Münzen zugefügt hatte.

Mit der erneuten Anrufung

Dicite Hymen, Hymen, Hymen ter dicite, Ninphae!

ging die Darbietung zu Ende, und der Festzug setzte sich wieder Richtung Hafen in Bewegung. Die Glocken läuteten zu Mittag, als man an der »Großen Mole« eintraf, und die milde neapolitanische Sonne ließ die Galeeren erstrahlen, die in der Brise des späten Wintervormittags im Hafenbecken hin und her schaukelten.

Auf der »Großen Mole« war ein Podium mit Bogen aus

blühenden Zitronen- und Orangenzweigen errichtet worden. Hier verabschiedete sich, nachdem sie die Geschenke der Stadt Neapel in Empfang genommen hatte, die Braut Isabella unter Tränen von König Ferrante, Königin Giovanna, ihrem Vater Prinz Alfonso und dem ganzen Hof und nahm dann zuletzt auch noch, während es ihr fast das Herz zerriß, von den lieben Gefährtinnen ihrer Jugend Abschied.

Als Isabella schließlich mit ihrem Gefolge an Bord der königlichen Galeere ging, die sie ihrer Zukunft als Ehegattin und erste Dame von Mailand entgegenbringen würde, begann auch die Einschiffung des gesamten Trosses.

Die mehr als achthundert Mitglieder des Ehrengeleits verteilten sich, im Nu jeden Fleck ausfüllend, auf die übrigen zehn Galeeren sowie die Karacke der Rhodeser Ritter, die wegen ihrer schlagkräftigen Ausrüstung mit sechzig Kanonen als Begleitschutz gegen die schrecklichen Sarazenen fungieren sollte, die überall auf der Lauer liegen konnten. Die Furcht vor den Mauren war weit verbreitet, und die Greuel, die sie bei ihren Überfällen verübten, erfüllten jedermann mit lähmendem Entsetzen: Wie aus dem Nichts nahten die Piraten mit ihrer wendigen Flottille und erklommen rasch die Hügel, auf denen die befestigten Städte lagen, und ebenso rasch die Mauern, die sie eigentlich hätten schützen sollen – und der Schrecken begann. Die kräftigeren Männer, Frauen und Kinder wurden als Sklaven deportiert, die anderen vergewaltigt und getötet. Traurige Berühmtheit hatten die Foltermethoden erlangt, mit denen sie die Geständnisse darüber erpreßten, wo die Schätze der Kirchen und Burgen vergraben waren, oder auch nur die ärmliche Habe der Familien, die sie gerade niedermetzelten.

Der Piraten wegen war man auch übereingekommen, daß die Herzogin auf der königlichen Galeere reisen sollte und nicht auf der größeren und besser bewaffneten Karacke, die bei einer eventuellen Flaute zu einer zwar starken, doch auch unbeweglichen Festung geworden wäre, da sie, ohne Ruderplätze, zur Fortbewegung allein auf die Takelage angewiesen war. Die königliche

Galeere mit ihren ausgewählten Rudersklaven hatte bessere Aussichten, einem feindlichen Angriff zu entkommen. Außerdem mußte die Karacke bei Gefahr zurückbleiben, um mit ihren Kanonen die anderen Schiffe des Konvois zu verteidigen.

Als die Herzogin an Bord kam, befahl der Kommandant seinen Offizieren, die dreihundertachtunddreißig Sklaven – so viele saßen auf einer königlichen Galeere an den Riemen – das übliche Begrüßungszeremoniell, das nur den bedeutendsten Persönlichkeiten vorbehalten war, ausführen zu lassen.

Beim Pfiff der Offiziere sprangen die noch angekleideten Gefangenen von ihren Bänken auf, und gleich darauf hörte man das Zischen und Aufklatschen der Peitschenhiebe, doch nicht den leisesten Schmerzensschrei. Im Beisein der königlichen Familie einen Laut von sich zu geben, hätte den sofortigen Tod bedeutet. Wieder ertönten die Pfiffe, und Hunderte von Sklaven rissen ihre roten Mützen vom Kopf und verbeugten sich tief. Ein weiterer Pfiff, und sie brüllten wie aus einem Mund: »Hua! Hua! Hua!« – den traditionellen Willkommensruf.

Erneut ein Pfiff, und sie setzten sich wieder, streckten sich dann im Takt der nun rasch aufeinanderfolgenden Pfiffe auf den Ruderbänken aus und hoben alle gleichzeitig das rechte, angekettete Bein kerzengerade in die Höhe, dann das linke, dann wieder das rechte und so fort, und das alles verblüffend synchron und ruhig, während die Peitschenhiebe auf sie niedersausten. Schließlich sprangen sie wieder auf und vollführten das gleiche Spektakel mit den Armen. Nach einem nochmaligen dreifachen »Hua, hua, hua« war die Vorführung endlich beendet.

Es konnte losgehen.

Drei Pfiffe, und die angeketteten Sklaven legten die Kleider ab, bis auf den knappen Lendenschurz, der heute anläßlich des hohen Besuchs der Herzogin ausnahmsweise anzubehalten gestattet war.

Die Gefangenen auf den anderen Galeeren waren, solange sie ruderten, vollkommen entblößt. Trotz der Jahreszeit war die Kälte dabei kein Problem. Bald würde man ablegen, und das Rudern würde sie schon ins Schwitzen bringen, und außerdem mußten die Ruderer nackt sein, damit die Peitschenhiebe größere Wirkung zeigten. Vor dem Weglegen hatte ein jeder seine Kleidung gut ausgeschüttelt, eine Vorschrift, die bezweckte, daß dabei so viele Läuse wie möglich ins Meer fielen.

»Leinen los!«

Rasch glitt der mächtige Schiffsrumpf auf die Hafenausfahrt zu, während als Abschiedsgruß für die Enkelin des Königs, die die Stadt verließ, die Kanonen der umliegenden Festungen Salutschüsse abfeuerten, deren Echo in der Bucht von Neapel hundertfach widerhallte.

Es wehte ein leichter Schirokko, der das Meer kräuselte und die Segel ausreichend schwellte. Mit dem Wind im Rücken und der Kraft der Ruderer kam die Flotte gut voran und konnte schon bald auf das Capo Miseno zuhalten.

Es war später Nachmittag, als es kühler wurde und die Damen auf der Galeere in der Kajüte am Heck vor der steifen Brise Schutz suchten. Die Cavalieri standen um die Kajüte herum oder auf der Rambate am Bug, über dem sogenannten *tamburo*, in dem die Geschütze der Artillerie untergebracht waren. Der ganze Raum stand voller Lotbüchsen, Steinbüchsen und Falkonetten mit dem dazugehörigen Pulver und der Munition; in der Mitte der Galeeren befand sich die große *Corsia*-Kanone, die in Richtung Bug zeigte und eine Reichweite von über eine Meile hatte.

Jetzt im Moment aber dienten die Kanonenrohre als Sitzgelegenheiten für die Cavalieri, die sich in ihren weiten, pelzgefütterten Plüsch-*Lucchi* eingemummelt und die Kapuzen aus dem gleichen Stoff übergezogen hatten.

Isabella lehnte mit Tränen in den Augen an der Reling der königlichen Galeere und beobachtete, wie die Stätten ihrer Kindheit immer kleiner wurden: die Stadt, wo ihre Mutter Ippolita begraben lag; die wohlvertrauten Hügel und Felsen; Castel Capuano, wo sie viele unbeschwerte Stunden verbracht und viele köstliche Momente erlebt hatte, Pontano lauschend, der mit Altilio, Sannazaro und Cariteo über die Dichtkunst debattierte; der Vesuv mit seinen bewaldeten Hängen, der nun farblich immer mehr mit dem blauen Himmel verschmolz. Isabella kam ihr Bruder Ferrandino in den Sinn, mit dem sie soviel gespielt und gemeinsam den Unterricht bei Altilio genossen hatte, und die Tränen liefen ihr über die Wangen.

Die Diener näherten sich ihr mit Tellern voll gebratenem Fleisch und *biancomangiare* sowie einer heißen Suppe aus Mandeln und Ziegenlammfleisch mit viel Zucker darüber, doch sie spürte, daß sie keinen Bissen hinunterbekommen würde. Die Unruhe, die sie befallen hatte, war zu groß. Der süße Traum, endlich ihren schönen Herzog, den lieben Gatten, zu sehen, mit dem sie so viele zärtliche Briefe gewechselt hatte, schien ihr nun von dunklen Vorahnungen verschleiert. Sie hatte mitbekommen, wie jemand in ihrer Nähe geargwöhnt hatte, daß das Mailänder Kastell kein glückliches Zuhause für sie sein werde. Und jetzt schossen ihr diese zufällig gehörten Worte plötzlich wieder in den Sinn und nährten in ihr eine unbestimmte Angst vor diesem glanzvollen, aber so fremden Hof.

Es wurde Abend, und das Capo Miseno war schon ganz nahe. Die Inseln Procida und Ischia lagen direkt vor ihnen, während Neapel schon weit zurückgeblieben war und die geliebte Halbinsel von Sorrent immer mehr im Dunkelblau des Abendnebels entschwand. In Kürze, nach der Umschiffung des Kaps, würden auch Posillipo und Pozzuoli genau wie ihre geliebte Heimatstadt verschwunden sein – vielleicht für immer.

Auf der Höhe von Procida wurde Isabella von den nun immer höher werdenden Wellen abgelenkt, die vom Heck kamen. Der Wind war stärker geworden, und die geblähten Segel zerrten mit Macht an den Wanten. Mit der fortschreitenden Dämmerung frischte der Schirokko immer kräftiger auf und trieb die Schiffe vor sich her durch die Wogen.

Irgendwann trat der Kommandant auf den Herzog von Amalfi zu und schrie ihm etwas ins Ohr. Daraufhin näherte sich der Herzog seiner Fürstin und erklärte ihr nach einer tiefen Verbeugung, wobei er das Rauschen des Windes zu übertönen versuchte: »Der

Kapitän hält es für besser, in Gaeta an Land zu gehen, falls der Schirokko weiter an Stärke zunimmt. Noch vor dem Morgengrauen könnte er in südwestliche Richtung gedreht haben, und solch einen Sturm möchte er nicht auf offener See erleben. Auch die Kommandanten der anderen Schiffe haben mittels Laternensignalen die gleiche Besorgnis geäußert.«

Isabella antwortete nicht, sondern breitete nur die Arme aus, zog dann ihren Umhang enger über der Brust zusammen und wandte sich ab, um die Kajüte aufzusuchen.

Neapel und die Umrisse des Vesuvs waren in der Finsternis verschwunden, und ihr war, als sei auch sie in ein Schattenreich eingetreten.

Zur zweiten Stunde des Abends trafen die Schiffskommandanten die Entscheidung, mit dem Konvoi den Hafen von Gaeta anzulaufen. Tatsächlich hatte der Wind nach Südwesten gedreht und blies heftiger, aber weniger kalt; auch die Wolkendecke riß stellenweise auf, und das Mondlicht spiegelte sich auf der aufgewühlten Wasseroberfläche.

Mit der Zeit wurden die Wellen immer höher. Der Wind peitschte sie gegen die Schiffe, die ständig an Fahrt aufnahmen und jedesmal, wenn sie den Kamm einer Welle passiert hatten, in das dahinterliegende Tal hinabstürzten. An Bord gab es nur noch wenige, die nicht seekrank waren.

Es wurde schon Tag, als die königliche Flotte in die ruhigen Gewässer der großen geschützten Bucht von Gaeta einlief, und auf der Mole im Hafen erblickte man bald eine Menschenmenge, sowohl Volk als auch Amtsträger, die auf die Prinzessin warteten, denn die schnelleren Fregatten waren vorausgesegelt und hatten den Konvoi angekündigt. Kurzerhand waren Bankette mit den dazugehörigen Begrüßungsreden organisiert worden, doch Isabella wollte nicht daran teilnehmen und weigerte sich sogar, von Bord der königlichen Galeere zu gehen, die ruhig und gut vertäut an der Hauptmole im Hafen lag.

Man nutzte den Aufenthalt, um die Vorräte an Wasser und Holz aufzufrischen. Davon konnte man an Bord nie genug haben; ersteres zum Trinken, um die Decks zu schrubben, zur Zubereitung der Mahlzeiten und um Wunden auszuwaschen; letzteres für die Kochstellen in der Schiffsküche und um das Pech zu erwärmen, wenn am Schiffsrumpf ein Leck auftrat.

Die Galeeren hatten im Hafen Platz gefunden, während die Karacke der Rhodeser Ritter in der Bucht zwischen Gaeta und Formia schaukelnd vor Anker lag.

Dieses imposante Schiff, auf dem die Vizegesandten reisten, war ungefähr neununddreißig Meter lang und zwölf Meter breit; es verfügte über zwei bewaffnete Decks, die mit insgesamt sechzig Kanonen ausgestattet waren, neben den mächtigen *Corsia*-Kanonen, die von der Mitte aus entlang der Längsachse des Schiffes abgefeuert wurden. Spezielle Rüstungen und Schilde schützten die auf den Decks positionierten Soldaten und Arkebusiere. So war eine Karacke tatsächlich eine schwimmende Festung.

Gegen Abend des folgenden Tages legte sich der Sturm, und man konnte erneut in See stechen, Kurs Nordwest, von einem günstigen Wind getrieben. Als es Morgen wurde, hatten sich auch die Wolken verzogen, und die milde mediterrane Wintersonne lud zur Wiederaufnahme des normalen Lebens an Bord ein.

Die Rudersklaven lagen auf den Bänken, an die sie gekettet waren, und durften sich ausruhen. Einige von ihnen nutzten auch die Ruhepause für kleinere Handarbeiten, wie dic Anfertigung von Körbchen, Holzschnitzereien oder Heiligenfigürchen. Der Verkauf dieser Dinge brachte ihnen ein wenig Geld, das sie für Wein und Huren brauchten – bei den seltenen Gelegenheiten, wenn man ihnen diese kleinen Freuden gestattete.

Um die fünfte Stunde des Tages wurde Essen an die Ruderer verteilt. An den sogenannten »mageren« Tagen standen den Sträflingen 742 Gramm Zwieback zu und an den »fetten« darüber hinaus ein Gramm Öl, 50 Gramm Kastanien und 40 Gramm Reis. Wenn es der Seegang erlaubte, erhielten sie jeden zweiten Tag eine warme Bohnensuppe mit den Zwiebackkrümeln, die in den Säcken und Gläsern übriggeblieben waren.

Viermal im Jahr – an Weihnachten, Ostern, Pfingsten und an Karneval – wurde eine Ration Fleisch an sie ausgegeben. Zu besonderen Anlässen gab es auch Wein. Bei Gefahr oder in der Schlacht, wenn sie länger als gewöhnlich zu rudern hatten, sorgte man dafür, daß sie nicht zusammenbrachen. Dann zogen die Offiziere, Unteroffiziere und einige Männer aus der Küche mit Eimern voller Wein an den Ruderbänken vorbei, tunkten Zwieback hinein und fütterten damit die Galeerensklaven, die unter den mit wachsender Gefahr immer heftiger werdenden Peitschenhieben weiterrudern mußten.

Doch nicht alle Ruderer waren Sklaven: Einige hatten auch Strafen von einer bestimmten Dauer zu verbüßen und wurden danach freigelassen. Und es gab sogar Freiwillige. Dabei handelte es sich um arme Teufel, die, um Schulden abzubezahlen oder einfach weil sie nichts Besseres zu tun wußten, auf den Galeeren anheuerten. Ihnen standen ein winziger Lohn zu sowie eine bessere Verpflegung, zu der ebenso ein wenig Fleisch gehörte wie etwas Käse oder Stockfisch und vor allem einige Pinten Wein. Außerdem hatten sie das Recht, einen Schnurrbart zu tragen, im Gegensatz zu den anderen Ruderern, die vollkommen rasiert sein mußten. Die Freiwilligen erledigten darüber hinaus auch vertrauliche Aufgaben für die Offiziere, und während der Schlacht wurden ihnen die Ketten abgenommen, damit sie mitkämpfen konnten.

»Wo bekommt Ihr nur all diese Ruderer her?« fragte Monna Isa den Steuermann der Karacke, während sie mit ihren Freundinnen an der Reling stand und die rhythmischen Ruderschläge beobachtete, mit der die Galeeren jetzt in einer kurzen Flaute durchs Wasser vorwärtsbewegt wurden.

Der alte Seemann, glücklich, daß eine solch schöne Frau das Wort an ihn richtete, gab sich sehr viel redseliger, als er gemeinhin war, und brüstete sich mit seinen Fachkenntnissen. »Sklaven werden entweder gefangen oder gekauft. Hauptsächlich sind es Mauren, Türken und Neger. Die Mauren sind die besten Ruderer, weil sie schon an die Entbehrungen und Mühen, die sie erwarten, gewöhnt sind. Die Türken hingegen taugen nicht viel, weil sie zu reich sind und das angenehme Leben sie träge gemacht hat. Die Neger aber sind sogar noch schlimmer, auch wenn sie kräftig und gut gebaut sind, denn die meisten sterben nach kurzer Zeit.«

»Woran sterben sie denn?« fragte Isa verwundert.

»Am Heimweh«, antwortete der Steuermann lakonisch. »Gewöhnlich ist das erste Jahr nach der Gefangennahme das schwerste, und viele überleben diese Zeit nicht. Deswegen muß man sie zunächst auch ein wenig sanfter anpacken, um sie nach und nach an das Hundeleben auf der Galeere zu gewöhnen. Danach, wenn sie das erste Jahr überstanden haben, kann man sie oft noch ziemlich lange gebrauchen.«

»Vielleicht ist man ja auch zu grausam zu ihnen«, bemerkte Monna Isa warmherzig.

»Sicher, Signora, da könntet Ihr recht haben. Manche Comiti sind wirklich zu grausam, und das zahlt sich nicht aus. Man treibt die Sklaven nur dazu, einen Aufstand zu versuchen oder sich töten zu lassen, um diesem bestialischen Leben zu entkommen.«

Monna Isa und die anderen Damen waren schockiert über die Worte des Steuermanns, aber mehr noch über die Selbstverständlichkeit, mit der der alte Mann von den Greueln auf den Galeeren erzählte. Nur wenige der achthundert Passagiere hatten Erfahrung mit Seereisen, ja, der größte Teil war sogar das erste Mal auf See, und ein paar Wellen hatten gereicht, um das Leben auf dem Schiff fast vollkommen lahmzulegen und fast alle unpäßlich werden zu lassen.

Doch nun, da das Meer ruhig war und die Sonne wieder schien, hatten die Damen, unterstützt von ihren Mägden, wieder damit begonnen, sich um ihre Gewänder und ihre Kosmetik zu kümmern. Auch auf der Karacke war man mit dem schönen Wetter zu seinen gewohnten Verrichtungen zurückgekehrt.

Wie auf allen anderen Schiffen gab man sich auch hier mit Leidenschaft dem Glücksspiel hin, das zwar streng verboten war, aber dennoch überall praktiziert und geduldet wurde. Der Raum unter dem Oberdeck, vollgepackt mit Kanonen und Munition, war praktisch zu einer Spielhölle geworden, in der sich die Spieler drängten. Die einen spielten *bassetta*, andere Tarock, wieder andere würfelten. Zu den eifrigsten Glücksspielern zählte der Hauptmann der Bogenschützen, Antonio Carazzolo, der tage- und nächtelang Karten spielte und häufig gewann, obwohl es eigentlich seine Aufgabe gewesen wäre, die illegalen Spieler zur Rechenschaft zu ziehen.

Auch die vier Freunde Gian Galeazzo Sforzas brachten Stunde um Stunde über den Karten zu, stets unter den wachsamen Blicken von Moises da Corteolona, der darauf hoffte, daß sie nach einem großen Gewinn ihre Schulden begleichen würden. Er hatte alles versucht, hatte an ihre Ehre, dann an ihr Gewissen appelliert und ihnen schließlich sogar gedroht. Doch alles vergeblich. Nicht nur zahlten die vier Halunken nicht, sondern sie stritten sogar jede Verpflichtung ab.

Mit dem schönen Wetter wandten sich die jungen Leute auch wieder ihren Liebschaften zu, die sie, solange die Seekrankheit sie quälte, völlig vergessen hatten.

Die rätselhafte Melita zählte zu den wenigen, denen die schwere See nichts hatte anhaben können. Stunde um Stunde brachte sie damit zu, im Arm der Rufolo-Zwillinge liegend aufs Meer zu schauen und das Spiel der Wellen zu beobachten. Seit einiger Zeit hielt sich ständig ein sehr junger Page in ihrer Nähe auf, Geraldo da Serravalle, der sie mit verträumtem Blick anstarrte und dem sie auch hin und wieder erlaubte, seinen Kopf auf ihre Knie zu legen, während sie mit ihren zahlreichen Verehrern kokettierte und plauderte.

Melita war jetzt gerade dabei, Monna Isa und Monna Evelyne zu erzählen, wie seltsam ihr beim ersten Zusammentreffen mit der Gruppe in Ravello zumute gewesen war, obschon sie alle sogleich sehr sympathisch gefunden habe.

»Ich spürte so etwas wie den Hauch des Todes über Euch, der nicht zu Eurer Jugend und Eurer Lebenslust paßt. Ich sehe Ereignisse voraus, die mit dem Schicksal eines Mitglieds der Gruppe zusammenhängen, schlimme Ereignisse, bei denen unheilvolle Kräfte am Werk sind, die Euch, ohne daß Ihr es merkt, für ihre Zwecke ausnutzen. Ich habe Angst, Euch in die Augen zu sehen, da ich das Werkzeug jener Kräfte zu erkennen fürchte. Auch meide ich den Blick auf Eure Hände, die mir vielleicht Eure geheimen Schicksale enthüllen könnten. Ja, ich spüre diese unheilvollen Kräfte, jetzt im Moment, auf diesem Schiff, böse Geister, die sich hoch oben auf den Rahen bewegen und zwischen den windgepeitschten Wanten.«

Sie beließ es bei diesen düsteren Andeutungen, lehnte sich bei einem der Zwillinge an, richtete den Blick hinauf zu den Segeln und schien jeden Kontakt zur Welt verloren zu haben.

Monna Isa und Monna Evelyne erschauderten. Unwillkürlich klammerten sie sich enger aneinander und befragten einander mit Blicken, ob ihre Liebe stark genug sein werde, um diese unheilvollen Kräfte, von denen Melita gesprochen hatte, von ihnen fernzuhalten. Sie hatten die Nacht gemeinsam auf den Kissen in der Kajüte verbracht, hatten sich geliebt und waren dann, eng umschlungen, eingeschlafen. Mittlerweile machten sie aus ihren Liebesnächten kein Geheimnis mehr.

Dennoch folgten tagsüber, wenn sich die Cavalieri von ihren improvisierten Lagern erhoben hatten, Monna Evelynes blaue Augen weiterhin dem schönen Venezianer. Und dieser erwiderte ganz offen ihre Blicke, ungeachtet der Anwesenheit seiner festen Begleiterin, der feurigen Zirkassierin. Doch für Evelyne waren die Gefühle, die sie für den jungen Venezianer hegte, nicht mit dem Begehren vergleichbar, das Isa in ihr weckte, und es fiel ihr leicht, das eine vom anderen zu trennen.

Die rothaarige Begleiterin Zane dei Rosellis hingegen war ständig mit den Freunden des Herzogs Gian Galeazzo zusammen. Sie konnten gar nicht genug von ihr bekommen, und sie beschenkte alle gleichermaßen mit ihren Reizen.

Zwischen den vieren aber herrschte keineswegs immer Harmonie. Zuweilen kam es zu heftigen Wortwechseln, die sich meist an der Eifersucht wegen der Zirkassierin entzündeten, bei denen es aber im Grunde um andere Dinge ging – in erster Linie, ohne daß es offen ausgesprochen wurde, um den Tod ihres Freundes in Ravello. Denn obwohl sie untereinander dieses Thema zu vermeiden suchten, war klar, daß ein jeder den anderen verdächtigte, der Mörder zu sein.

Die Zirkassierin hatte jetzt den Sonnenschein genutzt, um mit einer komplizierten Operation zu beginnen. Zunächst hatte sie sich das Haar dunkelrot gefärbt, wozu sie ein grünliches Pulver benutzte, das, wie sie ihren erstaunten Freundinnen erklärte, Henna genannt wurde und aus den entferntesten Ländern Arabiens kam. Dann hatte sie sich einen breiten Strohhut gesucht, den oberen Teil davon abgeschnitten und sich nur die Krempe auf den Kopf gesetzt, ihre gefärbten Haare hindurchgezogen und gleichmäßig darum herum verteilt. So saß sie stundenlang in der Sonne, so daß ihr Haar nach und nach den aggressiven Henna-Farbton verlor und jene klassische rotgoldene Färbung annahm, die bei den venezianischen Damen so beliebt war. Durch den Trick mit dem Strohhut verhinderte sie, daß ihr Gesicht gebräunt wurde, denn die adligen Damen verabscheuten jedwede Tönung der Haut, und ihre ganze Sorge drehte sich darum, sich jene vollkommene Blässe zu bewahren, die sie so kraß von Bäuerinnen oder Fischerinnen abhob. Die anderen Damen hatten neugierig den komplizierten Vorgang beobachtet und bedrängten die Zirkassierin nun mit Fragen, um es selbst einmal zu versuchen.

Die Marchesa Juana de Padilla y Cabrera und ihre Tochter kümmerten sich derweilen um ihren Manetto und versuchten ihn auf alle möglichen Arten zu verwöhnen. Wenn zum Beispiel die Glocke zu den Mahlzeiten rief, machten sie sich sogleich daran, ihm ein schmackhaftes Essen zusammenzustellen.

Auf dem Schiff gab es weder Tische noch Stühle, und ein jeder versuchte, es sich zum Essen so bequem wie möglich zu machen, indem er sich auf die Berge zusammengelegter Segel oder die aufgerollten Wanten setzte. Es wäre zwar möglich gewesen, ein richtiges Mahl zu veranstalten, doch dazu hätte der Wind weniger heftig blasen müssen, denn bei der nun herrschenden steifen Brise mußte das Oberdeck, die einzige Stelle, wo man Tische hätte aufstellen können, wegen der Manövrierbarkeit der Segel frei sein.

Die beiden Spanierinnen machten sich zeitig auf in die Küche und warteten geduldig, bis das Essen fertig war, um es ihrem Liebhaber noch heiß bringen zu können, und sie duldeten nicht, daß er von seinen Bediensteten versorgt wurde, die immer so langsam und ungeschickt waren.

Doch wenn es Abend wurde und sich Dunkelheit über das Schiff legte, über die Segel und Wanten, die überall wie lange Flechten wie in einem Zauberwald hinunterhingen, fand die Marchesa zwischen Kanonen, Brettern und Fässern immer ein Eckchen, wo sie ihren pelzgefütterten Umhang ausbreiten konnte, um ihren heißblütigen Florentiner darauf zu ziehen.

Immaculada konnte ihre Verstörung nur schlecht verbergen, wenn sie ihre Mutter mit *ihrem* Geliebten zusammen wußte, und verhielt sich dann allen gegenüber abweisend und spröde. Manchmal schlich sie sich auch, versteckt hinter Taurollen und Spillen, an die beiden heran, bis sie das Keuchen und Stöhnen ihrer Mutter hörte, und zog sich danach schluchzend und über Rachepläne brütend in den hintersten Winkel des Schiffes zurück.

Wenn die Marchesa dann, gesättigt, zum Schlafen die Kajüte aufsuchte, stürzte sich die Tochter sogleich auf den sich halbherzig wehrenden Manetto und zog ihn, keinen Einwand duldend, an der Hand aufs Unterdeck hinunter und verlangte dort, ungeachtet der Anwesenheit der sie beobachtenden Matrosen und Soldaten, von ihm auf der Stelle mit der gleichen Leidenschaft geliebt zu werden wie zuvor ihre Mutter.

Der Vizegesandte war verlegen und brachte tausend Einwände vor – die indiskreten Blicke der anderen Männer, die Gefahr, von der Mutter entdeckt zu werden, ja sogar moralische Skrupel. Doch jeder Einwand wurde abgeschmettert, und wollte er verhindern, daß ihr Geschrei noch mehr Aufmerksamkeit erregte, so mußte er seine letzten Kräfte zusammennehmen und ihr zumindest seinen guten Willen beweisen. Manetto wußte mittlerweile, daß er, um ein wenig Ruhe zu finden, bei der Marchesa mit seinen Kräften haushalten mußte, weil er gleich darauf unweigerlich gezwungen sein würde, ihr anspruchsvolles Küken auf die gleiche Weise zu unterhalten. Immaculada ihrerseits beschwerte sich häufig darüber, daß sie sich mit dem, was eine andere übriggelassen habe, begnügen müsse. Manetto dei Portinari haßte Schiffe, und besonders dieses, auf dem er sich jetzt befand, weil er hier nicht nur seekrank wurde, sondern ihm auch jede Möglichkeit verwehrt war, die mit der Zeit immer ermüdender werdenden Treffen mit den beiden Damen etwas einzuschränken.

Monna Andrea hingegen erlebte ihr mitreißendes Abenteuer mit dem schönen Mauren gleichermaßen als exotischen Traum wie auch als eine sehr reale Quelle körperlicher Lust. Und diese Beziehung beherrschte sie so sehr, daß sie mit Schrecken an die Stunde der endgültigen Trennung dachte, die ihnen bald schon bevorstand.

Ibn Mansour würde von Mailand aus unverzüglich nach Venedig aufbrechen, um dort seine Geschäfte abzuschließen, und von der Lagunenstadt in sein fernes Heimatland zurückkehren. Andrea konnte sich nicht vorstellen, wie und mit wem sie die Leere, die er in ihrem Innern hinterlassen würde, ausfüllen sollte. So bemühte sie sich, jeden Moment, den sie zusammen verlebten, voll und ganz auszukosten. Während sie ihn streichelte, versuchte sie, die Erinnerung an seine so glatte Haut ganz in sich aufzunehmen. Und wenn sie spürte, wie er sich in ihr bewegte und seine Männlichkeit tastend die intimsten Fasern ihres Innern zu erkunden suchte, erschrak sie plötzlich bei dem Gedanken, daß sich ihr Körper eines Tages vielleicht nicht einmal mehr an dieses wundervolle Gefühl erinnern würde.

Dank des günstigen Windes war es eine angenehme, zügige Reise bis zum Hafen von Civitavecchia, wo es, nach vierundzwanzigstündiger Fahrt, nötig wurde, sich mit neuen Vorräten zu versorgen.

Als es Abend wurde, stach man wieder in See. Während nun

die Flotte in gleichmäßigem Tempo nach Norden zog, mit der ständig nach allen Seiten schußbereiten Karacke in der Mitte, flitzten die schnellen Fregatten zur Aufklärung wie Jagdhunde unermüdlich vor und zurück.

Um den mächtigen Segler in der Mitte herum schnitten die Kiele der Galeeren durchs Wasser, die wiederum die königliche Galeere umgaben und beschützten. Im Fall eines Piratenangriffs hätten sich die zehn Galeeren dem Feind gestellt und es so der königlichen Galeere ermöglicht, im Schutz der Kanonen der Karacke das Weite zu suchen.

Nach Sonnenuntergang frischte der böige Wind weiter auf, doch dem Konvoi gelang es, Kurs zu halten und die ganze Nacht zügig durchzufahren. Als alle bereits dachten, daß der Hafen von Pisa nicht mehr weit und nur wegen des Nebels, der das Morgengrauen ankündigte, noch nicht in Sicht sei, nahten in rascher Fahrt zwei Fregatten heran, die von einer Aufklärungsfahrt zurückkamen. Sie hatten die Flaggen gehißt, die höchste Alarmstufe bedeuteten.

Als sie den Konvoi erreicht hatten, legten sie neben der Karacke an, und die Männer riefen: »Sarazenische Flotte, aus Richtung Genua. Sie werden bald hier sein.«

Es war allen klar, daß die moslemischen Schiffe den christlichen direkt entgegenkamen und ein Aufeinandertreffen unvermeidlich sein würde.

Nicht lange, und man erblickte im Westen zwischen den Inseln Gorgona und Capraia im ersten Licht des neuen Tages die schlanken Umrisse der sarazenischen Schiffe mit den typischen dreieckigen Lateinsegeln. An Bord der Galeeren machte sich Panik breit. Alle hatten schon von der Unerschrockenheit und Grausamkeit dieser Heiden reden hören, und bei dem Gedanken an die Greueltaten und Vergewaltigungen und vor allem die Schrekken der Sklaverei wurden Passagiere wie Besatzung von einer tiefen Furcht erfaßt.

Der Konvoi ordnete sich in Verteidigungsformation an und versuchte trotz der rauhen See an Fahrt aufzunehmen. Peitschen sausten nieder und trieben die Sklaven an. Die Freiwilligen verließen die Ruderbänke, kamen an Deck und wurden mit Waffen versorgt, während andere Sklaven ihre Plätze einnahmen. Die Männer an den Rudern blieben alle mit einem Fuß am Boden angekettet, so daß sie, wenn es zum Äußersten kam, unweigerlich mit dem Schiff in den Fluten versinken würden – ein wirksames Mittel, um ihr Interesse an der Rettung des Schiffes anzustacheln. Die Aufseher gaben Befehl, die Schlagzahl zu erhöhen. »Zieht durch! Zieht durch!« schrien sie und verdoppelten die Peitschenhiebe.

Die *Nobili di poppa* hatten sich, alter Tradition gemäß, um die Kajüte herum aufgebaut, um die Damen mit ihrem Leben zu verteidigen.

Die schnellen arabischen Galeeren und der Ehrengeleitzug der Herzogin kamen sich rasch näher, denn beide Flotten wurden sowohl von Segeln als auch von Rudern angetrieben. Die Christen versuchten, so schnell wie möglich den schützenden Hafen von Pisa zu erreichen, während die Sarazenen ihre Opfer auf offener See stellen wollten.

Mittlerweile hatten beide Flotten ihre Höchstgeschwindigkeit erreicht, und mehr war aus den Ruderern beim besten Willen nicht herauszuholen. Heftiger durften sie nicht mehr gepeitscht werden, und zwar nicht etwa aus Mitleid, sondern aus einem zwingenden Grund: Erhöhte man die Schlagzahl weiter, würde bald einer der Ruderer zusammenbrechen – mit verhängnisvollen Konsequenzen für das ganze Schiff.

Auf den christlichen Galeeren waren alle in Aktion: Die Artilleristen machten die Geschütze gefechtsklar, die Unteroffiziere liefen, unterstützt von den Küchendienern, zwischen den Ruderbänken hin und her und fütterten, so gut es ging, die gequälten Sträflinge mit in Wein getunktem Zwieback. Kein leichtes Unterfangen, die aufgerissenen Münder zu treffen, da die Ruderer nicht stillhalten konnten, aber die Bissen würden ihnen Kraft für mindestens eine weitere halbe Stunde geben.

Dann ertönten wieder die gebrüllten Kommandos: »Zieht durch! Zieht durch!« – begleitet von Peitschenhieben.

Für die Männer war es die Hölle. Schwer gezeichnet von den unaufhörlichen Peitschenhieben und der unmenschlichen Anstrengung hatten viele Rudersklaven, über deren nackte Körper Wein, Schweiß und Blut rannen, ihre Schließmuskel nicht mehr unter Kontrolle.

Auf einer der Galeeren hatte ein Offizier den Kopf verloren und war zu weit gegangen, und nun war ein Ruderer ohnmächtig geworden. Eine dramatische Situation, denn die Ruderer verhakten sich, und es gab Verletzte. Das Schiff wurde langsamer, und während die Luft erfüllt war vom Zischen und Klatschen der Peitschen und unmenschlichen Schreien, stürzten andere Ruderer herbei und nahmen die Plätze der Verwundeten ein. Die Vorschriften waren eindeutig: Der ohnmächtige Ruderer mußte getötet werden, auf der Stelle, mit der Peitsche.

Während das Boot wieder Fahrt aufnahm, hatte man den Unglücklichen in der Nähe der Brücke festgebunden, und zwei Männer begannen, auf ihn einzuschlagen. Der Verurteilte schrie nur kurze Zeit, dann sackte er in sich zusammen. Die Peitschenhiebe legten das Weiß seiner Rippen bloß, dann, als auch die nackten Wirbel zu sehen waren, war das grausige Schauspiel beendet – als tragische Mahnung an alle anderen. Sollte er noch nicht ganz tot sein, würde er ertrinken; sein Körper, den man ins Meer geworfen hatte, trieb eine Zeitlang in den Wellen und blieb dann im Kielwasser der rasch davonziehenden Galeere zurück.

Die beiden Flotten waren sich währenddessen immer näher gekommen, und es trennten sie nur noch wenige Meilen. Die mailändischen und neapolitanischen Edelleute und auch die Besatzungen waren vor Entsetzen wie gelähmt – da geschah das Wunder.

Die sarazenischen Schiffe änderten leicht ihren Kurs, drehten von Südost nach Süden ab, näherten sich zunächst noch und zogen dann, in einer zum Zerreißen gespannten Stille, in kurzer Entfernung vorbei.

Vielleicht hatten sich die Piraten durch die zahlenmäßige Stärke des christlichen Konvois von ihren Plänen abbringen lassen, vielleicht auch durch die Sankt-Georgs-Banner, die an den Masten der genuesischen Galeeren flatterten. Schließlich gab es zwischen Sarazenen und Genuesern so etwas wie ein stillschweigendes, für beide Seiten vorteilhaftes Übereinkommen, sich gegenseitig in Ruhe zu lassen. Oder vielleicht ließen sie sich auch nur von dem rauhen Seegang abschrecken, der ein erfolgreiches Entermanöver verhindern könnte. Oder waren es gar die Insignien und Geschütze der Karacke der Rhodeser Ritter, die ihnen den Mut nahmen? Tatsache war jedenfalls, daß die Berber auf einen Angriff verzichteten.

Im Moment des Kreuzens glitten die beiden Formationen ganz dicht aneinander vorbei. Manche behaupteten sogar, die Turbane der Araber an den Bordwänden erkannt zu haben. Genau zu erkennen waren aber ganz sicher die grünen Flaggen mit dem weißen Halbmond, die soviel Schrecken im Mittelmeer verbreiteten und selbst die Kühnsten erstarren ließen.

Wie in einem Alptraum zog die sarazenische Flotte still vorüber, entfernte sich immer weiter Richtung Süden, bis der Horizont, wo der Wind die Wolken vertrieben hat, sie verschluckte.

Die christlichen Rudersklaven auf den moslemischen Schiffen, obwohl abgestumpft von Gefangenschaft und Peitschenhieben, hatten Tränen in den Augen: In einer Entfernung von vielleicht einer Meile waren ihre Glaubensbrüder vorübergezogen, die bald ihre Frauen und Kinder wieder in die Arme nehmen würden. Sie selbst würden ihre Familien niemals wiedersehen, würden an die Ruderbänke gekettet sterben, oder im Meer, in das man sie warf, wenn die Kräfte sie verließen.

Aber auch die sarazenischen Sklaven auf den christlichen Schiffen wußten, daß in einer Meile Entfernung ihre moslemischen Brüder vorüberzogen. Wie sehr hatten sie auf einen Angriff gehofft, der ihnen die Befreiung hätte bringen können! Nun blieben ihnen nichts als die Enttäuschung über einen verlorenen Traum und die Verzweiflung über das Schicksal, dem sie nie entkommen würden.

Auf den Schiffen, die jetzt in Sicherheit waren und auf Pisa zuhielten, wich der Schrecken. Wer es erlebte, würde von diesem Abenteuer jahrelang erzählen und seinen Zuhörern in den langen Winternächten in den Burgen Angstschauer über den Rücken jagen.

Jetzt endlich flaute der Wind auch ein wenig ab. Während die Sonne aufging, konnte man außerhalb des Hafens von Pisa einige Schiffe erkennen, die dem Konvoi entgegenkamen, mit Piero de' Medici, dem Sohn des florentinischen Herrschers Lorenzo, und einigen weiteren Mitgliedern dieses vornehmen Geschlechts an Bord.

Diese Schiffe eskortierten die Flotte der Herzogin von Mailand nun zum Hafen.

Unter dem Jubel der Menge legte zuerst die königliche Galeere mit der Braut Isabella an, auf deren Segel das Wappen des Königreichs Aragon zu erkennen war, dann folgten die genuesischen Galeeren mit dem roten Kreuz und dem Wahrzeichen des heiligen Georg. Schließlich die Karacke der Rhodeser Ritter, deren Focksegel das berühmte Schreckenszeichen aller Sarazenen und Piraten trug, das achtzackige weiße Kreuz auf scharlachrotem Grund.

Die Karacke, auf der auch die Diplomaten reisten, war gerade in den Hafen eingelaufen, als aus der Menge, die sich an der Kaimauer drängte, Entsetzensschreie laut wurden. Diese wurden um so lauter, je näher die Karacke kam. Die Passagiere und die Besatzung an Bord verstanden nicht, was die Schreie zu bedeuten hatten, denn durch die Krümmung des Segels war ihren Blicken verborgen, was an Land für Entsetzen sorgte. Dort hingegen wurden nun auch die Stadtoberen, die zu Ehren der hohen Braut zum Hafen gekommen waren, leichenblaß, und alles starrte wie versteinert auf das makabre Bild. Denn dort oben, direkt über dem weißen Kreuz auf dem vom Wind geblähten Segel, hing mit dem Kopf in der Schlinge reglos der Körper eines Mannes.

Doch nicht lange. Der Kapitän der Karacke, aufmerksam geworden, befahl seinen Matrosen, den Mann herunterzuholen.

Ein ehemaliger freiwilliger Ruderer, ein gewisser Niccolò da Voltri, kletterte geschickt zum Mastkorb hinauf und ließ den Toten herunter. Es war ein junger Mann, und seine eleganten Kleider wiesen auf dem Rücken einen großen Blutfleck auf. Anscheinend hatte man ihn erstochen und dann bis zur Mitte des Segels hinaufgezogen.

Auf dem Schiff brach Panik aus. Die Passagiere, ohnehin schon von den Strapazen der Reise gezeichnet, drängten sich vor dem Landesteg und versuchten so schnell wie möglich, das Schiff zu verlassen. Nur einige wenige Passagiere, darunter die Vizegesandten, liefen zum Vordeck, um die Leiche in Augenschein zu nehmen, und die schlimmsten Vorahnungen wurden bestätigt: Es war Michelangelo Zurla, der Marchese von Crema, einer aus dem Kreis der Freunde des Herzogs Gian Galeazzo Sforza.

Genau wie Uberto dei Pirovani war auch er von hinten erstochen und dann auf spektakuläre Weise zur Schau gestellt worden. Und auch auf seinem Gesicht fanden sich keine Anzeichen von Schrecken oder Angst. Er schien gestorben zu sein, ohne die drohende Gefahr geahnt zu haben.

VI

Durch einige Cavalieri, denen man die Depeschen für den Hof der Sforza anvertraut hatte und die über Land, über vereiste Straßen und verschneite Pässe fast die gesamte Halbinsel durchquerten, gelangten Neuigkeiten und Gerüchte bezüglich der Ereignisse in Neapel nach Tortona. Hier trafen allmählich auch andere Cavalieri und Würdenträger aus Mailand und der ganzen Lombardei ein. Müde und halb erfroren kamen sie an, und die meisten versuchten sich nur noch rasch mit irgend etwas Eßbarem zu stärken, bevor sie sich auf ein improvisiertes Strohlager warfen, um sich auszuruhen.

Es hatte sich mittlerweile herumgesprochen, daß Mastro Stefano eingetroffen war und mit den Vorbereitungen für das große Bankett begonnen hatte. Und so geschah es, daß viele Neuankömmlinge, bevor sie sich auf Quartiersuche machten, zunächst den Küchenmeister aufsuchten, um sich bei ihm mit einer guten, warmen Mahlzeit zu stärken.

Mastro Stefano hatte den Andrang zahlreicher unangemeldeter Besucher vorhergesehen. Daher hatte er in dem Kellergewölbe, wo sich sein Reich befand, zu beiden Seiten der Treppe zwei große Tische aus dunklem Nußholz sowie Bänke aufstellen lassen. Durch diese Anordnung der Tische hatte er dafür gesorgt, daß die Gäste sich bei der Treppe aufhielten und sich nicht in seiner großen Küche herumdrückten. Denn ein Koch ist zwar daran gewöhnt, viele Dinge zu ertragen – die Hitze, den Rauch, den Gestank heißen Fetts, die Ungeschicklichkeiten der Küchenjungen, die Schrullen und Launen seiner Herrschaften –, was er aber nicht hinnehmen kann, sind Außenstehende, die zwischen den Herden und Waschbecken umherlaufen.

In dieser Hinsicht waren Maestro Stefanos Anweisungen an die Oberköche, die zwanzig Köche und dreißig Unterköche sowie die Küchenjungen eindeutig: »Wenn die Cavalieri etwas Warmes zur Stärkung wünschen, sollen sie es bekommen. Aber sie müssen an ihren Tischen bleiben. Ich will hier kein Durcheinander!«

Nur Messere Jacopo Trotti hatte Zugang zu dem Bereich, wo die Köche arbeiteten, aber er war ja auch der beste Freund des Küchenmeisters und galt obendrein als einer vom Fach: ein Feinschmecker, der in der Kochkunst besser bewandert war als manch ein Koch.

Auch für die Behandlung der Gäste hatte Mastro Stefano klare Befehle gegeben: »Zunächst einmal verpflegen wir ausschließlich Adlige, also Grafen, Marchesi, Cavalieri, Offiziere und so weiter. Die anderen müssen eben sehen, daß sie in den Militärlagern etwas Warmes in den Bauch bekommen oder in den Tavernen und Privatunterkünften. Aber auch unter den Nervensägen, um die wir uns kümmern müssen, ist eine strenge Hierarchie einzuhalten. Für die rangniedersten Adligen, die einfachen Cavalieri und Offiziere gibt es nur ein wenig heiße Gekrösebrühe, dazu Roggenbrot zum Tunken und einen Krug billigen Wein aus der Gegend.«

Für hochgestellte Persönlichkeiten hatte er einen Auflauf aus Hammelfleisch mit Bohnen und Rüben auf dem Herd, gewürzt mit dem Fett, das von den Spießen in die Fettfänger getropft war. Für sie war auch ein besserer Wein aus dem Oltrepò vorgesehen, und für einige Auserwählte gab es sogar eine mit viel Zucker bestreute Scheibe von dem Schweinebraten, dessen Füllung aus Eiern, Sellerie, Pflaumen, verschiedenen Kräutern, Pfeffer, Safran, Zimt und Wacholder bestand.

Um seine Freunde jedoch kümmerte sich Mastro Stefano persönlich. Für sie ging er zu einem kleinen Herd, den er etwas abseits in einer Ecke hatte aufstellen lassen, und bereitete Leckerbissen zu, die einen Toten zum Leben erweckt hätten: Pastetchen aus Lammaugen, Pastetchen aus Bandnudeln mit einer Soße aus Bratenfond, Honig und Zimt, gehüllt in eine süße Kruste, die wiederum mit Zimt bestreut war... Diese Nudeln, die in manchen Gegenden Tagliatelle genannt wurden, hatte Mastro Stefano aus Mailand mitgebracht; sie wurden nur kurz in kochendes Salzwasser getaucht, und schon waren sie fertig für die verschiedensten Zubereitungsarten.

Für seinen Freund Trotti hatte der Meisterkoch eine Überraschung parat, und er hatte dafür gesorgt, daß kein anderer Cavaliere davon Wind bekam: Er erhitzte eine dickbödige, mit Schmalz ausgestrichene gußeiserne Pfanne, entnahm einer Blase, die an der Decke hing, einen Löffel in Salz eingelegten Kaviar vom Po, spülte ihn mit lauwarmem Wasser ab, um ihn vom Salzgeschmack zu befreien, fügte ein wenig in Milch eingeweichtes Paniermehl hinzu sowie eine kleine Handvoll Kräuter, etwas fein geschnittenen Schnittlauch und ein wenig Wasser. Dann nahm er einige Eier, schlug sie auf, rührte einen Hauch, aber wirklich nur einen Hauch Peperoni darunter, vermengte alles und gab dann einen großen Holzlöffel voll Teig in die heiße Pfanne. Die Zeit, um ein *Requiem* zu singen, dann beförderte er mit einer gekonnten Bewegung aus dem Handgelenk heraus das Omelett, das nicht größer war als eine Hostie in der Kirche und einen halben Finger dick, in die Luft und wendete es auf diese Weise. Ein weiteres *Requiem,* viel Pfeffer und Cinnamomum, und es war angerichtet für Herrn Botschafter Trotti. Ein Glas guten *Vino di Xeres,* jung und trocken, war die passende Abrundung. Aber daß Trotti sich damit nicht vor den anderen sehen ließ! Er mußte sich damit begnügen, allein an einem Tischchen bei dem versteckten Herd zu essen. Der Koch stand neben ihm, zwirbelte nur scheinbar gelassen an seinem Spitzbart herum und wartete auf eine Reaktion.

Messere Jacopo ließ sich einen Bissen des Kaviaromeletts, das außen leicht gar war und innen wunderbar weich und flüssig, auf der Zunge zergehen und konnte seine Begeisterung nicht verbergen: »Ein Mahl für die Götter!«

Als dann der Geschmack des trockenen spanischen Weins seinen Gaumen berührte, stiegen ihm fast die Tränen in die Augen. Er erhob sich von seinem Tischchen, trat auf den Küchenmeister zu und umarmte ihn: »Ihr seid ein Genie, Mastro Stefano, genau wie Eurer Vater, vielleicht sogar ein noch größeres.« Und dann fügte er hinzu: »Doch von solchen Gottesgaben solltet Ihr nur unsere Freunde kosten lassen. Die wissen sie zu schätzen. Für alle anderen wären sie vergeudet.«

Mit diesen Worten nahm er wieder Platz, aß zwei weitere kleine Omeletts, langsam kauend, um den Geschmack voll und ganz auszukosten, trank noch einen letzten Schluck *Vino di Xeres* und ging dann schnell fort, ohne sich von den anderen, die ihre Gekrösebrühe schlürften, erwischen zu lassen.

Mastro Anselmo, der alte Küchenmeister des Hauses Botta, hatte staunend beobachtet, wie die Mailänder Köche unter der Leitung Mastro Stefanos das Kellergeschoß der Burg in eine imposante, perfekt eingerichtete Küche verwandelt hatten. Mit unterwürfiger Bewunderung trippelte er ständig hinter seinem berühmten Kollegen her und versuchte sich mit seinen Orts- und Menschenkenntnissen nützlich zu machen.

Unterdessen bedienten wieder einmal die dreißig Unterköche, die seit Jahren zur Mannschaft Mastro Stefanos gehörten und die er selbst in seiner Heimat oberhalb von Bellinzona ausgesucht hatte, die Edelleute und Cavalieri an den Tischen neben der Treppe. Während sie das Essen auftrugen, hatten sie Gelegenheit, den Gesprächen der Gäste zu lauschen, und jede Neuigkeit und jedes Gerücht, das sie dabei aufschnappten, berichteten sie sogleich ihrem Chefkoch, von dem alle wußten, daß er so neugierig war wie eine Frau.

Immer dann, wenn die Männer an den Tischen miteinander flüsterten – und eben bei diesen Gelegenheiten kamen die pikantesten Dinge ans Tageslicht –, hatten sie gerade Wein nachzuschenken oder etwas wegzuräumen. Sie gaben sich Mühe, daß ihnen nicht die kleinste Kleinigkeit entging, denn sie wußten, wie glücklich sie ihren Chef damit machen konnten und daß er es ihnen danken würde.

Gerade war ein Kurier des Hauses Sforza eingetroffen und hielt nach jemandem Ausschau, der ihm sagen konnte, wo der Botschafter von Ferrara sei, der, so hatte man ihm berichtet, sich hier aufhielt.

Genau in jenem Moment tauchte Trotti hinten in der Küche auf, und der Kurier erkannte ihn sogleich an seiner eleganten Giornea und dem geraden, pomadisierten Schnurrbart. Er trat auf ihn zu und reichte ihm einen großen Umschlag mit den üblichen Siegeln.

»Eine Nachricht von Cavaliere Terzaghi, Exzellenz. Sie wurde zusammen mit den Depeschen für den Hof auf schnellstem Wege durch ganz Italien befördert. Dem Cavaliere war sehr daran gelegen, daß Ihr, Exzellenz, baldmöglichst unterrichtet seid.«

»Ich danke Euch, Ihr müßt sehr müde sein«, sagte der Botschafter, der die schlammverdreckten Stiefel und die durchnäßte Uniform des Mannes bemerkt hatte. »Und Ihr werdet Euch sicher stärken wollen. Mastro Stefano, laßt dem jungen Mann doch etwas Gutes zu essen bringen.«

»Selbstverständlich, Exzellenz. Mastro Anselmo, kümmert Ihr Euch um ihn? Er gehört zu den Männern des Signor Ambasciatore.«

Diese Worte genügten, um dem alten Küchenmeister und den anderen Köchen zu verstehen zu geben, daß der junge Mann mit Respekt zu behandeln war.

Messere Trotti ließ sich etwas abseits von den anderen an dem großen Tisch nieder und begann die lange Depesche zu lesen. Dabei wirkte seine Miene zunehmend ernster und besorgter. Schließlich winkte er Mastro Stefano herbei und bat ihn, einen Moment Platz zu nehmen.

»Es gibt Neuigkeiten aus Neapel. Man teilt mir mit, daß sich die Lage dort unten weiter verschlechtert hat. Die Spannungen zwischen Neapolitanern und Mailändern wachsen. So berichtet man mir von einer Auseinandersetzung zwischen dem Grafen von Caiazzo und dem König beziehungsweise dessen Sohn Alfonso. Anscheinend waren die Goldmünzen aus der Mitgift der Herzogin nicht ganz sauber. Aber es kommt noch schlimmer. Wie wir schon wissen, hat es einen Toten gegeben. Und jetzt erfahre ich, daß es sich dabei um einen Freund des Herzogs handelt, einen von seinen Spießgesellen aus Vigevano, den jungen Grafen Uberto dei Pirovani. Er wurde während eines Ausflugs umgebracht, im Haus der Familie Rufolo in Ravello. Die Leiche war in einer Rüstung versteckt, und von dem Mörder fehlt jede Spur. Zwar hat man den Toten sofort verschwinden lassen, aber die Gerüchte wollen nicht verstummen, auch wenn sich die Mailänder Delegation bemüht, die Sache auf kleiner Flamme zu kochen. Schließlich hat der Moro vor der Abreise dem Leiter der Delegation, Sanseverino, immer wieder eingeschärft, daß die Feierlichkeiten auf keinen Fall gestört werden dürften. Auch jetzt nicht, da sich die Vorhersagen von Ambrogio da Rosate zu bewahrheiten scheinen. Ich frage mich nur, wer ein Interesse daran haben könnte, einen Taugenichts wie den jungen Grafen dei Pirovani umzubringen, der nichts weiter als seine Laster im Sinn hatte. Wäre der Mord in Vigevano, dem Schauplatz seiner Ausschweifungen geschehen, könnte man vermuten, daß es sich um einen Racheakt handelte, ausgeführt von seiten der Verwandten eines der vielen unschuldigen Mädchen, die sich die Bande gefügig gemacht hat. Doch in Ravello kommt das nicht in Betracht. Den Familien der Mädchen würden ja schon die Mittel fehlen, um nach Mailand zu kommen. Aber andere Feinde des Grafen kann ich mir nicht vorstellen. Und bis jetzt hat auch noch niemand einen Grund für den Mord finden können.«

Der Botschafter dachte eine Zeitlang nach.

»Ein Verbrechen ohne Motiv«, fuhr er dann fort, »gibt es nicht. Aber wie könnte das aussehen? An das tragische Ende eines Streits zwischen jungen Cavalieri mag ich nicht glauben. Denn wie wäre dann die Inszenierung mit der in die Rüstung gesteckten Leiche zu erklären? Nein, ich kann mir wirklich keinen Reim darauf machen. Das ist schon eine sonderbare Geschichte, und ich fürchte, die Sache ist noch lange nicht ausgestanden.«

Auch Mastro Stefano war ein Mensch, der hinter jedem Ereignis einen bestimmten Grund vermutete, und daher beschäftigte ihn der Vorfall sehr viel mehr, als es der Tod jenes verdorbenen jungen Grafen eigentlich verdient hätte.

Während die beiden Freunde noch die Ereignisse besprachen, entstand auf der Treppe zum Kellergewölbe ein Aufruhr, und zur allgemeinen Überraschung erschienen der Graf von Caiazzo mit dem Hauptmann der Bogenschützen und weiteren Männern in der Küche. Offensichtlich hatte Sanseverino sich in Pisa von der Delegation getrennt und war auf dem schnellsten Wege zu Pferd nach Tortona gekommen.

Die Bogenschützen begannen sogleich alle Anwesenden, bis auf den Koch und seine Küchenjungen, auf recht unsanfte Weise aus dem Raum zu entfernen. Sanseverino nahm an einem der mittlerweile freigeräumten Tische Platz und befahl dem Hauptmann der Bogenschützen, einem gewissen Carazzolo, auf der Stelle vom Küchenmeister etwas zu essen bringen zu lassen.

Mastro Stefano mochte Sanseverino nicht. Sein arrogantes Auftreten stieß ihn ab, und außerdem behagte es ihm nicht, daß dieser Mann seinen eigenen, mit den Franzosen verbündeten Vater verraten hatte, auch wenn er dafür in den Dienst des Hauses Sforza getreten war.

Dem Botschafter Trotti wurde nun ebenfalls, wenn auch etwas respektvoller, zu verstehen gegeben, daß er sich zu entfernen habe. Während er an Mastro Stefano vorbei den Raum verließ, flüsterte dieser ihm ins Ohr: »Am liebsten würde ich dem hochmütigen Widerling etwas Gift ins Essen mischen. Aber damit würde ich mich nur selbst bestrafen. Also werde ich ihm ein sehr bescheidenes Mahl servieren und ihn zunächst einmal etwas schmoren lassen.«

Mit einer Handbewegung gab der Botschafter Mastro Stefano zu verstehen, er solle sich des abrupten Einfalls in sein Reich wegen nicht so ereifern.

Der Küchenmeister zwinkerte Trotti zu und rief dann, übertrieben laut, an einen Gehilfen gewandt: »Bringt dem Herrn Grafen das Beste, was wir in der Küche haben. Aber schnell!«

Der Gehilfe verstand sogleich und trat mit größter Ruhe an den Herd. Ein anderer Küchenjunge ging zu dem Faß, auf das Mastro Stefano mit einer Kinnbewegung gedeutet hatte, füllte eine Karaffe mit dem schlechtesten Wein, den es in der Küche gab, und stellte sie mit unterwürfiger Miene vor dem Grafen von Caiazzo auf den Tisch, zusammen mit einem Tonbecher und einem großen Laib Brot.

Doch Sanseverino war mit seinen Gedanken ganz woanders. Er rief wieder seinen Hauptmann zu sich und befahl: »Laßt feststellen, ob Ambrogio da Rosate schon eingetroffen ist, und wenn ja, so laßt ihn unverzüglich herbringen.«

»Ambrogio, der Alchimist, Exzellenz?«

»Natürlich, Dummkopf, der Arzt und Astrologe des Herzogs. Wer sonst?«

Es dauerte nicht lange, bis der Offizier mit einem keuchenden und besorgt wirkenden Ambrogio da Rosate zurückkehrte.

»Zu Diensten, Exzellenz.«

»Setzt Euch zu mir«, forderte Sanseverino ihn auf.

»Aber, Exzellenz, ich weiß nicht…«

»Stellt Euch nicht so an, Ambrogio, kommt her und setzt Euch. Ich muß Euch etwas Wichtiges fragen.«

Mastro Stefano bedeutete seinem aufgewecktesten Küchenjungen, sich dem Tisch zu nähern, an dem sich die beiden Männer nun flüsternd unterhielten. Der Junge verstand und machte sich daran, in aller Seelenruhe die Becher mit Wein zu füllen. Ein anderer treuer Gehilfe des Küchenmeisters brachte eine Schüssel mit dampfendem Kaldaunen an den Tisch, die mit geriebenem Käse bestreut waren, während Sanseverino nun zu erzählen begonnen hatte.

»Seit Tagen habe ich nicht mehr richtig geschlafen und nur wenig gegessen. Vielleicht wißt Ihr, daß Herzog Alfonso und sein Vater, König Ferrante, achtzigtausend Golddukaten als Mitgift an uns auszuzahlen hatten. Und was fällt den beiden Halunken ein? Zahlen uns die ausgehandelte Summe, aber erst, nachdem sie sich zuvor von jeder Münze ein ordentliches Maß Gold abgekratzt haben. Gott sei Dank sind wir ihnen schnell auf die Schliche gekommen. Es kam zu einer heftigen Auseinandersetzung, und zum Schluß mußten die Gauner ihre rasierten Münzen wieder einpacken und uns neue aushändigen. Von da an war es mit meinem Seelenfrieden vorbei. Noch in Neapel hörte ich, wie einige Höflinge in meiner Gegenwart leise kaum verhüllte Morddrohungen gegen mich ausstießen und meinten, diesen Affront gegen ihren König und seinen Sohn könnten sie nicht so einfach hinnehmen. Versteht Ihr? So als seien sie die Betrogenen gewesen und nicht wir. Doch schlimmer kam es noch während der Seereise. Eines Abends, ich wollte mich gerade auf dem Lager, das meine Männer für mich hergerichtet hatten, niederlassen, da fand ich ein Kärtchen, auf dem stand, daß ich »mit den Füßen voraus« in Mailand eintreffen würde, und weiter, daß ein Dolchstoß noch zu schade für mich sei und daß ich von den Lebenden zu den Toten hinübergehen würde, ohne noch Zeit für ein Amen zu haben. Was meint Ihr, was hat das zu bedeuten?«

»Kein Zweifel, Exzellenz. Es schmerzt mich, das sagen zu müssen, aber ich fürchte, daß man Euch vergiften will.«

In Wahrheit schmerzte Maestro Ambrogio diese Befürchtung recht wenig, denn Sanseverino war der einzige am Hof, der ihn ziemlich respektlos behandelte, obwohl er ebenfalls ein Edelmann war, wenngleich von niedrigem Adel.

»Genau das habe ich mir auch gedacht. Und so muß ich jetzt meine Augen überall haben, Tag und Nacht. Aus diesem Grund habe ich die Seereise in Pisa abgebrochen und bin auf schnellstem Weg zu Pferd nach Tortona weitergereist. Hier fühle ich mich etwas sicherer. Ich lebe umgeben von meinen treuesten Bogenschützen. Des Nachts wachen vier Männer in meiner Kammer und vier draußen vor der Tür. Ich bemühe mich, nur noch einfache Mahlzeiten zu mir zu nehmen, die Menschen meines Vertrauens zubereitet haben, und lasse alles, was ich esse und trinke, zuvor von einem meiner Soldaten kosten. Leider hat mir unser Herr, der bei anderen Gelegenheiten so großzügige Herzog, keinen seiner erfahrenen Credenzieri zur Verfügung gestellt. Denn nur ein wirklicher Experte ist in der Lage, auch Gifte herauszuschmecken, deren Wirkung sich erst mit Verzögerung entfalten. Bei meinen ungelernten Vorkostern lebe ich in der ständigen Angst, an irgendeinem Gift zu sterben.«

Die Oberköche und die Küchenjungen, die Sanseverino bedienten, spitzten die Ohren, während sie Fleisch, Teigfladen und Pasteten auf den Tisch stellten, und trugen dann ihrem Küchenmeister die Bruchstücke der aufgeschnappten Unterhaltung zu.

»Von Euch, Ambrogio, der Ihr ein großer Arzt und Alchimist seid, möchte ich wissen, ob es tatsächlich diese verheerenden Gifte gibt, von denen man sich erzählt, und wie man sich dagegen schützen kann.«

Während er auf eine Antwort wartete, rief Sanseverino seinen Hauptmann Carazzolo herbei, reichte ihm seinen Weinbecher und forderte ihn auf: »Koste!« Dann nahm er die Teller mit den Fleischstücken und den anderen Speisen, die vor ihm standen, und ließ sie von anderen seiner Männer probieren.

Maestro Ambrogio strich sich ein paarmal über den Bart, räusperte sich und begann: »Verzeiht, Exzellenz, aber ich werde wohl etwas weiter ausholen und Euch die Anschauungen des großen Nikandros von Kolophon wiedergeben müssen, die er in seinen Werken *Theriaca* und *Alexopharmaka* dargelegt hat.«

Sanseverino ließ sein Essen stehen und hörte aufmerksam zu.

»Nikandros unterscheidet vier Arten von Giften: zunächst solche, die das Blut verunreinigen, dann jene, die den Herzschlag blockieren, jene, die das Hirn und schließlich jene, die die Glieder lähmen.«

»Weiter, Ambrogio, weiter, verliert Euch nicht in Einzelheiten. Erzählt mir lieber von den Substanzen, die in Neapel am gebräuchlichsten sind.«

»Da gibt es eine ganze Reihe, die in diesem Königreich schon seit undenklichen Zeiten bekannt sind: zum Beispiel Sandarak, das schon Aristoteles erwähnt, oder ›Tofana-Wasser‹, eine beliebte Arsenverbindung, dann das ›Papst-Pulver‹, das ›Neapel-Pulver‹, das ›Perugia-Wasser‹, das ›ägyptische Pulver‹ oder auch der Schierling aus Griechenland.«

Ambrogio, stolz auf sein Wissen, ließ seine Worte erst einmal wirken.

»Ja, gut«, drängte Sanseverino weiter, »aber wie stellt man fest, daß solche Gifte einem Trunk oder einer Speise beigemengt wurden? Es ist ja nicht gesagt, daß der Vorkoster, der davon nimmt, auf der Stelle tot umfällt. Das Gift könnte mit Verzögerung wirken, und dann ißt man arglos von einer vergifteten Speise, weil man sich davon täuschen läßt, daß der Vorkoster noch lebt. Gibt es vielleicht einen speziellen Geruch oder Geschmack, an dem man diese Gifte erkennen kann?«

Wie vom Lehrstuhl aus dozierte Ambrogio: »Ein jedes zeichnet sich durch eine bestimmte Wirkungsweise, meist auch durch einen unverwechselbaren Geruch oder Geschmack aus.«

Der sonst so hochnäsige und den Worten anderer gegenüber unaufmerksame Graf von Caiazzo saß mit offenem Mund da, ein Stück Fleisch auf sein Messer gespießt, und lauschte wie ein braver Schuljunge.

Der Arzt gefiel sich in seiner Rolle als großer Gelehrter und fuhr fort: »Das ›Tofana-Wasser‹ schmeckt nach Pfeffer und das ›Papst-Pulver‹ nach Honig. Auch das ›Perugia-Wasser‹ ist leicht zu erkennen, weil es eine Blaufärbung bewirkt und nach Eisen schmeckt, und das ›Neapel-Pulver‹ schließlich, eins der stärksten Gifte, das aus einer ägyptischen Knolle gewonnen wird, schmeckt unverwechselbar nach Mandeln. Schon die Pharaonen kannten es.«

Sanseverino klappte den Mund zu und schluckte, während das Fleisch immer noch unangetastet auf dem Messer in seiner Hand steckte. Dann riß er sich zusammen und fragte: »Gesetzt den Fall, das Unglück geschieht und jemand nimmt etwas von einem dieser Gifte zu sich. Gibt es dann eine Möglichkeit, dem Tod zu entgehen?«

Maestro Ambrogio ließ sich Zeit mit der Antwort, hob dann die Augen zur Decke, faltete die Hände und sagte: »Möge Gott es nicht so weit kommen lassen. Zunächst sollte man natürlich mit größter Sorgfalt zu verhindern trachten, einen vergifteten Bissen zu essen. Ist der bedauerliche Fall dennoch eingetreten, so sollte man zu dem Mittel greifen, das Pietro D'Abano in seinem gelehrten Werk *De remedio venenorum* vorschlägt. Der weise Mann rät dazu, alles, was man gegessen und getrunken hat, sofort, verzeiht Exzellenz, auszukotzen, darauf mindestens einen Liter frisch gemolkene Milch, aber wirklich ganz frische, zu trinken, und schließlich, wenn noch die Zeit dazu bleibt, zehn *Pater Ave Gloria* an die heilige Sophonisbe, die Schutzheilige der Vergifteten, zu richten.«

Sanseverino, dessen Nerven sichtbar angegriffen waren, ließ jetzt das Messer sinken und legte das Fleisch unangetastet in den Teller zurück. Dabei fluchte er, das sei ein Schweinefraß, den man ihm hier vorsetze, und allein schon beim Anblick sei ihm der Appetit vergangen. Dann sprang er auf und stürmte, gefolgt vom Geklapper seiner gerüsteten Soldaten, über die Treppe davon.

Ambrogio, der sich erhoben hatte, um den Mann mit dem ihm gebührenden Respekt zu verabschieden, ließ sich wieder auf die Bank fallen, trank langsam einen Schluck von dem Wein, den niemand angerührt hatte, und ging dann hinaus.

Die Gehilfen hatten Mastro Stefano alles berichtet, was sie mitgehört hatten, besonders den letzten Teil des Gesprächs. Der Koch zuckte mit den Achseln und murmelte, während er sich wieder seinem Herd zuwandte: »Gott sei Dank hat er nichts von meinem Essen angerührt. Hätte er auch nur ein leichtes Magengrimmen bekommen, wäre ich verantwortlich gewesen. Ich kann nur hoffen, daß ihn der Satan persönlich verrecken läßt.«

Das große Kellergewölbe war während der letzten Tage in eine richtige Werkstatt verwandelt worden. Mittlerweile waren die Herde fast alle aufgestellt, die Maurer erledigten unter der Aufsicht der drei Oberköche die letzten Feinarbeiten, und von den zehn geplanten Backöfen waren zwei bereits angezündet und fünf betriebsbereit.

Vier große Marmorspülbecken waren längs der Außenmauer installiert worden. Helfer aus dem Ort transportierten in Bottichen Wasser vom Fluß hinauf und gossen es in ein großes Sammelbecken, das man im Hof aufgebaut hatte und das über Bleirohre die Becken in der Küche speiste.

Längs der Küchenwände waren zwölf Bratspieße aufgestellt worden, unter denen ein sonderbares mechanisches Gerät von gewaltigen Ausmaßen hervorragte.

Botschafter Trotti plauderte gerade mit Monsignor Ottaviano da Melzo, dem Großalmosenier der Sforza. Der Mailänder Prälat mit dem wohlgerundeten Bauch war für seine Naschhaftigkeit bekannt und zählte daher nicht zufällig zu Mastro Stefanos engsten Freunden. Außerdem war er hochintelligent und nie um eine scharfsinnige Bemerkung verlegen, und ebenso wie den Wein und ein gutes Mahl liebte er die griechischen und römischen Klassiker. Bei den bevorstehenden Feierlichkeiten kam ihm die Aufgabe zu, alles für das Hochamt im Dom vorzubereiten.

Er war geradewegs aus Pisa nach Tortona gekommen und noch erschöpft von der langen Reise durch die Lunigiana und über die Pässe des Apennin. Nun trat er mit Messere Trotti auf den Küchenmeister zu, der seinen Gehilfen gerade die letzten Anweisungen für die Inbetriebnahme des seltsamen Geräts aus Schrauben, Scheiben und Ketten gab.

»Na, was sagt Ihr zu diesem Bratspieß, Messere Trotti?« empfing Mastro Stefano sie voller Stolz. »Der dreht sich von ganz allein. Und der Entwurf stammt von keinem Geringeren als dem großen Maestro Leonardo da Vinci. Unglaublich, aber er wird tatsächlich nur von der Wärme des Feuers darunter angetrieben, ohne daß irgendeine menschliche Kraft erforderlich wäre.«

»Ich weiß nicht, Mastro Stefano, mir scheint das unmöglich. Wüßte ich nicht, daß ihr ein vernünftiger Mensch seid...«

»Doch, doch, Ihr könnt mir glauben. Ich habe mit eigenen Augen gesehen, wie sich die Vorrichtung von allein dreht. Wenn

Ihr erlaubt, erkläre ich Euch, wie es funktioniert. Seht Ihr diese Scheibe dort oben im Rauchfang? Sie wurde zur Mitte hin fächerförmig eingeschnitten, so daß zahlreiche gebogene Dreiecke entstanden ...«

Es war nur zu offensichtlich, wie sehr es dem Koch gefiel, seinen Freund in Erstaunen zu versetzen und seine Kenntnisse auf einem Gebiet, wo sich Naturwissenschaft und Magie überlappten, unter Beweis zu stellen.

»Und wenn nun die Wärme hochsteigt, drückt sie gegen die Dreiecke, so daß sich die Scheibe zu drehen beginnt. Über die Ketten und Zahnräder, die Ihr hier seht, wird die Kraft dann auf die einzelnen Spieße übertragen, vier an der Zahl. Es ist ein wenig wie bei einer Wassermühle, hat mir Maestro Leonardo erklärt, nur daß hier anstatt des Wassers Wärme und Rauch das Rad antreiben. Und das hat viele Vorteile: Zunächst einmal erspart man es sich, die gefräßigen Küchenjungen, die normalerweise mit dem Drehen der Spieße betraut sind, zu verköstigen. Und dann, was noch wichtiger ist, vermeidet man ein Mißgeschick, das wir häufig zu beklagen haben: Der Küchenjunge läßt sich ablenken oder, noch schlimmer, schläft bei der Arbeit ein und läßt den Braten von einer Seite anbrennen. Das kann hier nicht passieren, denn der Spieß dreht sich um so schneller, je stärker das Feuer darunter brennt. Ja, man kann es nicht anders sagen, dieser toskanische Maler ist wirklich ein großer Mann. Nur müßte er sich weniger in Angelegenheiten mischen, die ihn nichts angehen, wie die Speisenfolge für das verfluchte Bankett zum Beispiel.«

Der Botschafter Trotti zeigte sich von der Erfindung höchst beeindruckt. Anders Monsignor Ottaviano da Melzo, der zunächst seine Empörung zu verbergen suchte, dann aber lospolterte: »Ich kann Eure Begeisterung absolut nicht teilen. Zugegeben, das ist ein außerordentliches, ja, man könnte sagen fast teuflisches Gerät. Aber sogleich stellt sich mir die Frage: Wohin soll das führen? Weder das Alte Testament noch die Heiligen Evangelien ermächtigen uns dazu, solch gottlose Wege einzuschlagen, von denen niemand sagen kann, wo sie enden werden. In der Schöpfungsgeschichte verdammt der Herrgott uns dazu, unser Brot im Schweiße unseres Angesichts zu verdienen. Schweiß, wohlgemerkt, nicht warme Luft. Und die Vorrichtung hier ist für mich eine teuflische Abweichung vom Weg des Herrn, eine Gotteslästerung, geradeso, als verlangte das Weib plötzlich, ohne Schmerzen zu gebären. Das alles ist gegen die natürliche und göttliche Ordnung der Dinge, und wenn wir diesen Weg weiter beschreiten, werden wir es sicher mit schlimmsten Naturkatastrophen und verheerenden Strafen Gottes für uns und die kommenden Generationen bezahlen müssen.«

Mastro Stefano fiel aus allen Wolken, als er die strengen Worte des Prälats vernahm. Eben noch war er so stolz auf seinen neuen Bratspieß gewesen, und jetzt wußte er nicht mehr, was er davon halten sollte.

»Offen gestanden, an die Bibel habe ich keinen Gedanken verschwendet. Aber ich gelobe Euch, Monsignore, nach dem Bankett werde ich alles beichten... Nur im Moment brauche ich das Gerät... es wäre zu spät, es gegen ein anderes auszutauschen. Möge der Herrgott mir verzeihen...«

»Die Schuld liegt ja nicht bei Euch, Mastro Stefano. Es ist ein Dämon, der den Menschen so hochmütig macht und ihn dazu treibt, Dinge abseits der von unseren Vätern und der Heiligen Schrift geebneten Pfade zu erforschen. Dies alles wird uns in den Untergang führen.«

Messere Jacopo legte Mastro Stefano eine Hand auf den Arm und verzog, unbemerkt von dem strengen Prälaten, die Mundwinkel, wie um zu sagen: Vergeßt das Ganze, kümmert Euch nicht um ihn, das ist doch Unsinn.

Mastro Stefano verstand, und um das Thema zu beenden, ließ er seinen beiden Gästen eine Tasse heißer, dick mit Käse bestreuter Fleischbrühe mit einem Schuß *Barbero* bringen.

In der Küche wurde zügig gearbeitet, denn die Zeit drängte. Zwischen den Kapitellen der Säulen wurden dicke Seile gespannt, an denen Schinken, Salamis, Mortadellas und andere Würste hingen, ebenso Blasen mit Schmalz oder Butter und Körbe mit allen möglichen Käsesorten, vom sardischen über römischen Schafskäse bis zum Parmesan. Auf diese Weise sollten die Lebensmittel vor den gefräßigen Mäusen in der Burg und vor den überall herumstreunenden Hunden und Katzen geschützt werden.

Gerade waren die Küchenjungen dabei, einige große, drei Fuß hohe Bronzemörser aufzustellen, denn jede Farce, jede Füllung wurde nicht nur kleingehackt, sondern auch zerstoßen, damit sich der Geschmack jeder Zutat voll entfalten und mit dem der anderen Bestandteile vermengen konnte. Andernfalls hätten die Füllungen nur halb so gut geschmeckt. Mastro Stefano erinnerte sich daran, wie oft ihm sein Vater eingeschärft hatte, daß zerstoßene Zutaten doppelt soviel wert waren wie nur gehackte.

Es geschah häufig, daß er an seinen berühmten Vater dachte. Jetzt, da er in einer dunklen Ecke des Raums saß, sah er ihn wieder vor sich, den erfahrenen *Cuoco Maggiore,* wie er an seinen Herden stand und ihn, den damals noch jungen Mann, in die Geheimnisse seiner Kunst einweihte, die ihn berühmt gemacht hatten. Obschon seit damals sehr viel Zeit vergangen war, erinnerte er sich noch genau an das Kollegiatsstift von San Martino Viduale in der Nähe seines Geburtsortes, wo er so lange gelebt und gearbeitet hatte.

Mastro Stefanos Familie stammte aus dem Valle di Blenio, dem tiefen, sich von Bellinzona über Biasca bis fast hinauf zum Passo del Lucomagno ziehenden Tal, das der ganzen Länge nach von der Via Francigena durchlaufen wurde, jener Durchgangsstraße, die vom Tessin bis über den Hauptkamm der Alpen führte. Jenseits des Passes von Lucomagno gelangte man bald schon ins Rheintal, nicht weit entfernt davon lagen die Quellen der Rhône und ein Stück weiter nördlich die Donauebene. So erreichte man also von der lombardischen Tiefebene über dieses Joch Frankreich, Deutschland und alle Länder des Ostens. Und in umgekehrter Richtung über Biasca und Bellinzona die großen Städte Como und Mailand und dann, durch die Poebene hindurch, die blühenden Stadtstaaten Mittelitaliens.

Diese einzigartige geographische Lage des Tals hatte die Entfaltung einer wirklich kosmopolitischen Kultur der Kochkunst bei dem einsam gelegenen Kollegiatsstift begünstigt.

Seit seiner Kindheit schon hatte Stefano auf der Staße am gegenüberliegenden Ufer des Brenno, der das ganze Tal durchfloß, Züge von Maultieren und mit allen möglichen Waren beladene Wagen zum Paß hinauf- oder müde, aus fremden Ländern heimkehrend, hinabziehen sehen. Vom Fenster des Häuschens im Dörfchen Grumo aus, wo er mit seinen Eltern wohnte, konnte Stefano auch die Reisegesellschaften kostbar bekleideter adliger Herrschaften beobachten, die sich zum Paß hinaufkämpften, die Damen in schaukelnden Kutschen sitzend, eskortiert von Soldaten in funkelnden Rüstungen und mit bunten Bannern, die im Wind flatterten.

Auch jetzt, nach so vielen Jahren, hatte er diese Bilder noch ganz deutlich vor Augen, und in den Ohren klangen ihm noch die Erzählungen der Alten, die von den fernen Ländern jenseits des Passes sprachen. Von einer Welt, wo Märchenkönige und -kaiser lebten, die manchmal sogar selbst durch Stefanos Heimat gezogen kamen. Wenn dies geschah, waren die Züge noch länger und prachtvoller, das Gold und Silber der Schilde und der Stickereien auf den königlichen Fahnen glänzten in einem Meer farbenprächtiger Seidenstoffe, und auch die Pferde trugen blitzende Rüstungen und bunte Schabracken. Als Kind glaubte Stefano sogar einmal in einer Winternacht den Zug der Heiligen Drei Könige aus dem Morgenland, von dem man ihm an Weihnachten erzählt hatte, vorüberziehen zu sehen.

Das Kollegiatsstift von San Martino Viduale der Barmherzigen Brüder lag talwärts einige Meilen von seinem Dorf entfernt. Dabei handelte es sich um eine Ansammlung von Gebäuden mit einer Kirche, einem Refektorium, großen Küchen und einer Herberge zum Übernachten. Es gab große Speisesäle mit langen Tischen, an denen man sich ausgiebig stärken konnte, bevor man den Paß in Angriff nahm oder nachdem man ihn bezwungen hatte. Die weiträumigen Küchen verfügten über große Kammern zur Aufbewahrung der Nahrungsmittel und über Keller, die für ihre erlesenen Weine berühmt waren. Händler brachten die Fässer aus Burgund, aus dem Rheintal und von den Weinbergen der Donau. Auch aus Italien kamen die kostbarsten Weine und ebenso aus dem Osten, wie etwa vom Peloponnes oder aus Heraklion.

Im Winter blieb der Paß drei, vier Monate lang geschlossen, doch den Rest des Jahres über herrschte reger Verkehr. Mit der Zeit hatten es sich immer mehr Kaufleute und Maultiertreiber zur Gewohnheit gemacht, in dem Hospiz an der Via Francigena, das steil über dem Fluß aufragte und einen herrlichen Bick über das Tal bot, zu rasten. Doch es war nicht die Aussicht, die die Reisenden anlockte, sondern die Hospizküche, die sich mit den Jahren einen ausgezeichneten Ruf erworben hatte.

Die Gäste, die hier einkehrten, waren anspruchsvoll, egal, ob es sich um hohe Adlige, Cavalieri und reiche Kaufleute handelte oder aber nur um einfache Maultiertreiber, die schon immer für ihren feinen Gaumen bekannt waren. Diese Maultiertreiber verdienten nicht schlecht mit den langen, anstrengenden Reisen, und ein opulentes Mahl war der einzige Luxus, den sie sich erlaubten.

Hier kamen Lombarden, Italiener, Franzosen, Deutsche, Ungarn, Flamen und alle möglichen anderen Fremden auf ihren Geschäftsreisen vorüber, und da ein jeder zuerst nach der Spezialität seines Heimatlandes verlangte, hatten sich die Köche nach und nach mit ihren Kochkünsten den jeweiligen Bedürfnissen angepaßt und eine zunehmend internationalere Küche kreiert.

Zuweilen geschah es, daß der Paß auch in der warmen Jahreszeit wegen unerwarteter Schneefälle oder Erdrutsche nicht passierbar war und sich die Gäste für mehrere Tage im Hospiz einquartierten. Dann war man in der Küche dazu gezwungen, die Gerichte zu variieren und gleichzeitig doch die verschiedensten Geschmäcker zufriedenzustellen. So kam es, daß sich die Köche zu wahren Meistern darin entwickelten, in hervorragender Weise noch den ausgefallensten Wünschen von Menschen aus aller Herren Länder zu entsprechen.

Das Bleniotal gehörte zum Herzogtum Mailand, und daher

konnte es nicht ausbleiben, daß der ausgezeichnete Ruf jener Köche bis zum Hof drang, mit dem Resultat, daß die besten Köche aus dem Tal in die Hauptstadt des Herzogtums und in andere Städte abwanderten. Auf diese Weise war nach und nach eine neue italienische Küche entstanden, die die kulinarischen Einflüsse aus vielen anderen Ländern aufgenommen hatte und sich nun durch die Männer aus dem Tal überallhin ausbreitete.

Mastro Stefano erinnerte sich noch daran, daß ein Onkel seines Vaters, der wie er Stefano hieß, lange Zeit Rektor des Stifts gewesen war. Im Jahr des Herrn 1442 war ihm sein Vater, der auf den Namen des Schutzpatrons des Stifts, Martino, getauft war, in diesem Amt gefolgt. Als er dann berühmt geworden war, hatte man ihn zum obersten Küchenmeister am Hof des großen Herzogs von Mailand, Francesco Sforza, ernannt. Dort war er lange Zeit geblieben und schließlich in den Dienst des Hauses von Gian Giacomo Trivulzio, dem berühmten Condottiere der Mailänder Truppen, übergewechselt.

Noch in seiner Zeit im Kollegiatsstift hatte sein Vater Martino de Rossi (manche nannten ihn auch lateinisch »de Rubeis«) damit begonnen, die wichtigsten Rezepte seiner Kunst in einer Kladde zu sammeln, um sie seinem Sohn Stefano, der einmal in seine Fußstapfen treten sollte, zu vermachen.

Später, am Mailänder Hof, schloß er dann Freundschaft mit Bartolomeo Sacchi, einem bekannten Humanisten und Liebhaber der feinen Küche, der am Hof Seiner Heiligkeit Papst Sixtus IV. arbeitete und zu einem Besuch in die Lombardei gekommen war. In literarischen Kreisen nannte man ihn »Il Platina«, nach seinem Geburtsort Piadena.

Und es war eben dieser gelehrte Mann, der die Rezepte von Stefanos Vater in ein exzellentes Latein übersetzte, wobei er sie noch weiter ausschmückte und vervollständigte. In der Gegend von Venedig gab er dieses Manuskript, das mit den Worten *De honesta voluptate et valetudine* begann, in Druck, und zwar mit großem Erfolg, denn das Buch wurde in kurzer Zeit in allen Ländern der Christenheit bekannt. Es war das erste Mal, daß die große Erfindung, die Johannes Gutenberg nicht lange zuvor gelungen war, für die Verbreitung eines Kochbuchs Anwendung fand. Das war im Jahr des Herrn 1475. Redlicherweise gab der Verfasser Bartolomeo Sacchi in einem Vorwort offen an, daß es sich um die Rezepte von *Magister Martinus* handelte, allerdings unterlief ihm dabei leider ein kleiner Fehler, da er ihn *Novocomensis,* also aus Como gebürtig, bezeichnete. Stefano hatte sich damals nicht wenig geärgert, daß man sein schönes Bleniotal einfach überging, war aber dennoch mächtig stolz auf seinen Vater und schwor sich, einmal dessen Werk fortzusetzen.

Im Kollegiatsstift San Martino Viduale aß man wirklich ausgezeichnet. Stefano erinnerte sich noch genau daran, daß er als Kind, hinter einer Truhe versteckt, mehr als einmal einen Kardinal der Heiligen Römischen Kirche beobachtet hatte, wie er sich verstohlen umgeblickt und dann rasch mit einem Stück Brot die leere Schüssel ausgekratzt hatte. Diese Kirchenfürsten, die den weltlichen Herrschern an Macht in nichts nachstanden, schliefen, anders als die meisten Gäste, nicht auf ihren Wagen oder auf Strohlagern, sondern waren Gäste im Klosterbereich des Stifts.

An den Tischen bedienten junge Mädchen aus der Gegend, die so keck ihre Hüften schwangen, daß selbst ihn, den noch kleinen Jungen, seltsame Gefühle überkamen. Nicht immer reagierten diese Mädchen mit der geforderten Strenge auf die eindeutigen Vorschläge reicher Kaufleute und vor allem der hohen Prälaten. Und Stefano hatte vom Betragen dieser Mägde viele aufschlußreiche Dinge über das Leben im allgemeinen und den Charakter der Frauen im besonderen gelernt.

Häufig verlangten die hohen Herren, nachdem sie sich nach einem guten Mahl gesättigt von der Tafel erhoben hatten, nach einem warmen Hypocras mit Zimt und Nelken – der als stark verdauungsfördernd galt – oder nach einem delikaten Lilienlikör. Und die Mägde machten sich dann auf, ihnen das Gewünschte in ihre Kammern zu bringen, selbstbewußt und ohne übertriebene

Eile, mit dem Tablett in der einen und der Kerze in der anderen Hand, um die dunklen Treppen und kühlen Flure zu erhellen. Erst nach einiger Zeit kehrten sie dann mit stolz vorgereckter Brust, gerötetem Gesicht und sich in den Hüften wiegend in die Stube zurück, so als wären sie mit den Treppenstufen auch einige Stufen auf der sozialen Leiter hinaufgeklettert.

Dem jungen Stefano war es öfter aufgefallen, daß die Mädchen, wenn sie von diesen Verrichtungen zurückkehrten, mit einer Hand in ihren Schürzentaschen etwas hin und her drehten, das ihm eine Handvoll Münzen zu sein schien. Was ihn aber entrüstete, waren der beleidigende Ton und die Unnachgiebigkeit, mit der die Mädchen ihre Tugend gegenüber Maultiertreibern und Wagenführern verteidigten, die, wenn auch Bedienstete hoher Herrschaften, offensichtlich knapp bei Kasse waren. Wenn er daran dachte, meinte er heute noch seinen Vater murmeln zu hören: *»Dona che mena l'anca, se l'e minga 'na pütana poch ghe manca…«* Der Gedanke, daß »eine Frau, die sich in den Hüften wiegt, nicht unbedingt eine Hure sein muß, aber nicht viel daran fehlt«, hatte sich ihm für immer eingeprägt.

Schon seit der Zeit im Stift von San Martino hatte Stefanos Vater seinen Beruf mit größter Würde und uneingeschränkter Autorität ausgeübt. Es kam selten vor, daß er zu jemandem an den Tisch trat, um ihn zu begrüßen oder ihm zu einem bestimmten Gericht zu raten. Wenn er es doch tat, dann nur, weil ihm der Betreffende besonders sympathisch war. Seine Ratschläge wurden stets freudig aufgenommen, und dabei wußte er jedem den Eindruck zu vermitteln, daß es ein großes Zugeständnis war, daß er seine Küche verlassen hatte.

Eine seiner besonderen Spezialitäten war das Hasen- oder Wildschwein-*Civero.* Dazu legte er das Fleisch lange in einen Wein ein, den man ihm eigens dazu aus dem Burgund mitbrachte und mit dem er dann, nachdem er ihn gewürzt und eindicken hatte lassen, die Soße zubereitete, die alle als einzigartig in der Christenheit bezeichneten.

Reich war auch sein Angebot an Gemüsesuppen, unter denen

vor allem die mit Quitten berühmt war, oder auch jene mit Marzipan oder Zitrone. Und dann seine Torten aus roten Kichererbsen oder seine weißen Torten! Zur Fastenzeit bereitete er gewöhnlich eine sogenannte »Papsttorte« zu oder auch Krapfen mit Holunderblüten und noch viele, viele einfache Fastengerichte mehr.

Plötzlich wurde Stefano von einer Stimme aus seinen wehmütigen Erinnerungen gerissen. Es war die des Botschafters Trotti, der mit besorgter Miene vor ihm stand: »Mastro Stefano, gerade erreichen mich weitere Neuigkeiten vom Ehrengeleitzug, leider sehr unerfreuliche.«

Der Botschafter sprach mit so ernster Stimme, wie es der Koch selten bei ihm erlebt hatte.

»Da die Nachricht aus einer geheimen Depesche an Herzog Ludovico persönlich stammt, kenne ich nicht alle Einzelheiten des traurigen Vorfalls. Ich weiß nur, daß es einen weiteren Toten gegeben hat, auch diesmal einer aus dem Freundeskreis des jungen Herzogs: der junge Marchese von Crema, Michelangelo Zurla. Man hat ihn wohl erhängt an einem Mast des Schiffes beim Einlaufen in den Hafen von Pisa entdeckt.«

Und mit diesen Worten ließ er sich auf die Bank neben Mastro Stefano in der geschützten Ecke der großen Küche fallen.

»Wer zum Teufel kann nur ein Interesse daran haben, jetzt auch noch den Marchese von Crema umzubringen?« murmelte der Küchenmeister, mehr zu sich selbst.

»Versuchen wir die Sache logisch anzugehen«, sagte der Botschafter. »Ich habe mir schon meine Gedanken gemacht und glaube, vier Hypothesen aufstellen zu können. Die erste wäre, daß der Wucherer Moises da Corteolona den Mord begangen hat, um die drei anderen Freunde des Herzogs einzuschüchtern und sie dazu zu bringen, die Schulden, die die fünf in Neapel bei ihm gemacht haben, zu begleichen. Wie mir Terzaghi in einem seiner Schreiben berichtet, sollen sie die Schulden ja noch nicht einmal anerkennen. Dennoch spricht zu vieles dagegen: Moises ist einfach nicht der Typ, der jemanden umbringt. Und außerdem könnte er ja, anstatt solch eine wahnsinnige, risikoreiche Tat zu begehen, ohne weiteres den Moro um Hilfe in dieser Angelegenheit bitten. Meine zweite Theorie wäre: Prinz Alfonso hat die Freunde Gian Galeazzos umbringen lassen, um ihn, den Bräutigam seiner Tochter, deren unheilvollem Einfluß zu entziehen, speziell ihrem ausschweifenden erotischen Lebenswandel, der mit einer glücklichen, fruchtbaren Ehe schwer vereinbar ist. Alfonso ist ein gewissenloser Herrscher und wäre zweifellos zu solch einer Tat fähig, und wenn er tatsächlich der Auftraggeber ist, müssen wir darauf gefaßt sein, daß er noch weiter geht und schließlich die ganze Bande von Lüstlingen beseitigen läßt, damit seine Tochter nicht in ihre schmutzigen Klauen fällt. Die dritte Möglichkeit«, fuhr der Botschafter fort, wobei er merklich seine Stimme senkte, »wäre die, daß der Moro selbst hinter den beiden Morden steckt. Warum? Nun, vielleicht um die übrigen drei davon abzubringen, den jungen Herzog weiter anzustacheln, sich zumindest einen Teil der ihm eigentlich zustehenden Macht von seinem Onkel zurückzuholen.«

»Einverstanden, Messere Trotti, es wäre immerhin möglich. Aber warum dann diese sorgfältige Inszenierung der Morde? Und warum zwei? Und warum ausgerechnet auf dieser Reise, wo die vielen Diplomaten aus aller Welt Zeugen sind? Nein, für mich paßt da etwas nicht zusammen.«

»Es gibt noch eine weitere Möglichkeit, und das ist die wahrscheinlichste«, fuhr der Botschafter fort. »Vielleicht sind es die Freunde Gian Galeazzos selbst, die um den größten Einfluß auf ihn kämpfen und sich gegenseitig aus dem Weg räumen. In Neapel sollen sie jedenfalls nach der Entdeckung der ersten Leiche heftig aneinandergeraten sein.«

»Nein, nein, diese ganzen Erklärungen überzeugen mich nicht«, widersprach Mastro Stefano kopfschüttelnd. »Es ist nur ein Gefühl, aber ich spüre einfach, daß im Grunde der Teufel bei all dem die Fäden zieht. Habt Ihr vergessen, Messere Trotti, was Ambrogio da Rosate für die Hochzeit und die Reise vorhergesagt hat?«

»Nein, natürlich nicht. Ich erinnere mich sogar sehr gut daran. Und jetzt, im Lichte der letzten Vorfälle, scheint mir, als gingen diese düsteren Ahnungen noch über die beiden Todesfälle hinaus und wiesen auf unheilvolle Entwicklungen hin, die uns alle in ihren Strudel reißen könnten.«

VII

Der Tote, den man von der Rahe heruntergeholt hatte, stiftete auf der Mole heillose Verwirrung. Entsetzensschreie, aufgeregte Befehle der Offiziere, Heranstürmen der Soldaten. Das Deck, auf dem die Leiche des jungen Marchese von Crema lag, wurde augenblicklich geräumt und abgesperrt. Niemand hatte mehr Zugang, noch nicht einmal die drei Überlebenden des Freundeskreises von Vigevano, die in heller Aufregung Sanseverinos Offiziere mit Fragen bedrängten. Doch ihre Erregung war zwecklos, denn niemand wollte ihnen antworten; niemandem war es gestattet, den Mund aufzumachen.

Für die jungen Männer lag jetzt, nach dem zweiten Mord, die Befürchtung nahe, daß sich der Mörder unter der Reisegesellschaft befand. Doch konnten sie sich nicht erklären, nach welcher Logik der Mörder vorging und warum gerade sie von den schrecklichen Ereignissen aus nächster Nähe betroffen waren. Offensichtlich war ja, daß die beiden Vorfälle einige Gemeinsamkeiten aufwiesen: Beide Opfer waren jung, beide stammten aus dem lombardischen Hochadel, und vor allem zählten beide zu den engsten Freunden des jungen Herzogs Gian Galeazzo.

Auch Sanseverino, der Stellvertreter des Moro in der Mailänder Delegation, wußte nicht so recht, was er den aufgebrachten, nach einer Erklärung suchenden jungen Männern antworten sollte, und versuchte abzuwiegeln. »Das Ganze ist ein unglücklicher Zufall. Graf Uberto wurde sicher wegen einer Eifersuchtsgeschichte umgebracht. Und der Tod des Marchese von Crema läßt sich wahrscheinlich auf einen Moment der Verzweiflung angesichts hoher Spielschulden zurückführen. Jedenfalls bin ich überzeugt, daß Ihr nichts zu befürchten habt. Dennoch werden Euch meine Bogenschützen ab sofort nicht mehr aus den Augen lassen. Und Ihr würdet gut daran tun, Euch nicht mehr von Eurer Gruppe zu entfernen.«

Aber die Worte des Grafen von Caiazzo klangen wenig überzeugend, und seine Erklärungen, die in gar zu offensichtlichem Kontrast zur Realität standen, konnten niemanden beruhigen.

Der Graf selbst ordnete in aller Heimlichkeit Ermittlungen über alle Passagiere der Karracke an, denn er ahnte, daß sich der blindwütige Mörder in ihrem Kreis eingenistet hatte. Doch wie sollte man unter der beachtlichen Zahl von Menschen einen Mörder finden, wenn die Motive seines verbrecherischen Tuns vollkommen im dunkeln lagen? Sicher war nur, daß es sich um jemanden handeln mußte, der sich unter den Jünglingen völlig frei bewegen konnte. Und sicher war auch, daß alle, die in der Nacht des ersten Mordes in Ravello zugegen waren, zusammen auf der Karracke reisten. Doch wie sollte man erfolgreiche Ermittlungen durchführen, ohne noch größere Unruhe zu verbreiten und ohne daß die ausländische Delegation davon Wind bekam?

Die Wetterlage verschlechterte sich zunehmend, und schon bald stand fest, daß sich der Aufenthalt in Pisa noch einige Tage hinziehen würde.

Die Passagiere hatten sich über die ganze Stadt verteilt einquartiert. Einige hatten eine Unterkunft bei Freunden oder Verwandten gefunden, andere hingegen in Herbergen und wieder andere in gastfreundlichen Freudenhäusern, die auch Kost und Logis offerierten.

Pisa bot dem Besucher ein sonderbares Bild. Reich an einzigartigen Schätzen der Baukunst, wohnten zu jener Zeit nur noch wenig mehr als achttausend Einwohner in der Stadt. Denn durch die Versandung der Küste entfernte sich der Hafen immer weiter von der Stadt, und die Eroberung durch Florenz hatte den einst blühenden Handel zum Erliegen gebracht. Der imposante Dom mit dem runden Glockenturm, der Camposanto mit den herrlichen Fresken, die in der ganzen Welt bekannte Universität und Hunderte weitere Baudenkmale verliehen der Stadt einen besonderen Glanz, während gleichzeitig die Häuser leerstanden und eine Atmosphäre tiefer Melancholie über den verlassenen Prachtbauten lag.

Nach der Einnahme der Stadt durch die Florentiner waren an die tausend der einflußreichsten Bürger der Stadt als Geiseln nach Florenz gebracht worden. In den darauffolgenden Jahren waren zahlreiche weitere ausgewandert, um der Knute der neuen Machthaber zu entkommen, viele ins nahe Lucca oder nach Siena oder auch in die weiter entfernt liegenden Städte Genua, Neapel und Palermo, überallhin eben, wo man auf Asyl und eine freundliche Aufnahme hoffen durfte. Meist hatten sich Florentiner sogleich der von den Pisanern verlassenen Häuser bemächtigt, und die Militärgarnison, die die Ordnung in Pisa aufrechterhalten sollte, hatte sich in der alten sowie in einer neuen, an der Porta San Marco in kürzester Zeit hochgezogenen Zitadelle eingerichtet.

Die Freunde des jungen Herzogs waren in der neuen Zitadelle untergebracht, wo auch Sanseverino und seine Bogenschützen Quartier gefunden hatten. Doch der Graf von Caiazzo hatte nach den Drohungen gegen seine Person schon bald beschlossen, auf schnellstem Wege zu Pferd nach Tortona weiterzureisen und die Ermittlungen seinen ihm untergebenen Offizieren zu überlassen.

Die Rufolo-Zwillinge hatten mit ihrer schönen Gefährtin Melita im »Haus der hundert Lampen« Unterkunft gefunden, wo zahlreiche leichte Mädchen reiche Florentiner und Pisaner Kaufleute verwöhnten. Das Gebäude hatte einmal einer adligen Familie Pisas gehört, deren Geschlecht aber schon vor der Medici-Herrschaft erloschen war.

Das Bordell verfügte über zahlreiche Festsäle, die alle mit großen Wannen ausgestattet waren, in denen man auch bequem in Gesellschaft der charmanten Gastgeberinnen im warmen Wasser sitzend speisen konnte. Die Mädchen des Hauses waren geschickt und erfahren in allem, was Bäder und Bankette zu einem angenehmen Vergnügen machten.

In einem der Säle war die Wanne so breit, daß acht Pärchen, vier zu jeder Seite, bis zum Bauchnabel im Wasser sitzend darin Platz fanden. Dazwischen verlief der ganzen Länge nach, knapp über der Wasseroberfläche, ein schmaler Tisch, der mit einem Tischtuch aus besticktem Damastleinen und edlem Geschirr gedeckt war. Schälchen und Schüsselchen mit süßen Leckereien, kandierten Früchten und Pinienkerngebäck standen schon bereit, wenn die Gäste eintrafen.

Die Cavalieri und ihre Damen zogen sich aus und stiegen in die große Wanne, während ein kleines Orchester liebliche Tanzmelodien anstimmte.

Die Feste in den Wannen zogen sich über Stunden hin. Und das nicht nur, weil sie so angenehm und lustvoll waren, sondern auch, weil man dem warmen Wasser einen therapeutischen Wert zuschrieb, besonders wenn ihm Minze, Beifuß, Malve oder Sandelholz beigegeben wurden. Diese Mahlzeiten in der Wanne waren ursprünglich eine französische Mode, die burgundische Herbergsbesitzer nach Italien gebracht hatten, wo sie rasch an Beliebtheit zunahmen.

Melita hatte es so eingerichtet, daß im »Haus der hundert Lampen« auch Geraldo da Serravalle untergebracht war, der junge Page, mit dem sie auf der Karracke Bekanntschaft gemacht hatte und der ihr wie ein Hündchen überallhin folgte. Das Leben an Melitas Seite war für den sechzehnjährigen Jüngling wie ein Traum. Geraldo war, wie viele Heranwachsende in seinem Alter, groß und schlank und hatte eine sinnliche Nase, deren Ausmaße durch das schmale Gesicht besonders betont wurden, und ein von einer auffallenden Falte durchzogenes Kinn. Aus der hageren Blässe seines Gesichts stachen dunkle, wach und melancholisch blickende Augen und ein fleischiger Mund hervor. Auch seine leicht abstehenden Ohren betonten sein jünglinghaftes Aussehen. Er trug die Giornea der Pagen des Mailänder Hofes und über den schönen, sehr schlanken Beinen die für einen Höfling des Hauses Sforza typische »geteilte« Strumpfhose, weiß die rechte und kirschrot die linke Seite.

Das zärtliche Interesse, das diese gut zwanzig Jahre ältere Frau an ihm zeigte, schmeichelte seiner Eitelkeit und entfachte seine Sinne, obwohl sie sich darauf beschränkte, sein mageres Gesicht zu streicheln und ihm mit ihren schwarzen, durchdringenden Augen, die stets wie im Fieber wirkten, süß zuzulächeln. Auch wenn sie ihren unvermeidlichen Verehrern schöne Augen machte, ließ sie ihn nicht von ihrer Seite, streichelte ihm liebevoll übers Haar, während er mit schmachtenden Blicken ihr makelloses Gesicht bewunderte und schon zu leiden begann, wenn sie nur ein paar galante Worte an irgend jemanden richtete. Es hatte den Anschein, als wollte sie ihn langsam in die Kunst der höfischen Liebe einführen.

Am zweiten Tag ihres Aufenthalts in Pisa war Melita im »Haus der hundert Lampen« gerade in ein Gespräch mit einem Cavaliere vertieft, als sie plötzlich innehielt, sich zu Geraldo, der wie immer bei ihr war, umdrehte und an den Jüngling gewandt fragte: »Willst du heute mit mir zu Abend essen?«

Geraldo starrte sie verwirrt aus großen Augen an. Die Vorstellung, an der Seite dieser wunderbaren Frau an einem Mahl für Erwachsene teilzunehmen, erschreckte ihn. Und außerdem fühlte er sich mit der Garnasche, die er gerade trug, nicht passend gekleidet. Er schluckte ein paarmal und antwortete dann: »Ja... sehr gerne... Dann gehe ich mich jetzt umziehen.«

»Nicht nötig, du wirst heute abend kein Wams brauchen, keinen Giubbone und auch sonst nichts. Wir treffen uns hier zur ersten Stunde des Abends«, sagte sie beiläufig und wandte sich wieder ihrem Verehrer zu.

Geraldo floh aus dem Raum, denn er wußte einfach nicht, wie er die Schamesröte, die sein Gesicht überzogen hatte, verbergen sollte. Der Kopf schwirrte ihm, und er fragte sich, was sie von ihm erwartete. Aber er war auch stolz, denn nun würde er zum erstenmal in seinem Leben mit Cavalieri und Damen an einer

Tafel zusammensitzen und beim Eintritt in den Saal einer Frau den Arm reichen dürfen, die obendrein noch um so vieles reifer war als er. Was hätte er darum gegeben, wenn ihn jetzt seine Freunde hätten sehen können.

So begann er, rastlos durch das »Haus der hundert Lampen« und den sich anschließenden Garten zu streifen. Und immer, wenn ihm jemand begegnete, fragte er, ob es schon die erste Stunde des Abends sei. Die Zeit wollte einfach nicht vergehen. Warum hatte Melita bloß nicht gewollt, daß er sich umzog? In seinem Gepäck hatte er doch seine goldene Giornea, die man ihm für die Feierlichkeiten in Neapel mitgegeben hatte. Mit der hätte er jetzt sicher eine gute Figur gemacht. Mit dem kleinen, wie ein Zuckerbrot geformten Barett würde er hingegen neben den anderen Cavalieri, die er zum Abendessen treffen würde, nicht bestehen können. Wie beneidete er doch diese so überaus selbstsicheren Männer, die sich einen Spaß daraus machten, einen unerfahrenen Jüngling wie ihn auf den Arm zu nehmen. Schon jetzt dachte er mit Schrecken daran, daß ihn jemand, um ihn zu foppen, während des Mahls nach seinen Erfahrungen mit Frauen fragen könnte: Was sollte er da nur antworten?

Es wäre ihm schwergefallen zu gestehen, daß er noch nie mit einer Frau zusammen war, jedenfalls nicht so, wie sie es meinten. Sicher, er wußte, daß weibliche Wesen irgendwie anders als Männer waren, aber obwohl seine Freunde, die ja nicht älter als er selbst waren, so großspurig taten, als wüßten sie über alles Bescheid, hatten sie ihm nie irgend etwas erklären können. Kein Wunder, denn sie waren sicher auch nicht viel erfahrener als er selbst. Ja, einmal hatte er ein Mädchen geküßt, eine Magd von Cecilia Gallerani. Das war in einem dunklen Flur im Kastell von Porta Giovia gewesen, aber sie war rasch davongelaufen. Dann hatte er schon die Reise nach Neapel antreten müssen, und damit war die Sache erledigt gewesen.

Natürlich war ihm klar, daß die Art und Weise, wie er sich selbst ab und an Erleichterung und Lust verschaffte, mit dem zu tun hatte, was er gerne einmal mit einer Frau getan hätte. Aber wie nur? Hoffentlich sprach man ihn beim Abendessen nicht auf dieses Thema an. Er würde sterben vor Scham. Melita sollte keinesfalls erfahren, daß er noch nicht einmal wußte, wie eine Frau aussah. Vielleicht wäre es besser gewesen, die Einladung abzulehnen. Aber wie hätte er der Signora etwas abschlagen können?

So nahm er sich vor, daß er bei peinlichen Fragen eine leichte Übelkeit vortäuschen und die Flucht ergreifen würde.

Die erwartete Stunde, die zunächst so unendlich fern schien, kam schließlich doch, und Geraldo betrat den Saal, in den Melita ihn bestellt hatte. Er war leer. So begann er, mit einer Mischung aus Hoffnung und Furcht im Herzen, zu warten: Hoffnung, daß sie ihn nicht vergessen habe, und Furcht, daß sie tatsächlich kommen würde. Wie sollte er sich nur mit all den brillanten Männern in ihrer Begleitung messen?

Er wartete lange, bis Melita endlich erschien, noch schöner, unerreichbarer und geheimnisvoller als je zuvor, mit der ihr eigenen Ausstrahlung einer verwöhnten Wildkatze, dem Sinnbild von Weiblichkeit. Geraldo spürte, wie sein Herz vor Aufregung zu zerspringen drohte. Um seine Fassung wiederzugewinnen, versuchte er, irgend etwas zu stammeln, doch seine Kehle war zu trocken, und er bekam keinen Ton heraus. Furchtbar lächerlich kam er sich vor, doch ihre Gesichtszüge entspannten sich zu einem gleichzeitig sanften und koketten Lächeln, als sie auf ihn zutrat und ihn auf die Wange küßte.

»Komm«, sagte sie, indem sie seine Hand nahm, »es ist alles bereit.«

Geraldos Beine zitterten, als er an ihrer Seite die Stufen zum oberen Stockwerk erklomm, wo er noch nie gewesen war. Er wußte nur, daß hier die Zimmer mit den Wannen waren. Oben angekommen, ging die Frau, die Hand des Jungen immer noch fest im Griff, auf eine Tür zu, öffnete sie und trat ein. Der Raum war leer.

Ein Kamin mit einem großen Feuer erwärmte das Zimmer, und nur der flackernde Schein der Flammen sowie die Kerzen auf dem Tisch spendeten etwas Licht, ließen aber auch weite Flächen des Raums im Halbschatten. Unter einem seidenen Baldachin erblickte Geraldo eine Badewanne, nicht sehr groß und mit einem Holzbrett darüber, auf dem eine Tischdecke und alles Notwendige für ein Mahl zu zweit angeordnet waren. An der hinteren Wand befand sich ein großes Bett.

Schüchtern fragte Geraldo nach den anderen Gästen, doch Melita blickte ihn verwundert an und sagte lächelnd: »Von anderen Gästen war nie die Rede. Komm, hilf mir.«

Sie war zu dem Bett hinübergegangen und warf nun die großen Kissen auf den Fußboden vor dem Kamin. »Leg noch die Decke aus Fuchspelz darüber, und dann komm.«

Der Junge verstand nun überhaupt nichts mehr, spürte aber, daß ihm ein köstliches Erlebnis bevorstand. Melita streckte sich sanft auf dem Lager aus und winkte ihn zu sich. Er näherte sich ihr und legte sich neben sie, während sein Herz so heftig pochte wie noch nie in seinem Leben und sein Verstand von kühnen Vorahnungen verwirrt war.

Sie schmiegte sich an ihn und streichelte sanft über seine Stirn. Da schloß er die Augen und spürte, wie ihre Lippen seinen Mund und dann sein ganzes Gesicht streiften. Entspannt auf dem Fell liegend, begann sie ohne Hast, die unendliche Reihe der zweiundzwanzig kostbaren Perlenknöpfe, mit denen ihre Gamurra verschlossen war, aufzuknöpfen.

Nach einiger Zeit, die Geraldo unsagbar lang vorkam, hob sie den Blick, schaute ihm fest in die Augen und zog langsam die Schöße ihrer langen Gamurra auseinander, während sie ihn mit zärtlicher, ja mütterlicher Miene anlächelte.

»Siehst du, so sieht eine Frau aus! Das war es doch, was du schon so lange wissen wolltest.«

Der Junge starrte sie mit weit aufgerissenen Augen an. Niemals hätte er geglaubt, daß es etwas so Geheimnisvolles, Wunderschönes und gleichzeitig Erschreckendes geben könnte. Zwischen den weit geöffneten Schößen ihres Kleides erblickte er ihren Körper, die dunkle Haut, ihre Brüste mit den großen, fast schwarzen Brustwarzen, die von langen roten Seidenstrümpfen umhüllten

Beine. Ihre Taille war mit einem schmalen Lederband umgürtet, von dem sechs silberne Kettchen die Hüften herab zu den Säumen der Strümpfe liefen. Und in der Mitte ein dichtes Dreieck aus schimmernden, schwarzen Löckchen. Fasziniert und erschrokken konnte Geraldo den Blick nicht davon abwenden. Er keuchte, blieb aber reglos mit großen Augen und offenem Mund liegen, bis sie ihn schließlich sanft an sich zog, so daß sein Kopf an ihrem Busen ruhen und sich sein keuchender Atem beruhigen konnte. Dann öffnete sie seine Braguette und betrachtete seine junge, sich aufrichtende Männlichkeit. Der Page schämte sich zutiefst für das, was da mit seinem Körper geschah, und fürchtete, daß die Signora verärgert sein könnte. Doch Melita streichelte ihn mit der Handfläche genau an dieser Stelle und brachte ihn dann langsam immer näher an ihren großen, dunklen Wald heran, bis Geraldo spürte, wie er nach und nach in eine tiefe unergründliche Grotte glitt. Eine neue Welt tat sich ihm auf, und ein tiefes Gefühl der Dankbarkeit überkam ihn. Sie hatte ihre Hände auf seine Hüften gelegt und lenkte und unterstützte seine zaghaften Bewegungen. Schon bald spürte er sein Herz überfließen, und plötzlich ergoß er sich in sie, wie eine Schleuse, deren Tore geöffnet werden. Melita drückte ihn fest an sich, und Geraldo wurde gewahr, daß er in ein neues Leben eingetreten war.

Indessen hatte Melita ihn nach und nach entkleidet und streichelte ihn jetzt am ganzen Körper, während er wieder mit dem Kopf an ihrem Busen ruhte. Dann zog sie ihn wieder an sich, und sie begannen erneut, immer wieder, bis den Jüngling die Kräfte verließen. Geraldo fühlte sich vollkommen leer, in den Lenden wie im Kopf.

Nach einem endlos langen Schweigen hörte der Page Melitas Stimme, die ihn aus seinem Traum weckte: »Nun können wir in die Wanne steigen und essen, mein Geliebter.«

Sie stiegen ins Bad, und bei der Berührung mit dem Wasser, das ein Ofen warm gehalten hatte, spürte Geraldo, wie seine Kräfte wiederkehrten. Melita klatschte in die Hände, und einige flinke Mägde erschienen und brachten Essen und Wein. Auch einige

Musikanten betraten den Raum, die ihre Hocker mitgebracht hatten und nun zu spielen begannen.

Geraldo versuchte seine Verlegenheit zu verbergen und blickte nur hin und wieder verstohlen zu den Musikanten auf. Melita beobachtete ihn und lächelte über seine jugendliche Scham, ergriff unter dem Tisch seine Hand und murmelte: »Keine Sorge, sie sind blind.«

Nur einige Kerzen sowie der Lichtschein aus dem Kamin erhellten ihr Mahl. Man brachte ihnen eine Pastete aus gekochten Austern mit Essig und Honig, ein Tellerchen mit Rosen-*biancomangiare,* eine Hühnerpotage mit zerstoßenen Mandeln und eine im Backofen gegarte Lammkeule mit Zucker und Zimt. Dazu eine Karaffe mit *Vignamaggio* von einer schönen, leuchtendroten Farbe.

Geraldo erlebte dies alles wie im Traum; da saß er also, vollkommen entkleidet, in einer Wanne diesem hinreißenden, dunkelhäutigen Geschöpf gegenüber, das sich nicht im geringsten genierte, sich ihm nackt zu zeigen. Wie eine Göttin kam sie ihm vor. Er konnte gar nicht glauben, daß sie kurz zuvor noch sein gewesen war, und fürchtete den Moment, da er aus diesem Traum erwachen würde.

Melita nahm den Kelch, in dem der *Vignamaggio* durch das Kerzenlicht rubinrot funkelte, hob ihn an ihre Lippen, schaute ihn mit einem halb ironischen, halb mütterlich-sanften Blick an und sagte: »Auf dich und auf alle Frauen, die in deinem Leben nach mir kommen werden.«

Geraldo wollte etwas erwidern, doch er war zu ergriffen, um ein Wort herauszubringen, denn er verstand, daß dies ein besonderer Moment war. So hob er seinen Kelch und leerte ihn, was er noch nie getan hatte, in einem Zug.

Er wußte, er war zum Mann geworden.

Im Morgengrauen des dritten Tages stach die Flotte wieder in See; ein frischer »Grecale« strich über das Wasser, blähte die Segel und trieb den Konvoi vor sich her Richtung Nordwesten. Der

»Grecale« kam aus Griechenland, dem Land, das dem Wind auch seinen Namen gab. Bald war Genua nicht mehr weit, und ein jeder machte schon Pläne für die bevorstehenden Festlichkeiten in Tortona.

Doch die alten Steuermänner waren weniger gelassen. »Wenn er sich nur nicht nach der Sonne dreht«, sagten sie in ihrem Seemannsjargon, den die Passagiere aber nicht verstehen konnten.

Gegen die sechste Stunde des Tages, sie waren auf der Höhe von Bocca di Magra, hatte der Wind nach Südost gedreht und kräuselte das Wasser zu kleinen Wellen, die aber immer noch sanft den Bug der Galeeren umspielten.

»Wir sind schon beim Schirokko«, stellten die Seeleute lakonisch fest und wandten die Blicke Richtung Syrien, von wo der Wind kam. Irgendwie klang diese Feststellung wie eine bedrohliche Vorhersage.

Zur achten Stunde kam ein böiger Südwind auf, der das Meer zwar ein wenig aufwühlte, jedoch das Vorankommen der Schiffe nicht behinderte.

Die Seeleute wurden noch einsilbiger, als sie es ohnehin schon waren. »Der Wind folgt der Sonne, bald ist es soweit.«

Ohne sich beraten zu müssen, drehten die Kommandanten aller Schiffe nach Backbord ab und entfernten sich vom Festland.

»Wenn uns der ›Libeccio‹ an der Küste erwischt, sind wir erledigt«, lautete die knappe Antwort für jene, die nach dem Grund für den Kurswechsel fragten.

Und pünktlich, zur zehnten Stunde, kam der gefürchtete »Libeccio« auf und brachte die ersten warmen, aber heftigen Böen. Der Wind hatte sich nun tatsächlich nach dem Lauf der Sonne gedreht, von Nordost über Süd bis nach Südwest.

Rasch legte der Sturm an Stärke zu, und die Seeleute nahmen darin die Hitze der Wüste und den Geruch roten Sandes wahr. Es waren die Griechen gewesen, die diesen Wind »Libeccio« getauft hatten, weil er für sie aus Libyen kam. Er brauste vom Meer Richtung Land, und daher galt es, unter allen Umständen zu vermeiden, daß die Schiffe auf die Küste zugetrieben wurden, wo sie nicht mehr hätten anlegen können. Mächtige Brecher türmten sich auf, peitschten gegen die Buge der Schiffe und schüttelten sie von vorn bis hinten durch.

Immer heftiger spritzte die Gischt auf die Decks, und die Passagiere mußten auf den Unterdecks Schutz suchen. Jetzt noch die Ruder einzusetzen, wäre Wahnsinn gewesen, denn sie wären von der ersten Welle zerbrochen worden. Es blieb nichts anderes übrig, als weiter gegen den Wind zu segeln, um dann im richtigen Moment zu wenden und sich mit dem Sturm und den Wellen im Rücken, mit etwas Glück, in Richtung der Inseln Tino und Palmaria treiben zu lassen, hinter denen man Schutz finden würde.

Mittlerweile waren die Brecher so hoch, daß sie krachend über dem Oberdeck zusammenschlugen, und wenn sich jemand unvorsichtigerweise dort aufgehalten hätte, wäre er unweigerlich mitgerissen und ins Meer gespült worden. Die Segel waren nicht mehr manövrierbar. Die Wellen türmten sich wie Berge auf, die die Schiffe beängstigend stampfend erklommen, um dann abrupt mit der rollenden Gischt in die tiefen Täler hinabzustürzen.

Irgendwann war es unmöglich, weiter gegen den Sturm anzukämpfen. Man mußte das Wendemanöver wagen, um das Heck den Wellen zuzuwenden und sich vielleicht auf diese Weise in ruhigere Gewässer im Schutz der Inseln treiben zu lassen.

Das Unmögliche gelang. Die Wogen, die der »Libeccio« auftürmte, erschienen nun, da sich das Sonnenlicht in ihnen brach, grün mit weißen Schaumkronen. Als die Stunden vergingen, nahm die Windgeschwindigkeit weiter zu, und der Sturm zerriß nun die Schaumkronen auf den Wellen und verteilte sie in weiße, horizontale Bänder. Die Segel hatte man fast alle gerafft. Nur die Focksegel und die kleinen Bugspriete hielten die Schiffe auf Kurs und gaben ihnen immer noch zuviel Fahrt.

Die meisten Passagiere lagen auf den Unterdecks. Ihr Röcheln und Stöhnen ging im Pfeifen des Windes durch die Wanten und dem unregelmäßigen Aneinanderschlagen der Ankerblöcke unter, die durch die mächtigen Schläge zu zerbrechen drohten. Die Wellen kamen nun vom Heck her und schlugen über den Bugen zusammen, die jetzt noch tiefer als zuvor in die Wellentäler einzutauchen schienen. Erst nach vielen Stunden, als die Sonne schon am vom »Libeccio« blank gefegten Himmel unterging, kam endlich in der Ferne die Isola del Tino in Sicht.

Sie zu erreichen, bedeutete die Rettung, und auf den Schiffen setzte man alles daran, Kurs zu halten, so daß schon nach wenigen Stunden alle Galeeren in die ruhigen Gewässer hinter der Insel eingelaufen waren, wo zwar der Wind immer noch heftig blies, die See aber glatt war und sich die Passagiere endlich ein wenig von den Strapazen erholen konnten.

Wer noch die Kraft hatte, nahm eine heiße Potage zu sich. Vielleicht würde sich am nächsten Tag, gegen Abend, der Sturm schon gelegt haben, so daß man die letzte Etappe der Reise würde angehen können.

Und tatsächlich besserte sich das Wetter im Laufe des folgenden Tages, und gegen Abend kam man überein, wieder in See zu stechen. Doch schon in der Nähe von Portum Delphini geriet man wieder in rauhe See und mußte erneut Schutz suchen. Ein Teil des Konvois ging in der dortigen Bucht vor Anker, während andere Schiffe in benachbarten Einbuchtungen Zuflucht nahmen. Wieder folgten zwei Tage an den Nerven zehrenden Wartens, bevor man sich erneut aufs offene Meer wagte.

Seit der Nacht von Pisa hatte sich Geraldo unablässig bemüht, in Melita das mütterliche Geschöpf wiederzuentdecken, das ihn so sanft in die Liebe eingeführt hatte. Doch vergeblich. Sie war wieder zu der geheimnisvollen, eine animalische Sinnlichkeit verströmenden Frau geworden, die ihn schon von ihrer ersten Begegnung an so eingeschüchtert hatte.

Wie stets damit beschäftigt, die sie umschwirrenden Verehrer zu verzaubern, zeigte sie sich ihm gegenüber zwar nett und freundlich, doch der Junge glaubte, auf ganz anderes ein Recht zu haben. Er konnte nicht akzeptieren, einer von vielen zu sein, und schon die Vorstellung war ihm unerträglich und brachte ihn fast um den Verstand.

»Ich bin doch ihr Mann«, sagte er sich immer wieder, »sie hat mich ›mein Geliebter‹ genannt. Wieso turtelt sie jetzt noch mit anderen Männern herum, die ihr doch nichts bedeuten können?«

Ständig hielt er sich in ihrer Nähe auf, ohne ihr jedoch zu nahe zu kommen, weil er sich nicht mit den anderen, die er verabscheute, gemein machen wollte. Immer verzweifelter wurde er, sein Leben schien ihm sinnlos geworden, und bald schon war er sich sicher, daß er die Frauen, diese untreuen und undurchschaubaren Wesen, bis in alle Ewigkeit hassen würde.

Doch Melita brauchte ihn nur anzulächeln, und schon ging für ihn die Sonne auf. Nie würde er, in den vielen Jahren, die ihm noch zu leben blieben, eine andere Frau als Melita lieben können, und er sah sich schon als alten Mann, der sich immer noch nach seiner großen verlorenen Liebe sehnte und ihr bittere Tränen nachweinte.

Das Kapitel Frauen war für ihn abgeschlossen, das stand für ihn fest. Er hatte auch schon versucht, ihr das klarzumachen. Vielleicht würde er sich umbringen, doch sie schien sich wegen seiner traurigen Zukunft nicht groß zu sorgen und fuhr fort, ihn zu streicheln, ihm zuzulächeln und ihn einzuladen, an ihrer Seite zu bleiben. Dennoch räumte sie ihm keinerlei Vorrechte ein, und das ließ den Jungen nicht mehr zur Ruhe kommen. Noch ahnte er nicht, was diese außergewöhnliche Frau ihn zu lehren versuchte. Erst später würde er sie verstehen.

Nach einem Tag und einer Nacht auf See zeichneten sich endlich die hellen Schieferdächer der stolzen Stadt Genua in der Ferne ab, und alle atmeten erleichtert auf.

Die lange Überfahrt ging zu Ende. Die Passagiere waren von den Gefahren und Strapazen gezeichnet, und es waren nur wenige, die noch an die beiden ermordeten Jünglinge dachten.

VIII

Die Sonne ging gerade unter, als der Konvoi in den Golf von Genua einlief.

Für den vom Meer kommenden Besucher bot die Stadt ein unvergeßliches Bild. Im Westen erstreckte sich der lange Strand von San Pier d'Arena, im Osten erhoben sich die steilen Felsen von Malapaga. Das weite Hafenbecken im Zentrum des Golfes war zu einer Seite vom Vorgebirge San Benigno mit der berühmten »Lanterna« umschlossen, zur anderen von der großen östlichen Außenmole.

Der Hafen selbst war in zahlreiche Becken unterteilt, in denen die Handels- und Kriegsschiffe auf dem gut geschützten Wasser sanft hin und her schaukelten. Dahinter zog sich Genua stolz den Hügel hinauf, wie ein Amphitheater aus grauem, durch Sonne und salzige Winde verblichenem Schiefer, eingefaßt von einer hohen, zinnengekrönten und von Toren und Türmen unterbrochenen Stadtmauer. Aus dem dichten Gewirr der Häuser ragten überall Kastelle, Türme und Kirchen hervor, allen voran die prachtvolle Kathedrale von San Lorenzo.

Und direkt an der Mole stand wie das Sinnbild der Stadt das imposante Bankhaus, der Palazzo delle Compere di San Giorgio, das Zentrum der großen Handelsmacht, deren Einfluß sich über den gesamten Mittelmeerraum und weit darüber hinaus erstreckte. Auf den Anhöhen um die Stadt herum lagen geduckt, wie lauernde Katzen, die starken Festungen, die Genua beschützten.

Zu jener Zeit war Genua praktisch ein Protektorat der Mailänder Sforza, und daher bedeutete die Ankunft Isabellas für die Stadt auch den ersten Besuch ihrer neuen Herzogin. Der gesamte Adel, bis auf jene, die in die Emigration hatten gehen müssen, und viel gemeines Volk waren zu ihrem Empfang gekommen. Aufgereiht standen die Adligen für das große Ereignis bereit. An der Spitze der regierende Doge Agostino Adorno, neben ihm Secondo Sforza, dann Annibale Bentivoglio und sein Gefolge, schließlich die Grimaldi, die Fregoso, Fieschi, Doria, die Spinola, Cattaneo und Giustiniani. Hinter jeder der großen Adelsfamilien war der dazugehörige *albergo* aufgereiht, also jene Familien, die zur gleichen Parentel und zur gleichen Partei gehörten. Unter der Federführung des mächtigsten Geschlechts betrieben alle Familien eines *albergo,* wenn auch auf eigene Rechnung, die gleichen Geschäfte und Unternehmungen; auch bei politischen Intrigen und bei der Wahl des Dogen zeigten sie sich geschlossen.

Es war ein imposantes Bild, wie die vielen hundert prächtig gewandeten Adligen beisammen auf der Mole standen – die Giubboni aus Zoaglisamt in den lebhaftesten Farben und mit Gold und Silber gewirkt, die Barette mit Perlen und Edelsteinen und langen, exotischen Federn verziert, die »geteilten« Strumpfhosen in den Farben der Adelsgeschlechter, und dieser ganze feierliche Prunk schimmerte jetzt golden im roten Licht der untergehenden Sonne.

Als erste setzte die königliche Galeere, auf der Isabella reiste, zum Anlegemanöver an der Mole an, mit perfekt synchronem Ruderschlag, auf den die Kapitäne und Offiziere so stolz waren. Die Landestege wurden ausgeworfen, und die Genueser Adligen mit dem Dogen Agostino Adorno an der Spitze bestiegen das Schiff, um der Herzogin zu huldigen, die, noch mitgenommen von den Strapazen der Reise, bleich und kraftlos in ihrer Kajüte lag. Isabella erklärte sogleich, daß man den geplanten Aufbruch nach Tortona verschieben müsse, denn in diesem Zustand fühle sie sich nicht in der Lage, die beschwerliche Weiterreise unbeschadet zu überstehen; vor allem aber wolle sie ihrem geliebten Herzog nicht als Kranke gegenübertreten. Sie gedenke, so sagte sie, sich zunächst einige Tage im Hause der Familie Spinola zu erholen.

Eine nach der anderen legten nun die Galeeren an, und zuletzt, nur von den kleineren Segeln getrieben, groß und majestätisch die Karracke der Rhodeser Ritter.

Kurz nach dem Anlegen wurden alle Zeugen eines überraschenden Vorfalls: Vier Bogenschützen kamen an Bord der Karracke, legten dem schreienden und flehenden Juden Moises da Corteolona Handschellen an und führten ihn ins Gefängnis von Malapaga.

Sie hatten die Soldaten gerade noch fragen können, wohin man den Gefangenen bringen werde, da waren sie schon mit ihm zwischen den Baracken am Hafen verschwunden. Man würde den Juden im Gefängnis von Malapaga einkerkern.

»Dann soll er also der Mörder sein?« bemerkte Manetto dei Portinari kopfschüttelnd. »Gut, daß sie ihn endlich gefunden haben. Damit ist die Sache hoffentlich ausgestanden«, meinte er dann ein wenig spöttisch mit einer Geste der Erleichterung.

So begann der Aufenthalt der über achthundert von Neapel angereisten Edelleute und ihres Gefolges in Genua. Mit Empfängen und Banketten in den Palästen der vornehmen Familien und mit ausgelassenen Feiern in den Tavernen der Stadt vertrieb man sich die Zeit, während man darauf wartete, daß die Herzogin Isabella sich endlich imstande sehen würde, die Reise nach Tortona über die verschneiten Pässe des Apennins fortzusetzen.

Doch obwohl sich schließlich sogar Herzog Ludovico einschaltete und zum Aufbruch drängte, konnte sich Isabella in ihrer infantilen Dickköpfigkeit, für die sie bekannt war, nicht dazu aufraffen.

Die Mitglieder der Gesellschaft sahen diese Unentschlossenheit mit gemischten Gefühlen. Einerseits konnten sie es nicht erwarten, endlich die strapaziöse Reise zu beenden, andererseits fürchteten sie aber auch den Moment, da sich die glanzvolle Scheinwelt, in der sie nun schon so lange zusammenlebten, unwiderruflich auflösen würde. Sie hatten eine unvergeßliche Zeit miteinander verbracht, doch das große Hochzeitsbankett in Tortona würde unausweichlich den Schlußpunkt setzen.

Die vier Vizegesandten unterhielten sich während dieses erzwungenen Aufenthalts häufig über die tragischen Vorkommnisse und glaubten immer weniger daran, daß Moises der gesuchte Doppelmörder war, auch wenn sie das den drei Freunden des Herzogs nicht offen mitteilten. Der friedfertige Geldverleiher schien der letzte, dem diese noch dazu so spektakulär inszenierten Morde zuzutrauen waren. Kein Zweifel, der Jude war den Freunden Gian Galeazzos sicher nicht wohlgesonnen, diesen großspurigen Jünglingen, die es sich leisten konnten, ihn mit seinen berechtigten finanziellen Forderungen auch noch zu verspotten. Doch die Vorstellung, er habe zwei so hochgestellte Persönlichkeiten ermordet, nur um die anderen dazu zu bringen, ihren Verpflichtungen nachzukommen, paßte nicht zu seinem stets um Ausgleich bemühten und die Macht der Herrschenden fürchtenden Charakter. Nein, er konnte unmöglich derjenige sein, der auf so offensichtliche Weise Gian Galeazzo zu provozieren versuchte, einen Edelmann, der zwar faktisch entmachtet, aber dennoch der Herzog von Mailand war.

Da, wie man hörte, die Weiterreise nun doch bald angetreten werden sollte, baten die vier Vizegesandten um die Erlaubnis, den armen Moises im Gefängnis besuchen zu dürfen.

Es war ein regnerischer Nachmittag, und schwarze, tiefhängende Wolken zogen rasch vom Meer zu den Hängen des Apennins und verdunkelten den ohnehin schon grauen Himmel.

»Es wird bald regnen«, sagte der Bogenschütze, auf den sie am Gefängnistor trafen. »Wolken vom Meer, sieh dich vor, gleich regnet's sehr.«

Befriedigt über seine Dichtkunst zeigte er sich beim Kontrollieren der Passierscheine weniger kleinlich als gewöhnlich und brachte die vier Männer ohne Zögern zur Station der Wachmannschaft.

So betraten sie das düstere Gebäude, in dem man viele Jahre zuvor Marco Polo gefangengehalten hatte und wo er seinem

Zellengenossen Rustichello da Pisa die Erinnerungen an seine große Reise in den fernen Orient diktiert hatte.

An der Wachstube vorbei gelangten sie zu einem langen Korridor, an dem hinter dicken, mit schweren Riegeln gesicherten Türen aus Lärchenholz einige Zellen lagen. Hier saßen jene Gefangene, für die Einzelhaft angeordnet war oder die sich politischer Vergehen gegen die Sicherheit der Republik schuldig gemacht hatten.

Der Venezianer Zane dei Roselli bemerkte betrübt: »Wer weiß, wie viele Menschen unschuldig in solch feuchten Löchern ohne Licht und Luft vor sich hin schmachten.«

Am Ende des Korridors führte hinter einem Eisengitter ein Treppchen zu einem großen Saal hinab, der mit seinen Säulen und Bogen entfernt an eine Kirche erinnerte. Hier unten waren die gewöhnlichen Verbrecher untergebracht: Diebe, Vergewaltiger, Betrüger und Mörder, die entweder auf ihre Verurteilung warteten oder schon verurteilt waren. Je nach der Schwere ihrer Verbrechen waren einige nur an den Füßen angekettet, andere saßen mit dem Rücken zur Wand, die Beine durch einen an den Knöcheln befestigten Balken gespreizt und die Arme an die Wand gekettet. Andere waren richtiggehend an die Wand gehängt und einige sogar in den Boden eingegraben worden, so daß nur noch der Kopf hervorschaute – so warteten sie auf den Tod.

An der Länge ihrer Bärte, Haare und Fingernägel sowie an dem Zustand ihrer wenigen Kleidungsstücke ließ sich erahnen, wie lange die meisten schon unter diesen Bedingungen lebten. Außerdem erkannte man dies auch an den blutigen Stellen, die die Eisen im Lauf der Monate an Knöcheln und Handgelenken hinterlassen hatten. Scharen von Würmern krochen in den offenen Wunden herum, doch nur wenige Gefangene hatten die Hände frei, um sie zu verjagen. Alle waren gezwungen, dort, wo man sie angekettet hatte, zu urinieren und den Darm zu entleeren. Und da sie noch nicht einmal die Möglichkeit hatten, sich ein wenig zur Seite zu drehen, mußten sie auf ihren eigenen Exkrementen liegen. Einige, die man zunächst für begünstigt halten mochte, trugen keine Ketten, aber nur, weil man ihnen während der Folter Arme und Beine gebrochen hatte und sie daher nicht fliehen konnten.

In diesem entsetzlichen Gestank nach Fäulnis, Ausscheidungen und Ausdünstungen menschlicher Körper gingen unter dem Schreien und Stöhnen der Sterbenden einige schwarz gekleidete Frauen von einem Gefangenen zum anderen. Dies waren Nonnen des Oratoriums von San Siro, die sich zu Werken der Barmherzigkeit verpflichtet hatten. Sie brachten den Gefangenen etwas Warmes zu essen und ein wenig verdünnten Wein, wuschen vorsichtig ihre Wunden mit Wasser und Essig aus, kühlten die Gesichter der Leidenden mit einem feuchten Tuch und fütterten mit einem Holzlöffel jene, die ihre Arme nicht mehr bewegen konnten. Die Eingegrabenen sowie die, die bald sterben würden, bekamen auch einen Schluck Grappa und ein wenig warme, mit Honig gesüßte Polenta. Wie ein Schatten folgte den barmherzigen Frauen ein Franziskanermönch in einer braunen Kutte, der den Gefangenen die Beichte abnahm, sie segnete, denjenigen, die ihn nicht beschimpften, die Absolution erteilte und die Sterbenden mit der Letzten Ölung versah.

Im hinteren Teil des Raums lag auf einigen mit Stroh bedeckten Holzbrettern der Jude Moises da Corteolona. Er trug lediglich eine Kette am Fuß, die so lang war, daß er aufstehen und ein paar Schritte gehen konnte. Er war nicht gefoltert worden und lag bei den Gefangenen, die eine bessere Behandlung genossen. Natürlich verdankte er dieses Privileg dem Umstand, daß er ein Bediensteter des Moro war und die Offiziere auf weitere Instruktionen aus Mailand warteten.

Moises empfing die Vizegesandten mit einem traurigen Lächeln. Seit Jahrhunderten war sein Volk daran gewöhnt, Ungerechtigkeiten still zu erdulden, so als gehörten sie zum natürlichen Lauf der Dinge. Die Cavalieri hatten ihm Wein, Brot, Käse und einen dicken Mantel zum Überziehen mitgebracht. Zane dei Roselli, dem die Verhaftung des Juden am nächsten zu gehen schien, überreichte ihm als Geschenk ein Päckchen kandierte Früchte, eine Genueser Spezialität, sowie einen Aquavit, der eigentlich nach einem guten Mahl zur Verdauung getrunken wurde, aber jetzt auch immerhin den Magen wärmen konnte.

Sie wechselten mit Moises nur wenige Worte, da keiner so recht wußte, was er sagen sollte. Außerdem war der Gestank so widerlich, daß es die jungen Diplomaten im Hals würgte. Als sie wieder ins abendliche Dunkel traten, trieben ihnen die heftigen Böen eines fast lauwarmen Schirokko den Regen ins Gesicht. Nachdenklich machten sie sich auf den Weg zu ihrer Unterkunft unten am Hafen.

Ihre Gruppe war in einem Gasthaus direkt am Hafen im Viertel der Pechkocher untergebracht. Dort zwischen der Mole und dem Pier *dei Borgognoni* pichten die Handwerker die Kiele der Schiffe und Kähne, um sie wasserdicht zu machen. Überall standen große Kessel mit kochendem Teer, das von den ständig brennenden Feuern darunter flüssig gehalten wurde. Die klebrigen, jedoch nicht unerträglich riechenden Dämpfe des Pechs breiteten sich überallhin aus und setzten sich in den Kleidern und Haaren fest. Der Geruch erfüllte auch das dortige Gasthaus, das *Il Delfino Incoronato,* »Zum gekrönten Delphin«, hieß, ein recht pompöser Name für das eher bescheiden wirkende Haus.

Sich den Regen abschüttelnd, der ihre Mäntel durchnäßt hatte, betraten die Vizegesandten schweigsam ihre Herberge. Vielleicht lag es an den schaurigen Bildern, die sie im Gefängnis gesehen hatten, vielleicht auch nur am tristen Wetter, jedenfalls waren die jungen Diplomaten bedrückt und von finsteren Ahnungen erfüllt. Immerhin bot ihnen der Abend noch einen Lichtblick: Sie würden später mit ihren Gefährtinnen die Taverne an der Porta Soprana aufsuchen, um dort zu speisen und sich ein wenig zu amüsieren.

In der Herberge erfuhren sie, daß sich die junge Herzogin tatsächlich entschlossen hatte, am folgenden Tag den beschwerlichen Weg über den Apennin in Angriff zu nehmen.

Als sie ihre Unterkunft in Begleitung ihrer Damen wieder verließen, hatte sich die Nacht über den Strand vor ihnen gesenkt, und Finsternis umhüllte die Kähne auf den Gerüsten. Allein unter den gigantischen Kesseln brannten noch die Feuer, und das Pech darin verströmte einen penetranten Geruch. Der Schirokko trieb weiterhin große schwarze Wolken den Bergen zu, und nur hin und wieder, wenn der Himmel kurz aufriß, erschien der schwache Schein eines fahlen Mondes. Der Wind pfiff durch die schmale Gasse, die vom Meer steil bergauf und an der Kathedrale San Lorenzo vorbei zur Porta Soprana führte.

Ein Diener ging der Gruppe voraus und versuchte, den Weg mit dem flackernden Licht einer Laterne zu erhellen. Immer wieder mußten sie stehenbleiben, um den Damen in ihren prächtigen Gewändern Gelegenheit zu geben, zu Atem zu kommen, während die Männer miteinander lachten und scherzten, vielleicht um sich in der dunklen, winddurchzogenen Gasse Mut zu machen.

Ab und an hörte man in den *carruggi* das Widerhallen von Schritten und die Stimmen betrunkener Matrosen, die zum Hafen unterwegs waren.

Sie waren jetzt an der Kathedrale angekommen, die in der finsteren Nacht unwirklich aussah. Nur mit Mühe war der Glockenturm rechts der Fassade zu erkennen, der wie das gesamte Bauwerk aus Bändern von abwechselnd schwarzen und weißen Blöcken errichtet war. Die drei großen schwarzen Münder der Portale auf der Unterseite der Fassade schienen die Finsternis anzusaugen und erweckten den Eindruck, als würde der obere Teil – mit dem riesigen runden Zyklopenauge aus weißem Marmor in der Mitte – grau im Dunkel schweben.

Am Ende der Steigung öffnete sich, nicht weit von den Türmen des Stadttores entfernt, der von Fackeln erhellte Taverneneingang. Unter zahlreichen Verbeugungen der Bediensteten betraten die vier Vizegesandten, Monna Isa, die beiden Frauen aus Valladolid, Monna Evelyne, Monna Andrea mit ihrem maurischen Prinzen, die Zirkassierin und die drei Freunde des jungen Herzogs das Wirtshaus. Die Frauen blieben einen Moment hinter der Tür stehen und versuchten, ihre vom

Schirokko zerzausten Frisuren und Kleider in Ordnung zu bringen.

Die Taverne an der Porta Soprana war stadtbekannt und daher stets gut besucht. Spanier, Afrikaner, Araber, Deutsche und sogar Asiaten mit Mandelaugen kamen in dem Lokal zusammen, um sich zu stärken, zu amüsieren oder Geschäfte zu erledigen. An den Tischen saßen Kapitäne, Comiti, Offiziere der Bogenschützen, Kaufleute, Frauen und Mädchen jedweder Herkunft und Hautfarbe, denen der Sinn nach Essen, Trinken und Kartenspielen stand.

Meist wurde gewürfelt oder Tarock gespielt, doch hinter der Theke zog auch das *biribissi* viele Spieler an, die unter Lärmen und Lachen ihr Geld setzten. Dieses Glücksspiel war unter Androhung schwerer Strafen verboten, doch unter den Spielern befanden sich auch Gendarmen und Soldaten, so daß niemand sich wegen des Verbots Sorgen zu machen brauchte. Blieb der rotierende Pfeil bei einer Figur stehen, auf die ein Spieler eine hohe Summe gesetzt hatte, ließ das Geschrei der Mitspieler und Zuschauer die ganze Taverne erbeben.

Wie in vielen anderen Lokalen der Stadt konnte man auch hier an den Wänden Hinweise lesen, »heute« gewähre man keinen Kredit, »aber vielleicht morgen«. Daneben hingen Verordnungen und Verbote der Stadtregierung sowie eine Bekanntmachung der »Vereinigung zur Befreiung von Sklaven aus der *Serenissima Repubblica di Genova*«. Darin wurden die Bedingungen zum Freikauf in Sklaverei geratener Christen aufgeführt, deren Familien zu arm waren, um die geforderten Summen aufzubringen. Verschiedene Bruderschaften, Pfarreien und Zünfte riefen zu Spenden auf, die aber nie ausreichten, da es einfach zu viele christliche Männer und Frauen gab, die den Moslems in die Hände gefallen waren. Jeder, der sich auf See wagte, lebte in der Furcht, versklavt zu werden, und der Anblick dieser Bekanntmachung reichte schon, um allen die Gefahr in Erinnerung zu rufen.

Auf einer kleinen Bühne standen einige Männer ohne Schnurrbärte und, bis auf ein Haarbüschel in der Mitte, rasierten Schädeln – die typische Haartracht orientalischer Sklaven – und spielten auf fremdartigen Instrumenten die romantischen Weisen ihrer Heimatländer. Im hinteren Teil des Raumes begrenzte eine Reihe Fässer einen Bereich, der allein Edelleuten und Offizieren vorbehalten war und in dem flinke, hübsche Mädchen Zinnteller und -krüge hin und her trugen und die Tische sauberhielten.

An einem dieser Tische saß der Genueser Edelmann Lamba Fieschi mit zwei schönen Damen, Obiettina und Ranuccia Fregoso, und wartete auf seine Freunde.

Die jungen Diplomaten und ihre Begleitung hatten kaum bei ihm Platz genommen, da erschien schon in unterwürfiger Haltung der Wirt und begann stolz, die Spezialitäten seines Hauses aufzuzählen: *focacce*, *farinate* und andere Leckereien aus dem Ofen mit verschiedenen Füllungen; dann seine berühmten Schweine- oder Rinderbraten oder auch die Pasteten im Teigmantel, die schmackhaften Kalbsrouladen und vor allem die berühmte Genueser Torte aus Mangold, Ei und Käse; schließlich die milden oder auch scharfen Käsespezialitäten aus dem Piemont und die Schafskäse aus Sardinien.

Was das Weinangebot betraf, brauchte man nur die mit Kreide auf die Fässer geschriebenen Namen zu lesen, um ein Bild von der Vielfalt der Geschmacksrichtungen zu bekommen: *Malvasia perseghina, Malvasia dolce di Grecia, Romania di Lepanto, Vino di Cipro, Rosso garbo, Vernaccia die Verona, Moscato di Candia, Vino di Filleo…*

Unter den Süßspeisen pries er neben den berühmten Genueser kandierten Früchten Quittenkuchen und *canestrelli* an: Dabei handle es sich, so erklärte der Wirt den Fremden, um ein köstliches sternförmiges Gebäck mit einem Loch in der Mitte, das mit einem Drittel Mehl, einem Drittel Zucker und einem Drittel Butter hergestellt werde. Und da man sich in der Weihnachtszeit befinde, so sagte er, habe er natürlich auch noch von seinem exzellenten *Pandolce di Natale* mit kandierten Früchten, Pinienkernen und Rosinen übrig.

Zane dei Roselli, ein hervorragender Weinkenner, warf einen

Blick auf die Namen und Preise auf den Fässern und bestellte zunächst einen süßen Malvasier vom Peloponnes für die Damen und einen *Vino di Cipro* für die Herren und ließ auch noch einige Flaschen *Vernaccia* aus dem Anbaugebiet Cinque Terre bringen.

Bald schon wurden nun dampfende Suppen mit Rinderkutteln, die mit Käse überbacken waren, herangetragen. Danach pikant gefüllte und mit Gewürznelken gespickte Hammelkeulen. Schließlich Kichererbsen-*Farinate,* gut gepfeffert und frisch aus dem Ofen, sowie Torten aus Mangold und Ei.

So dauerte es nicht lange, bis sich, unterstützt vom Wein und guten Essen, die Stimmung in der Gruppe löste. Die Damen gestatteten ihren Verehrern immer größere Freiheiten, und diese, selbst erhitzt vom ausgiebigen Weingenuß, zeigten recht unverhüllt ihre Intentionen. So ließ sich die Zirkassierin vom jungen Marchese Ugoleto, einem der Freunde Gian Galeazzos, den Hof machen, während sie gleichzeitig dem amüsanten Geplauder von Thierry de Commynes lauschte.

Zane dei Roselli, wie immer völlig unbeeindruckt vom koketten Geturtel seiner Gefährtin, unterhielt sich mit Lamba Fieschi über die Lage der Seehandelsmacht Genua, wobei er aber auch Monna Evelyne nicht vergaß. Die beiden hatten ihre Hände auf dem Tisch liegen, und so berührten sich hin und wieder zärtlich ihre Finger.

Fieschi wiederum hatte einen Arm um Monna Isas Taille gelegt und setzte dem Venezianer auseinander, wie sich der Seehandel Genuas nach Spanien und weiter noch, über die Straße von Gibraltar hinaus, verlagert habe.

»Zur Zeit erkunden unsere Seefahrer Routen zu den Kanarischen Inseln und den Azoren. Es gibt sogar Leute, die es für möglich halten, noch weiter westlich zu gelangen. Seht Ihr den Mann dort mit dem Seemannsbart, an dem Tisch mit den zwei Steuermännern und dem Sopra Comito? Das ist Bartolomeo Colombo, ein Kapitän, der hier in Genua nach Geldgebern für eine Expedition sucht, die sein Bruder Cristofero geplant hat. Dieser Cristofero behauptet ja, ›den Osten im Westen‹ suchen zu wollen, und träumt von einer Reise dem Sonnenuntergang entgegen, um auf diese Weise nach Kathai zu gelangen. Wahrscheinlich versucht Bartolomeo Colombo hier in Genua, die Stadtherren und die *Banca di San Giorgio* für diese Pläne zu gewinnen. Aber wie ich hörte, nimmt ihn hier niemand richtig ernst. Cristoforo, der sich zur Zeit in Spanien aufhält, glaubt, sichere Beweise für die Existenz einer unbekannten Welt im Westen zu haben. Und nach seinen Worten handle es sich dabei um Kathai, das Land also, das Marco Polo auf seiner Reise nach Osten besucht hat. Als Beweis führt er an, daß auf den Azoren die Leiche eines Mannes angespült wurde, der einer völlig unbekannten Rasse angehört habe. Auf diese auch *Islas Flamencas* genannten Inseln trage, nach den Worten Colombos und anderer Phantasten wie ihm, der Westwind Blätter exotischer Pflanzen, und Zugvögel, die aus dem Westen kämen, würden sich dort ausruhen. Doch wir schreiben das Jahr 1489, und heutzutage fällt doch niemand mehr auf diese Hirngespinste herein. Ich jedenfalls glaube nicht, daß es solch eine neue Welt gibt. Das würde doch allen Überzeugungen unserer Väter vollkommen widersprechen, ganz zu schweigen von denen unserer erfahrenen Kartographen. Vor allem aber halte ich es für ausgeschlossen, daß jemand so tollkühn sein könnte, solch ein Unternehmen zu finanzieren. Was könnte schon anderes dabei herauskommen als die Entdeckung des einen oder anderen neuen Inselchens von der Bedeutung Lanzarotes oder São Miguels? Und das würde den ganzen Aufwand ja wohl nicht lohnen. Außerdem weiß doch jedes Kind, daß hinter Madeira die dichten Nebel beginnen und ein ohrenbetäubendes Rauschen, das, je weiter man nach Westen gelangt, immer stärker wird. Bis zu der Stelle, wo das Meer mit bis in den Himmel aufspritzenden Gischtfontänen in den Abgrund stürzt und Schiffe, Menschen und Fische mit sich in die unendliche Tiefe reißt. Nein, nein, meine Familie und ich werden uns keinesfalls auf die vagen Vermutungen eines Cristoforo Colombos hin auf solch ein Risiko einlassen. Obwohl man nicht bestreiten kann, daß Colombo ein hervorragender Seemann ist. Das hat er hier in Genua in Diensten der Di Negro und der Spinola bewiesen. Zu schade, daß sich solch ein Mann, der es als Kapitän zu Ruhm und Reichtum bringen könnte, in solch eine fixe Idee verrennt und darüber sich und seine Familie vergißt und in Armut leben muß.«

In der Zwischenzeit war die Stimmung in der Gruppe immer ausgelassener geworden. Doña Juana und ihre Tochter Immaculada, die fleißig dem *Vino dolce di Grecia* zusprachen, kümmerten sich gleichermaßen um ihren Manetto, bedachten ihn mit Zärtlichkeiten und flüsterten ihm gewagte Schmeicheleien ins Ohr.

Auf den Tisch kamen nun Morea-Rosinen, Zibeben aus Spanien, *canestrelli* und Honiggebäck. Dazu ein großer Korb mit Pinienkerngebäck und kandierten Früchten. In der überschäumenden Fröhlichkeit flogen schon bald Tortenstücke, Konfekt und kandierte Früchte durch die Luft. Flinke Hände verirrten sich in die tiefen, herzförmigen Ausschnitte der Kleider und unter die langen Röcke der Damen, die sich unter fröhlichem Gelächter dagegen verwahrten, und es war offensichtlich, daß sich für alle eine Nacht voller Sinnesfreuden anbahnte.

Es läutete bereits zur sechsten Stunde, als sich die Freunde, schwer vom Wein und vom guten Mahl, von der Tafel erhoben und sich die Mäntel überzogen, um sich auf den Heimweg durch die windigen Gassen zu machen. Der Wirt gab ihnen noch Laternen mit, damit sie sich in den dunklen Straßen der Stadt besser zurechtfanden.

Durch die Porta Soprana hindurch gelangten sie zu einer Kirche mit einem Kreuzgang aus eng nebeneinanderstehenden, schlanken Säulen. Hier löste sich die Gesellschaft in kleinere Grüppchen auf, die sich in den zum Hafen hinunterführenden *carucci* verloren.

Die mittlerweile betrunkenen Freunde Gian Galeazzos machten sich mit der Zirkassierin und Ranuccia und Obiettina Fregoso auf die Suche nach einer anderen Taverne, wo zum Tanz aufgespielt wurde.

Die Marchesa und ihre Tochter liefen, beim florentinischen Vizegesandten in ihrer Mitte eingehakt, den steilen Weg zur Herberge hinunter, Monna Andrea hatte ihren maurischen Prinzen fest umfaßt, während sich Monna Isa gern ein wenig von dem heißblütigen Fieschi betätscheln ließ und gleichzeitig auf die amüsanten Bemerkungen des geistreichen Thierry de Commynes einging.

Hand in Hand gingen Monna Evelyne und Zane dei Roselli durch die engen Gassen zum Hafenviertel hinunter. Die flüchtigen Berührungen und zärtlichen Blicke, die stets folgenlos blieben, verwirrten Monna Evelyne immer mehr, und so hatte sie auch während des Mahls die meiste Zeit über ihr ungewöhnliches Verhältnis mit dem venezianischen Edelmann nachgedacht. Ratlos fragte sie sich, warum sich ihr Zusammensein bloß nicht so entwickelte, wie es natürlich gewesen wäre. Sicher nicht wegen der Zirkassierin, die ja mit anderen Dingen ausgelastet war.

Auf ihrem Weg zum Hafen gelangten die beiden nun zu einem Platz mit einer kleinen Kirche, die wie der Dom aus Bändern schwarzer und weißer Steine errichtet war. Es war die Kirche San Matteo. Auf der linken Seite der Fassade schloß ein Spitzbogen an, durch den hindurch man zu einem kleinen, eleganten Kreuzgang gelangte. Er wurde zur Mitte hin von einem niedrigen Mäuerchen begrenzt, auf dem paarweise die schlanken Säulen ruhten, die die gotischen Bogen trugen. In alle vier Wände des Kreuzgangs waren Grabsteine mit den Wappen der Familie Doria eingelassen, der diese Kirche gehörte. In der Mitte – im schwachen Licht der Laterne, die Zane bei sich trug, kaum zu erkennen – war ein Gärtchen, in dessen Zentrum ein Springbrunnen stand.

Eine geheimnisvolle, anmutige Stille herrschte an diesem Ort. Schweigend ließen sich die beiden auf dem Mäuerchen nieder und stellten die Laterne ab. Evelyne, die mit dem Rücken an einem Säulenpaar lehnte, forderte Zane auf, sich hinzulegen, hob dann sanft seinen Kopf an und ließ ihn in ihrem Schoß ruhen. Er spürte ihre Wärme, regte sich aber nicht und starrte zu den Bogen über ihnen hinauf.

Erst nach einer Weile ergriff er langsam Evelynes Hand und küßte sie. So blieben sie eine ganze Zeitlang und genossen die Stille des kleinen, geweihten Ortes. Sie war glücklich, aber auch verwirrt und suchte nach einer Erklärung für Zanes Verhalten. Warum diese liebevolle Aufmerksamkeit, diese Zärtlichkeit, wenn dann doch nichts weiter geschah, es noch nicht einmal zu einem richtigen Kuß kam? Wann würde er sie endlich so lieben, wie sie es sich wünschte? War er vielleicht krank oder impotent? Evelyne blieb nicht verborgen, daß ihn etwas quälte, sie merkte es an seinem schweren Atem und daran, wie er nervös mit seinen Fingern spielte.

Dann endlich, so als habe er nach langem Nachdenken doch noch zu einer Entscheidung gefunden, setzte sich Zane auf, legte einen Arm um ihre Schulter, zog sie zu sich heran und küßte sie auf den Mund.

Es war kein zarter Kuß, wie sie es von ihm erwartet hätte, sondern ein leidenschaftlicher und gleichzeitig ein verzweifelter. Dann stand der Venezianer auf, drückte sie sanft auf das Mäuerchen des Kreuzgangs hinunter, beugte sich über sie und begann, sie fest umklammernd, mit den Lippen zärtlich über ihren Hals zu fahren, ihren Nacken, die Schultern … Schauer der Lust ließen sie erbeben, während sie gleichzeitig spürte, wie seine erregte Männlichkeit gegen ihren Körper drängte.

Und da wußte sie, daß er ihr mit dieser Umarmung eine stumme Botschaft zukommen lassen wollte.

Als die Glocken die neunte Stunde der Nacht ankündigten, traten sie wieder auf den kleinen Platz vor der Kirche der Doria und tauchten dann in das Gassengewirr ein, das hinunter zu ihrer Herberge führte. Von den anderen Freunden keine Spur – irgendwo waren sie wohl verschwunden, um sich den Rest der Nacht noch weiter zu amüsieren.

An den Feuern vorbei, die immer noch am Strand unter den Kesseln brannten, erreichten sie schließlich ihre Unterkunft.

Etwas hatte sich in jenem kleinen Kreuzgang zwischen ihnen verändert, und Evelyne spürte dies besonders deutlich, als sie sich mit einem langen, fast schmerzhaften Kuß voneinander verabschiedeten.

Monna Evelyne ging in den Raum, wo die Damen untergebracht waren, und legte sich neben ihre schlafende Freundin Isa. Aber sie fand keine Ruhe. Sie war verwirrt, und ihre Gedanken kreisten um Zane, der im Begriff stand, sie mit seinem geheimnisvollen Charme und seiner stillen Zurückhaltung zu verzaubern. So etwas hatte sie noch nie erlebt: Bisher hatten all ihre Liebschaften, Frauen ebenso wie Männer, allein ihren Körper begehrt und sich nie bemüht, in ihr das Feuer der Liebe zu entfachen. Mit diesen Gedanken fiel sie in einen süßen Schlummer, aus dem sie jedoch immer wieder kurz aufschreckte.

Noch war die Sonne nicht aufgegangen, da wurden die Bewohner der Herberge von aufgeregten Schreien geweckt. Von den Fenstern aus konnten sie im fahlen Licht des frühen Wintermorgens die Bootsbauer und ihre jungen Gehilfen erkennen, die erregt gestikulierend im Kreis um etwas herumstanden, das im Dunkel nicht auszumachen war. Bogenschützen eilten herbei und nach und nach auch die Cavalieri und ihre Damen aus dem »Gekrönten Delphin«.

Alle drängten sich um einen großen, runden Fleck aus Pech, das offensichtlich jemand aus einem der Kessel in den Sand hatte fließen lassen, um eine riesige schwarze Scheibe mit einer seltsamen Wölbung in der Mitte, die, wenn man genau hinsah, an den Körper eines Menschen erinnerte. Und so wurden die ersten, die ganz nahe dabeistanden, von einer schaurigen Ahnung erfüllt. In der Mitte des schwarzen Kreises zeichneten sich die Umrisse eines Mannes ab, der mit dem Gesicht nach unten im Sand lag und mit einer dicken Schicht Pech überzogen war. Die Kälte der Nacht hatte den klebrigen Werkstoff hart werden lassen, und einige Bootsbauer versuchten, die schwarze Scheibe aus dem Sand zu hebeln. Mit Hilfe von Pickeln und Schaufeln gelang es ihnen, sie nach und nach anzuheben und mit Seilen und Stangen zu halten. Als sie, dank der Anstrengungen vieler Männer, fast senkrecht stand, so daß man die Unterseite erkennen konnte, erhob sich ein Entsetzensschrei aus der Menge. In der Mitte der Scheibe klebte die mit Sand bedeckte Leiche eines Mannes.

Ein Soldat trat mit einer Fackel in der Hand auf ihn zu und begann, seine Kleider vom Sand zu säubern. Bald schon sah man, daß es sich um einen jungen, eleganten Cavaliere handelte. Seine Giornea war durchtränkt von Blut, das ihm aus dem Rücken geflossen sein mußte, denn vorn waren keinerlei Verletzungen zu erkennen.

Als der Soldat jetzt auch sein Gesicht reinigte, erblickte man im Schein der Fackel das leblose Antlitz des jungen Marchese Ugoleto Crivelli. Ein weiterer Freund des Herzogs Gian Galeazzo Sforza.

Der dritte.

IX

»Wißt Ihr eigentlich, Signor Ambasciatore, warum sich diese Weine so lange halten? Bei uns werden sie nach ein oder zwei, höchstens drei Jahren zu Essig. Besonders die Weine der einfachen Bauern, obwohl sie oftmals in speziellen, innen glasierten Tongefäßen gelagert werden, was eigentlich ideal sein müßte«, fragte der Gran Cuciniere seinen Freund, während er vor einem Herd herumhantierte.

»Das kann ich Euch sagen, Mastro Stefano. Als ich im Auftrag meines Herrn am Hofe des Herzogs von Burgund akkreditiert war, hatte ich Gelegenheit, einiges über Weinlagerung zu lernen. Zunächst einmal benutzt man dort, anders als bei uns, Flaschen aus tiefdunklem, fast schwarzem Glas, das fast kein Licht durchdringen läßt; Licht läßt Wein ebenso leicht verderben wie Olivenöl. Daneben gibt es noch einen wichtigen Unterschied: Wenn in Burgund der Wein, mit dem richtigen Mond, auf Flaschen gezogen wird, verschließt man die schlanken Flaschenhälse mit einem weichen Holzkorken, der zuvor in Bienenwachs getaucht wurde, und versiegelt die Flasche mit rotem Siegelwachs. Bei uns in Italien verwendet man auf das Verkorken, wenn es überhaupt erfolgt, bei weitem nicht soviel Mühe. Daher schlagen unsere Weine auch so rasch um und werden zu Essig. Wißt Ihr, Mastro Stefano, als ich in Frankreich weilte, erzählte man mir, daß es schon um 1200 genaue Bestimmungen für den Anbau und die Lagerung des *Saint-Emilion* aus der Gegend von Bordeaux gab. Stellt Euch vor! Vor dreihundert Jahren!«

»So etwas könnten wir hier auch gebrauchen«, seufzte der

Küchenmeister, »vor allem für unsere Weißweine, die sich noch schlechter als die roten halten. Nach zwei Jahren kann man sie wegschütten. Dabei soll es, wie ich hörte, in Burgund sogar Weißweine geben, die sich fünf oder sechs Jahre lagern lassen.«

»Ach, das ist noch gar nichts, mein lieber Freund. Gerade in Burgund, im Anbaugebiet von Côte de Beaune, wachsen Weißweine, die erst nach zehn oder gar zwölf Jahren getrunken werden. Und im Girondegebiet stellt man weiße Likörweine her, die gar fünfzig oder auch sechzig Jahre gelagert werden, ohne abzufallen … Ganz zu schweigen von den sogenannten ›Galant‹-Weinen, die mit verschiedenen Gewürzen gekocht werden und für die Ewigkeit geschaffen sind!«

Während sie so angeregt über Weinfragen debattierten, schlürften die beiden Experten einen alten roten Burgunder, den sie einige Zeit zuvor geöffnet und nicht weit vom Herd hatten stehen lassen, um ihn auf die richtige Temperatur zu bringen.

Trotti hielt nun sein Glas gegen das Licht, schwenkte es sanft und prüfte dabei die rubinrote Farbe, die an den Rändern in ein schimmerndes Gelb überging, schnüffelte daran, um das Aroma aufzunehmen, und nahm dann einen kleinen Schluck. Er ließ die erlesene Flüssigkeit in seinem Mund zunächst von einer Wange zur anderen laufen und spülte sie dann in den hinteren Teil des Mundes, gegen den Gaumen, um den Abgang auszukosten.

»Das Herrliche ist ja, daß diese großen Weine nicht einen einzigen Geschmack haben«, meinte er dann, »sondern ein ganzes *bouquet,* wie die Franzosen sagen. Das heißt, sie entfalten verschiedene Geschmacksrichtungen und -nuancen, die man nacheinander oder auch gleichzeitig schmeckt. Ach ja, diese Weine sind einfach Geschenke der Götter. Und nur wenige wissen sie wirklich zu schätzen …«

In diesem Augenblick betrat der Großalmosenier des Hofes, Monsignor Ottaviano da Melzo, die Küche und setzte sich nach einer kurzen Begrüßung zu ihnen. Als Mastro Stefanos Freund hatte auch er Zugang zur Küche des Gran Cuciniere und durfte von seinen speziellen Leckereien kosten. Und seine Figur ließ keinen Zweifel an seiner Schwäche für die gute Küche. Unter seinem violetten Gewand trug er einen großen, kugelrunden Bauch spazieren, auf dem selbstzufrieden seine fetten Hände mit den fleischigen, ineinander verschränkten Fingern ruhten. Ein rosa Mündchen und ein rundes Näschen verloren sich zwischen den stets geröteten Wangen und gaben seinem Pausgesicht etwas von einem großen, naschhaften Kind. Nur die lebhaften, forschenden Augen paßten nicht recht zu dem Gesamtbild.

Daneben war er aber auch ein sehr gebildeter Mann, dem sein Interesse an den Schriften der klassischen Autoren einen ausgezeichneten Ruf als Humanist eingetragen hatte. Mastro Stefano, der immer die Formen wahrte und trotz der Freundschaft zu dem kirchlichen Würdenträger gern etwas Distanz hielt, machte Anstalten, sich vom Tisch zu erheben. Doch der Prälat sagte: »Aber ich bitte Euch, Mastro Stefano, behaltet doch Platz!« und bat ihn dann, ihm ein wenig von der guten, mit Wein zubereiteten heißen Brühe bringen zu lassen, die ihm so zusagte.

So saßen sie zusammen am Kopf eines sonst leeren Tisches, wofür die Küchenjungen sorgten, indem sie flugs alle Gäste, die sich in der Küche zu stärken gedachten, zu dem Tisch auf der anderen Seite der Treppe führten.

»Mir gehen die Ereignisse in Neapel nicht aus dem Kopf«, erklärte der Botschafter jetzt mit besorgter Miene. »Ihr, Monsignore, wart doch längere Zeit Mitglied des Ehrengeleits. So wißt Ihr sicher Näheres über die Vorgänge in dieser bunten Gesellschaft.«

»O ja, leider. Eigentlich sollte man gar nichts davon wissen und erst recht nicht darüber reden. Doch ich weiß Bescheid. Eine furchtbare Geschichte. Aber es ist ja kein Wunder. Wenn eine solche Anzahl dämonischer Wesen zusammenkommt...«

Damit wandte er sich seiner fetten, dampfenden Brühe zu, die mit viel *Barbero di Canelli* gekocht und dick mit geriebenem Käse bestreut war.

»Was meint Ihr denn mit diesen geheimnisvollen Anspielungen, Monsignore?« fragte Mastro Stefano, den wieder die Neugier gepackt hatte.

»Das kann ich Euch sagen: Nicht nur wurde mir davon berichtet, nein, leider war ich gezwungen, mit eigenen Augen das beispiellose Betragen jener hohen Edeldamen mit ansehen zu müssen. Egal, ob Mailänderinnen, Spanierinnen oder Neapolitanerinnen, es sind Frauen und als solche niedere Geschöpfe des Herrn, die leicht zu einer Beute des Dämons werden. Und ich bin ganz sicher, daß sie für die tragischen Ereignisse verantwortlich sind, die uns auf der ganzen Reise begleitet haben. Sie waren es, die die Bedingungen schufen, unter denen die Verbrechen geschehen konnten. Die Kirchenväter haben ja viel über das weibliche Geschlecht nachgedacht und es richtigerweise als dem männlichen untergeordnet beurteilt. Und sie zögerten nicht zu betonen, daß Frauen häufig Werkzeuge des Teufels sind. Tertullian, der es ja eigentlich noch recht gut mit den Frauen meint, wirft ihnen in seinem Werk *De cultu feminarum* in erster Linie vor, den Niedergang der Menschheit auf dem Gewissen zu haben. Daher verlangt er von ihnen Trauer und Reue als ständige Lebenshaltung, eingedenk der von ihnen begangenen Erbsünde. Die Frauen sollen sich bewußt sein, daß ihr ganzes Leben vom Erbe der Ursünderin Eva geprägt ist: ›Du, Weib, sollst in einem Zustand ständiger Anklage leben! Du bist das Tor des Satans, du hast von den verbotenen Früchten gegessen und deinen Mann zur Sünde verführt, deinen Mann, der selbst der Versuchung widerstand und allein aus Liebe zu dir schuldig wurde.‹«

Der Prälat schien jetzt fast wie von der Kanzel herab zu predigen.

»Gratian zufolge, der auf den heiligen Augustinus Bezug nimmt, ist die Überlegenheit des Mannes gegenüber der Frau eine unbezweifelbare Wahrheit. Der heilige Thomas kommt zu dem Schluß, daß der Mann über größere geistige Fähigkeiten als die Frau verfügt, und erklärt sogar, daß Mann und Frau auch vor dem Sündenfall nicht gleich unschuldig waren. Und Origenes sorgte auf seine Weise dafür, daß er vom Weibe, diesem satanischen Geschöpf, nie mehr etwas zu fürchten hatte: Er entmannte sich im Alter von zwanzig Jahren. Alle Kirchenväter sahen in der Frau ein Tor, dessen sich die Kräfte des Bösen bedienen, um in die Welt einzudringen, manchmal sogar in den Kreis der gottesfürchtigsten Männer.«

Der Eifer, mit dem der Prälat seine Betrachtungen vortrug, hinderte ihn nicht daran, immer wieder seine Kehle mit einem großen Schluck Stradella-Rotweins anzufeuchten.

»Übrigens forderte schon im Jahr 585 ein Theologe auf dem Konzil von Mâcon, feierlich zu beschließen, daß der Begriff *homo* nicht in seiner ganzen Bedeutung auf das Weib anzuwenden und dieses als ein Mittelding zwischen Tier und Mensch zu betrachten sei. So berichtet uns Gregor von Tours.«

»Ja, aber wenn ich nicht irre, wurde dieser Antrag abgelehnt«, warf Messere Trotti ein, der sich als Mann von Welt in der Konzilsgeschichte auskannte.

»Das ändert aber nichts daran«, erwiderte der Prälat leicht gereizt, »daß die Kirchenväter stets zwischen einer höheren männlichen und einer niederen weiblichen Natur unterschieden haben. Und außerdem spricht ja schon die Heilige Schrift mit klaren Worten davon, daß Gottvater das Weib aus einer Rippe des Mannes schuf, um damit zu zeigen, daß dieses nichts weiter als ein Ableger des Mannes und daher auch nur zu jenem kleinen Teil, der vom Manne stammt, menschlich ist. Für die Kirchenväter ist das Weib sittlich und moralisch minderwertig. Es wird leicht zur Beute schändlicher, tierischer Leidenschaften, zu denen es auch die Männer verführen will. Der Schöpfer hat eine Werteskala festgelegt, an deren Spitze der Mann steht. Der Satan hingegen bedient sich fast immer der Weiber, weil er weiß, daß ihre Tugend leichter zu erschüttern ist, da sie Gott ferner sind.«

Der Botschafter schüttelte nur den Kopf. »Verzeiht, mein lieber Monsignore, aber für mich ist die Schöpfungsgeschichte auch ganz anders zu interpretieren.«

Empörung zeichnete sich auf dem runden Gesicht des Geistlichen ab. Sein Kehlkopf bebte, und dann brach es aus ihm hervor:

»Wie könnt Ihr es wagen, die Heilige Schrift anders als unsere Kirchenväter auszulegen? Ist Euch denn nicht klar, daß das offene Gotteslästerung ist?«

Solche und ähnliche Dispute waren nicht selten zwischen den beiden. Botschafter Trotti liebte es, den Großalmosenier zu sticheln und zu foppen, bis diesem der Kragen platzte. Besonders dann, wenn der Prälat eigentlich nur in Ruhe eine gute Mahlzeit genießen wollte. Aber es steckte keine Bosheit dahinter. Trotti wollte sich nur ein wenig amüsieren, und seine Tischgenossen natürlich auch.

»Was die Schöpfungsgeschichte betrifft«, fuhr der Botschafter ungerührt fort, »scheint es mir auf der Hand zu liegen, daß Gottvater sein Werk mit der Schöpfung der unbeseeltesten und ihm unähnlichsten Dinge begann: der Erde, dem Himmel, der Meere und so fort bis zu den Bäumen und Fischen, den Tieren des Himmels und denen der Erde, um dann schließlich sein Werk mit der Erschaffung des Mannes, des nach ›seinem Bilde geschaffenen Wesens‹, abzuschließen. Doch erst ganz zum Schluß schuf er, nachdem er am Sabbat geruht hatte, die eigentliche Krönung der Schöpfung, die Frau, und setzte sie so auf die allerhöchste Stufe der nach ›seinem Bilde geschaffenen Wesen‹. Auf diese Weise zeigte er, daß es das Weib ist, das ihm am ähnlichsten ist. Dadurch, daß er die Frau als letztes aller in der Heiligen Schrift aufgezählten Geschöpfe schuf, wissen wir, daß sie für Gott das Wesen ist, dem er die Vollendung seines göttlichen Plans bis in alle Ewigkeit anvertraut hat.

Natürlich ist es auch mir nicht gegeben, die Wege des Herrn zu kennen. Aber einer Sache bin ich mir gewiß: Da er Gott ist, ist er auch das Absolute, ein essentielles, kohärentes und völlig widerspruchsfreies Wesen. Und da ihm die Frau näher steht als der Mann, müßte sie ihm auch darin ähnlicher sein. Und tatsächlich, das ist sie. Die Frau ist von ihrer Natur her in ihrem Handeln stringenter. Sie verfolgt Ziele, die im Dienste der Schöpfung stehen und daher dem großen göttlichen Schöpfungsplan entsprechen.«

Das Gesicht des Monsignore war tiefrot angelaufen, und in dem Versuch, die Argumente Trottis zu widerlegen, scheute er sogar nicht davor zurück, sich auf heidnische Autoren zu stützen.

»Da Ihr ein Häretiker seid, glaubt Ihr natürlich nicht an die Worte der Heiligen Mutter Kirche. Aber die Gedanken unserer größten Autoren der Antike dürftet ihr nicht so leicht zurückweisen. So erklärt Euripides in seinem Drama *Medea,* daß ›die Frauen nicht immer wissen, wie sie Gutes tun können, dafür aber sehr erfahren sind im Verüben des Bösen‹.«

Der Prälat war sich zwar Trottis exzellenter Bildung bewußt, hoffte aber, daß der Freund die Werke der griechischen Autoren nicht so gut kannte, die er selbst in der Bibliothek des Kardinals Bessarione hatte studieren dürfen. Nun beugte er sich, damit ihn kein Außenstehender verstehen konnte, zu seinem Gesprächspartner vor und zischte leise: »Ihr habt Euch von allen Schriften und Lehrmeinungen der Heiligen Mutter Kirche weit, weit entfernt. Eigentlich wäre es meine Pflicht, die Dominikaner auf Euch aufmerksam zu machen, damit sie Euch bei lebendigem Leibe rösten. Und wenn ich es mir recht überlege, werde ich das wohl bald tatsächlich tun.«

Mastro Stefano beobachtete belustigt die beiden Freunde und fragte dann, mit lächelnder Miene an den Prälaten gewandt: »Wißt Ihr denn nicht, daß unser Botschafter gut Freund mit den Dominikanern ist, und auch mit Herzog Ludovico, ihrem Schutzvater.«

»O doch, das weiß ich sehr gut«, antwortete der Prälat mit der Miene eines Menschen, der sich mit den Ungerechtigkeiten der Welt abgefunden hat. »Eben darum scheut er sich auch nicht, in aller Öffentlichkeit diese Ungeheuerlichkeiten auszusprechen, die jeden anderen das Leben kosten würden. Aber wartet nur ab: Eines Tages werde ich das Vergnügen haben, eigenhändig seinen Scheiterhaufen anzünden zu dürfen. Und das wird ein großer Moment für die Christenheit sein!«

Der Botschafter lächelte nur und setzte jetzt noch eins drauf:

»Der Trieb, der in den Frauen so stark ist und der so viele Männer die verrücktesten Dinge tun läßt, ist von Gott gewollt. Seine Hand leitet das Weib und veranlaßt es zu Handlungen, die Ihr abscheulich finden mögt, die jedoch Ausdruck der unerforschlichen Zwecke Gottes sind und dem göttlichen Heilsplan dienen. Einem Plan, dessen Ziel es ist, die Menschheit zu erhalten, um sie retten zu können. Für die Erhaltung der Art zu sorgen, ist in der Tat das höchste moralische Gebot.«

Der Monsignore war mittlerweile einem Zusammenbruch nahe. »Demnach wären also die sittlichen Ausschweifungen, denen ich auf jener Reise beizuwohnen gezwungen war, von Gott gewollt und Teil seines Plans? Das kann nicht Euer Ernst sein!«

Er holte tief Luft, und mit einer Miene, als schämte er sich dessen, was er zu berichten hatte, fuhr er fort: »Ich mußte erleben, wie eine Frau vor aller Augen das Geschlecht eines Mohrs anbetete, eine andere, die von hemmungslosen fleischlichen Vereinigungen mit Männern rasch zu nicht weniger leidenschaftlichem Beisammensein mit anderen Frauen überging. Ich sah Mutter und Tochter sich denselben Mann teilen. Durchaus glaubwürdige Augenzeugen berichteten mir von einer Edeldame, die sich in einer neapolitanischen Taverne allen anwesenden Gästen hingab und, als wenn das noch nicht gereicht hätte, anschließend auch noch den Küchenjungen. All dies ohne jeglichen Skrupel, und ich soll mich jetzt mit der Vorstellung abfinden, daß dies alles Teil des göttlichen Heilsplans sei? Ihr müßt den Verstand verloren haben, Signor Ambasciatore!«

Doch Trotti entgegnete völlig ruhig: »Ich bin jederzeit bereit zuzugeben, daß es in der Natur des Menschen liegt, *hin und wieder* den rechten Weg zu verlassen. Und so mögen die Verhaltensweisen dieser Frauen etwas über das Ziel des göttlichen Plans hinausgeschossen sein. Doch auch dahinter steht, da bin ich mir ganz sicher, die mächtige Hand Gottes, die ein bestimmtes Ziel verfolgt. Jedenfalls kann kein Zweifel daran bestehen, daß eine Frau, die sich einem Mann hingibt, dem göttlichen Schöpfungsplan näher ist als zum Beispiel Messere Giotto beim Malen der

Fresken, die Ihr und ich auf unserer gemeinsamen Reise nach Assisi so bewundert haben. Oder glaubt Ihr vielleicht, Gott würde seine Abende damit zubringen, die *Göttliche Komödie* unseres großen Dante zu lesen, um daraus zu erfahren, wie Hölle, Fegefeuer und Paradies beschaffen sind? Nein, ich glaube eher, daß dies für ihn nur recht ungeschickte Versuche von uns Menschen sind, wenigstens einen Bruchteil des Bildes der Ewigkeit an uns zu reißen.«

Der hohe Geistliche konnte ob dieser gotteslästerlichen Worte vor Wut kaum an sich halten. Doch der Botschafter war noch nicht fertig. »Häufig wird als Beweis für die geistige Unterlegenheit der Frau die Tatsache angeführt, daß es noch keinem weiblichen Wesen je gelungen sei, ein so großes Werk wie zum Beispiel die *Etymologiae* von Isidor von Sevilla zu schreiben oder eine *Maestà* wie die unseres Freundes Duccio di Boninsegna in Siena zu malen. Doch dies ist ein Maßstab, der vollkommen am eigentlichen Problem vorbeiführt. Es handelt sich hier nicht um geringere Intelligenz, sondern um die Tatsache, daß die Frau ihre wichtigste Aufgabe im Leben in all dem sieht, was mit der Weitergabe des Lebens zu tun hat, und viele Dinge, denen wir Männer die größte Wichtigkeit beimessen, als bloßen Zierat betrachtet, auch wenn sie dessen Schönheit zu schätzen weiß. Es ist ja unbestreitbar, daß wir Männer eher zu einer intellektuellen Verklärung der uns umgebenden Welt neigen. Im Unterschied zur Frau erschaffen wir uns leicht eine eigene trügerische Scheinwelt, die nichts anderes ist als die Projektion *unserer* eigenen Träume. Was ist denn ein Kunstwerk anderes als ein kristallisierter Traum? Für die Frau sieht das anders aus: Die Erfüllung ihres Lebenssinns verlangt eine objektivere Einstellung zu der uns umgebenden Realität. Es handelt sich um eine Notwendigkeit ihrer Natur, die sich von der ihr von Gott übertragenen Aufgabe ableitet, Leben zu schenken. Und von dieser Aufgabe sind alle Frauen nur sehr schwer abzubringen.«

Der Botschafter hielt inne, denn während er geredet hatte, war er immer wieder aufgestanden und zum Herd hinübergegangen, um von der heißen *salsa camellina* zu naschen, und hatte sich jetzt den Finger verbrannt.

»Seht Ihr, schon beginnt die Strafe Gottes!« bemerkte der Monsignore zufrieden, doch Trotti ließ sich nicht von seinem Vortrag abbringen, und nachdem er den Finger in kaltes Wasser getaucht hatte, fuhr er mit seinem Vortrag fort.

»Es stimmt ja, daß es keine Frauen waren, die den Mailänder Dom oder die Abtei von Cluny errichteten. Aber vielleicht spüren die Frauen im tiefsten Innern, daß sie vom eigentlichen Zweck ihres Daseins abkommen würden, wenn sie sich auch noch mit solchen Dingen befaßten. Um ihrer Aufgabe im Schöpfungsplan gerecht zu werden, brauchen sie Schönheit, Anmut, Eleganz, Koketterie, Verschlagenheit, Fleischeslust und sogar Schamlosigkeit. Alles Dinge, die wir Männer gerne als unbedeutend abtun, obwohl wir, wenn wir es in einem Weibe verkörpert sehen, derart davon angezogen werden, daß wir alles tun würden, um dieses Weib zu besitzen. Vielleicht mißt auch Gott den Dingen, die wir so pompös ›Kunstwerke‹ nennen, nicht eine solche große Bedeutung bei. Für ihn, den Absoluten Geist, werden sie nichts anderes sein als das Lallen von Kleinkindern, die ihn nachzuäffen versuchen. Und aus dem gleichen Grund sind Frauen gegen den Krieg eingestellt, eine weitere tragische, typisch männliche Abweichung vom Ziel der Schöpfung. Ehre, Tapferkeit, Heldentum und so fort gelten als Tugenden, die den Mann auszeichnen, haben aber wenig mit den Entwürfen Gottes zur Erhaltung alles Lebenden, der wahren Moral also, zu tun. Für die meisten Frauen bedeutet der Krieg nichts anderes als einen tragischen Verlust von Menschlichkeit. Und sie reagieren wie wilde Tiere, wenn sie diese für sie vorrangigen Prinzipien des Lebens bedroht sehen. Stehen diese Werte, als deren Wahrerinnen sie sich verstehen, auf dem Spiel, kämpfen sie so verbissen, klug und unberechenbar dagegen an, daß ihnen niemand widerstehen kann.«

Trotti schien einen Moment nachzudenken und fuhr dann fort: »Den scharfen Realitätssinn der Frau erkennt man auch leicht an ihrer Art zu lieben. Sind wir Männer verliebt, neigen wir dazu, vor allen Mängeln der geliebten Frau die Augen zu schließen. Wir verlieren den Sinn für die Wirklichkeit und lassen nichts unversucht, um ihre Fehler als Tugenden erscheinen zu lassen. Die meisten von uns sind tatsächlich unfähig, eine Frau zu lieben, ohne diese schwierige Abstraktion ihres Wesens vorzunehmen. Unsere größten Dichter sind Meister darin, das Objekt ihrer Liebe zu verklären, mit einem Eifer, der, da ihm der Sinn für die Wirklichkeit fehlt, stehts ins Lächerliche abzugleiten droht. Sie heben ihre Frauen in göttliche Sphären, machen sie zu makellosen, über jede Sünde erhabene Wesen, und es hat den Anschein, als seien sie nicht in eine Frau aus Fleisch und Blut verliebt, sondern in das Bild, das sie sich selbst von ihr erschaffen haben. Es handelt sich hier um die kindliche Allmachtsphantasie, sich als Nabel der Welt zu sehen, die nichts mit dem wahren Ethos des Lebens zu tun hat.«

Mastro Stefano, der aufmerksam zugehört hatte, kleidete, wie so häufig, seine Meinung in ein Sprichwort aus seiner Heimat: *»Diné e santité mité de la mité.«*

»Was zum Teufel grummelt Ihr da?«

»Ganz einfach: Wenn's um Geld oder Charakter geht, gibt man sich besser mit der Hälfte der Hälfte zufrieden.«

Der Botschafter warf dem Koch einen tadelnden Blick zu. Es mißfiel ihm, seine Gedanken auf solch banale Allerweltsweisheiten reduziert zu sehen, aber er ließ sich davon nicht aus seinem Konzept bringen.

»Die Liebe der Frau ist reifer und bewußter. Sie kann einen Mann bewundern, obwohl sie über ihn Bescheid weiß, sie verklärt ihn nicht, sie nimmt ihn so, wie er ist. Das kann soweit gehen, daß sie einen Mann gerade wegen bestimmter Schwächen liebt, die ihn in ihren Augen zerbrechlicher, wehrloser und damit menschlicher erscheinen lassen.«

Als der Botschafter geendet hatte, machte sich zunächst Schweigen breit, denn seine Zuhörer wußten nicht so recht, was sie zu diesen ungewohnten Worten sagen sollten. Schließlich war es Mastro Stefano, der, wie immer nüchtern und sachlich, die Frage stellte, die eigentlich in der Luft lag.

»Aber, Messere Trotti, wenn nun die Frauen tatsächlich realistischer als die Männer sind, dazu ebenso intelligent, aber schlauer und, wie Ihr als gelehrter Mann meint, Gott und dem eigentlichen Zweck des menschlichen Daseins näher, sind sie dann nicht für uns Männer erst recht gefährlich?«

»O ja, das sind sie«, bestätigte der Botschafter ohne Umschweife. »Ich bin überzeugt, daß wir Männer immer gespürt haben, welch heimtückische Bedrohung die Frau für uns darstellt. Eben deswegen haben wir uns so sehr darum bemüht, sie an ihre untergeordnete Rolle zu fesseln. Und das war gut so. Diese Geschöpfe, die besser als wir die Zwecke des Allerhöchsten zu erfüllen verstehen, sind auch widerstandsfähiger und härter als wir, sowohl körperlich als auch seelisch. Aus diesem Grund tun wir gut daran, sie niemals das Lesen, Schreiben und Rechnen zu lehren. Wir müssen es unseren Vätern nachtun und sie weiterhin wie untergeordnete Geschöpfe behandeln, damit auch sie selbst an diese Ordnung der Dinge glauben. Immer wieder müssen wir ihnen eintrichtern, daß die männlichen Tugenden herrschen müssen, damit die Welt nicht zusammenbricht. Und wir müssen weiterhin selbstherrlich behaupten, daß die Dinge, die wir tun, wichtiger sind als die, mit denen sie sich beschäftigen.«

Der Botschafter hätte sich eine heftige Erwiderung von seiten des Prälaten erwartet, doch dieser schwieg nachdenklich, und so fuhr Trotti fort: »Die Tatsache, daß einige Edeldamen, wie unsere junge Herzogin zum Beispiel, sich ein gewisses Maß an Bildung angeeignet und die Heilige Schrift studiert haben, muß uns nicht bedenklich stimmen. Dies sind Ausnahmen, die sicher nicht Schule machen werden. Für uns kommt es darauf an, unsere Vorrangstellung gegenüber dem Weib zu erhalten, notfalls auch mit Gewalt, sonst laufen wir Gefahr, eines Tages überrollt zu werden. Wehe uns, sollten die Frauen gegen ihre heutige untergeordnete Rolle aufbegehren, sollten sie verlangen, unsere Beinkleider und unseren Geldbeutel zu tragen. Nein, diesen Tag, sollte er jemals kommen, möchte ich nicht erleben. Unter solchen Bedingungen könnten wir Männer sogar unsere Potenz, das heißt unsere letzte Daseinsberechtigung, verlieren.«

»Dann habt Ihr also wenig Hoffnung für unsere Zukunft?« fragte der Küchenmeister.

»Doch, doch, zumindest zwei Hoffnungen gibt es für uns: Die erste besteht darin, daß genau jene Eigenschaften, die die Frauen so gefährlich machen, sie wahrscheinlich daran hindern werden, sich miteinander gegen uns zu verbünden. Das, was die Frauen vom Leben wollen, hat einen streng persönlichen Charakter, und es ist schwerlich zu erwarten, daß sie gemeinsame Beweggründe finden, die sie im Hinblick auf ein gemeinsames Ziel zu Verbündeten werden lassen. Bei uns Männern sieht das anders aus: Männer neigten stets dazu, sich in Horden zusammenzurotten, um gemeinsame Ziele zu erreichen. Die zweite Hoffnung indes beruht auf der instinktiven Ablehnung der Frauen, sich in einer offenen Feldschlacht zu engagieren.«

Trotti schwieg nun, so als habe sich etwas in ihm erschöpft. Der Großalmosenier war eher verwirrt, denn ihm war unklar, wo in dieser Sache Recht und Unrecht lagen und welchen Kern von Wahrheit Trottis Worte aufwiesen. Jedenfalls spürte er, daß sein Widersacher mit seinen Ausführungen so vollkommen falsch wohl nicht lag.

Mastro Stefano dachte an seine eigenen Erfahrungen, vor allem mit den jungen Dienerinnen. Vielleicht waren diese Mädchen ja gar nicht so unbedarft, wie er immer geglaubt hatte. Und er dachte auch an die Bauersfrauen in seinem Tal, die zur Ausübung ihrer sogenannten »ehelichen Pflichten« gezwungen waren, Pflichten, die sie als eine von vielen Anstrengungen des täglichen Lebens betrachteten – so wie die Feldarbeit, das Hacken und Heumachen, das Melken der Kühe und die Hausarbeit. Vielleicht war die eheliche Pflicht sogar eine noch größere Mühe. Denn abends fühlten sie sich so todmüde und erschlagen, daß sie sich nichts anderes mehr wünschten, als nur auf einem eigenen Lager zu schlafen.

Mastro Stefano merkte, daß seine Gedanken recht wirr waren, und so riß er sich davon los und meinte mit seinem typischen trockenen Humor an seine Gäste gewandt: »Zu schade, daß die hohen Herren so ausgelastet sind: Der eine muß die Dominikaner alarmieren, der andere hat sich darauf vorzubereiten, geröstet zu werden. Andernfalls hätte ich nämlich eine kleine Überraschung, von der ich Eure Exzellenzen gerne kosten ließe.«

»Nun ja, eigentlich könnte ich auch noch einige Tage warten, bevor ich diesen Ketzer auf den Scheiterhaufen bringe«, antwortete der Monsignore schmunzelnd.

»Und ich würde es unter diesen Umständen sogar ertragen, mit diesem Pfaffen, der die ganze Welt in der Hölle schmoren sehen will, an einem Tisch zu sitzen und von Euren Gaumenfreuden zu kosten.«

Mastro Stefano gab zwei Küchenjungen ein Zeichen, die sogleich ein ofenfrisches Brot und einen hervorragenden *Vino di Coronata* von den Hügeln westlich Genuas auf den Tisch brachten. Dann trugen sie drei Teller mit in Salz eingelegten Sardinen auf, die fein säuberlich von allen Gräten befreit und mit einem besonders guten Olivenöl und einem Hauch Oregano bedeckt waren. Ein weiterer Küchenjunge brachte eine schöne Trüffel, von der er mit einem speziellen Messer hauchdünne Scheiben auf die Sardinen hobelte.

Die Proteste der beiden Feinschmecker ließen nicht auf sich warten.

»Diesmal, mein lieber Gran Cuciniere, seid Ihr aber zu weit gegangen. Fisch und Trüffel, das paßt doch nicht zusammen. Schon beim Gedanken daran dreht sich mir der Magen um.«

Mastro Stefano erwiderte nichts und begann, in aller Seelenruhe zu essen. Es dauerte nicht lange, bis es ihm die beiden Freunde kopfschüttelnd nachtaten. Doch schon beim ersten zaghaften Bissen änderte sich ihr Gesichtsausdruck, denn etwas so Paradiesisches hatten sie noch nie auf der Zunge gehabt. Köstlicher und intensiver hätte sich das delikate Aroma der Trüffel nicht entfalten können.

»Wäre Euer Glaube auch nur ein Zehntel so groß wie Eure Fähigkeiten in der Küche, würde man Euch überall als Heiligen verehren, Mastro Stefano«, murmelte der Monsignore, während er hingebungsvoll mit geschlossenen Augen kaute.

Und Messere Trotti fügte hinzu: »Ich hätte nicht gedacht, daß Ihr Euch tatsächlich noch steigern könntet. Es ist unübertroffen, himmlisch ... Aber, mein lieber Mastro Stefano, eins müßt Ihr mir verraten. Die Gaumenfreuden, mit denen Ihr uns Freunde hin und wieder verwöhnt, sind so köstlich und gleichzeitig doch so verblüffend einfach: wenige Gewürze, kein Zucker, kein Rosenwasser oder ähnliches. Bei den großen Banketten hingegen verausgabt Ihr Euch mit Gewürzen, Zucker und mit den kompliziertesten Kreationen. Wie ist das zu erklären?«

»Was soll ich Euch da antworten? Ihr wißt doch genausogut wie ich, was die Fürsten von uns erwarten, ja verlangen: daß wir alle Speisen so aufwendig und exotisch wie möglich zubereiten, mit Unmengen an Zucker und raffiniertesten Gewürzen. Sie fürchten, man könne eine gewisse Ursprünglichkeit und Schlichtheit in der Küche als einen Mangel an Mitteln deuten, oder, noch schlimmer, als mangelnden Respekt gegenüber dem Gast. Was kann ich schon dagegen tun? Dem Mächtigeren hat man sich eben zu beugen. Schon mein Vater hat immer wieder versucht, unsere Küche zu erneuern, aber ohne großen Erfolg!«

Auch der *Vino di Coronata* paßte herrlich zu dem feinen Pilzaroma, und sein zarter Schwefelgeschmack machte den Zauber vollkommen. Die drei Männer schwiegen jetzt, um den erhabenen Augenblick voll und ganz auszukosten.

Während sie so still genießend vor ihren Tellern saßen, betrat Antonio Carazzolo, der Hauptmann von Sanseverinos Bogenschützen und damit ein sehr hoher Offizier am Hof, die Küche und nahm an dem anderen Tisch Platz.

Als der Großalmosenier ihn erblickte, beendete er endlich das Schweigen, das sich nach den Entzückensrufen an ihrem Tisch breitgemacht hatte, tupfte sich mit der Eleganz eines waren Höflings Hände und Mund ab und erklärte an die anderen gewandt: »Seht her, da ist ein Mann, dem das Glück hold ist – oder ein Falschspieler. In der Nacht, als wir auf Pisa zusegelten, war die See so rauh, daß niemand schlafen konnte, und so hatte er eine Runde *bassetta* organisiert. Er spielte pausenlos, die ganze Zeit über, und gewann ohne Unterlaß. Er hielt die Bank, und damit ihm keiner unlautere Machenschaften unterstellen konnte, ließ er immer wieder einen anderen Spieler die Karten abheben. Doch das Resultat war stets das gleiche: Er gewann. Auch seine hartnäckigsten Widersacher verloren mit der Zeit die Lust, gaben auf und wurden sogleich von anderen, noch optimistisch gestimmten Spielern ersetzt. Erst als es schon Tag wurde und man ihm mitteilte, eine sarazenischen Flotte sei gesichtet worden, nahm er einen Sack, stopfte seinen Riesengewinn hinein und stürmte auf Deck, um dort die Verteidigungsmaßnahmen zu leiten. Bestimmt hätte er lieber weitergespielt, denn bis dahin hatte er sich nicht einmal vom Spieltisch entfernt. Nur hin und wieder war er aufgestanden, um Arme und Beine zu lockern, hatte aber den Haufen Münzen, der beständig größer wurde, nie aus den Augen gelassen. Soviel Glück auf einmal habe ich noch nie erlebt. Es war unheimlich. Wenn Ihr mich fragt, spielte er falsch. Oder er hatte einen Komplizen, der ihn über die Karten der anderen auf dem laufenden hielt. Vergeblich versuchte ich, hinter seine Masche zu kommen. Ich konnte einfach nichts Auffälliges entdecken, obwohl ich des Nachts nicht weit entfernt von ihm ruhte, auf einem improvisierten, recht unbequemen Lager, das ich mir auf einem großen Haufen Segel eingerichtet hatte. Aber für mich steht fest, dem Kerl ist nicht zu trauen.«

»Wer mit dem Hinkenden geht...«, fügte Mastro Stefano hinzu, der Sanseverino, den Herrn des Offiziers, haßte.

»War das der Morgen, als man den zweiten Toten an der Rahe hängend entdeckte?« wollte der Botschafter wissen.

»Ja, richtig, oder genauer, die Nacht vor diesem grauenhaften Morgen. Doch was denkt Ihr eigentlich über diese seltsamen, so sinnlos erscheinenden Gewalttaten?«

Mastro Stefano und Messere Jacopo warfen sich einen vielsagenden Blick zu und antworteten fast gleichzeitig: »Gar nichts. Wie soll man sich auch hier in der Küche von den Dingen, die draußen geschehen, ein Bild machen?«

Doch beiden gab auch die Einschätzung des Monsignore zu denken, daß es sich um Mordtaten handle, die in jeder Hinsicht sinnlos erschienen, allzu sinnlos ... Es sei denn ... es sei denn, hinter dieser so ins Auge springenden Sinnlosigkeit würde sich ein weitaus tückischerer Plan verbergen.

X

Die Reisegesellschaft formierte sich im Westen Genuas in der Nähe der Polcevera-Mündung. Es war ein kalter Tag, und der Schnee wirbelte durch die graue Luft, blieb aber nicht liegen. Ein eisiger Wind fegte das Flußtal hinunter und ließ die in ihre Pelze eingemummten Damen frösteln. Der Konvoi würde der alten Via Postumia über die Pässe des Apennins bis nach Tortona folgen, wo die Straße dann Richtung Adria abzweigte.

Die Reisenden würden fünfzig Meilen in Schnee und Kälte zurücklegen, und daher versuchten sie, so gut es eben ging, sich gegen die strengen klimatischen Bedingungen zu schützen. Die vierrädrigen Wagen waren mit dicken, wasserundurchlässigen Planen abgedeckt, die auf Bogen aus biegsamem Eschenholz ruhten und vorn und hinten noch zusätzlich gefüttert waren. Im Wagen selbst waren zu beiden Längsseiten mit vielen Kissen gepolsterte Bänke aufgestellt, auf denen es sich die Edeldamen und ihre Dienerinnen schon bequem gemacht hatten. Doch trotz der gewissenhaften Abdeckungen und ihrer dicken Umhänge und Pelze wollte den Damen nicht warm werden.

In den größeren Wagen, in denen die höchsten Persönlichkeiten wie die junge Herzogin Isabella mit ihren Hofdamen reisten, waren zusätzlich Wärmequellen aufgestellt worden. Dabei handelte es sich um kleine Öfen, in denen die zermahlenen Kerne der Oliven, die schon in den Ölmühlen ausgepreßt worden waren, verbrannt wurden. Diese *sansa* genannten Reste der Ölgewinnung waren in Ligurien und in der Toskana als hervorragender Brennstoff bekannt, da sie ohne Flamme fast rauchlos verbrannten und eine Glut bildeten, die viele Stunden hielt. Die *sansa* brannte in großen, drei Spannen hohen glasierten Tongefäßen, die mit einem Deckel verschlossen waren. Einige Löcher an den Seiten und im Deckel sorgten dafür, daß die Glut mit Luft versorgt wurde und die Wärme entweichen konnte. Die verfrorenen Damen hielten die wärmespendenden, glatten Gefäße mit größerer Hingabe umschlugen, als sie sie bei einem Liebhaber an den Tag gelegt hätten.

Der Wagen der jungen Herzogin war eigens für diese Fahrt hergerichtet worden: Das Holz war über und über mit vergoldeten Schnitzereien verziert, die Planen waren gefüttert, die Bänkchen im Wageninnern mit ziseliertem Zoaglisamt überzogen. Prächtig prangten die Wappen der beiden Häuser, Aragon und Sforza, sowohl auf dem Wagen als auch auf der Plane.

Die Cavalieri, die dem Troß folgen würden, trugen wasserundurchlässige, je nach finanziellen Möglichkeiten mit Eichhörnchen- oder Fuchspelz gefütterte Regenmäntel. Die großen Filzbarette auf ihren Köpfen waren am Rand mit Wolfspelz besetzt, ihre Handschuhe aus nach innen gekehrtem Schafsfell gefertigt. Über ihre langen Strumpfhosen hatten sie Decken mit den Farben ihrer Familien ausgebreitet. Manch einer, vor allem die Neapolitaner, denen dieses rauhe Klima unbekannt war, hatten sich vorsichtshalber in Genua ganz neu eingekleidet, in jener Stadt also, wo man die berühmten, für dieses Winterwetter vorzüglich geeigneten Regen-*Ucche* finden konnte.

Die Kutscher und Maultiertreiber, die für den Transport des Hausrats verantwortlich waren, unterhielten sich besorgt über die bedenklichen Wetterbedingungen, die am Giovipaß herrschten. Sie hatten den hohen Herren schon ihre Befürchtungen hinsichtlich der Überquerung der vereisten und tiefverschneiten Apenninpässe mitgeteilt, doch da einerseits die Mitteilungen von Herzog Ludovico aus Mailand immer drängender und verärgerter klangen (und nur Gott allein wußte, ob es wirklich ratsam war, den Moro zu verärgern) und sich andererseits auch Isabella endlich erholt fühlte, hatte man sich trotz des Wetters zur Abreise entschlossen.

Gegen die zweite Stunde des Morgens, als es schon hell war, hatte sich der Zug endlich formiert, und das Zeichen zum Aufbruch konnte gegeben werden.

Der Weg führte zunächst am Fluß Polcevera entlang und wand sich dann zu den Pässen des Apennins hinauf. Schon in den ersten Kehren des Anstiegs fiel der Schnee in größeren Flocken und blieb auf dem vereisten Schlamm liegen. So war man gezwungen, die Nacht zu Füßen des Passes in Campo Morone zu verbringen.

Am folgenden Morgen setzte sich der Zug noch vor Tagesanbruch wieder in Bewegung. Um Menschen und Wagen nicht zu gefährden, mußte man an einem Tag zum Giovipaß hinauf- und auf der anderen Seite wieder hinuntergelangen.

In einem der großen Wagen reiste die schöne Zirkassierin mit Melita und weiteren Edeldamen; dahinter ritten die Rufolo-Zwillinge und die beiden verbliebenen Freunde des jungen Herzogs, die mit jedem Tag mehr um ihr Leben fürchteten, obwohl sie ständig von einer Schar Bogenschützen bewacht wurden.

Nach der Einkerkerung Moises da Corteolonas hatte man verständlicherweise gehofft, daß der Schuldige gefunden und der Alptraum beendet sei, aber die brutale Ermordung des dritten Edelmanns hatte allen klar vor Augen geführt, daß der Mörder noch frei herumlief, und vor allem, wer seine Opfer waren – oder sein würden. Mittlerweile gab es niemanden mehr, der das nicht verstanden hätte, und die beiden Unglücklichen wurden mit Blicken bedacht, als sei ihr Tod schon beschlossene Sache. Alle drei Taten schienen die gleiche Handschrift zu tragen. Aber wer kam dafür in Frage? Herzog Alfonso? Der Moro? Doch egal, was man glauben mochte, keine Vermutung, kein Verdacht konnte sich auf irgendwelche Ermittlungsergebnisse stützen.

Prinz Ibn Mansour reiste nicht zu Pferd. Mehr an die afrikanische Hitze als an den lombardischen Schnee gewöhnt, kauerte er nun, eng an Monna Andrea gedrängt, grau vor Kälte in einem der Wagen. Im selben Fahrzeug saßen auch Monna Isa und Monna

Evelyne mit ihren Bediensteten und ihrem Gepäck. In einem anderen Gefährt, auch dieses voller Gepäck, Mägde und Sklavinnen, befanden sich die beiden Damen aus Valladolid, denen Manetto zu Pferd folgte.

Zwischen Mutter und Tochter kam es nun immer häufiger zu Meinungsverschiedenheiten. Vielleicht ahnte die Marchesa mittlerweile, daß das Verhalten Immaculadas gegenüber ihrem Geliebten kein Ausdruck reiner Höflichkeit war. Sie war sich nicht sicher, doch das Benehmen ihrer Tochter irritierte sie. Und die Tochter ihrerseits konnte es schlecht ertragen, daß die andere einen Mann ganz allein für sich beanspruchte, den sie selbst als ihren eigenen Geliebten betrachtete.

Zwar schmeichelte Manetto die Spannung zwischen Mutter und Tochter, gleichwohl bedrückte ihn die Sorge über die weitere Entwicklung. Mit Erleichterung sah er dem Ende der Reise entgegen, denn er fürchtete nicht ohne Grund, daß die Situation eskalieren könnte.

Oben am Giovipaß lag hoher Schnee, doch immerhin war der Weg von einigen Männern aus der Gegend, die man eigens für diese Aufgabe angestellt hatte, notdürftig geräumt worden. Nach der Verteilung kräftiger, warmer Getränke, die man in der sich hier oben befindenden Garnison der Soldaten zubereitet hatte, machte sich der ganze Troß schon bald an den Abstieg in die lombardische Ebene.

Hier auf der Nordseite des Apennins waren die Temperaturen noch niedriger, und die winterliche Natur bot ein gespenstisches Bild. In den engen Tälern, die nach Pietra Bissara hinunterführten, erblickte man überall bläuliche Eiszapfen, und der hohe Schnee auf Boden und Bäumen war vom Wind zu seltsamen Skulpturen geformt worden.

Die Äste und Stämme, die der Reif in dünne schwarze, mit Eisknospen überzogene Splitter zerteilt hatte, erinnerten Isabella jetzt an magere, um Gnade flehende Arme. Die junge Braut, obwohl voller Vorfreude auf die erste Begegnung mit ihrem geliebten Mann, fühlte sich, als habe diese Kälte eine eisige Hand auf ihr Herz gelegt. Neapel, Sorrent, Capri und ihr geliebtes Procida kamen ihr wie eine traumhafte, für immer verschwundene Welt vor – wenn es sie überhaupt gegeben hatte.

Im dichten Schneetreiben zog die Karawane über die vereiste Straße weiter ins Tal hinunter. Wo Isabellas Wagen vorüberkam, schlugen die Bauern voller Ehrfurcht die Kapuzen zurück und beugten demütig das Knie, wobei sie es nicht wagten, den Blick zu ihrer neuen Herrscherin zu erheben.

Etliche Teilnehmer des Ehrengeleits waren jetzt seit Wochen, manche sogar schon seit Monaten unterwegs. Doch jene letzten Stunden ihres Weges schienen vielen unerträglich langsam zu vergehen. Andere wiederum spürten eher eine unterschwellige Furcht vor dem Ende der Reise und dem damit einhergehenden Untergang der kleinen Welt, die sich um sie herum gebildet hatte.

Die Ankunft in Tortona würde das Schlußkapitel jener Liebschaften einläuten, die größtenteils so intensiv empfunden worden waren, weil man um ihre Vergänglichkeit wußte.

Die Glocke des Mailänder Kastells hatte gerade Mitternacht geschlagen, als sich das große Tor öffnete, um einen Trupp Bogenschützen hinauszulassen, der dem Zug der Herzöge des Hauses Sforza vorausreiten und in den Städtchen und Dörfern den Durchzug der hohen Gesellschaft ankündigen sollte.

Alle Würdenträger des Mailänder Hofes würden an diesem verschneiten Morgen zu sehr früher Stunde nach Tortona aufbrechen, um Zeuge des ersten Zusammentreffens von Gian Galeazzo mit Isabella von Aragon zu sein. Seit Tagen schon waren die Vorbereitungen in sämtlichen Ortschaften längs des Weges in vollem Gange.

Auch in den kleinsten Dörfchen hatte man aus Zweigen Triumphbogen errichtet. Die Wappen der Häuser Sforza und Aragon wurden von Putten und Nymphen aus Pappe gehalten, die, nackt wie sie waren, unter der auf ihnen liegenden Schneeschicht zu zittern schienen. In den größeren Orten hatte man sogar richtige Bühnen aufgebaut, und hier würden sich angesehene Bürger an Begrüßungs- und Willkommensansprachen für die Herzöge versuchen.

Der wichtigste Auftrag der berittenen Vorhut war es aber, die Menschen in den Dörfern anzuhalten, die Straßen vom Schnee zu räumen und vereiste Stellen mit Erde und Sand zu bestreuen. So arbeiteten schon in der Nacht Hunderte an der Strecke zwischen Porta Giovia und Tortona.

Das graue Licht des beginnenden Tages schaffte es noch kaum, den um das Kastell herumliegenden Schnee zu erhellen, da verließ der Festzug durch das große Tor die turmbewehrte herzogliche Residenz und ließ die Balken der Zugbrücke widerhallen. Es war eine unendliche Reihe von Cavalieri und Soldaten in Paradeuniformen, dazwischen die Planwagen, in denen die Damen und das Gepäck befördert wurden.

Alle hohen Institutionen des Staates von Mailand waren vertreten. Darüber hinaus wurden die Mailänder Herzöge von einer Delegation von Botschaftern der italienischen Staaten und benachbarten Nationen begleitet. Ihnen folgten die namhaftesten Künstler des Hofes, und auch die wichtigsten Mailänder Architekten durften natürlich nicht fehlen.

Zur Gruppe um die Herzöge gehörten hingegen der florentinische Maler Leonardo da Vinci, Donato Bramante und der Dichter Baldassare Taccone, ein Schüler Bellincionis. Der offizielle Geschichtsschreiber Bernardino Corio, der die Aufgabe hatte, das große Ereignis für die Nachwelt festzuhalten, bildete den Schluß der Gruppe.

In der Mitte ritt, umgeben von den Bogenschützen seiner Leibwache in Paradeuniformen, der Herzog von Bari, Ludovico il Moro, und an seiner Seite der junge Gian Galeazzo Sforza, der rechtmäßige Herzog von Mailand.

Beide Herzöge trugen unter ihren weiten, goldbestickten und pelzgefütterten Umhängen herrliche Gewänder aus goldenem, ziseliertem Samt, die auf Brust und Ärmeln mit Edelsteinen besetzt waren. Decken aus Fuchspelz schützten ihre in Seidenstrümpfen steckenden Beine vor Schnee und Kälte.

Eine lange Reihe von Wagen beförderte die Damen, darunter an erster Stelle die Geliebte des Moro, Cecilia Gallerani, in deren reichverziertes Gefährt seitlich die Insignien ihres Hauses eingraviert waren. Cecilia Gallerani stammte eigentlich aus dem lombardischen Kleinadel, doch die Natur hatte ihr eine einzigartige Schönheit geschenkt, die, von einer bemerkenswerten Bildung genährt, die Phantasie von Poeten und Literaten beflügelte. Und so hatte sie sich auch im Herzen des Moro einen besonderen Platz erobern können und von ihm die Stadt Saronno sowie den Palazzo Dal Verme in Mailand zum Geschenk erhalten. Sie folgte ihrem Herzog auf allen Reisen und erfreute jeden Hof mit ihrer Eleganz und der Raffinesse einer gelehrten und brillanten Konversation. Natürlich hatte Ludovico sie auch jetzt an seiner Seite haben wollen, und so hatte sie sich, zusammen mit ihren Mägden und einer Unmenge an Gepäck, auf den Weg gemacht.

Es galt, Tortona vor Einbruch der Dunkelheit zu erreichen, denn man wollte den Zug, der sich von Genua her näherte, nicht warten lassen. Rund fünfzig Meilen im Schnee waren zurückzulegen, und obwohl die Strecke eben war, mußte man sich sputen und die Pferde zur Eile antreiben. Entlang des Wegs räumten die Bauern die Straße vom Schnee frei, der sich immer weiter anhäufte, und beugten das Knie, wenn die Herzöge vorbeizogen.

Auffallend war, daß ihre Hochrufe fast ausschließlich Ludovico galten. Doch Gian Galeazzo ließ sich davon nicht verdrießen und bemerkte mehrmals gelassen zu seinem Onkel: »Die Leute scheinen Euch zu mögen, mein Oheim.«

Der Schnee fiel in dicken Flocken. Der Zug machte weder in Rozzano noch in Binasco halt. Erst bei der noch nicht fertiggestellten Kartause von Pavia, wo die Mönche für ihre illustren Gäste eine Stärkung vorbereitet hatten, legten die Herzöge eine kurze Rast ein. Die Fratres waren Herzog Ludovico treu ergeben, da er selbst für die Wiederaufnahme der Arbeiten am Kloster gesorgt hatte. Daher hatten sie für ein fürstliches Mahl gesorgt. Ihre Enttäuschung war natürlich groß, als Gian Galeazzo und sein Onkel nur eilig einen heißen Trank schlürften, die

Pferde wechselten und sich unter dem Jubel und den Hochrufen der kleinen Menge, die rasch zusammengekommen war, sogleich wieder auf den Weg machten. Die Wagen der Damen waren noch gar nicht in Sichtweite.

Ohne Halt ging es auch durch Broni, Casteggio und Voghera, zur großen Bestürzung der *Consoli dei villaggi,* die teilweise sogar Begrüßungsansprachen auf lateinisch vorbereitet hatten.

Nachmittags hatte es aufgehört zu schneien, und mittlerweile war es schon eine Stunde nach Komplet, als man endlich im nebligen Dunkel eine lange Lichterkette erblickte. Die Mailänder Bogenschützen, die dem Zug vorausgeritten waren, hatten eine Meile vor Tortona Aufstellung bezogen und ließen mit ihren Fackeln den Weg in hellem Licht erstrahlen. Mit ihnen wartete bereits Graf Bergonzio Botta, der Herr von Tortona und Schatzmeister des Herzogtums, in Begleitung seines Hofes und der Honoratioren der Stadt.

Nach einer herzlichen Begrüßung teilte man den hohen Gästen sogleich mit, daß noch nicht einmal Zeit für eine kleine Stärkung nach dem langen Ritt bleibe, denn die Kuriere hatten gemeldet, daß die junge Herzogin Isabella und ihr Gefolge bereits von Cassano aufgebrochen waren und in Kürze in Tortona erwartet würden. Rasch wurden noch einmal die Pferde gewechselt, und dann zogen der Herzog und alle Edelleute eilig durch die Stadt. Der ganze Ort war geschmückt mit Flaggen, Triumphbogen, Ehrenpodien, allegorischen Statuen und großen Wappen der Herrscherhäuser Sforza und Aragon, doch niemand hatte Augen für diese Pracht. Kurz hinter Tortona erblickten sie statt dessen im nebligen Dunkel des späten Abends die ersten Fackeln des Ehrengeleits, das den langen Weg von Genua hinter sich gebracht hatte.

Kurzentschlossen gab der junge Herzog Gian Galeazzo seinem Pferd die Sporen und erreichte im Galopp den Zug Isabellas, die mittlerweile trotz der Kälte der Nacht die Plane über ihrem Wagen hatte entfernen lassen. Gian Galeazzo verlangsamte den Gang des Pferdes und ritt an Isabellas noch rollenden Wagen heran. Die Braut hatte sich hinausgebeugt, und Gian Galeazzo kam noch näher, um ihr einen Kuß zu geben. Doch da machte sein Pferd einen kurzen Sprung zur Seite, der Bräutigam entfernte sich gezwungenermaßen ein wenig vom Wagen, kam aber sogleich wieder heran. Die Anwesenden schauten sich entsetzt an. Das Bocken eines Pferdes beim ersten Zusammentreffen zweier Brautleute galt als katastrophales Vorzeichen für ihre gemeinsame Zukunft. Doch im Nu war der Bräutigam vom Pferd gesprungen, stieg auf den Wagen und küßte zärtlich seine junge Braut, die, obwohl vor Aufregung schluchzend, nicht anders konnte, als diesen wunderschönen, blonden jungen Mann bewundernd anzustarren.

Dieses romantische Bild – das Zusammenkommen des schönen jungen Paars im Schein der Fackeln sowie die Erschöpfung nach der langen, abenteuerlichen Reise, ließ bei allen eine tiefe Ergriffenheit aufkommen. Nach den vom Protokoll vorgesehenen Begrüßungen, den Glückwünschen und dem üblichen Austausch von Höflichkeiten setzte sich der Zug wieder in Marsch, und Isabella und Gian Galeazzo fuhren gemeinsam nach Tortona ein.

Nach und nach hatten sich auch die anderen zu ihnen gesellt, und besonders die Begrüßung zwischen der neuen Herzogin von Mailand und Ludovico, dem Regenten des Herzogtums, wirkte überaus herzlich; er zeigte sich galant und sprudelte über vor Komplimenten und besten Wünschen für das junge Paar.

Müdigkeit hatte sich aller bemächtigt, doch nur die Herzöge, Botschafter und wenige andere hochgestellte Persönlichkeiten wußten, wo sie sich würden stärken können und wo ihre Unterkünfte vorbereitet waren: Schlafen würden sie in der Burg oder im Bischofspalast und essen an der Tafel des Grafen Botta. Man hatte für alles gesorgt und ein fürstliches Mahl vorbereitet, bei dem zahlreiche Pagen die hohe Gesellschaft bedienen würden.

Für die anderen Cavalieri, die von Mailand oder Neapel angereist waren, begann sogleich die Suche nach einem Quartier für die Nacht. Sie wandten sich an den Hofmarschall, der sich bemühte, irgendwo eine Unterbringung für sie zu finden – zumeist in den Häusern der Einwohner Tortonas und, in Ermangelung dieser, auch in Ställen.

Doch zuvor hatten alle noch einen Wunsch: Sie wollten essen. Auch dies hatte Mastro Stefano vorhergesehen und war auf den Ansturm der ausgehungerten, meist jungen Leute bestens vorbereitet.

In dem großen Saal, wo am folgenden Tag das große Bankett stattfinden sollte, waren provisorisch Tische aufgestellt worden, auf denen alle möglichen Speisen standen: gegrillte Hammelschwänze mit Lauch, Bekassinen auf »eingefettetem« Brot, Rebhuhn auf katalanische Art, *Carbonata*-Schinken mit Zitronensaft, Suppen mit *zanzarelli,* Suppen mit Hanfsamen, Lasagne aus Kapaunenhaut, Maronentorte, Kichererbsentorte.

In der Zwischenzeit wurden hauchdünne, geklopfte und eine halbe Stunde lang in einer Marinade aus Salz und Fenchel eingelegte Kalbfleischscheiben auf den Grill gelegt und heiß serviert.

Die Gäste, die sich nun gut aufgewärmt und gesättigt hatten, wurden zum Schluß noch mit einer Portion *pignoccate* und *savorea,* einer Süßspeise aus Zucker, Stärke und Rosenwasser, verwöhnt sowie mit Pflaumen in Sirup, eingemachten Birnen und Moschuskonfekt.

Mastro Stefano und der Botschafter Ferraras gedachten die Ankunft der Cavalieri aus Genua zu nutzen, um Näheres über die Ereignisse zu erfahren, die die Reise überschattet hatten und die sie so brennend interessierten. So waren sie übereingekommen, die Gruppe der Vizegesandten, die Trotti sehr gut kannte, zusammen mit ihren Freunden in der großen Küche zum Essen zu versammeln. Dabei handelte es sich, Terzaghis Depeschen nach, um jene Leute, die die mysteriösen Vorfälle selbst hautnah erlebt hatten.

Mastro Stefano sorgte dafür, daß die vier jungen Diplomaten und ihre jeweiligen Begleiterinnen sowie die beiden verbliebenen

Freunde des jungen Herzogs Gian Galeazzo an den beiden großen Tischen neben der Treppe mit besonderer Zuvorkommenheit bedient wurden.

Mastro Stefano und Messere Trotti saßen zunächst etwas abseits im Halbdunkel der Küche und unterhielten sich leise miteinander, während die Diener schmackhaftes Bauernbrot und Karaffen mit *Vinello rosso di Broni,* einem sehr vollen Wein, der sich aber dennoch wie Wasser trinken ließ, an die Tische brachten.

Neben den Gängen, die man auch im großen Saal serviert hatte, kamen hier noch große Portionen in Salz eingelegter Sardinen auf den Tisch, die gerade in kleinen Holzfässern aus Genua eingetroffen waren. Dazu wurden in hauchdünne Scheiben geschnittene weiße Zwiebeln gereicht, angemacht mit Essig und ligurischem Olivenöl. Danach kam der geröstete Schinken an die Reihe mit einer Soße aus Traubenmost sowie eine große Platte mit Delphinfilet auf geröstetem Brot.

»Diese scharfen und gesalzenen Speisen habe ich aus einem bestimmten Grund hinzugefügt«, erklärte Mastro Stefano gerade leise Messere Trotti. »Ich wollte unsere ›Freunde‹ dazu zwingen, sich tüchtig die Kehle anzufeuchten. Und wie ich sehe, werden die Weinkaraffen rasch geleert und durch neue ersetzt. Den Rest wird ihnen der Muskateller aus Asti und der Brombeerlikör geben, die mit den Süßspeisen serviert werden.«

Eine Weile saßen Mastro Stefano und der Botschafter schweigend da und beobachteten aufmerksam, wie sich die ausgehungerten jungen Leute auf all die schmackhaften Speisen und den besonders großzügig bemessenen Rotwein stürzten.

»Warten wir ruhig noch, bis sich ihre Zungen noch mehr gelöst haben«, meinte Messere Jacopo irgendwann zu seinem Freund.

»Gut, wir haben ja Zeit«, antwortete Mastro Stefano gelassen, während er die Spitzen seines roten Schnurrbarts zwirbelte.

Als die beiden zu erkennen glaubten, daß der erste Hunger der jungen Leute gestillt war und der Wein schon seine Wirkung tat, setzten sie sich zu ihnen und begannen ein wenig zu plaudern.

Der Botschafter Ferraras ließ sich mit gleichmütiger Miene von dem Florentiner die prachtvolle Villa in Ravello beschreiben und schien sich sehr zu amüsieren, als Manetto dann auch vom Treiben der einzelnen Gäste in jener denkwürdigen Nacht berichtete. Wie nicht anders zu erwarten, kam die Sprache bald auch auf den Mord. Es war zwar untersagt, diesen Vorfall überhaupt nur zu erwähnen, doch die Erschöpfung sowie der Wein und das gute Essen hatten die Furcht, die Sanseverino in der Gruppe zu säen versucht hatte, im Augenblick vertrieben.

So erklärte Manetto leise, damit die beiden Freunde des jungen Herzogs ihn nicht hören konnten: »Ich verstehe einfach nicht, wie der Mörder, mag er auch noch so kräftig gewesen sein, dem leblosen Körper die Rüstung anlegen und ihn aufrecht hinstellen und an die Säule binden konnte. Schon für einen erfahrenen und vor allem lebenden Soldaten ist das Anlegen der Rüstung ein höchst kompliziertes Unterfangen. Aber mit einem Toten, dessen Gliedmaßen ständig nachgeben, scheint es mir fast unmöglich.«

Nun schaltete sich auch der Burgunder ein: »Ich kann mir nicht erklären, warum sich der Mörder nach der Tat überhaupt die Mühe gemacht hat, sein Opfer in die Rüstung zu zwängen. Er hat sich doch damit der Gefahr ausgesetzt, entdeckt zu werden! Was bezweckte er damit? Die Tat war doch schon geschehen. Wozu also diese groteske Inszenierung?«

»Was das betrifft, sollten wir nicht vergessen, daß auch die anderen beiden Leichen auf äußerst spektakuläre Weise zur Schau gestellt wurden«, bemerkte nun der Venezianer. »Offensichtlich kommt es dem Mörder gerade darauf an, größtmögliche Aufmerksamkeit zu erregen. Wer weiß, vielleicht ist der Täter einer der sarazenischen Sklaven, die auf der Reise dabei waren, ein Sklave, der im Auftrag irgendeines Kalifen handelte. Und seine Tat sollte allen zeigen, daß man sich für die brutalen Überfälle christlicher Soldaten auf arabische Hafenstädte rächen werde, und zwar hier auf unserem Boden. Es sollte ein Zeichen sein, und deswegen wurden die Leichen so spektakulär zur Schau gestellt.«

»Dann würde es sich also weder um persönliche Racheakte

noch um Verbrechen aus Leidenschaft handeln. Denn in diesen beiden Fällen wäre die Inszenierung mit den Toten ja völlig sinnlos«, bemerkte der Vizegesandte Mantuas, Basso Folchini, doch er erhielt vom Venezianer dazu keine Antwort.

Diese Feststellung schien Messere Trotti zu denken zu geben, denn er wurde nun recht schweigsam und zwirbelte sich nur noch, wie es seine Gewohnheit war, die Spitzen seines dünnen Schnurrbarts.

Dafür erkundigte sich Mastro Stefano, während ein vorzüglicher sardischer Schafskäse auf den Tisch gestellt wurde, leise bei den Augenzeugen, wer eigentlich den Mut gehabt habe, den Mast hinaufzuklettern, um den zweiten Toten herunterzuholen.

»Das war einer meiner Männer«, erklärte Fieschi, »ein früherer Ruderer, der nun im Dienste meiner Familie steht. Er ist als erster hinauf und hat ihn aus der Schlinge befreit.«

Er machte eine Pause, nahm einen ordentlichen Schluck Wein und fuhr dann mit schon leicht belegter Zunge fort: »Eigentlich war es ja gar keine normale Schlinge, wie man sie zum Hängen benutzt. Sie war mit einem Pfahlstich geknüpft, so daß sie sich nicht zuziehen konnte.«

Mastro Stefano brannte darauf, mehr darüber zu erfahren, doch um keinen Verdacht zu erregen, sprach er zunächst ganz unverfänglich über andere Dinge und fragte dann noch einmal genauer nach diesem Knoten.

»Ja, ihr Landratten könnt den natürlich nicht kennen«, antwortete Fieschi. »Aber die Matrosen beherrschen ihn, obwohl er recht schwierig ist. Das Geniale daran ist, daß er um so besser hält, je mehr man daran zieht. Dabei reicht schon eine kurze Gegenbewegung, um ihn zu lösen, auch wenn der Knoten vor langer Zeit schon geknüpft wurde. Die Matrosen verwenden ihn, um ihre Boote fest zu vertäuen, und ich habe noch nie eine Landratte gesehen, die ihn beherrscht.«

Mastro Stefano warf Trotti einen raschen Blick zu, wechselte dann aber schnell das Thema.

Die jungen Leute waren mittlerweile reichlich angeheitert und foppten einander mit den nicht alltäglichen Liebesabenteuern auf der Reise, deren ein jeder sich rühmen konnte. Alle lachten und scherzten, doch es dauerte nicht lange, da mußten sie ihrer Müdigkeit und dem Wein Tribut zollen. Schwerfällig erhoben sie sich von der Tafel und ließen sich zu ihren Quartieren geleiten. Alle wollten sich ausruhen für den nächsten Tag. Denn dann sollte endlich die feierliche Zeremonie im Dom stattfinden und abends das lange erwartete Hochzeitsbankett.

»Messere Trotti, was meint Ihr zu den Dingen, die wir gerade gehört haben?«

»Ich denke, wir sind weitergekommen, mein lieber Mastro Stefano. Ich habe sogar den Eindruck, daß uns die jungen Leute, ohne es zu wollen, einige entscheidende Hinweise gegeben haben.«

»Diesen Eindruck hatte ich auch, und besonders bei einer Sache bin ich hellhörig geworden. Darüber werden wir uns bald ausführlicher unterhalten müssen. Jetzt muß ich aber hinauf in den Festsaal. Unsere großen Geister haben sich dort schon versammelt, um die letzten Feinheiten für das morgige Bankett zu besprechen.«

Er verabschiedete sich von Messere Trotti und ging in den Saal hinauf. Obwohl es schon später Abend war, wurde dort noch eifrig gearbeitet.

Maestro Leonardo da Vinci, der Großseneschall, der Hofdichter Bellincioni mit seinem Schüler Baldassare Taccone, der Credenziere, der Kellermeister und nun auch der Großküchenmeister legten gemeinsam jedes Detail fest, damit das Bankett, das hier am morgigen Tag stattfinden sollte, als eines der denkwürdigsten des Jahrhunderts in Erinnerung bleiben würde.

XI

»Du stinkst ja wie ein Bock!«

Der Familienhofmeister verpaßte dem Burschen einen Schlag ins Kreuz, und einer der Unterhofmeister stieß ihn aus dem Saal.

»Los, der nächste! Zeig deine Hände!«

Zögernd streckte der arme Junge die Hände vor. Schon setzte es einen Stockschlag auf die Finger: »Geh, wasch dir Hände und säubere deine Fingernägel. Dann kannst du wiederkommen!«

Seit dem frühen Morgen waren die rangniederen Hofmeister damit beschäftigt, die Masse der Bauernburschen zu inspizieren, die am Abend den Pagen und Dienern aus Mailand beim Bedienen während des Banketts helfen sollten. Die zweite Stunde des Tages war angebrochen, so daß jeden Moment der ehrenwerte Großseneschall Gian Giacomo Vincimala eintreffen konnte, und bis dahin mußte das Personal vorzeigbar sein.

Der Großseneschall war ein humorloser, penibler Mensch, der sogleich einen Tobsuchtsanfall bekommen würde, wenn ihm jemand auffiel, der nicht ordentlich gewaschen war, die Krätze hatte oder Schorf auf dem Kopf. Er entstammte jenem verarmten Adel, der am Hof Dienst tat und oft hochnäsiger und jähzorniger war als die Herrscher selbst. Doch obwohl er weder Ländereien noch Kastelle sein eigen nennen konnte, war er dennoch eine hochgestellte Persönlichkeit, und wenn er im Saal erschien, um die Oberaufsicht bei einem Fest oder Bankett zu übernehmen, zitterten seine Untergebenen vor ihm, während sie gleichzeitig seine Eleganz und sein formvollendetes Auftreten bewunderten.

Groß und schlank mit einem dünnen, spitzen Schnurrbart, war er stets mit einer schwarzen Garnasche mit weiten Puffärmeln bekleidet. Dazu trug er ein großes Barett aus schwarzem Samt mit einer weißen Feder sowie als einzigen Schmuck eine schwere Goldkette mit einem funkelnden, seinem Rang entsprechenden Medaillon, auf dem das Wappen des Herzogtums prangte.

Als die Inspizierung beendet und alle Bauernjungen, sauber und mit der kurzen Giornea des Hauses Sforza bekleidet, in einzelne Gruppen aufgeteilt und den Mailänder Pagen und Dienern zugeordnet waren, erschien der erhabene Großseneschall.

In seinem Gefolge befanden sich der Obertranchiermeister mit weiteren zehn Untertranchiermeistern, der obere Credenziere mit seinen zwanzig Helfern, der Großmundschenk – ebenfalls mit zwanzig Untermundschenken –, dann der Ehrenmundschenk, der obere Vorratsverwalter mit seinen Gehilfen und schließlich der Großküchenmeister mit seinen drei Oberköchen. Der Großseneschall stieg auf ein kleines Podest und ließ den Blick über die versammelte Menge schweifen. Als er festgestellt hatte, daß auch der Hofdichter Bernardo Bellincioni mit seinem Schüler Taccone anwesend war, räusperte er sich mit einem vornehmen Hüsteln und begann in feierlichem Ton: »Wie ein jeder weiß, wird heute abend das große Bankett anläßlich der glücklichen Hochzeit unseres jungen Herzogs Gian Galeazzo mit der neuen Herzogin Isabella stattfinden. Möge der Herr unser Gott dem edlen Paar und ihrer Verbindung seinen Segen schenken. Neben unserem geliebten Herzog Ludovico werden viele, viele Gäste aus zahlreichen Fürstentümern an dem Festmahl teilnehmen, von denen es sich viele nicht nehmen ließen, die edle Braut von ihrer Heimat im Süden bis hinauf zu unserem Herzogtum zu begleiten. Die meisten von ihnen stammen aus dem erhabenen Königreich Neapel, dem das Vorrecht zuteil wurde, sich Geburtsland Prinzessin Isabellas nennen zu dürfen. Insgesamt werden mehr als achthundert Gäste an dem Festmahl teilnehmen. Der Bedeutung dieses Ereignisses entsprechend, ist es der Wunsch Seiner Hoheit Herzog Ludovico, daß es sich nicht um ein gewöhnliches Bankett handeln möge, sondern um ein Festmahl, bei dem Poesie, Musik, Tanz, Dekoration und Kochkunst zu einem wunderbaren Ganzen verschmelzen. Dazu ist es erforderlich, daß jeder einzelne genauestens über den gesamten Ablauf unterrichtet ist und weiß, welche Aufgabe er, den Befehlen seines Vorgesetzten folgend, dabei zu erfüllen hat.«

Die Miene des Großseneschalls wurde nun noch herablassender, denn er schickte sich an, vor diesem Haufen von Bauernlümmeln über Poesie zu reden.

»Der Dichter Baldassare Taccone, Schüler des ruhmreichen Hofdichters Bernardo Bellincioni, hat zu diesem Anlaß ein vortreffliches Werk komponiert...« – der Großseneschall, ein Mann von Kultur und Geschmack, wußte, daß es damit nicht so weit her war, ließ sich jedoch nicht das geringste anmerken – »..., das den Ariadnefaden des gesamten Mahls bilden soll. Die herrliche Ode beginnt mit den Versen ›*Ordine de le imbandisone se hanno adare a cena. Prima imbandisone...*‹, deren Deklamation das Symposion einleitet. Als große Novität wurden eigens zu diesem Anlaß im Druckverfahren, mittels einer neuen Technik des Deutschen Johannes Gutenberg, Broschüren von Taccones Elegie hergestellt. Auf diese Weise wird es möglich sein, jedem einzelnen Gast eine Kopie des Werkes vorzulegen, so daß er den Versen des Dichters folgen kann und über die Abfolge der einzelnen Gänge unterrichtet ist. Abgesehen von dieser bei einem Festmahl noch nie dagewesenen Neuheit wird es heute abend ein typisches Bankett *all'italiana* geben, wie es an unseren Höfen üblich ist. Für alle, die mit den Gewohnheiten bei Hofe nicht vertraut sind, haben wir die Ehre, sie darüber in Kenntnis zu setzen.«

Tatsächlich verstanden die Bauernlümmel in Dienertracht kein Wort von dem, was dieser feine Signore erzählte.

»Bankett *all'italiana* bedeutet, daß die Gäste an den niederen Tischen zu Beginn des Festmahls schon all die zahlreichen Speisen, die zum ersten Gang gehören, auf der Tafel vorfinden werden, so daß ein jeder sich frei von dem bedienen kann, was ihm am meisten zusagt. Das gesamte Bankett setzt sich aus fünf großen Gängen zusammen. Daher ist es selbstverständlich, daß die Tische mit fünf übereinanderliegenden Tischtüchern gedeckt sein müssen und sich die Gäste viermal für gleich viele *intra-metz* erheben werden.«

Der Großseneschall gefiehl sich darin, seine hohe Bildung aufblitzen zu lassen, und gebrauchte daher das französische *intra-metz* anstelle des italienischen *intermezzo,* was zwar genau das gleiche bedeutete, ihm aber weniger elegant erschien.

»Während der Pausen werden die Diener und Pagen die Teller des vorherigen Ganges forttragen und jeweils das oberste der fünf Tücher, das verdreckt sein wird, weil es die Gäste zum Säubern von Mund und Händen benutzt haben, vom Tisch nehmen. Dann werden sie die Teller des neuen Ganges auftragen und die ganze Tafel neu decken und dekorieren. Soweit das Vorgehen an den niederen Tischen. Für die oberen Tafeln der Herzöge und der bedeutendsten Edelleute wird es hingegen zu dem heutigen großen Anlaß eine unerhörte Neuerung geben. Worin besteht nun diese bewundernswerte Erfindung? Nun, wenn die Hoheiten an ihrer Tafel Platz nehmen, wird diese vollständig gedeckt sein, doch werden darauf, entgegen dem Brauch, noch keine Speisen zu finden sein. Statt dessen werden Tänzer zu Musikbegleitung die Gerichte aller fünf Gänge kredenzen, dabei den Versen folgend, die der Dichter Taccone gleichzeitig deklamieren wird. So wird zum Beispiel Merkur mit seinem Gefolge im Tanzschritt ein versilbertes, mit gebratenen Vögeln gefülltes Kalb auftragen. Die Jagdgöttin Diana mit ihren Nymphen die Platten mit Wildgerichten oder Neptun mit den Najaden und Tritonen die Früchte des Ozeans, und in diesem Sinne immer weiter, stets der ›*Ordine de l'imbandisone*‹ des poetischen Werkes folgend. Solch ein Kredenzen, wie das von uns beschriebene, mit Poesie, Musik, Tänzern und Gottheiten des Olymps hat es seit Menschengedenken noch an keinem Hof gegeben. Welche immense Bedeutung unser Herzog diesem Bankett beimißt, läßt sich daran ersehen, daß er persönlich, wir wiederholen – persönlich –, uns und unserem Großküchenmeister Mastro Stefano seine diesbezüglichen Anweisungen erteilt hat.«

Mit diesen Worten wandte er sich zu Mastro Stefano um, der mit einer vollendeten Verbeugung antwortete.

»Aus unseren Worten …« – der Großseneschall liebte es, von sich selbst im Plural zu sprechen – »… wird euch klargeworden sein, wie hart die Vorbereitung des Banketts war und noch sein wird: Jeder Gang muß genau dann fertig sein, wenn der Dichter die Verse, die ihn ankündigen, deklamiert, wobei aber die Tänzer genügend Zeit haben müssen, sich tanzend mit den Speisen den hohen Tafeln zu nähern. Die anderen Tranchiermeister werden danach, dem Beispiel des vortrefflichen Obertranchiermeisters folgend, der an der Tafel der Herzöge seinen Dienst tun wird, die Braten auch für die übrigen Gäste kunstgerecht zerteilen. Die Mundschenke wiederum werden die leeren Pokale wegtragen und sie sogleich durch neue ersetzen. Es wird aber der Großmundschenk sein, der über die Weine, die jedem Gast seinem Rang entsprechend gebracht werden, entscheidet.«

Der Stimme des Großseneschalls war jetzt anzuhören, daß er sich seiner Meinung nach vor dieser Zuhörerschaft schon zu sehr verausgabt hatte und bald zum Schluß kommen würde.

»Nach dem fünften Gang wird der Ehrenmundschenk die Ehre haben, dem Herzog Gian Galeazzo den großen Hochzeitspokal mit dem Hypocras aus Rosenlikör zu kredenzen, mit dem der erhabene Bräutigam dann, zusammen mit der Herzogin Isabella, den traditionellen Trinkspruch sprechen wird. Und damit wird das herrliche Bankett zu Ende gehen. Es gilt zu beachten, daß der Großküchenmeister nicht allein die speziellen Gerichte für die fürstliche Tafel zuzubereiten hat, sondern auch die für alle anderen Tische: Denn es werden je nach dem Rang der Gäste verschiedene Speisen serviert werden. Damit dies alles reibungslos ablaufen kann, ist es unabdingbar, daß ein jeder unseren und den Befehlen Mastro Stefanos jederzeit und unverzüglich Folge leistet. Jeder Fehler, jedes Versehen, jede Unachtsamkeit wird exemplarisch bestraft werden. Soweit das, was wir euch zu sagen hatten. Nun werden euch noch meine Untergebenen weitere Instruktionen geben.«

Gian Giacomo Vincimala, der Großseneschall des Sforza-Hofes, ließ seinen Blick noch einmal über die Versammelten schweifen, stieg dann gravitätisch, während sich die Anwesenden vor ihm verneigten, vom Podest und entfernte sich steif.

Die beiden Oberhofmeister waren weniger elegant, drückten sich dafür aber deutlicher aus. »Nun hört mal genau zu, ihr Rübenköpfe: Zur elften Stunde, eine Stunde nach Vesper, beginnt die Schlacht, und wehe dem, der einen Fehler macht. Ihr fangt jetzt sofort damit an, die fünf Lagen von Tüchern auf den Tischen auszubreiten und sie noch einmal sorgfältig mit heißen Eisen zu plätten. Dann stellt ihr die Dekorationen in die Mitte der Tische und legt die Gedecke auf, dazu die Broschüren mit dem Gedicht. Jeder Gast an den langen Tafeln muß die Speisen jedes einzelnen Ganges mühelos erreichen können. Das heißt, daß für jeweils acht Personen alle Platten, die zu einem Gang gehören, bereitstehen. Und das die ganze Tafel entlang. Aber damit nicht genug: Damit alle Platten, Schüsseln und Gefäße leicht zugänglich sind, müßt ihr sie nach einem bestimmten Schema anordnen, das auf diesen Zeichnungen hier festgehalten ist. Ihr habt die präzise Anordnung aller Speisen eines Ganges auswendig zu lernen und jede diesbezügliche Anweisung eurer Vorgesetzten genauestens zu befolgen.«

Die Unterhofmeister, die die Arbeit anleiten würden, ließen nun die erwähnten Zeichnungen verteilen.

Da es sich um mehr als achthundert Gäste handelte, würden bei jedem Gang mehr als hundert Platten, Schüsseln oder Teller mit einer bestimmten Speise auf den Tisch kommen, von denen sich die Gäste dann bedienen konnten. Denn es wäre mit der Würde eines Marchese, Grafen oder Cavaliere unvereinbar gewesen, einen Tischnachbarn zu bitten, ihm einen Teller herüberzureichen. Und noch undenkbarer war es, daß der Betreffende gar aufstehen mußte, um an einen Teller zu kommen. Nun ergriff der andere Oberhofmeister das Wort: »Was ich euch jetzt sage, solltet ihr euch alle gut merken – sowohl die Diener, die aus Mailand mitgekommen sind, als auch die Burschen, die wir hier in Tortona angeheuert haben. Wie ihr schon wißt, werden nicht alle Gäste mit den gleichen Speisen versorgt. Jene von niederem Rang, die die letzten Plätze im Hauptsaal innehaben, bekommen die Reste von den Tischen der hohen Herrschaften, nachdem diese sich gesättigt haben. Und für die Alleruntersten, jene also, die nicht im Hauptsaal, sondern in den angeschlossenen Stuben speisen, habt ihr, wie üblich, die Reste von den Tellern der anderen zusammenzukratzen und daraus neue Portionen zu machen. So weit, so gut. Nun haben aber manche von euch die üble Angewohnheit, sich die besten Stücke in die eigene Tasche zu stecken und mit nach Hause zu nehmen, so daß für die rangniedersten Festteilnehmer nichts als abgenagte Knochen, angeknabbertes Brot und Käserinden übrigbleibt. Dazu solltet ihr wissen, daß vor den Saaltüren Bogenschützen auf diejenigen warten, die es wagen sollten, Essensportionen mitgehen zu lassen. Das ist schwerer Diebstahl. Alles Eßbare, auch wenn es nicht mehr ganz frisch ist, ist Eigentum unseres Herzogs. Und die Langfinger unter euch werden in den Genuß eines warmherzigen Empfangs durch die Bogenschützen des Hauses Sforza kommen.«

Die Diener bemühten sich, eine unschuldige Miene aufzusetzen, dachten dabei aber bereits darüber nach, wie sie es anstellen könnten, sich die leckersten Bissen zu sichern, ohne erwischt zu werden.

»Und nun an die Arbeit, ihr Taugenichtse, die Zeit drängt!«

Dann wandte er sich noch einmal an jene Diener, die an der Tafel der Herzöge auftragen würden: »Und ihr probt noch einmal alle Tanzschritte mit Musikbegleitung. Und gebt vor allem acht, daß ihr die Tabletts geradehaltet, wenn ihr sie tanzend zu den Tischen tragt.«

Schon seit dem Vortag waren in der riesigen Küche die Vorbereitungen in vollem Gange, mit jener wohldosierten Hektik, wie sie für wahre Meister der Kunst typisch ist. Die Küchenjungen rupften Pfauen und Fasane, und Fleischer zerteilten Ochsen in große Stücke. Einige Unterköche würzten Fleischstücke mit Nelken, Pfeffer, Zimt, Kardamom, Safran, Muskat, Ingwer, Galanga, Süßholz, Enzian, weißem, rotem und zitronengelbem Sandelholz, Tamariske, Hibiskus, Thymian und Majoran. Andere waren dabei, das Fleisch zu spicken, wieder andere marinierten ganze Ochsenviertel in aromatischem Wein mit Rosmarin und Lorbeerblättern.

Eine Reihe von Küchenjungen war damit beschäftigt, geschälte Mandeln in Mörsern zu zerstoßen. Andere zerkleinerten Hühnerfleisch, das zusammen mit den Mandeln und Rosenwasser zur Zubereitung des *biancomangiare* gebraucht wurde.

Die Pastetchen im Teigmantel waren fast schon fertig. In einem Ofen buken nur die köstlichen Pastetchen aus Ziegenlammaugen; in einem anderen die Pasteten mit einer Füllung aus Ei und Gemüse und einem Überzug aus Zucker und Zimt, in wieder anderen jene mit Hühnerleber und viel Pfeffer, oder die Drossel- und Wachtelpasteten, die mit Ingwer, Nelken und Muskat bestreut waren.

In den Käfigen, die an der Gewölbedecke hingen, wurden Lerchen, Turteltauben und weiße Tauben gehalten, die lebend in die gebratenen Kälber eingesetzt werden sollten, um dann, sobald der Tranchiermeister die großen Kalbsbraten anschneiden würde, daraus aufzuflattern. Auf den Herden im hinteren Teil der Küche köchelten Suppen aus Meeräschen, frischen Sardinen oder magerem Hammelfleisch. Daneben jene aus Kalbsbries und Schweinekeulen. Fleisch von Hirschen und anderem Wildbret war mit Knoblauch eingerieben worden und lag nun in einer Marinade aus Wein und verschiedenen Gewürzen und Kräutern.

Ein Teil der Küche, nämlich drei ganze Bogenreihen, war Fischen und Meeresfrüchten vorbehalten: Goldbrassen, Thunfische und Schwertfische wurden mit verschiedensten Gewürzen in großen Töpfen gekocht. Schwertfische wurden nach dem Kochen zerlegt, mit einer Masse aus Ei, Meeresfrüchten, Austern und kleinen Krabben gefüllt und dann wieder zusammengesetzt.

So würden sich die wiederhergestellten Meeresbewohner später auf den Platten in blauen Schmalzwellen mit Schaumkronen aus geschlagenem Eiweiß tummeln können.

Auch die in Kampfer getunkten Bäusche für die Pfauenschnäbel waren bereits vorbereitet. Der Kampfer, den man kurz vor dem Eintritt in den Saal entzünden würde, sollte zur Erbauung der Gäste aus den aufgerissenen Schnäbeln der Vögel helle Flammen hervorzüngeln lassen. Gleichzeitig waren Dekorateure damit beschäftigt, die Schwanzfedern zu Rädern anzuordnen, um sie den Vögeln nach dem Braten, zusammen mit dem vollständigen Federkleid, wieder anzulegen.

Alle Herde waren in Betrieb, alle Backöfen angezündet, und alle Bratspieße drehten sich, während die übermüdeten, jedoch von den Handrücken der Köche wachgehaltenen Küchenjungen mit Büscheln aus Gänsefedern das Fett, das in die Fettfänger tropfte, aufwischten und damit unablässig die schmorenden Braten bestrichen, um ein Austrocknen des Fleisches zu verhindern. Erst im richtigen Moment – und der lag bei jedem Braten anders – wurde die Glut noch einmal geschürt, um dem Fleisch mit der neu entfachten Hitze die letzte Bräune zu geben. Dadurch bildete sich jene leicht angebrannte und ein wenig harte Schicht, die die im Zubereiten von Braten erfahrenen Burgunder *croustillant* nannten. Besonders geschätzt wurde sie, weil sie dem zartrosa Fleisch einen ganz leicht bitteren Geschmack verlieh, der vortrefflich mit dem Salbei- und Rosmarinaroma verschmolz.

An dem von Maestro Leonardo da Vinci entworfenen selbstdrehenden Bratspieß wurden nacheinander zahlreiche ganze Hirsche perfekt geröstet, die nach dem Braten von Dekorateuren mit feinen Goldblättchen verkleidet werden sollten. Bevor sie an den Spieß kamen, wurden die Hirsche mit Maronen, Pflaumen, in Milch eingeweichtem gerösteten Brot und *peverata* gefüllt und dann mit Speckstreifen und Nelken gespickt. Zuvor waren sie aber noch zwölf Stunden in einen *Nebbiolo di Carema* eingelegt worden.

Ganze mit Safran und Zimt gewürzte Kälber, die zuvor mit

schon gegarten Gänsen, Hühnern und Kapaunen gefüllt worden waren, wurden in die Backöfen geschoben. Nach dem Garen würde man sie noch mit Honig und Cinnamomum bestreichen. Einige Köche waren auch damit beschäftigt, *arrosti asciutti* vom Kapaun sowie Kalbslenden und Tauben zuzubereiten, die mit grüner Soße, kandierten Zitronen und Oliven gegessen wurden.

Mastro Stefano ging in seiner langen, weiten Schürze, deren Saum er in seinem breiten Ledergürtel festgeklemmt hatte, schwitzend und mit rotem Kopf von einer Gruppe zur anderen und erteilte Anweisungen an seine Oberköche.

»Vergeßt die Wildschweinköpfe nicht. Die müssen fein säuberlich enthäutet werden. Seid vorsichtig, die Haut brauchen wir anschließend noch. Nach dem Garen im Wein bekommen die Tiere sie wieder übergezogen, dann werden Blumen darauf gestreut und ein Kampferfeuer ins Maul gesteckt.«

Der Großküchenmeister widmete seine besondere Aufmerksamkeit dem *vitello mezzo arrostito e mezzo lessato,* also dem halb gebratenen und halb gekochten Kalb, und leitete persönlich die Zubereitung, denn dabei handelte es sich um ein Rezept des römischen Feinschmeckers Apicius, das seinen Vater berühmt gemacht hatte. Mastro Stefano selbst hatte es noch weiter verfeinert.

Die Konditoren bereiteten in ihrer Ecke Pfefferbrote und Kuchen mit Zitronat und Zibeben zu und füllten Platten mit *spongate,* Piniengebäck aus Parma und Torten aus kandierten Früchten. Aus anderen kandierten Früchten und getrockneten Feigen wurden Figuren geformt, so von Riesen, die gegen Ungeheuer kämpften, ebenso Schiffe im Sturm oder Trophäen mit den Wappen des Herzogtums Mailand und des Königreichs Neapel. Vergoldetes und versilbertes Konfekt, dazu das löchrige aus Flandern, füllten große Pokale aus Muranoglas, während jetzt auch noch Gebäck mit Rosen-, Minze- oder Tamarindengeschmack auf riesigen Tabletts aufgehäuft wurde.

Unter der Aufsicht der Kellermeister wurden in großen, schneegefüllten Becken Weine und Liköre gelagert, unter ihnen der äußerst kostbare Rosenlikör, den man eigens für das abschließende gemeinsame Anstoßen auf die Brautleute aus Rhodos hatte kommen lassen.

Der Abend und die ganze Nacht waren mit den letzten Vorbereitungen für das große Ereignis vorübergegangen. Als nun das erste Licht des Morgens heraufdämmerte und vom Dom her der majestätische Matutingesang bis hinunter zu den Kellergewölben drang, wurden endlich die erschöpften Köche und Küchenjungen, die die Nacht durchgearbeitet hatten, von frischen Kräften abgelöst, die sich ein wenig hatten ausruhen können. Jetzt gönnte sich auch der Großküchenmeister ein kurzes Erholungsschläfchen; zur vierten Stunde des Morgens würde er sich wieder an die Arbeit machen.

Als Mastro Stefano zu gegebener Zeit ausgeruht im Kreis seiner Leute erschien, traf er in der Küche auch seinen Freund, den Botschafter an, elegant wie immer. Messere Trotti hatte auf den Küchenmeister gewartet und dabei interessiert den anderen Köchen bei der Arbeit zugesehen.

»Nun, Mastro Stefano, ich habe den Eindruck, daß sich hier alle mächtig ins Zeug legen und die Arbeit gut vorankommt.«

»Ja, ich bin ganz zufrieden«, nickte sein Freund, »obwohl natürlich immer irgend etwas schiefgehen kann. Die größte Sorge bereitet mir der Umstand, daß jede Speise genau im richtigen Moment, wenn der Taccone seine verfluchten Verse vorträgt, in den Saal gebracht werden muß.«

»Das werdet Ihr schon in den Griff bekommen. Da bin ich ganz sicher. Aber hättet Ihr nicht ein wenig Zeit, um über die Dinge zu reden, die uns die jungen Diplomaten gestern abend erzählt haben? Ich habe mir so meine Gedanken gemacht und würde sie gerne noch einmal mit Euch besprechen.«

»Ich bin ganz Ohr!«

»Also… Wir wissen, daß alle drei Opfer durch einen Dolchstoß in den Rücken starben. Fast könnte man sogar von einem gnädigen Tod sprechen, denn keinem stand der Schrecken ins

Gesicht geschrieben, keiner hatte die Augen weit aufgerissen oder den Mund zu einem stummen Schrei geöffnet. Daraus könnte man ableiten, daß der Mörder so schmerzlos wie möglich töten wollte.«

»Nicht unbedingt«, warf Mastro Stefano ein. »Es könnte auch heißen, daß die Opfer ihren Mörder gut kannten und nichts von ihm fürchteten.«

»Ganz genau!« bestätigte der Gesandte und fuhr fort: »Darüber hinaus hat uns der Venezianer aber auch richtigerweise noch einmal auf eine besondere Ungereimtheit aufmerksam gemacht. Damit meine ich den auffälligen Kontrast zwischen der fast diskreten Art und Weise, in der die Morde ausgeführt, und dem Aufwand, mit dem die Leichen dann zur Schau gestellt wurden. Was uns vermuten läßt, daß es sich weder um Verbrechen aus Leidenschaft noch um bloße Racheakte handelt. Der Mörder empfand gegenüber seinen Opfern keinen Haß … Und nachdem er sie auf diese ›barmherzige‹ Weise umgebracht hatte, ging es ihm nur darum, die Aufmerksamkeit aller auf seine Tat zu lenken.«

»Was ihm nur teilweise gelingt, weil die Leichen nach diesen spektakulären Inszenierungen sogleich wieder verschwinden.«

Der Botschafter dachte einen Augenblick lang nach. »Trotzdem muß der Mörder auch derjenige sein, der sich die Inszenierungen ausgedacht hat. Hätten wir es mit zwei Tätern zu tun, hätte letzterer darauf warten müssen, daß ein anderer die Morde beging, um sich dann an seine makabren Zurschaustellungen machen zu können. Das ergibt keinen Sinn. Außerdem wissen wir ja, daß nicht der Mörder, sondern die Männer Sanseverinos die Leichen verschwinden ließen. Halten wir fest: Wir haben es auf der einen Seite mit einem Mörder zu tun, der sich um großes Aufsehen um seine Missetaten bemüht, und auf der anderen Seite mit einer Persönlichkeit, dem Moro nämlich, der genau das gegenteilige Interesse hat und die Sache zu vertuschen sucht. So liegt es also auf der Hand, daß wir unseren Herzog, und darüber bin ich sehr erleichtert, aus dem Kreis der möglichen Auftraggeber ausschließen können.

So wie die Fakten im Moment liegen, können wir also davon ausgehen, daß mit einiger Wahrscheinlichkeit entweder Isabellas Vater oder einer der beiden verbliebenen Freunde Gian Galeazzos hinter der Sache steckt. Ersterer, um die Ehe seiner Tochter zu sichern, indem er den frischgebackenen Ehemann vom schlechten Einfluß seiner Freunde radikal befreit. Letzterer aus Neid oder Eifersucht.«

»Und in beiden Fällen müssen wir damit rechnen, daß die Kette der Verbrechen noch nicht abgerissen ist: Zumindest einer der beiden jungen Männer, die dem Mörder bis jetzt entkommen sind, befindet sich noch in höchster Lebensgefahr!« bemerkte Mastro Stefano und fuhr dann fort: »Wahrscheinlich stehen wir jetzt an einem Wendepunkt. Je nachdem, wie sich die Dinge nun entwickeln, wird Klarheit in die Sache kommen. Sollten die Verbrechen aufhören, spräche alles für die Schuld der beiden Überlebenden. Wenn hingegen nur noch ein weiterer Mord passiert und der letzte mit heiler Haut davonkommt, ist dieser wohl der Mörder. Natürlich könnte auch der ganze Kreis von Vigevano restlos ausgelöscht werden, aber dann müßten wir die Schuld von Herzog Alfonso aus Neapel ernstlich in Betracht ziehen.«

Der Botschafter konnte da nur zustimmen: »Ihr habt ganz recht. Trotzdem wird es entscheidend sein herauszufinden, wieso der Mörder mit seinen Taten solch einen Wirbel entfachen will.«

»Eben«, bestätigte Mastro Stefano und bewies einmal mehr seinen typischen bäuerlichen Scharfsinn. »All das, was wir jetzt besprochen haben, hört sich ja ganz vernünftig an, wäre da nicht eine Kleinigkeit, die unseren ganzen Überlegungen widerspricht: Auch unsere verbliebenen Verdächtigen, also Herzog Alfonso und die beiden Freunde aus Vigevano, hätten doch eigentlich ebensowenig wie der Moro einen Grund, ihre Taten derart an die große Glocke zu hängen und die Entdeckung der Leichen zu solch einem Spektakel zu machen.«

Trotti nickte und sank schwer auf eine Bank nieder. Dieser Einwand war tatsächlich der Schwachpunkt aller ihrer Überlegungen. Und fast kam es ihm so vor, als würden sie mit ihrer Suche nach dem Mörder wieder ganz am Anfang stehen.

Von den Mailändern, die an der Reise nach Neapel teilgenommen hatten, wagte es fast niemand, über die tragischen Ereignisse zu sprechen. Dazu waren die Drohungen Sanseverinos zu wirkungsvoll gewesen. Der Küchenmeister und der Botschafter gehörten zu den wenigen, die sich, wenn auch mit der gebotenen Vorsicht, über die Verbrechen unterhielten, deren Aufklärung sie mit Leidenschaft betrieben.

Sie spürten, daß der Mörder bald wieder zuschlagen würde. Da sie jedoch nicht wußten, was sie dagegen hätten tun können, versuchten sie zumindest, so viele Details wie möglich über die schrecklichen Geschehnisse in Erfahrung zu bringen. Deswegen hatten sie auch alle, die in der Küche arbeiteten, angewiesen, die Ohren offenzuhalten. Auf diese Weise hofften sie, vielleicht zufällig auf konkretere Indizien zu stoßen oder einen Fehler des Mörders zu entdecken, der sie, bevor ein vierter Mord geschah, zu des Rätsels Lösung führen würde.

Es war auch nicht zu verhindern, daß man sich im Kreis der jungen Diplomaten über die Vorfälle unterhielt und Mutmaßungen über die Identität des Mörders anstellte, denn schließlich sprachen die beiden Überlebenden von nichts anderem. Der junge Graf Ridolfo da Pusterla und der Cavaliere Bartolomeo Stampa waren in Todesangst und ließen einander nicht mehr aus den Augen. Zum einen, um sich gegenseitig zu beschützen, zum anderen sicher auch, um den anderen zu überwachen.

Gleich nach der Ankunft in Tortona hatten sie auf jede erdenkliche Weise versucht, zu ihrem Gefährten, Herzog Gian Galeazzo Sforza, Kontakt aufzunehmen. Sie gedachten ihn in die Vorfälle einzuweihen und sich unter seinen Schutz zu stellen. Doch Sanseverino hatte, zweifellos auf Befehl des Moro, durch seine Bogenschützen einen undurchdringbaren Sperring um den jungen Herzog legen lassen, damit er nicht gerade jetzt in Tortona, da er sich vor der großen Öffentlichkeit zu zeigen hatte, durch die traurige Nachricht aus der Fassung gebracht wurde.

Der junge Mann hatte ein schwaches Nervenkostüm, und niemand konnte vorhersehen, wie er auf die Mitteilung vom Tod seiner engsten Freunde reagiert hätte. Es galt, unter allen Umständen einen Skandal mit unabsehbaren Folgen, noch dazu vor den Augen der Vertreter so vieler Fürstentümer, zu vermeiden.

Außerdem wollte man verhindern, daß die junge und unerfahrene Isabella mehr über die Hintergründe der traurigen Vorgänge erfuhr. Sie hätte möglicherweise einen großen Wirbel entfacht, was wegen der Anwesenheit der vielen Spanier und Neapolitaner, die dem Moro nicht eben freundlich gesinnt waren, leicht zu unerwünschten Komplikationen hätte führen können. Nein, es mußte unbedingt sichergestellt werden, daß es noch einige Stunden lang weder zu direkten noch indirekten Kontakten zwischen den beiden überlebenden Jünglingen und den Brautleuten kam.

Und der junge Herzog Gian Galeazzo wußte tatsächlich von nichts. Die engsten Vertrauensleute des Moro hatten ihn zusammen mit seiner Braut in den hintersten Gemächern des Bischofspalastes untergebracht und somit mehr oder weniger von der Außenwelt abgeschnitten.

Wie Mastro Stefano aus den Gesprächen der Dienerschaft aufgeschnappt hatte, hatte der junge Herzog wiederholt darauf gedrängt, seine fünf Freunde zu sehen. Doch man hielt ihn mit ausweichenden Antworten hin, wobei man zunächst von ihrer verspäteten Ankunft in Tortona sprach, dann den Umstand vorbrachte, daß sie in einer etwas abgelegenen Burg untergebracht seien, und schließlich Gründe der Etikette geltend machte.

Man hatte Ridolfo und Bartolomeo verschiedene Male lautstark miteinander streiten und sich gegenseitig beschuldigen hören. Und dennoch ließen sich die beiden nicht aus den Augen, denn es hätte gefährlich sein können, dem anderen den Rücken zuzuwenden. Und ebenso vermieden sie den Kontakt zu den meisten mailändischen oder neapolitanischen Edelleuten. Bewacht wurden sie von einigen lombardischen Bogenschützen, aber auch diesen trauten sie nicht. Die einzigen, denen sie sich anschlossen, waren die jungen Diplomaten und deren Begleiterinnen. Ihnen vertrauten sie, da diese ja keinerlei Grund haben konnten, etwas gegen sie im Schilde zu führen.

Die Zirkassierin zeigte sich dem nervösen Ridolfo da Pusterla gegenüber sehr verständnisvoll und geizte nicht mit Zärtlichkeiten und schmachtenden Blicken. Dies waren Momente, da der junge Graf den auf ihm lastenden Alptraum vergessen konnte, und dafür war er ihr dankbar. Der andere, der Cavaliere Stampa, suchte beständig die Nähe seiner neuen Freunde. Hier spürte er eine gewisse Sicherheit, die ihm jedoch nicht die innere Unruhe nehmen konnte. Auch Jacopo Trotti genoß als Botschafter Ferraras – und damit unverdächtig, in die Intrigen der Höfe Mailands und Neapels verwickelt zu sein – ihr Vertrauen. Und Mastro Stefano hatte einigen seiner Küchenjungen den Auftrag gegeben, die beiden verunsicherten Jünglinge diskret zu überwachen.

Die schon in Neapel erfolgte Trauung von Isabella und Gian Galeazzo sollte in ein paar Tagen im Dom zu Mailand feierlich bestätigt und abgeschlossen werden. Doch auch in Tortona würden die beiden Brautleute nicht auf den Segen der Heiligen Mutter Kirche verzichten müssen.

Auf dem Domplatz hatte der Gastgeber Graf Bergonzio unter einem eigens errichteten Zeltdach im Kreis verschiedener Bischöfe und anderer Würdenträger die jungen Herrscher von Mailand willkommen geheißen.

Im Dom selbst, der von Gold und Silber funkelte, erhob sich in dichten Weihrauchschwaden der feierliche Chorgesang. Monsignore Ottaviano da Melzo hielt eine gelehrte, an das Brautpaar und Herzog Ludovico gerichtete Homilie. Bischof Trivulzio von Como spendete den Segen, und die majestätische Danksagung des *Te Deum* schloß den Gottesdienst ab.

Unter dem Applaus und den Hochrufen der Menge formierte sich der Festzug am Domausgang. Zur sechsten Stunde setzte sich der Zug in Marsch, und da Mittag schon vorüber war, knurrte allen Teilnehmern der Magen.

Dennoch zog die Festgesellschaft den Hügel hinunter und fädelte sich, bestaunt von einer vielköpfigen Menschenmenge, in die Gassen Tortonas ein. Man hatte die Straßen mit weißen Tüchern bespannt, und von den Häuserwänden hingen Teppiche sowie Girlanden aus Wacholder- und Pomeranzenzweigen. Mädchen und Frauen, so festlich gekleidet, wie es ihre Verhältnisse erlaubten, steckten ihre Köpfe aus Fenster und Türen, um das Spektakel nicht zu verpassen. Solch eine Pracht hatte man hier noch nie gesehen.

Seine Exzellenz, Herzog Gian Galeazzo, trug ein prachtvolles, unvergleichlich schönes Gewand aus Goldbrokat. Sein Barett zierten ein Diamant und eine Perle, groß wie eine Haselnuß, und über seiner Brust baumelte ein herrlicher rötlich-gelber Rubin.

Seine Braut, die neue Herzogin, war in ein Brokatkleid gewandet, das auf Ärmeln und Brust mit prachtvollen Edelsteinen besetzt war, und in ihre Haartracht war eine lange Perlenkette gewunden.

Doch trotz dieses Prunks der Brautleute war es vor allem Herzog Ludovico, der die Menge am Straßenrand vor Staunen verstummen ließ. Er trug eine wunderschöne, mit Rubinen und Diamanten besetzte Giornea, in die mit Goldfäden die Wappenbilder des Hauses Sforza eingewebt waren. Auf seiner Brust war eine Art Sieb zu erkennen, das sogenannte »goldene Sieb«, das von vier Engelshänden gehalten wurde – zwei an den Seiten und zwei über den Schultern –, über dem in goldenen Lettern das Motto »Wie mir, so euch« zu lesen war. Um den Hals trug er einen Ballasrubin, »Marone« genannt, mit dem Caduceus, dem Symbol für Frieden und Wohlstand, und am Finger seinen berühmten Siegelring mit dem Karneol, in den der Kopf eines römischen Kaisers eingraviert war. Sein dunkles Barett mit der großen, hängenden Perle zierte eine goldene Spange, auf der die Initiale »M« prangte.

Nachdem das Städtchen ganz durchquert war, zog die Festgesellschaft wieder den Hügel zur Burg hinauf, wo das Bankett stattfinden würde.

Die Vizegesandten und ihre Freunde waren doch recht ausgehungert, als sie von der Feier im Dom zurückkehrten, und so wagten sie den Versuch, in der Küche zu erscheinen, obwohl man ihnen zuvor hatte ausrichten lassen, daß am Tag des Banketts keine Zeit sein würde, um dort irgend jemanden nebenher zu verköstigen.

Schon an der Treppe stürzten ihnen die Köche entgegen und versperrten ihnen den Weg. Doch die Zirkassierin und Monna Evelyne zauberten ihr verführerischstes Lächeln hervor, durchbrachen die Sperre und strebten geradewegs auf Mastro Stefano zu.

Der Küchenmeister versuchte zwar zunächst, sich ihrem süßen Flehen zu verschließen, doch die beiden Damen faßten ihn sanft unter und ließen nicht mehr von ihm ab. So stand er reglos zwischen ihnen und schüttelte nur abwehrend den Kopf, während Messere Jacopo, der sich mittlerweile seelenruhig an einen Tisch gesetzt hatte, die Szene lächelnd beobachtete. Er wußte, daß sein Freund nicht mehr lange dem sanften Bitten der Zirkassierin und viel weniger noch dem flehenden Blick von Monna Evelynes schönen graublauen Augen würde widerstehen können.

Schließlich gelang es dem Koch, sich ungelenk aus dem Griff der Damen zu lösen. »Nein, und nochmals nein!« rief er, um aber sogleich darauf seine Weigerung einzuschränken: »Vielleicht, mal sehen, aber nur eine Kleinigkeit gegen den gröbsten Hunger. Und dann aber sofort raus! Alle!«

Zwar hatte er, während er das sagte, eine betont ärgerliche Miene aufgesetzt. Was den Koch aber tatsächlich wurmte, war das Lächeln des Botschafters, das mittlerweile in ein offenes Lachen übergegangen war. Der Freund war Zeuge, wie er vor dem Charme der Frauen kapitulierte, und hatte seine helle Freude daran.

»Aber beeilt Euch«, grummelte er und versuchte sich noch ein wenig abweisend zu geben, während er aber gleichzeitig schon Monna Evelyne so ausgesucht höflich und zuvorkommend zu einem der Tische geleitete, wie es seine Leute noch nie bei ihm gesehen hatten. Neben diesem Riesen von einem Mann, der sie mit seiner massigen Gestalt zu beschützen schien, wirkte Monna Evelyne noch zierlicher und zerbrechlicher.

Lärmend ließen sich die jungen Leute auf den Bänken bei der Treppe nieder und machten sich schon bald über die Braten, Suppen und Pasteten her, die auf einen Wink des Küchenmeisters hin von seinen Gehilfen serviert wurden.

Unter dem Vorwand, seinen Männern helfen zu müssen, die lauten Eindringlinge schnell wieder loszuwerden, verwöhnte der Küchenmeister persönlich Monna Evelyne mit ausgesuchten Köstlichkeiten, die er von den für die herzogliche Tafel zubereiteten Speisen abzweigte. Einige Augenblicke blieb er, verzaubert von diesen herrlichen graublauen Augen, den Grübchen in ihren Wangen und ihrem hinreißenden Lächeln, vor der Frau stehen und drehte sich dann, so als erwachte er gerade aus einem schönen Traum, abrupt um und entfernte sich eilig, um seinen Oberköchen herrisch irgendwelche sinnlosen Anweisungen zu geben.

In der Küche, wo noch soviel zu tun war, wartete man sehnsüchtig darauf, die Eindringlinge bald loszuhaben. Und tatsächlich – als man den Eindruck hatte, daß sie nun gesättigt sein müßten –, wurden sie fast mit Gewalt von Mastro Stefano, der seine Schürze schwang, so als wollte er Schmeißfliegen vertreiben, die breite Treppe zum Erdgeschoß hinaufgejagt. Monna Evelyne, die als letzte hinausging, blieb auf halber Treppe stehen, wandte sich zu dem Koch um und lief dann, indem sie den Saum ihres Kleides ein wenig anhob, noch einmal die Stufen hinunter.

Vor Mastro Stefano blieb sie stehen, stellte sich auf die Zehenspitzen, drückte ihm einen lauten Kuß auf die Pausbacke und verschwand dann schnell wieder die Treppe hinauf. Der Küchenmeister legte verdattert die Hand an die Wange und drehte sich, das Gesicht noch geröteter als sonst, unwillkürlich zu Jacopo Trotti um, der ihm mit einem ironischen Lächeln zublinzelte.

»An die Arbeit, ihr Faulpelze«, fuhr der Koch seine Gehilfen an, die die Szene verblüfft beobachtet hatten. »Es ist nicht mehr lange bis zum Abend!«

Es dauerte eine ganze Weile, bis Mastro Stefano seine Fassung wiedergefunden hatte.

Trotz aller Hektik kam man mit der Arbeit in der Küche gut voran. Hin und wieder setzte sich Mastro Stefano zu Botschafter Trotti, der seine protokollarischen Pflichten erfüllt hatte, an den Tisch und ruhte sich ein wenig aus, indem er mit dem Freund ein paar Worte wechselte und von dem im Schnee gekühlten *Vernaccia di Corniglia* trank. Doch auch im Sitzen dirigierte der Küchenmeister seine Mannschaft weiter, mal mit einem Kopfnicken, mal mit einer knappen Handbewegung.

Während einer dieser Pausen kam auch Ambrogio da Rosate, der Hofarzt und -astrologe, in die Küche hinunter. Mit fröhlichem Gesicht kannte ihn keiner, doch jetzt wirkte es noch trauriger und besorgter als sonst.

»Was ist mit Euch, Maestro Ambrogio?« fragte der Gesandte, »Ihr scheint mir nicht gerade bester Stimmung zu sein.«

»Das bin ich auch nicht, mein lieber Botschafter, das bin ich auch nicht. Aber Ihr kennt ja den Grund. Ich bin so machtlos gegen das Unheil, das mir die Sterne verkünden. Was nutzt es, daß sie mir ihre dunkelsten Geheimnisse offenbaren, wenn dann Menschen in ihrer Verblendung jeden Ratschlag, jede Mahnung in den Wind schlagen. Die letzte Nacht brachte ich damit zu, noch einmal die alten Schriften über den Einfluß der Sterne zu studieren, darauf hoffend, aus der Überlieferung des Hermes Trismegistos zu erkennen, daß ich mich vielleicht doch irre. Vertane Zeit, ja, schlimmer noch, eine sinnlose, ernüchternde Mühe. Nun bin ich ganz sicher, daß das Morden weitergeht, und bald... sehr bald...«, er nickte, als würde er zu sich selbst sprechen, »wird es soweit kommen, daß die Existenz unseres gesamten Herzogtums von den tragischen Ereignissen bedroht ist.«

Ohne ein Wort zu verlieren, stellte Mastro Stefano einen Pokal roten Burgunder vor ihn hin. Ambrogio warf ihm einen dankbaren Blick zu. Er konnte einen Schluck wirklich gebrauchen, und der Koch, dieser brave Mann, hatte das gespürt.

Nachdem sich der Astrologe die Kehle angefeuchtet hatte, fuhr er fort: »Tatenlos muß ich das Nahen des Unheils, das mir die Sterne und die Kabbala verkünden, mit ansehen. Wer weiß, vielleicht braut sich jetzt gerade wieder etwas über unseren Häuptern zusammen. Aber was soll ich tun? Wir Männer der Kabbala, denen es glücklicher- oder auch unglücklicherweise gegeben ist, die Sterne zu deuten, können weit entfernt liegende Ereignisse mit Klarheit erkennen, doch rücken sie näher, sind wir wie Blinde vor einem Abgrund, dessen Existenz uns bewußt ist, nicht aber seine genaue Lage.«

Ambrogio hielt inne und schwieg lange, während die anderen versuchten, die Bedeutung seiner geheimnisvollen Worte zu verstehen. Vor allem Mastro Stefano ließ sich immer wieder aufs neue von den Vorhersagen dieses Astrologen faszinieren.

Schließlich fuhr der Astrologe mit einer Stimme, die aus den tiefsten Abgründen seiner traurigen Seele zu kommen schien, in seinen Ausführungen fort. »Manche Ereignisse, die die Sterne offenbaren, können von keinem Menschen, der die Gabe zur Sterndeutung besitzt, verhindert werden. Dies sind Ereignisse, die weit zurückreichende, nicht erkennbare Ursprünge haben und deren Folgen noch schwieriger zu durchschauen sind. Dort oben in der Luft, nicht in den himmlischen Höhen, sondern nahe über uns, gibt es Wesen, die schon seit langem die Ausführung des letzten Teils ihres heimtückischen Plans vorbereiten. Diese Wesen zählen zur Gefolgschaft des Hades. Sie sind es, die die Nächte der Sieben Sünden planen, um sich dafür zu rächen, daß sie von der Erlösung ausgeschlossen sind. Sie wählen verschiedenste unwissende, aber besonders exponierte Männer und

Frauen zu ihren Werkzeugen und setzen dann ihre finsteren Pläne in die Tat um.«

Mastro Stefano schien es angebracht, ihm noch einmal den Pokal aufzufüllen.

»Den Menschen, die sie sich für ihre Werke aussuchen«, fuhr der Astrologe fort, »verwirren sie den Verstand. Und diese verhalten sich dann so, als habe der Lauf der Zeit für sie eine Beschleunigung erfahren. Sind dazu verurteilt, in wenigen Wochen, manchmal auch Monaten, im Guten oder im Schlechten, häufiger aber im Schlechten, all das zu vollbringen, was sie sonst in Jahren tun würden. Und diese Unglücklichen glauben dann auch noch, ihr Leben besonders intensiv zu genießen. Dabei verschleudern sie in Wirklichkeit aber nur die Zeit, die ihnen gegeben ist, und zum Schluß fühlen sie sich leer und kraftlos und vor allem unfähig, ihr Leben im früheren Geiste wieder aufzunehmen. Es ist so, als sei eine trügerische Jugendzeit rasch aufgelodert und verglüht und habe in ihren Händen nur die Asche der Trostlosigkeit und der Eitelkeit der Dinge zurückgelassen. Häufig erfolgt der Schluß, die unausweichliche Vollendung des Dramas, in einer Nacht der Sieben Sünden, und wenn dann der Verdammte seine ruchlose Tat begangen hat, fühlt er sich zerrissener als jemals zuvor.« Ein tiefer Seufzer, dann in skeptischem Ton: »Dennoch gibt es zuweilen eine Möglichkeit, den Lauf der Ereignisse aufzuhalten. Aber es ist nicht leicht, sie zu finden.«

»Was bedeutet eigentlich ›Nacht der Sieben Sünden‹, Maestro Ambrogio?« wollte Mastro Stefano wissen.

Doch der alte Astrologe schien die Frage gar nicht gehört zu haben, und es schien den beiden Freunden sinnlos, diesen traurigen Menschen weiter mit Fragen zu belästigen.

Der Küchenmeister erhob sich, um seinen Köchen einige Anweisungen zu geben, kam aber gleich darauf schon wieder mit einem seiner Küchenjungen an den Tisch zurück und gab dem Botschafter mit einer Handbewegung zu verstehen, ihn dringend sprechen zu müssen. Als sie in einem abgetrennten Teil der Küche waren, flüsterte er: »Hört mal, was mir dieser brave

Bursche, einer der aufgewecktesten Jungen in meiner Truppe, soeben erzählt hat.« Und an den Diener gewandt. »Sprich nur ohne Furcht, Leventino, der Signore ist ein Freund.«

»Ihr müßt wissen, Exzellenz, eigentlich ist es nicht meine Art, jemanden zu belauschen und ...«

»Schon gut, Leventino, ich selbst trug dir auf, die Ohren offenzuhalten und mir alles zu berichten, also erzähl!«

»Nun, als ich vorhin die Gesellschaft der jungen Cavalieri bediente, hörte ich, wie jene Dame mit dem roten Haar ...«

»Sicher die Zirkassierin«, unterbrach ihn der Gesandte.

»Ja ... genau die. Also jene Dame erzählte gerade den drei Männern, mit denen sie sprach, daß sie in der Nacht, als auf dem Schiff der zweite Edelmann ermordet wurde, den Hauptmann der Bogenschützen, einen gewissen Carazzolo, beobachtet habe, wie er zusammen mit einigen Soldaten heimlich eine Art großen Sack übers Deck schleifte, in dem gut eine Leiche hätte stecken können.«

»Bist du sicher, daß du sie richtig verstanden hast? Hast du dich nicht geirrt?«

»Nein, Exzellenz, ich bin mir ganz sicher, so sicher wie das Amen in der Kirche. Da ich wußte, wie sehr sich Mastro Stefano für diese Sache interessiert, habe ich ganz genau zugehört. Nur konnte ich ja nicht zu lange an ihrem Tisch stehen bleiben, sonst hätten sie Verdacht geschöpft. So ging ich ihnen ein wenig Leberpastete und Wein holen und ließ mir dann viel Zeit, als ich sie damit bediente. Und so hörte ich ganz deutlich das Ende ihrer Erzählung. Dann ergriff einer der jungen Cavalieri das Wort und sagte: ›Ich wußte, daß er unseren Tod wünscht, er haßt uns, weil ...‹, doch in diesem Moment wurde er gewahr, daß ich mithörte, und brach ab.«

»Danke, Leventino, vielen Dank. Dich kann man wirklich gebrauchen.«

Als sie wieder unter sich waren, fragte Mastro Stefano, nachdem sie sich eine Weile schweigend angeblickt hatten: »Nun, was sagt Ihr dazu, Exzellenz?«

»Ich würde sagen, daß wir … vielleicht … mit unseren Überlegungen gar nicht so falschliegen, Mastro Stefano!«

»I campan i suna mai per negott!«

»Was? Was?«

»Ich meine, die Glocken läuten nie umsonst«, übersetzte der Küchenmeister. Und der Botschafter nickte.

XII

Als die Glocken zum Angelus läuteten, wirbelten erneut Schneeflocken durch die Luft, und die Schatten des Abends senkten sich bereits auf den großen Platz nieder, an dem der Dom und die Burg lagen. Die Stunde des großen Banketts nahte, und unter Hufgetrappel und dem Rattern der Wagenräder auf dem Pflaster trafen die Gäste ein.

Eine vielköpfige Menschenmenge hatte sich vor der Burg versammelt, um das Brautpaar hochleben zu lassen und die neue Herzogin zu sehen. »Moro! Moro!« hörte man es immer wieder rufen.

Die Beliebtheit Ludovicos übertraf jene Gian Galeazzos, und nur vereinzelt erscholl der Ruf »Es lebe das Brautpaar, es lebe der junge Herzog!«, woran wohl auch die Überzeugungskraft der Männer Ludovicos ihren Anteil hatte. Denn viele seiner Bogenschützen hatten sich unter den Leuten verteilt und lenkten die Begeisterung in eine dem Moro genehme Richtung.

An den Vortagen waren aus der Gegend von Alessandria und Monferrato ganze Heerscharen von Bettlern nach Tortona gekommen in der Hoffnung, daß Reste von den Tafeln für sie abfallen würden. Seit Stunden harrten sie schon in der Kälte aus. Auch viele fliegende Händler waren eingetroffen, die gezuckerte Früchte, *mostacciolo* oder gesalzene Lupinen verkauften. Dicht gedrängt standen sie zusammen im Schneetreiben und stampften mit den Füßen auf, um sie ein wenig warm zu bekommen.

In dem riesigen Saal warteten schon einige Gäste, die noch nicht Platz nehmen durften, bevor die Herzogsfamilie eingezogen war, derweil die Musikanten lombardische, neapolitanische und spanische Weisen zum besten gaben.

Die Küche hatte mittlerweile das Aussehen eines Infernos angenommen. Die letzten Vorbereitungen liefen auf Hochtouren, und Mastro Stefanos Gesicht, ohnehin von Natur aus rötlich, war durch die Hitze und den Widerschein der Feuer tiefrot angelaufen.

In Kürze würde das historische Fernduell mit dem Königshof von Neapel beginnen. Und alle, sowohl in der Küche als auch im Festsaal, waren sich der Bedeutung dieser Stunde bewußt. Herzog Ludovico erwartete sich von diesem so sorgsam bis ins letzte Detail vorbereiteten Bankett nicht nur die passende Antwort auf den von Neapel zur Schau gestellten kulinarischen Luxus, sondern auch eine beeindruckende Demonstration der Raffinesse und Opulenz, derer das reiche Herzogtum des Hauses Sforza fähig war. Die Anwesenheit der Vertreter der bedeutendsten Höfe Italiens, Frankreichs und Deutschlands bot dem Moro die einmalige Gelegenheit, seinen Anspruch zu bekräftigen, wenn schon nicht der alleinige Herrscher Italiens, so doch der wichtigste Faktor im politischen Kräftespiel und anerkannter kultureller Mittelpunkt auf der Halbinsel zu sein.

Daher war es unvermeidlich, daß sich jetzt, da der entscheidende Moment näher rückte, wo die ersten Teller in den Saal getragen wurden, in der Küche eine gewisse Nervosität breitmachte.

Es brauchte nicht viel, daß es zu lauten Wortwechseln zwischen den Köchen und auch zwischen den Küchenjungen kam. Doch Mastro Stefano behielt die Ruhe und schlichtete sogleich mit einem passenden Wort oder einer wirkungsvollen Geste die aufkommenden Streitigkeiten. Er gab knappe, genaue Anweisungen, stand jedem seiner Köche gelassen mit letzten Hinweisen bei und versäumte darüber auch nicht, persönlich die Speisen für die Tafel der Herzöge zuzubereiten.

Der Widerschein der Feuer erhellte das Deckengewölbe und die Gesichter der Küchenjungen, die die Bratspieße drehten. Aus den Herden schlugen Flammen, die die Gestalten der Menschen, die in der Küche hin und her huschten, vergrößert an die Wände warfen. Die Backöfen waren Feuerschlunde, die unaufhörlich Pasteten, süße Brote, Pfauen und dergleichen mehr verschlangen. Der Rauch, der von den Braten und dem brennenden Holz aufstieg, verdichtete sich unter den Bogen, und in dem allgemeinen Lärmen und Stimmengewirr war es fast unmöglich, die Befehle der Oberköche zu verstehen.

Dieses Bild – Hitze und Flammen überall, das Brüllen, die schwitzenden Leiber der Köche und Oberköche – erweckte den Eindruck, als könnte die Situation jeden Moment außer Kontrolle geraten. Doch tatsächlich herrschte in all diesem Chaos eine tiefere Ordnung, Gewähr für ein gutes Gelingen.

Der Dichter Taccone bereitete sich auf seinen Auftritt vor, indem er noch einmal voller Stolz die bescheidenen Verse, die er gedichtet hatte, durchlas, während die Tänzer und Schauspieler alle Schritte und Gesten probten, die sie beim Auftragen der Speisen für die herzogliche Tafel sowie für die höheren Tische zu beherrschen hatten. Auf den niederen Tischen hingegen standen bereits die ersten Gerichte, genau wie vom Oberhofmeister angewiesen.

Der Saal, unterteilt in drei sehr lange Längsschiffe, deren Gewölbe auf zwei nun beflaggten Säulenreihen aus roten Backsteinen ruhten, erinnerte stark an eine Kirche. Die großen, unter den Bogen befestigten Wandteppiche verstärkten den Eindruck unermeßlichen Reichtums. Im Hauptschiff verliefen längs der Säulenreihen zwei unendlich lange parallele Tischreihen, von denen die Gäste nur die Außenseiten besetzen würden, so daß alle zur Mitte hin gewandt waren. Der breite Gang, der auf diese Weise in der Mitte frei blieb, erlaubte es den den hohen Tafeln zugewiesenen Dienern und Hofpagen, sich ungehindert zu bewegen, und ebenso den Kellermeistern, den Schauspielern und Tänzern, den Zwergen, Narren und Seiltänzern sowie den Poeten, die ihre hagiographischen Werke vortragen würden.

Am Kopfende des Hauptschiffs stand auf einem mit einem goldbefransten Tuch bedeckten Podium die Tafel der Herzöge, die die beiden langen Tischreihen hufeisenförmig miteinander verband. Die Sitzordnung an den langen Seitentischen richtete sich streng nach dem Rang der Gäste. In der Nähe der Herzöge saßen an den sogenannten hohen Tischen auf bequemen Hockern mit Rückenlehne die höchsten Gäste; die höchsten an den niederen Tischen nahmen mit einfachen Hockern vorlieb, und den letzten stand nur ein Platz auf einer der Bänke zu.

Am anderen Ende des Saals war die große Flügeltür, durch die die Speisen hineingetragen wurden. Das Hauptschiff wurde durch Fackeln und Kandelaber erhellt, deren Licht jedoch nicht ausreichte, um auch die Seitenschiffe zu beleuchten. Hier, im Rücken der Tischgesellschaft, war im Halbdunkel alles Notwendige zur Bedienung der Gäste aufgebaut. Überall standen Schanktische und Wannen zum Kühlen der Weine. Im rechten Seitenschiff hatten der Kellermeister und seine Gehilfen zu tun. Noch weiter im Dunkeln versteckt wachte der Credenziere über seine Spezialitäten: die kalten Gerichte, die Salate, das Gebäck und die Süßspeisen.

Doch nicht alle Gäste aßen an den hohen oder niederen Tischen im Saal, denn für die alleruntersten Ränge hatte man in angrenzenden Räumen gedeckt.

Es dauerte einige Zeit, bis das Geschmetter der Clarinen den Einzug der herzoglichen Familie ankündigte. Voran zogen die Bogenschützen in Paradeuniformen und die Schildträger mit ihren Bannern. Ihnen folgten zwölf Pagen in Livree mit den Insignien der Häuser Sforza und Visconti und zwölf andere mit denen der Königreiche Spanien und Aragon. Gleich hinter ihnen der Großjägermeister Gian Galeazzos, der die Meute der vom Herzog so geliebten Windhunde an der Leine führte. Kaum waren die Tiere von der Leine, rannten sie schon zwischen den Tischen hin und her und beschnupperten die Beine der Gäste.

Nun kamen die Hoheiten: Hermes Sforza mit seinen Brüdern; der Graf Bergonzio Botta, Gastgeber und Herr von Tortona; Bischof Antonio Trivulzio, die Herzöge von Amalfi. Nach und nach betraten die anderen illustren Gäste, die an den hohen Tischen speisen würden, den Saal. Bartolomeo Calco und die anderen Würdenträger des Staates von Mailand; Monsignor Ottaviano da Melzo und die Mitglieder des oberen Klerus; der Graf von Caiazzo und die verschiedenen herzoglichen Capitani; Jacopo Trotti und die Botschafter der ausländischen Staaten; die Grafen von Conza und von Potenza; die aragonesischen Barone und schließlich Donna Cecilia Gallerani und ihr Gefolge.

Ein Trommelwirbel kündigte den Einzug der Brautleute an, die sich elegant schreitend näherten, während die Pfeifen, Lauten und Hörner ein süßes Hochzeitslied anstimmten.

Herzog Gian Galeazzo trug ein kurzes, mit Goldsplittern besticktes Wams, unter dem die weiten, mit Perlen besetzten Ärmel aus weißer Hormuzseide hervorschauten, und über den Schultern eine Houppelande, die in elegantem Faltenwurf über den Rücken fiel und ihm bis zu den Waden reichte. Sie war aus weißem Genueser Lampas und an vielen Stellen mit den goldenen Wappen der Sforza und der Visconti bestickt. Der Jüngling war, wie ein Zeitzeuge schrieb, »von unvergleichlicher Anmut«, mit seinem blonden, lockigen Haar und den großen, himmelblauen Augen. Auf dem Haupt trug er ein breites, flaches Barett aus weißem ziselierten Samt mit einer langen, ebenfalls weißen Feder. Diese war mit einer Spange befestigt, in deren Mitte ein riesiger von einer Krone aus Granatsteinen umgebener Brillant prangte. An einer Kette baumelte glitzernd der berühmte herzförmige Ballasrubin, der fast die Größe eines Hühnereis erreichte und den sein Bruder Hermes an seiner Statt bei der Feier in Neapel getragen hatte. Seidene besohlte Strumpfhosen, halb weiß und halb golden, kleideten die schönen, durch Jagd und Spiel geformten Beine des Jünglings.

Eine Aura strahlender Mädchenhaftigkeit umgab seine Braut Isabella. Ihr so natürlich wirkendes Antlitz war ungeschminkt, die großen, dunklen Augen strahlten, die Lippen waren von einem wunderschönen Rot, und ihre Stirn war nicht, wie es bei vielen Hofdamen Mode war, ausrasiert. Ihr Teint wies einen Stich ins Olivgrüne auf, und trotz ihrer nicht auffallend schönen Gesichtszüge erhellte eine süße Frische ihr Antlitz. Das kastanienbraune Haar war in der Mitte gescheitelt und wurde von der *lenza* gehalten, einer zierlichen Schnur von Brillanten, die um den ganzen Kopf herum reichte. Bekleidet war sie mit einer ganz aus Taft gearbeiteten weißen Gamurra, die mit feinen Goldfäden bestickt und von den Schultern bis zum Boden mit Perlen besetzt war. Die Puffärmel waren mit Goldkettchen am Kleid befestigt, die in lange, mit Diamanten besetzte Aiguilletten ausliefen. Eine schier unendliche Reihe von Knöpfen, die aus goldenen Blumensträußchen und Brillanten bestanden, schloß vorne das Kleid. Mit je einer wunderschönen Brosche auf jeder Schulter war ein herrlicher weißer Umhang aus feinstem ziseliertem Zoaglisamt befestigt, der mit Gold- und Silberfäden gewirkt war und in eine lange, von vier Brautjungfern getragene Schleppe auslief. Der Halsausschnitt des Kleides war nach Mailänder Art geschnitten, also rechteckig mit gerundeten Ecken, eine delikate Huldigung an ihre neue Heimat. An ihrem Hals funkelte das Hochzeitsgeschenk des Moro, der große herzförmige Rubin.

Im Schein der Fackeln und Kandelaber, der von den Diamanten und Perlen zurückgeworfen wurde, wirkten die Brautleute wie weiße, hellen Glanz verströmende himmlische Gestalten. Ein bewunderndes Raunen stieg aus der Menge empor, die Cavalieri zogen die Barette, und die Hofdamen kommentierten aufgeregt miteinander tuschelnd die Gewänder der Herzogin und ihres Bräutigams.

Dann erschien Herzog Ludovico, imposant in seiner Schlichtheit: Für das Bankett hatte er einen *monzile* mit weiten Trichterärmeln angelegt, über den er noch einen kurzen Umhang aus Gold-Silber-Brokat trug. Auf dem Haupt saß ein spitzes Barett ohne Federschmuck, und um sich von den anderen Adligen zu unterscheiden, war er so kühn gewesen, außer einer breiten Goldkette mit seinen Insignien, die von Schulter zu Schulter reichte, keinerlei Schmuck anzulegen.

Seine dunklen, lebhaften Augen, die alles zu überwachen schienen, kontrastierten mit seinem gelassenen Gesichtsausdruck und der aristokratischen Erhabenheit jeder seiner Gesten.

Erst als sich die höchsten Herrschaften an der Tafel niedergelassen hatten, setzten die Cavalieri ihre Barette wieder auf, und alle nahmen Platz.

Mit einer ausladenden Handbewegung bat Baldassare Taccone nun um Ruhe und begann dann mit seinem Vortrag.

Speisefolge des Festessens,
das wir zu Abend reichen. Erster Gang.

Als erstes kündigte er den Götterboten Merkur an:

Versilbertes Kalb auf festlicher Platte, mit lebenden Vögeln gefüllt,
dazu zwei gekochte Kälber,
mit Rebhühnern gefüllt, und gekochte Fasane…

Aus dem hinteren Teil des Saals tauchten hurtig die als olympische Gottheiten gekleideten Tänzer auf, die zum Klang der Musik zu den hohen Fürstentafeln tänzelten und dabei kunstvoll die großen Platten mit den ersten Gerichten kreisen ließen.

Hinter ihnen dann Merkur mit seinem Gefolge, der neben dem versilberten Kalb die mit Rebhühnern gefüllten Kälber, ein gebratenes Reh und die Fasane brachte.

Ich sah meinen Bruder Appollon,
zum Schäfer sich wandeln,
wie er Admetos' Herde bewacht,
Amor hat ihm das Joch um den Hals gelegt.

Eine Reihe herrlich auf Platten angerichteter Rebhühner, Fasane mit Krebsen und weitere Rebhühner in einer *Lardiero*-Brühe wurden von Tänzern mit großem Pomp zur Tafel der Herzöge und den hohen Tafeln daneben getragen. Das Ganze war ein wunderschöner, nie dagewesener Anblick, und die Gäste staunten nicht wenig.

An den anderen Tischen begannen nun die Festteilnehmer, sich direkt mit den Händen von den Platten zu bedienen: Sie nahmen sich mit den Fingern von dem, worauf sie Appetit hatten, legten es auf ihren eigenen Teller, schnitten es, wenn nötig, mit dem Messer, und führten die Bissen dann wieder mit den Händen zum Mund, genau so, wie es die Etikette verlangte.

Nur einige wenige verschrobene Außenseiter protzten mit Spießen, die sie in dazugehörigen Etuis mitführten, oder, schlimmer noch, mit lächerlichen Gabeln, jenen ähnlich, die auf gewöhnlichen Tabletts Verwendung fanden, jedoch viel kleiner, und führten die Speisen mit diesen sonderbaren Gerätschaften zum Mund. Das war eine Sitte, die von den Damen und Cavalieri als Ausdruck mangelnder Männlichkeit heftig kritisiert wurde, und auch die Heilige Mutter Kirche verurteilte diese Eßgewohnheit als ein klares Zeichen verderblicher Genußsucht.

Die Aufschläge der Tischtücher, die bis zur Erde reichten, dienten dazu, sich vornehm die Hände abzuwischen und den Mund abzutupfen sowie wenn unbedingt nötig, sich die Nase darin zu schneuzen, wobei die Meinungen über letztere Verwendung auseinandergingen.

Der erste Gang für die niederen Tische bestand aus kleinen Tellern mit Ochsenzunge in Aspik und verschiedenen Pasteten, darunter Kalbsleberpastete und Pastete aus Ochsenwangen, -augen und -schnauze. Auf den Tischen standen außerdem elegante Tabletts mit gekochtem Kalbsmagen oder auch mit Bergen von Fleischklößen, jeder ein halbes Pfund schwer, die mit dem eigenen Saft übergossen und mit Rosinen besprenkelt waren. Gegessen wurden sie zusammen mit rohen Artischocken oder Karden, die man mit Salz, Pfeffer und anderen Gewürzen bestreute.

Große Mengen scharfer *mostarda* standen bereit, um den Speisen noch mehr Geschmack zu geben. Und als süße Abwechslung gab es geröstete Maronen, die mit Salz, Zucker und Pfeffer serviert wurden. Eine gute *Lardiero*-Brühe aus Schweinerippchen war ideal, um den Magen zu beruhigen und dann noch von den mit Rindermark gefüllten und mit Zucker gereichten *fiadonnelli* zu kosten, oder auch von den mit Käse, Zucker und Zimt bedeckten Ravioli oder den Omeletts mit Parmesankäse, Pinienkernen, Rosinen, Minze und zerstoßenem Majoran.

Unterdessen versorgten die von Taccone angekündigten Tänzer und Schauspieler, als griechische Gottheiten aus den Sagen Jasons und Atalantas verkleidet, die Tafeln der Herzöge und der höchsten Würdenträger mit anderen lukullischen Leckerbissen.

Die Herzöge benutzten ausschließlich goldenes Geschirr und Messer und Löffel mit Perlmuttgriffen. Darüber hinaus waren an ihrer Tafel, und allein an dieser, die Utensilien nicht auf dem Tischtuch angeordnet, sondern steckten in zahlreichen goldenen *nefs,* von denen jeder Signore über ein eigenes verfügte. Diese Behälter in Form kleiner Schiffe enthielten neben dem Besteck ein mit Rosenwasser besprengtes Mundtuch, einen goldenen Zahnstocher sowie das Brot. Dazu einen Spieß mit Perlmuttgriff, mit dem die Herzöge, ohne die Finger zu Hilfe zu nehmen, das Fleisch von den jeweiligen Platten auf den eigenen goldenen Teller legen konnten.

Hinter der herzoglichen Tafel stand der Großseneschall Gian Giacomo Vincimala zur Bedienung bereit, ebenso der Obertranchiermeister des Hauses Sforza mit ihren jeweiligen Gehilfen.

Die Tranchiermeister erfüllten an den Höfen eine nicht zu unterschätzende Aufgabe. Häufig waren sie von adliger Herkunft und trugen einen Galanteriedegen an der Seite, um ihren Rang zu unterstreichen. Wichtig war auch, daß sie, wie ein Zeitzeuge schrieb, »sehr gut geschaffen« waren. Manche unter ihnen waren wahre Virtuosen, und an ihrer Kunstfertigkeit ließ sich der Grad der Verfeinerung einer aristokratischen Tafel ablesen.

In erster Linie hatte ein Tranchiermeister »ein von Natur aus sauberer und reiner Mensch« zu sein und mußte sich »sehr gut auf Kleider, Pferde und ähnliches verstehen«, um »der hohen Bedeutung seines Amtes gerecht zu werden und sich der Anwesenheit seines Herrn würdig zu erweisen«. Darüber hinaus mußte er stolz, aber nicht hochmütig sein, damit er »auch den höchsten Herrschern gegenüber nicht in Verlegenheit gerät und den Mut verliert, denn wenn ihm die Hände zittern, so daß ihm sein Werk nicht gelingt, wird er von jedem verhöhnt werden, und dieser Makel wird ihm für immer bleiben«.

Der Tranchiermeister hatte sich von seinem Gehilfen ein Tischchen bringen lassen, auf dem die Etuis mit seinen Spezialmessern und Spießen sowie den verschiedenen Gabeln für die jeweiligen Fleischsorten lagen. Daneben seine Gerätschaften, um den Klingen den allerletzten Feinschliff zu geben, sowie das Salzfäßchen, dem er, falls die Herrschaften es wünschten, mit einer Messerspitze ein wenig Salz zu entnehmen und auf das schon tranchierte Fleisch zu streuen hatte. Alle Utensilien waren zuvor perfekt geschliffen und mit einem Spezialsand poliert worden. Der Tranchiermeister hatte in steifer Haltung auf seinen Herrn gewartet, nach dessen Eintreffen mit einer tiefen Verbeugung sein gefedertes Barett vom Kopf genommen und dann, nachdem er die Kopfbedeckung wieder aufgesetzt hatten, den Blick unentwegt auf seinen Herrn gerichtet, darauf wartend, seines Amtes walten zu können. Als der Hofmeister mit der ersten Platte erschien, bat der Tranchiermeister ihn zunächst, die sogenannte *credenza* der Speisen vorzunehmen. Das bedeutete, daß er jeden, egal, welchen Ranges, der ihm eine Speise vorlegte, zunächst bat, sie selbst zu kosten, um sicherzustellen, daß sie nicht vergiftet war. Dann deckte er sie sogleich mit einem blütenweißen Tuch ab, damit niemand, bevor sie serviert wurde, heimlich Gift darauf träufeln konnte.

Als nun der erste Braten auf die herzogliche Tafel gestellt wurde, konnte der Tranchiermeister endlich mit der Ausübung seiner Kunst beginnen. Mit geschlossenen Beinen stand er aufrecht da und stach mit der Gabel in den Rehbraten. Dann hob er ihn »in die Luft« und zerteilte, ohne das Stück irgendwo aufzulegen, mit sicheren Schnitten das Fleisch in Scheiben von exakt gleicher Größe und Dicke, und zwar so, daß jede Scheibe genau auf die gewünschte Stelle auf dem Teller fiel, den ihm ein Gehilfe hinhielt, so daß die Scheiben danach nicht erneut angeordnet werden mußten, bevor sie dem Herrscher und seinen hohen Tischgenossen vorgelegt wurden. War der Braten zerlegt, schwenkte er wieder mit einer tiefen Verneigung sein gefedertes Barett, trat einen Schritt zurück und wartete. So handelte und arbeitete ein edler Tranchiermeister *all'italiana.*

All dies ging wie ein großes Schauspiel über die Bühne, mit einer Eleganz und einer Pracht der Requisiten, die jeden, der sich nur ein wenig mit den Sitten bei Hofe auskannte, tief beeindrucken mußte. Auch die Neapolitaner, die nur darauf warteten, alles Lombardische zu kritisieren, konnten sich der Faszination dieser Zeremonie nicht entziehen, und überhaupt dieses ganzen Banketts mit all den köstlichen, raffinierten Gerichten, den Tänzen, der Musik und der Dichtkunst. Die ganze Eleganz schien sogar die Bewegungen und Gesten der Diener, die an den hohen Tafeln bedienten, durchdrungen zu haben.

Mit Jasons Auftritt, der ein vergoldetes Lamm in den Saal getragen hatte, neigte sich der erste Gang seinem Ende zu, während Taccone die passenden Verse aus seinem poetischen Werk, das alle Gäste gut einsehbar vor sich liegen hatten, deklamierte:

... und eines Tages fand er die Stelle,
verlöschtes Leben um ihn her.
Schläferte ein den Drachen und nahm das goldene Vlies,
ich reiche es dir, daß du in den Himmel fliegst.

So kündigte sich der Beginn des ersten Intermezzos an. Die Pause würde ungefähr eine halbe Stunde dauern. Die Festgäste hatten nun Gelegenheit, den Saal zu verlassen oder auch zu tanzen oder sich einfach plaudernd die Beine zu vertreten. Gaukler, Musikanten und Tänzerinnen würden jene unterhalten, die sich entschlossen hatten, im Saal zu verweilen.

Während des Intermezzos räumten die Diener das benutzte Geschirr und die mittlerweile fast leeren Platten von den Tischen.

Die von zahlreichen Händen und Mündern verschmutzten

Tischtücher wurden abgezogen, und jene, die darunter zum Vorschein kamen, waren makellos weiß und rein. Gleich darauf stellte man alle Dekorationen, Leuchter, Salzfäßchen, Gewürze, Konfekte und das unvermeidliche *biancomangiare* wieder darauf, genau so, wie sie zuvor angeordnet waren.

Schließlich trug man, wiederum in der exakt gleichen Anordnung, die Platten mit den Speisen des zweiten Ganges auf. Wenn die Festgäste auf ihre Plätze zurückkehrten, würden sie wieder einen perfekt gedeckten Tisch vorfinden, auf dem alles so zusammengestellt war wie auf jenem, von dem sie sich vor kurzem erhoben hatten. Nur daß die einzelnen Speisen durch neue ersetzt und die Pokale wieder bis zum Rand mit Wein aufgefüllt waren.

Damit war zwar erst der erste Teil der pompösen gastronomischen Zeremonie vorüber, doch bei den Gästen machte sich schon die Wirkung von Wein und Likören bemerkbar. Hatte das Bankett in einer Atmosphäre respektvollen Schweigens und formeller Vornehmheit begonnen, so war mittlerweile Leben in den Saal gekommen, und manch einer zeigte schon die ersten Anzeichen eines Rausches.

Wie so häufig bei solchen Anlässen schwatzten alle durcheinander, doch niemand lauschte auf das, was der andere sagte. Die einzigen Botschaften, die sicher in den Ohren der Zuhörer ankamen, waren die lauten Rülpser, mit denen die Cavalieri ihre Worte untermalten.

Die Gruppe der jungen Diplomaten und ihre Freunde waren ihrem Rang entsprechend mit den Botschaftern und anderen höheren Würdenträgern plaziert worden. Jetzt spazierten sie, wie es Sitte war, grüppchenweise zwischen den Gängen durch die Seitenschiffe, scherzten miteinander und lästerten über die Frisuren vieler Hofdamen und Cavalieri, die ihrer Meinung nach längst überholt waren. Nur die beiden Überlebenden der Bande von Vigevano, die kurz vor dem Bankett noch zum wiederholten Male vergeblich versucht hatten, Kontakt zu Gian Galeazzo aufzunehmen, liefen mit gesenktem Kopf und kummervoller Miene neben den Freunden her.

Einige Paare waren schon dazu übergegangen, sich auf den Bänken, die an den Wänden im Halbdunkel der Seitenschiffe standen, intensiver miteinander zu beschäftigen. Der Wein und die diffuse Erregung, die um sich gegriffen hatte, ließen sie rasch alle Hemmungen vergessen. Doch in dieser Atmosphäre lärmenden Frohsinns lag auch etwas Unnatürliches, und als wirklich unbeschwert hätte man die Stimmung nicht bezeichnen können. Das Wissen darum, daß dieses Bankett einen Schlußpunkt darstellte, erregte die Sinne und ermutigte zu Ausschweifungen.

Jetzt war das erste Intermezzo beendet, der Hof versammelte sich wieder zusammen mit den Gästen der hohen Tafeln, und dem Brauch gemäß näherten sich die Botschafter der herzoglichen Familie, um mit den Hoheiten einige förmliche Worte zu wechseln. Als dann Atalanta im hinteren Teil des Saals erschien, gab Taccone das Startzeichen zum zweiten Gang, indem er deklamierte.

Kalbsköpfe, gekocht mit Koriander.
Triumphplatte: Kopf eines Wildschweins,
den Atalanta darreicht.

Die große Jägerin trat tanzend vor die Herzöge und präsentierte eine Komposition aus verschiedenem Wildbret mit einem Wildschweinkopf. Diana und einige Nymphen aus ihrem Gefolge brachten hingegen einen wunderbar angerichteten, vergoldeten Hirschen, der den Jäger Aktaion aus der klassischen Mythologie darstellen sollte. Diesen hatte Diana in einen Hirschen verwandelt, weil er sie nackt beim Baden beobachtet hatte. Weitere Waldgottheiten trugen Platten mit Hasen in Aspik herbei.

Mittlerweile übertönte der Lärm im Saal die Stimme des Hofpoeten, und wie üblich waren auch die ranghöchsten Gäste dazu übergegangen, Schabernack miteinander zu treiben. Unter lautem Gelächter bewarfen sie sich mit Fleischstücken oder Konfekt oder schütteten sich Weinreste aus den Gläsern über. Schließlich ließen sie sich auch zu jenem Spaß hinreißen, der bei keinem

Gastmahl fehlen durfte und von den Moralisten jener Zeit streng verurteilt wurde – und zwar, den Damen Geflügelkeulen in den Ausschnitt fallen zu lassen. Bei den flacher geformten Tischgenossinen gab man sich mit Wachtelschenkeln zufrieden, bei den üppiger gebauten konnten es ganze Pfauenkeulen sein. Und wie immer verlangten die Cavalieri unter allgemeinem Applaus und Geschrei, sich das Fleisch von dort, wo sie es hingesteckt hatten, auch wenn es noch so tief gefallen war, zurückholen zu dürfen, ein Ansinnen, dem sich die Damen nur der Form halber verschlossen. Das Zurückholen verlangte eine gründliche, intime Suche, und diese erfolgte unter den Anfeuerungen der Tischnachbarn und gespielten Ohnmachtsanfällen einiger Damen. Der eine oder andere sackte mittlerweile schon betrunken unter den Tisch, aber niemand kümmerte sich darum. Rülpser und andere Körpergeräusche durchdrangen den Lärm und gaben Aufschluß darüber, wie sehr sich die Gäste an dem Festmahl erfreuten.

Der zweite Gang für die niederen Tische bestand aus kleinen Klößen aus Ziegenfleisch, dazu Fleischgelatine in kleinen Würfeln und eine Knoblauchsoße mit Mandeln. Gereicht wurden auch eine *ginestrata* mit Zucker und Zimt und verschiedene Emmertorten, ebenfalls reichlich mit Zucker und Zimt zubereitet. Die Fleischgerichte bestanden aus Kalbshaxen, die man zunächst gekocht und dann gebraten hatte und die mit einer *nocchiata* serviert wurden, sowie aus gekochtem und gegrilltem Hammelrücken mit Rosenessig und Zucker. Darüber hinaus gab es am Spieß gegrillte Schweinelende, die kalt mit Pomeranzensaft gegessen wurde. Wer jetzt noch Hunger hatte, für den standen Omeletts mit *Provatura*-Scheiben und Zucker und Zimt bereit oder auch ein in Ziegenmilch gekochter und mit Zucker bestreuter Reis.

Je länger das Mahl dauerte und je mehr Wein die Kehlen hinunterfloß, desto freier und erregter wurde die Stimmung. In dieser Atmosphäre neigte sich auch der zweite Gang dem Ende zu, während Baldassare Taccone ungerührt die dieses Ende begleitenden Verse vortrug.

Dies zählt mehr, als im Leben zu stehen,
welch größ'ren Ruhm, welch größ're Ehre gibt es,
als ruhmreich in die Erde zu gehen?

Schließlich verkündete er mit lauter Stimme, die in dem allgemeinen Lärm dennoch unterging, ein weiteres Intermezzo.

Die Herzöge und ihr Gefolge erhoben sich nacheinander und zogen sich zurück, während Narren und Gaukler sich erneut daran versuchten, die Festgesellschaft zu unterhalten. Überall auf den Bänken im Halbdunkel der Seitenschiffe wanden sich Cavalieri mit ihren Damen eifrig, aber wenig stilvoll im Taumel orgiastischer Fleischeslust.

In einer finsteren, etwas abgesonderten Ecke des Seitenschiffs war Monna Andrea dabei, mit ihrem Prinzen jene Stunden zu genießen, von denen sie wußte, daß sie der letzte Akt ihres kurzen, doch so berauschenden gemeinsamen Abenteuers sein würden. Im Morgengrauen, das nicht mehr fern war, würde die Sonne jenes so sehr gefürchteten Tages ihrer Abreise nach Mailand aufgehen. Ibn Mansour al-Amid würde sogleich nach Venedig weiterreisen und ihr damit das entreißen, was, wenn schon nicht Liebe, so doch eine nie gekannte körperliche Leidenschaft war, was für sie als Frau, die es gewöhnt war, mit soviel Umsicht ihre Gunst zu verteilen und zwischen den verschiedensten Verehrern auszuwählen, fast gleichbedeutend mit dem Verlust jeden Halts und jeder Sicherheit war. Der Schmerz der bevorstehenden Trennung zerriß ihr nicht nur das Herz, sondern den ganzen Körper, der schon völlig von der Vorahnung jener tiefen, aber unstillbaren Sehnsucht erfüllt war, die sie nach dem Abschied beherrschen würde.

In der wenigen Zeit nun, die ihnen noch blieb, wollte sie ihm noch einmal ihre ganze Hingabe beweisen.

Der Page Geraldo da Serravalle folgte mittlerweile der Gruppe der jungen Diplomaten und ihrer Gefährtinnen auf Schritt und Tritt, getrieben von dem Verlangen, immer in der Nähe der schönen Melita zu sein, die sich ihm gegenüber zwar weiterhin liebevoll verhielt, sich aber immer weniger daran zu erinnern schien, was an dem Abend in Pisa zwischen ihnen vorgefallen war. Und mehr als einmal hatte sie ihm auf seine Vorhaltungen hin sanft die Gründe für ihr Verhalten zu erklären versucht.

»Mein lieber Geraldo, ich mag dich, und du gefällst mir. Darum wünschte ich auch, die Frau zu sein, mit der du die Liebe entdecktest. Ich wollte dich beschützen und dich an meiner Hand zum Beginn deiner Mannesreife führen. Doch nun mußt du diesen Weg ohne mich weitergehen. Ich bin eine Freundin für dich, ja vielleicht sogar eine zweite Mutter, denn ich habe dir ein neues Leben geschenkt. Aber ich bin nicht deine Frau. Liebevoll wollte ich dir das zeigen, was dir andere Frauen vielleicht lieblos gezeigt hätten. Doch nun zwinge mich nicht dazu, dir dabei zu helfen, zu schnell erwachsen zu werden. Ich wäre gezwungen, dich leiden zu lassen, und das will ich nicht. Es liegt allein an dir.«

Doch Geraldo konnte oder wollte Melita nicht verstehen und folgte ihr weiterhin verzweifelt mit den Augen, dem Herzen... den Beinen.

Während des Intermezzos durchstreifte der Page nun, da er sie nicht mehr in der Gruppe mit den anderen sah, suchend das linke Seitenschiff, als er auf einer Bank im Halbdunkel plötzlich etwas wahrnahm, das er im ersten Moment zu glauben sich weigerte. Doch es gab keinen Zweifel: Dort saß Melita, ihr Kleid bis zu den Hüften gerafft und ihre schönen Schenkel gespreizt, zwischen ihren Rufolo-Zwillingen, die sie küßten und liebkosten, während sich ein klein gewachsener, untersetzter Jüngling vor ihr mit kraftvollen Bewegungen in ihr befriedigte.

Geraldo schloß die Augen und blieb einige Augenblicke reglos stehen, darauf hoffend, daß der unerträgliche Anblick verschwinden würde, doch als er sie wieder öffnete, hatte er die entsetzliche Szene immer noch vor Augen. Ja, schlimmer noch, ihm war so, als habe seine Melita ihn bemerkt und würde ihm zärtlich zulächeln. Das war zuviel für ihn. Er stolperte ein paar Schritte zurück und versteckte sich hinter einer Säule. Sie sollte ihn nicht sehen, wie er jetzt auf die Knie ging und hemmungslos zu schluchzen begann.

Er wußte nicht, wie lange er so auf dem Boden gekauert hatte, als sich plötzlich eine sanfte Hand auf seine Schulter legte. Es war die von Thierry de Commynes, dem Vizegesandten aus dem Burgund, der schon seit einiger Zeit Interesse an ihm zeigte. Sensibel wie er war, war ihm die Verstörung nicht entgangen, die den schönen Pagen seit dem Aufenthalt in Pisa quälte. Er hatte ihn heimlich beobachtet und war ihm gefolgt, als dieser auf der Suche nach Melita das Seitenschiff durchstreift hatte. Und da auch er die Szene beobachtet hatte und wußte, wie es in dem jungen Mann aussehen mußte, nutzte er jetzt die Gelegenheit, um ihm mit Verständnis und Zuneigung beizustehen.

Er ergriff seine Hände und half ihm auf die Beine. »Ich weiß, was in dir vorgeht«, sagte er. »Du glaubst sterben zu müssen. Doch du hast einen Freund. Ich bin da, um den Schmerz mit dir zu teilen.«

Mit erstaunter, verheulter Miene blickte Geraldo den Edelmann an, den er zwar kaum kannte, der jedoch immer nett und freundlich zu ihm gewesen war. In diesem Moment schien er der einzige zu sein, der seine Qualen verstand. Graf Thierry blickte ihm warmherzig in die Augen, fuhr ihm sanft mit den Fingern über die Wangen, um seine Tränen zu trocknen, und legte zärtlich den Kopf des Jungen an seine Schulter.

Zwischen den Schluchzern hörte Geraldo die Stimme des Mannes, die leise auf ihn einsprach: »Weine nur, mein Junge, das wird dir guttun. Sie hat dir großen Schmerz zugefügt. Aber so sind die Frauen. Das liegt an ihrem Charakter, sie können nicht anders. Du mußt lernen, sie zu vergessen, und alle anderen vielleicht auch. Wenn du willst, helfe ich dir dabei.«

Geraldo nahm wahr, wie seine eigene Stimme antwortete: »Nun hasse ich sie, aber vergessen werde ich sie niemals. Zumal ich sie am Hof in Mailand immer noch vor Augen haben werde. Wer weiß, wie lange sie dort bleibt, und die ganze Zeit über wird mich ihr Anblick umbringen.«

»Auch dagegen kann ich dir helfen. Übermorgen werde ich meine Mission in Italien beendet haben und auf meine Besitzungen in Burgund zurückkehren. Würde es dir gefallen, mich zu begleiten?«

Der Junge sah in dem eleganten, feinfühligen Herrn immer mehr einen Freund. Ohne sich über die Folgen im klaren zu sein, nickte er, wobei er sich verkrampft auf die Lippen beißen mußte, um nicht wieder in Tränen auszubrechen. Er hätte zu allem ja gesagt, was ihm Linderung seines Schmerzes und Entschädigung für das, was er erleiden mußte, versprach.

»Komm mit, die Pause ist gleich zu Ende, du kannst dich neben mich setzen. Und morgen in Mailand werde ich deine Herrschaften ersuchen, dich an den Hof von Burgund ziehen zu lassen, damit du dort in meinen Dienst treten kannst.«

Geistesabwesend nickte Geraldo wieder, während ihm erneut die Tränen über die Wangen liefen. Thierry de Commynes ergriff seine Hand und führte ihn zu seinem Platz. Dem Pagen war etwas seltsam zumute, da er sich das so überaus zartfühlende Verhalten seines neuen Freundes nicht so recht erklären konnte. Doch alles war besser als der tiefe Schmerz, der sein Herz zerriß.

Die Gruppe der jungen Diplomaten, alle mittlerweile ein wenig benebelt von Wein und Likör, hatte den Saal gemeinsam mit dem Grafen Ridolfo da Pusterla und dem Cavaliere Bartolomeo Stampa verlassen. Ihre Gespräche waren weniger geschliffen als gewöhnlich, ihre Stimmen rauher. Wie immer hatte sich die Festgesellschaft in kleine Grüppchen unterteilt, die schwatzend und lärmend durch die verschiedenen Säle der Burg zogen. Auf dem Rückweg waren die Botschafter vor der Tafel der Herzöge stehengeblieben, um ihnen zu dem exzellenten Festmahl zu gratulieren, und dann wieder auf ihre Plätze zurückgekehrt.

Als alle sich gesetzt hatten und auf den Beginn des dritten Ganges warteten, zeigte sich, daß zwei Stühle noch leer waren: die von Ridolfo und Bartolomeo. Erleichtert atmeten die besorgten Freunde auf, als endlich der junge Graf von Pusterla erschien.

Doch er war allein und berichtete aufgeregt, daß er seinen Freund Stampa überall gesucht, jedoch nirgends gefunden habe.

Der Cavaliere ließ auf sich warten, und die jungen Leute, die neben seinem leeren Platz saßen, befiel eine düstere Vorahnung. Einige machten sich denn auch auf, ihn zu suchen – doch vergeblich.

Schließlich wandte sich der venezianische Gesandte Zane dei Roselli an einen Offizier, um ihm das Verschwinden ihres Gefährten mitzuteilen. Dieser unterrichtete sogleich den Grafen von Caiazzo und machte sich dann mit einigen seiner Männer auf die Suche nach dem Vermißten. Entgegen der Hofetikette verließ auch Botschafter Trotti seinen Platz, suchte kurz Mastro Stefano in der Küche auf, um ihn über den Vorfall zu unterrichten, und schloß sich dann den Soldaten an.

Eine gründliche Durchsuchung aller Räume, der angrenzenden Säle, Flure, Kammern und Kellerräume begann, doch von dem Jüngling keine Spur. Die Männer waren immer noch dabei, eifrig alle Winkel der Burg zu durchkämmen, als man plötzlich einen Schrei vernahm: »Kommt her! Schnell! Hier ist ein Toter!«

Es war die Stimme eines Bogenschützen, der auf der Suche bis zur Sakristei der Burgkapelle vorgedrungen war. Im Nu liefen die Soldaten und einige Cavalieri zusammen, und wenig später traf auch, von dem Geschrei alarmiert, Messere Trotti ein und bahnte sich einen Weg zwischen den Bogenschützen hindurch.

Auf einem Lager aus Meßgewändern, die auf dem Fußboden ausgebreitet waren, lag bäuchlings ein halbnackter Körper. Er hatte die Arme ausgestreckt und trug nur noch seine mehrfarbige Strumpfhose, die bis zu den Schenkeln hinabgerutscht war. Ein Dolch hatte ihn im Rücken getroffen, doch darüber hinaus wies die Leiche keinerlei Spuren eines Kampfes oder sonstiger Gewalteinwirkung auf, ja, auf einem Sessel in kurzer Entfernung lagen ordentlich beieinander sein silbern bestickter Giubbone, sein Hemd und eine schwere Kotta aus Eisenmaschen.

Die Gefährten wußten, daß sich die beiden Freunde Gian Galeazzos seit einigen Tagen mit solch einer Weste vor möglichen Anschlägen schützten.

Trotti mußte das Gesicht gar nicht sehen, denn er wußte, wer der Tote war: Bartolomeo Stampa, der vierte Freund des jungen Herzogs. Als die Bogenschützen den Leichnam umdrehten, fand er die Bestätigung in dem aschfahlen Gesicht, dessen offene Augen aber, wie der Botschafter sogleich bemerkte, keinerlei Anzeichen von Panik oder Entsetzen zeigten.

XIII

Während die Soldaten mit dem Leichnam beschäftigt waren, eilte Trotti in die Küche und unterrichtete seinen Freund von den neuesten Entwicklungen. Beide Männer waren ratlos. Wieso war der Jüngling so leichtsinnig gewesen, seine Kotta abzulegen, die ihn vor dem tödlichen Stoß hätte schützen können? Und wieso hatte er sich halbnackt auf ein Lager aus Meßgewändern gelegt? Oder war er tot darauf gelegt worden? Die beiden Männer hatten keine Zeit, nach möglichen Antworten zu suchen. Schließlich sollte bald der dritte Gang des Banketts beginnen. Derweilen ließ der Anführer der Bogenschützen die Sakristei räumen, und auch diesmal wurde die Leiche in nur wenigen Minuten beiseite geschafft.

Dem Moro, über den Zwischenfall unterrichtet, hatte ein Blick gereicht, um seinen Leuten die passende Order zu geben: Kein Wort! Zu niemandem! Und so war auch unter den Festgästen keine Spur von Panik zu bemerken. Lauter denn je dröhnte das Lachen und Grölen der Betrunkenen durch den Saal, und das allgemeine Durcheinander war so groß, daß niemand etwas von dem Vorfall mitbekam. Nur unter jenen, die das Verbrechen aus nächster Nähe berührte, sprach sich die Nachricht von einem weiteren Opfer rasch herum. Graf Ridolfo da Pusterla, verständlicherweise von Todesangst ergriffen, brach in ein hysterisches Heulen aus und war nicht mehr zu beruhigen.

Ob er uns nicht etwas vormacht, weil er selbst der Mörder ist? fragte sich Messere Jacopo. Oder hat er wirklich den Verstand verloren, weil er spürt, daß sich die Schlinge um seinen Hals immer enger zusammenzieht?

Die Zirkassierin bemühte sich, den jungen Mann zu trösten. Doch Ridolfo, der während der ersten beiden Gänge kaum etwas gegessen und fast ausschließlich dem Wein zugesprochen hatte, war mittlerweile so betrunken, daß er die gutgemeinten, aber hilflosen Worte seiner Freunde gar nicht mehr wahrnahm. Trotz seines Zustands war ihm aber klar, in welch gefährlicher Situation er sich befand, und die Verzweiflung übermannte ihn derart, daß er keinesfalls auch nur einen Augenblick allein bleiben wollte. Mit lallender Stimme wiederholte er immer wieder: »Nein, nein, die Kotta zieh' ich nicht mehr aus. Nein, nein, die werd' ich nie wieder ausziehen!«

Die Freunde vermochten es ihm nachzufühlen, wußten aber nicht, wie sie ihm hätten helfen können. Tatenlos mußten sie mit ansehen, wie er weiter einen Becher Wein nach dem anderen in sich hineingoß, um auf diese Weise seine Angst zu betäuben.

In einiger Entfernung hatte Herzog Gian Galeazzo an seiner Tafel wohl doch mitbekommen, daß irgend etwas vorgefallen war, und daraufhin den Moro wieder einmal besorgt nach dem Verbleib seiner Freunde gefragt. Doch Ludovico und der Bischof hatten ihn beschwichtigen können, zumal auch der junge Herzog reichlich getrunken hatte und daher die Nervosität um ihn herum nicht mehr voll wahrnahm. Die herzogliche Tafel war mittlerweile von Offizieren und Bogenschützen umringt, die Befehl hatten, jeden, der nicht als treuer Diener bekannt war, von den Herzögen fernzuhalten. Der dritte Gang sollte nun beginnen, und Taccone, einer der wenigen nüchternen Teilnehmer des Banketts, kündigte ihn wie stets voller Elan an.

Einen Karren,
gezogen von zwei Pfauen,
bringt uns Iris,
himmlische Botin der Juno,
im goldnen Federkleid.

Iris, die Götterbotin, trug auf einem Tablett die Nachbildung eines Streitwagens zur herzoglichen Tafel, der von zwei gebratenen Pfauen gezogen wurde, denen man nach dem Garen Federn und Schwänze wieder angesetzt hatte. Andere Tänzer brachten Fasane und Rebhühner, dazu Orangen, kandierte Zitronen und Senf. Orpheus brachte eine herrlich angerichtete Platte mit verschiedenen Waldvögeln, andere vergoldete Spanferkel mit den passenden Soßen. Eine Gruppe wie antike Griechen gewandete Diener trug ein ganzes, im eigenen Saft geschmortes Wildschwein heran. Jetzt kam auch der große Moment, da unter bewundernden »Ahs« und »Ohs« das »halb gekochte und halb gebratene Kalb« seinen Einzug hielt.

Das Chaos im Saal wuchs inzwischen beständig. Wein und Likör flossen in Strömen, die Zungen wurden schwer, die Schamgrenzen fielen.

Die üppigen Oberweiten, mit denen der Herr im Himmel viele Damen ausgestattet hatte, schwappten im Eifer des Gefechts aus den weitgeschnittenen Dekolletés und boten sich in ihrer ganzen Pracht den bewundernden Blicken der Tischnachbarn dar. So lag es nahe, daß manch einer den altrömischen Mythos von Romulus und Remus mit der Wölfin nachzuspielen gedachte. Was wiederum nur den Auftakt zur Feier noch lustvollerer und größeren Einsatz erfordernder Riten verschiedenster Art bildete, an denen viele Edeldamen nach anfänglichem Widerstreben mit ebensolcher Begeisterung wie die Herren teilnahmen.

Hier und dort waren Plätze frei geworden, da manch ein Edelmann inzwischen unter dem Tisch lag – mit einigen willigen Damen an seiner Seite. Und trotz des Lärms im Saal vernahm man Stöhnen und Gekicher, wobei ab und an sogar die Tische rhythmisch wackelten, doch niemand störte sich an diesen Vorkommnissen, die man als unvermeidliche Begleiterscheinungen eines gelungenen Banketts ansah. In den finstersten Ecken des Saals klammerten sich Paare, im Schutz der Säulen, in den eindeutigsten Stellungen aneinander.

Während Fleisch, Konfekt oder Gebäck als Wurfgeschosse

einer galanten Schlacht, die im ganzen Saal ausgetragen wurde, hin und her flogen, verharrte man allein am Tisch der Herzöge in würdiger Haltung. Und auch wenn die Gesichter des jungen Gian Galeazzo und seiner Braut ein wenig gerötet schienen, so war dies nur auf den Wein und die Speisen, die immer weiter aufgetragen wurden, zurückzuführen. Der Moro hingegen war vollkommen nüchtern, seine Miene ernst und besorgt. Sprach er mit dem Bräutigam, so bemühte er sich um größte Gelassenheit, doch immer wieder wandte er sich zu dem stocksteif hinter ihm stehenden Severino um, um sich über die Lage aufklären zu lassen und kurze Befehle zu erteilen.

Mittlerweile kümmerten sich nur noch wenige Gäste um die komplizierten und nicht immer verständlichen Allegorien, die der Hofdichter Taccone erdacht hatte. Fast unbemerkt von den betrunkenen, lärmenden Gästen näherten sich der Gott Pan und seine Hirten mit Beinkleidern aus Ziegenfell tanzend und Flöte spielend den Herzögen, während die Faune riesige Körbe voller *tartare* brachten, die mit Milch und gelber Rohmasse, dem berühmten »Käse von Tortona«, zubereitet waren.

Die Marchesa di Valladolid rutschte unruhig auf ihrer Bank hin und her und fragte unaufhörlich ihre Tischnachbarn, ob sie ihre Tochter Immaculada gesehen hätten. Tatsächlich vermißte sie weniger ihre Tochter als vielmehr Manetto, der sich ebenfalls von seinem Platz entfernt hatte. Schließlich verlor sie die Geduld, stand auf und machte sich auf die Suche nach ihrem Geliebten.

Überall in dem düsteren Seitenschiff lagen Paare oder ganze Grüppchen immer noch lüsterner Festgäste, die sich, betrunken und sich nicht im geringsten an den anderen störend, ermattet zu begatten versuchten. Mit wachsender Unruhe streifte die Marchesa, von einer unbestimmten, doch schmerzlichen Vorahnung erfüllt, zwischen den sich träge auf- und übereinander bewegenden Leibern hin und her. Doch von Manetto oder ihrer Tochter keine Spur. Das Herz klopfte ihr schon bis zum Halse, als sie jetzt auch die kleinen Räume durchkämmte, wo die Tische für die niedrigen Gäste gedeckt waren, die sich mit lautem Geschmatze an den Resten aus dem großen Saal gütlich taten. Plötzlich erstarrte sie, denn sie sah das, was ihre Augen sich zu sehen weigerten, ihr Herz aber schon die ganze Zeit gewußt hatte.

Manetto lag rücklings auf einer Bank, und ihre Tochter saß auf ihm und hüpfte munter auf und ab. Die Szene bot an sich wenig Skandalöses, denn Immaculadas langer Surkot fiel bis zum Boden und verhüllte den Großteil des Geschehens.

Einen kurzen Moment schoß Doña Juana das Bild durch den Kopf, wie die kleine Immaculada auf der Wiese ihres Schlosses mit ihren kleinen Vettern »Hoppe, hoppe Reiter« spielte. Doch jetzt war alles anders. Vorsichtig trat die Marchesa auf die beiden zu, und Manetto, der sie als erster bemerkte, riß erschrocken Mund und Augen weit auf und konnte nur noch stottern: »Deine … deine Mutter …«

Mit beiden Händen versuchte er das Mädchen abzuwerfen, das aber derart in sein vergnügliches Spiel versunken war, daß es das peinliche Auftauchen seiner Rivalin noch gar nicht bemerkt hatte. So hüpfte es weiter auf und ab, bis eine flache Hand es plötzlich mit Wucht aus dem Sattel warf. Nun lag Manetto allein auf der Bank, mit seiner noch glänzenden Männlichkeit, was, wie Juaña mit Entsetzen bewußt wurde, von den Säften ihrer Tochter herrührte. Dieser Anblick traf sie furchtbarer als alles andere. Sie stürzte sich auf das Mädchen, das sich die schmerzende Wange hielt und so, wie es mit gespreizten Beinen und den weißen Strümpfen auf dem Boden saß, wie eine große Puppe aussah.

Die Mutter packte die Tochter an den Haaren und schrie sie an: »Du Hure! Sag, wie lange treibst du es schon mit meinem Mann? Du verdammte Hure! Du bist schlimmer als alle Nutten im Hafen von Sevilla zusammen!«

Doch Immaculada hatte sich von dem Schreck erholt und fauchte zurück: »Dein Mann? Daß ich nicht lache. Du hast dich doch an meinen Mann herangemacht, ohne Rücksicht, ohne

Scham, dabei ist er so viel jünger als du. Du hast ihn gezwungen, dir zu Willen zu sein, immer und überall, ohne ihn zu Atem kommen zu lassen. Das hat mir Manetto selbst gesagt.«

»Du lügst, er hat mich geliebt. Und du bist ein Schwein, genau wie dein Vater. Jedes Mittel war dir recht, um ihn mir wegzunehmen. Du miese kleine Ratte!«

»Laß meinen Vater aus dem Spiel und denk lieber an dein Alter. Glaubst du wirklich, Manetto würde so ein altes Weib wie dich mir vorziehen?«

Manetto war mittlerweile aufgesprungen und hatte rasch seine Kleider geordnet. Dann hob er seine Jacke und sein gefedertes Barett auf und beobachtete jetzt beunruhigt, jedoch auch mit einem gewissen Stolz, die beiden schönen Frauen am Boden, die sich wegen ihm in den Haaren lagen. Er beugte sich zu ihnen herab und sagte, um einen väterlich-autoritären Tonfall bemüht: »Jetzt aber genug, die Damen! Was ist denn in euch gefahren? Was soll dieses rüde Benehmen vor den Augen so vieler vornehmer Herrschaften?« Und mit beschwichtigender Miene versuchte er, die beiden Rivalinnen an den Händen zu packen und hochzuziehen. Hätte er in ein Schlangennest gegriffen, wäre es ihm nicht schlimmer ergangen.

Die beiden Frauen verstummten plötzlich, musterten ihn schweigend, so als sähen sie ihn zum erstenmal, blickten dann einander an, sprangen gleichzeitig, so als sei ihr Vorgehen schon seit langem abgesprochen, vom Boden auf, warfen sich auf ihn und begannen, ihn heftig zu beißen und ihm das Gesicht zu zerkratzen. Die Reaktion des verblüfften jungen Mannes ließ auf sich warten. Und so hatten die beiden Furien genug Zeit, ihm Hände und Gesicht blutig zu kratzen und die schönen Bänder und Verzierungen seiner Kleider abzureißen, bevor Manetto überhaupt klar war, daß die Situation einer Lösung bedurfte. Diese sah er in einer überstürzten Flucht, die, wie er selbst später zugeben mußte, wenig Würdevolles hatte.

Als er sich noch einmal umschaute, um festzustellen, ob ihm die Damen folgten, nahm er mit Verblüffung wahr, daß sich Mutter und Tochter nicht von der Stelle bewegt hatten und sich statt dessen in den Armen lagen und weinten. Der Anblick beruhigte in zwar ein wenig, doch wagte er nicht, auf seinen Platz zurückzukehren, sondern zog es vor, sich in einer abgelegenen Ecke des Saals die Wunden mit Essig zu säubern.

Obwohl er vor Schmerz zusammenzuckte, als die scharfe Flüssigkeit in die Kratzer und Bisse eindrang, bemühte er sich, kühlen Kopf zu bewahren, und blickte unentwegt in die Richtung, aus der er einen erneuten Ansturm der aufgebrachten Damen erwartete.

Was stellten sich die beiden Wahnsinnigen nur so an? fragte er sich. Gut, die Mutter hatte vielleicht einen Grund, sich so zu ereifern, aber die Tochter doch nicht. Schließlich wußte sie über alles Bescheid. Und habe ich sie vielleicht verführt? Nein, nein, die beiden haben mich ausgenutzt und ausgequetscht wie eine reife Zitrone. Ich konnte ja schon längst nicht mehr. Aber daß sie nun beide auf mich losgehen... Seltsam. Was geht diesen wahnsinnigen Weibern nur durch den Kopf?

Vielleicht war es sein Fehler, gerade dort nach einer logischen Erklärung zu suchen, wo von Logik absolut nicht die Rede sein konnte.

Die Marchesa und ihre junge Tochter waren schweigend an ihren Tisch zurückgekehrt. Immaculada, deren Kopf auf der Schulter der Mutter ruhte, wurde immer wieder von einem Schluchzen geschüttelt. Doña Juana, die sich noch stolzer und aufrechter als gewöhnlich hielt, hatte eine undurchdringliche Miene aufgesetzt und den Blick starr geradeaus gerichtet. Einige Tränen rannen über ihre Wangen, ohne daß sie mit der Wimper gezuckt hätte, allein ein leichtes Zittern ihres Kinns verriet ihre Anspannung. Für sie war der Vorfall nicht nur der Schlußpunkt einer Liebschaft, sondern auch das Ende der Illusion, immer noch jung zu sein.

In dem großen Saal wurden nun große Platten mit Käse- und Mandel-*Tartare* sowie verschiedenste Käsesorten herangetragen, während Taccone die letzten Verse des dritten Ganges deklamierte.

Nach Geburt, Benehmen und Wesen,
findet man nichts, was ihr vergleichbar wäre.
Sagt unserer Herrin, das schenken wir euch,
so tun wir es, und ihr nehmt es entgegen.

Erneute Pause. Die Festgäste, die sich noch auf den Beinen halten konnten, schleppten sich hinaus ins Freie, um sich ein wenig von den Alkoholschwaden zu erholen, die mittlerweile den ganzen Saal durchzogen. Ein wenig erfrischt von der klaren Winterluft kehrten sie nach einer halben Stunde zurück.

Auf den Tischen fanden sie die ersten Speisen des vierten Ganges vor, während die hohen Tafeln wiederum von Tänzern und Schauspielern bedient wurden, die tanzend die Leckerbissen herbeitrugen. Diesmal waren es die Schutzgottheiten der Flüsse und Seen des Herzogtums Mailand, die mit den entsprechenden Fischgerichten beladen waren.

Die Allegorien des Po, der Adda und des Tessin trugen Fische aus den großen Flüssen herbei; die Najaden Fische aus den Wildbächen; Silvanus Fische aus dem Verbanosee; Odysseus Meerfische, Bacchus Delphine; Thaumas Fische aus Latium und Glaukos Fische aus dem Tyrrhenischen Meer. So wurden die hohen Gäste mit den Bewohnern der Flüsse und Meere überschwemmt, mit Sardellen und Sardinen, mit gesalzenen Flußaalen oder gebackenen Ährenfischen in Pomeranzensaft. In glasierten, bunten Keramikgefäßen dampften Suppen aus Forellen- und Hechteiern, Stör-Potagen und Suppen mit gefüllten, im eigenen Saft gegarten Tintenfischen. Aus den Seitenfluren strömten unaufhörlich die Diener mit Tabletts herbei, beladen mit in Wein gekochten Krebsen, gefüllten Hummern, gekochten und gebratenen Langustenschwänzen mit Knoblauchsoße sowie mit Schleien vom Grill, die mit in gezuckertem Wein gekochten Rosinen serviert wurden. Frisch von den Grills in der Küche wurden »ertränkte« Lampreten und in Ölpapier gegarte Austern herangetragen.

Mit diesen Fischgerichten hatte Mastro Stefano sich selbst übertroffen. Zahlreiche Rezepte, die er über Jahre erarbeitet und ausprobiert hatte, hatte der geniale Küchenmeister zur Perfektion gebracht, und selbst die Gäste aus Neapel, die sich auf Fisch verstanden, waren verblüfft über die Raffinesse dieser modernen Küche und den Einfallsreichtum des Mailänder Kochs.

In der Küche selbst legte sich langsam die Hektik. Jetzt ging es nur noch darum, den Speisen des fünften Ganges den letzten Schliff zu geben; frisch zuzubereiten war fast nichts mehr. Der Rest war Aufgabe sowohl des Credenziere, dem die Ehre zukam, die Salate und kalten Platten zusammenzustellen, als auch des Konditors, der sich um Torten zu kümmern hatte, die süßen Pasteten, die Zabaione, die Sorbets und die eingeweckten Früchte.

Mastro Stefano hatte nun endlich ein wenig Zeit, sich hinzusetzen. Die große Aufgabe war fast bewältigt, und er begann, die Erschöpfung zu spüren. Nun konnte er es sich endlich leisten, über den Mordfall nachzudenken, der, obwohl er zu erwarten gewesen war, nicht hatte verhindert werden können.

An einem Glas *Vino di Creta* nippend, beobachtete er gedankenversunken seine Gehilfen, die mit der Dekoration der letzten Gerichte beschäftigt waren, als plötzlich Mastro Anselmo, der alte Küchenmeister der Familie Botta, vor ihm stand. Er hatte sich die letzten Stunden über, ein wenig fremd wirkend, unter den mit noch nie gesehener Effizienz arbeitenden Köchen aus der Stadt aufgehalten und hier und da seine Hilfe angeboten. Der Alte wußte, daß sein großer Mailänder Kollege ein besonderes Interesse an den seltsamen Todesfällen der Freunde Gian Galeazzos entwickelt hatte, und gedachte sich auch in diesem Fall nützlich zu machen.

»Seht Ihr den beleibten Mann mit dem Schnurrbart dort drüben, Mastro Stefano? Das ist ein Freund von mir, und ich habe mir erlaubt, ihm einen Teller Kaldaunen anzubieten. Er erzählte mir, er habe mit eigenen Händen im Hafen von Pisa eine Leiche von einem Segel heruntergeholt. Zunächst wußte ich gar nicht, wovon er sprach, aber dann fiel mir ein, daß Ihr Euch vielleicht für die Sache interessieren könntet.«

Der Küchenmeister warf ihm einen verblüfften Blick zu, stand auf und setzte sich zu dem Fremden an den Tisch, der damit beschäftigt war, Brotstücke in seine Schüssel zu tunken.

»Du bist also der Mann, der an jenem traurigen Morgen in Pisa den armen Marchese Zurla vom Mast heruntergeholt hat?«

»Ja, Exzellenz.«

»Und wie heißt du?«

»Nicolò, und ich komme aus Voltri, westlich von Genua. Ein paar Jahre war ich Freiwilliger auf einer Galeere, aber jetzt stehe ich in Diensten von Signor Lamba Fieschi. Wie kann ich Euch helfen, Exzellenz?«

Diese Anrede, Exzellenz, kam dem Koch zwar ein wenig übertrieben vor, er nahm sie aber gerne hin und fragte den Mann, bemüht, kein übermäßiges Interesse zu zeigen: »Erzähl mir einfach, wie das damals vor sich ging.«

Niccolò schien erfreut, seine Geschichte wieder einmal zum besten geben zu können, und erzählte lang und breit jede Kleinigkeit, wobei er natürlich besonders seine eigene Leistung herausstellte, seinen Mut und seine Kraft, die für die Tat vonnöten waren.

Mastro Stefano schnitt ihm schließlich das Wort ab, indem er irgendwann mit unschuldiger Miene fragte: »Sag mir eins, Nicolò, wie stellt man es an, ein so schweres Gewicht, wie die Leiche des armen Jünglings bis an die Spitze eines Mastes zu ziehen?«

»Nun, das ist gar nicht so leicht. Zunächst muß man natürlich den Mast hochklettern. Oben sucht man sich eine Rolle, fädelt das Tau ein, das man von unten mitgebracht hat, läßt das Ende der Trosse auf Deck fallen und knüpft es unten um den Hals des Toten. Dann muß man nur noch ziehen, aber kräftig, sonst schafft man es nicht. Und deswegen muß auch der Mann, der unten zieht, ein gut Teil schwerer sein als das Gewicht, das man hochhieven will. Dieser tote Jüngling war sicher kein Koloß, aber leicht war er auch nicht. Glaubt mir, Exzellenz, um den hochzuziehen, müssen sie mindestens zu zweit gewesen sein.«

»Sehr gut, sehr gut, Nicolò! Aber was meinst du, muß man unbedingt Seemann sein, um all das auszuführen, was du gerade erzählt hast, oder könnte das jeder?« fragte Mastro Stefano, indem er sich über seine rote Barttracht strich.

»Ihr habt Vorstellungen, Exzellenz, das schafft doch keine Landratte! In der Dunkelheit, hoch oben auf dem Mast eines fahrenden Schiffes, und das noch bei dem Seegang?«

»Gut… gut, du bist ein schlauer Kerl«, sagte Mastro Stefano zufrieden, und zu Mastro Anselm gewandt: »Laßt ihm ein schönes Stück Fleisch bringen, und Käse auch.«

»Danke Exzellenz, Gott segne Euch.«

Mit einer Handbewegung bedankte sich auch Mastro Stefano beim Koch der Familie Botta und entfernte sich nachdenklich.

Dann schickte er einen seiner Gehilfen in den Saal – wo sich unter Gelächter, Schabernack und dem Gegröle der Betrunkenen auch der vierte Gang seinem Ende zuneigte –, um Messere Trotti auszurichten, daß er ihn gerne noch vor dem nächsten Intermezzo sprechen würde.

So rasch es ihm möglich war, erschien der Botschafter in der Küche, und die beiden zogen sich in die Nähe der Treppe zurück, um die neuen Informationen zu besprechen. Zunächst berichtete der Koch in allen Einzelheiten, was er von dem Mann aus Voltri erfahren hatte, denn obwohl ihnen das meiste schon bekannt war, konnte jedes noch so kleine Detail wichtig sein.

Selbstverständlich sprachen sie auch über den Tod des Cavaliere Stampa. Durch das rasche Verschwindenlassen der Leiche hatte man großes Aufsehen vermieden, gleichzeitig aber auch jede Möglichkeit vereitelt, die Todesumstände näher zu untersuchen. Dennoch sahen die beiden Männer jetzt klarer. Sie hatten das Gefühl, daß sich das Ende der tragischen Geschichte abzeichnete, und stellten sich immer wieder die gleiche Frage:

Warum hatte das Opfer das Eisenhemd unter seinem Wams abgelegt? Wer oder was hatte ihn dazu veranlaßt?

Nachdem sie eine Weile schweigend nachgedacht hatten, fragte Messere Jacopo den Koch: »Denkt Ihr das gleiche wie ich?« Damit flüsterte er seinem Freund etwas ins Ohr.

»Ja, ich glaube, da liegt Ihr vollkommen richtig, Messere Trotti. Im Grunde gibt es keine andere Möglichkeit. Sie müssen die Täter sein.«

»Ja eben, Ridolfo da Pusterla kann jedenfalls nicht der Mörder sein, nach dem, was wir gerade erfahren haben. Und das bedeutet, daß er in akuter Lebensgefahr ist. Doch diesmal können wir vielleicht einen retten.«

Messere Trotti eilte in den Festsaal zurück, wo viele Gäste gerade ins Freie auszuschwärmen begannen. Schnell nahm er Ridolfo da Pusterla zur Seite und versuchte ihn dazu zu bringen, auf der Stelle die Burg zu verlassen. »Wenn Ihr nicht genug Geld habt, kann ich Euch aushelfen. Nehmt mein Pferd und macht, daß Ihr fortkommt. Jetzt seid Ihr wirklich in allergrößter Gefahr.«

Der junge Mann hatte soviel getrunken, daß er zu einer überlegten Antwort nicht mehr fähig war. Er konnte sich kaum auf den Beinen halten, taumelte und lallte. »Nein, nein, ich hab' doch meine Freunde. Die beschützen mich, und das hier … ja, seht, genau das hier …«, und dabei klopfte er auf seine schwere, eiserne Kotta.

Messere Trotti versuchte weiterhin, ihn zu überzeugen, merkte jedoch bald, daß ihm der junge Graf noch nicht einmal zuhörte.

Trotzdem hätte er nicht lockergelassen, ihn vielleicht sogar eigenhändig aus dem Saal geschleift, wäre da nicht die lästige Hofetikette gewesen, die ihn jetzt dazu zwang, erneut vor den Moro zu treten und ihm, wie nach jeder Pause, seine Ehrerbietung zu bekunden. Von düsteren Vorahnungen erfüllt, mußte er den Jüngling allein lassen.

Auf dem Podium sprach Herzog Ludovico gerade mit dem Grafen von Caiazzo, und der Botschafter konnte einige Fetzen seiner Worte aufschnappen.

»Das Maß ist voll!... Ihr Versager!... Bringt mir endlich den Mörder... tot oder lebendig... Ich will seinen Kopf... noch bevor das Bankett zu Ende ist!«

Trotti wechselte einige höfliche Floskeln mit dem Moro. Er hatte es eilig und hielt sich nicht lange auf. Als er zurück zum Grafen von Pusterla hastete, mußte er jedoch feststellen, daß dieser und die gesamte Gruppe verschwunden waren. Der Botschafter ahnte, daß sich da eine erneute Tragödie anbahnte. Wenn sie nicht schon geschehen war...

Auf den Tafeln standen mittlerweile die Gerichte des fünften Ganges. Vertumnus und Pomona zogen mit ihrem Gefolge in den Saal ein, beladen mit Gemüse und Früchten.

In dem halbdunklen Seitenschiff wachte der Credenziere aufmerksam darüber, daß alle Tische mit Salaten, kalten Platten und Süßspeisen versorgt wurden. So servierte man, vor den Augen der verblüfften Festgäste, Kräutertorten Bologneser Art, dann Marzipantorten oder auch Ricottatorten aus Schafskäse, gezuckertes Mandelgebäck, frische *pignoccate* und *migliacci* mit Kalbsblut. Quittengelee in Pappförmchen wurde zu süßem Gebäck, wie der *pasta reale*, und zu Birnenpasteten gereicht. Weitere Pasteten aus frischer Butter, die durch eine mit Rosenwasser ausgespülte Spritze gedrückt worden war, kamen neben in *Trebbiano di Toscana* getränktem Gebäck auf den Tisch.

Eine Schar Tänzerinnen, die zu Ehren von Apicius, dem legendären Koch des antiken Rom, als Köche verkleidet waren, kredenzte Gefäße mit weißer Honigmilch, bei der »Süß und Sauer in einem Geschmack vereint« waren.

Danach wurde an allen Tischen Rosenwasser zum Säubern der Finger gereicht – was auch sämtliche Festgäste nötig hatten.

Hebe, die griechische Göttin der Jugendblüte, brachte tanzend eine Komposition aus Nektar und Ambrosia.

Die Küchenjungen und Unterköche hatten inzwischen schon mit dem Aufräumen begonnen. Sie spülten Töpfe und Geschirr in den Spülbecken, die direkt aus dem großen Becken im Hof gespeist wurden, und trotz der allgemeinen Erschöpfung war man in der Küche guter Stimmung. Alles war reibungslos verlaufen, und Mastro Stefano, hochzufrieden mit der geleisteten Arbeit, hatte für alle seine Leute zahlreiche Krüge guten Weins ausgegeben, den sie jetzt scherzend und lachend zusammen tranken. Irgendwann trat einer seiner Oberköche auf den Gran Cuciniere zu und erklärte mit ratloser Miene: »Chef, wir haben kein Wasser.«

»Unmöglich«, antwortete der Küchenmeister, »ich habe doch selbst vorhin noch gesehen, daß das Becken im Hof fast voll ist. Nimm dir eine Fackel und schau mal nach, was da los ist.«

Es dauerte nicht lange, bis ein lauter Schrei vom Hof her den Koch alarmierte. Hastig lief er die Treppe hinauf.

Botschafter Trotti hatte durch Zufall ebenfalls den Schrei gehört und bahnte sich nun – obwohl er damit gegen die Etikette verstieß – einen Weg durch die betrunkene Festgesellschaft hinaus in den Innenhof. Im Schein der Fackeln erblickte er auf dem Grund des fast bis zum Rand gefüllten Beckens einen leblosen Körper, der die zur Küche hinunterführende Leitung blockierte. Ein paar Bogenschützen versuchten gerade, ihn aus dem Wasser zu fischen. Mit langen Stecken stocherten sie nach ihm, zogen ihn heraus und legten ihn in den Schnee. Messere Trotti und der Küchenmeister brauchten gar nicht hinzusehen, um zu wissen, wer der Tote war: Graf Ridolfo da Pusterla, der letzte der fünf Freunde des Bräutigams.

Weitere Bogenschützen stürmten nun herbei, zerstreuten die Neugierigen und brachten eilig den triefenden Leichnam des jungen Cavaliere fort, dessen Gesicht so weiß wie der Schnee im Hof war. Doch bevor man ihn fortschaffte, hatten die beiden Freunde noch feststellen können, daß der Körper des Toten keine Wunden aufwies und auch sein Gesicht nicht so gelöst wirkte wie das der vier anderen Opfer. Seine Augäpfel waren weit hervorgetreten und sein Mund zu einem atemlosen Entsetzensschrei aufgerissen. Nasenspitze, Ohren und Fingerbeeren waren schwarz.

Er war in dem eiskalten Wasser ertrunken. Aber es war kein Unfall gewesen. Jemand hatte den betrunkenen jungen Mann mit Gewalt hineingestoßen und dann unter Wasser gehalten, bis er kein Lebenszeichen mehr von sich gab.

Während alle niedergeschlagen in den Saal zurückkehrten, bemerkte der Botschafter kopfschüttelnd: »Und dabei lallte er noch die ganze Zeit, daß er die schwere Eisenkotta nie mehr ablegen werde. Und jetzt war es ausgerechnet dieses Gewicht, das den Mördern die Arbeit erleichterte. Aber wie hätte er auch damit rechnen können, in Tortona zu ertrinken …«

»Und das im Winter«, fügte Mastro Stefano nachdenklich hinzu.

XIV

Während noch die letzten Gerichte des fünften Ganges gereicht wurden, war am Tisch der jungen Diplomaten Totenstille eingetreten. Schweigend starrten sie in tiefster Verwirrung auf die leeren Plätze, und nur das strenge Hofzeremoniell hinderte sie daran, den Saal zu verlassen; denn das Ende des Banketts mit dem gemeinsamen Anstoßen auf das Brautpaar nicht abzuwarten, wäre als Affront gewertet worden.

In der Küche waren inzwischen auch die letzten Gerichte fertig. Einige Öfen waren schon erloschen, kein Bratspieß drehte sich mehr, und die meisten Köche ruhten sich von den großen Anstrengungen aus. Nur der Credenziere und der Patissier waren noch damit beschäftigt, weitere kalte Platten sowie die Süßspeisen des fünften Ganges anzurichten.

Mastro Stefano fühlte sich nicht nur erschöpft, sondern nach der Entdeckung des letzten Verbrechens auch zutiefst beunruhigt. Einige zunächst vage Indizien hatten sich zu einem quälenden Verdacht erhärtet, der mit der Vorahnung einherging, daß noch etwas für alle höchst Unheilvolles passieren werde. Denn wenn Messere Jacopo mit seinen Überlegungen recht behielt, dann hatte sich die Kette der Verbrechen noch nicht geschlossen. Ein Glied fehlte noch. Und was für eins!

Für den Küchenmeister war es fast unerträglich, jetzt, da die Arbeit getan war, einfach nur still dazusitzen und darauf zu warten, daß in dieser Nacht noch der tragische Schlußpunkt gesetzt würde. Trotzdem hoffte er noch, daß sich die Befürchtungen als grundlos erweisen würden.

Schließlich erhob er sich von seinem Hocker, stieg die Treppe hinauf und betrat den Festsaal, wo er von einer dunklen Ecke des rechten Seitenschiffs aus das Geschehen beobachtete.

Trotz der Mordfälle, die gerade in der Burg geschehen waren, war die Stimmung im Saal immer noch auf dem Siedepunkt. Lärmen und Lachen übertönten die Musik und die Vorträge der Schauspieler, und es war schwer, überhaupt sein eigenes Wort zu verstehen. In diesem ganzen chaotischen Trubel flitzten die Windhunde des jungen Herzogs hin und her, legten die Vorderpfoten auf die Tische und schnappten nach den leckersten Bissen. Spitze Schreie und wütende Beschimpfungen wurden laut, wenn sich die Tiere zwischen den Röcken der Damen verfingen oder die Strumpfhosen der Cavaliere besudelten.

Niemand störte sich an den Gästen, die sich hier und da an Wände oder Säulen gelehnt hatten und sich würgend erbrachen. Doch wenn sich ein Cavaliere zu nahe bei den Tischen niederhockte, um sich auf anderem Wege zu entleeren, drehten sich diejenigen, die noch speisten, erbost zu ihm um und versuchten ihn zu vertreiben. Ihr Ärger war verständlich, schließlich schrieb die Hofetikette vor, nicht in unmittelbarer Nähe der Tische zu urinieren oder den Darm zu entleeren.

Gutes Essen und guter Wein waren für viele eine solch rare Kostbarkeit, daß sie, im wahrsten Sinne des Wortes, bis zum Erbrechen davon in sich hineinstopften und -gossen. Und je hemmungsloser an den niederen Tischen gevöllt, geschlemmt und gesoffen wurde, desto gelungener das Fest und desto zufriedener auch die Gastgeber an den hohen Tischen. Doch kein Zweifel, heute trieb man es zu bunt, so als habe eine Art ordinärer Wahn alle Gäste ergriffen.

Überall torkelten und lärmten die Betrunkenen herum, manche lagen mit dem Kopf auf dem Tisch zwischen Essensresten, schmutzigem Geschirr, Messern und Auflegegabeln, emaillierten *bibelots* sowie Dekorationen aus kandiertem Zucker oder Marzipan. Andere Cavaliere wälzten sich mit ihren Damen ohne jede Hemmung unter den Tischen. Doch es war ein Schauspiel, das eher Beklemmung als Fröhlichkeit verbreitete. Zu spüren war hier, neben der Gewißheit, daß der Rausch des Festes schon bald verflogen sein würde, eine allgemeine Beunruhigung wegen der unheilvollen Sternenkonstellation, von der mittlerweile alle hinter vorgehaltener Hand sprachen.

Allein um die Tafel der Herzöge herum war ein größerer Respekt gegenüber der Etikette bemerkbar, denn das Wissen um den eigenen Rang verpflichtete die höchsten Gäste zu strengerer Selbstkontrolle und einer vornehmen Haltung, die von den anderen nicht verlangt wurde.

Mastro Stefano streifte durch das fast dunkle Seitenschiff, bemüht, nicht in die Lachen von Erbrochenem und Exkrementen zu treten, näherte sich dann den Tischen und versteckte sich hinter einer Säule, nicht weit von einer Gruppe junger Neapolitaner entfernt. Die Hofetikette erlaubte es natürlich nicht, daß sich der Küchenmeister während des Banketts unaufgefordert im Festsaal zeigte, obwohl wahrscheinlich niemand dem berühmten Koch deswegen einen Vorwurf gemacht hätte. Dennoch schien es Mastro Stefano ratsam, nicht allzusehr aufzufallen.

Überall waren Bogenschützen postiert. Ihr Offizier ging von einem zum anderen, offensichtlich, um Befehle zu erteilen und sie zur Wachsamkeit zu ermahnen. Hin und wieder wechselte er auch ein Wort mit Sanseverino, der mit finsterer Miene durch den Saal strich.

An der herzoglichen Tafel war es immer schwieriger geworden, den jungen Brautleuten den Grund für die Verwirrung und Aufregung der Bogenschützen zu verheimlichen. Gian Galeazzo hatte mittlerweile begriffen, daß irgend etwas Schlimmes geschehen war, auch wenn sich die anderen um ihn herum zunehmend ausgefallenere Erklärungen für die Abwesenheit seiner Freunde einfallen ließen. Doch immerhin war das Ende des Banketts abzusehen, und dann würde man ihm endlich die Wahrheit sagen können.

Mastro Stefano beobachtete, daß im hinteren Teil des Mittelschiffs die Vorbereitungen für den Höhepunkt des Festmahls in vollem Gange waren, ein Ereignis, das, so hofften die Herzöge, die schon von dem außergewöhnlich prunkvollen Bankett beeindruckten Gäste aus Neapel nie vergessen würden.

Eine Schar Diener in goldenen, mit den Wappen der Sforza bestickten Jacken näherte sich nun unter Trompetengeschmetter und lautem Trommelwirbel langsam den hohen Tischen. Auf den Schultern trugen sie Bauwerke aus Nougat und Marzipan, die die wichtigsten Burgen und Festungen des Herzogtums Mailand und des Königreichs Neapel darstellten.

Zwischen den Zinnen standen Soldaten mit Waffen und Bannern. Pferde und Ritter verteidigten jenseits der Zugbrücken ihre Burgen aus Marzipan, Mandelkrokant und Zuckerwerk. In den Burggräben floß bläuliches Gelee, und auf den umliegenden Wiesen verbreitete sizilianisches Gebäck einen Hauch von Smaragdgrün.

Wochenlang hatten Mailänder Konditoren nach den Plänen der herzoglichen Architekten daran gearbeitet. Einige Diener schufen nun Platz auf den Tischen, und die Burgen und Festungen wurden in regelmäßigen Abständen auf allen Tafeln verteilt.

Die schönsten Bauwerke waren selbstverständlich der herzoglichen Familie vorbehalten. So stellte man eine perfekte Nachbildung des Königsschlosses von Castelnuovo vor die Herzogin Isabella. Die Braut war zu Tränen gerührt, als sie das geliebte Zuhause ihres Vaters Alfonso und ihres Großvaters König Ferrante erblickte, und umarmte mit glänzenden Augen ihren Bräutigam und ihren Onkel Ludovico.

Vor Gian Galeazzo stellten die Diener eine herrliche Burg von Vigevano, vor den Moro hingegen eine mächtige Rekonstruktion des Kastells der Sforza in Mailand – was als eine eindeutige Botschaft zu verstehen war. Der junge Herzog schien die Anspielung auf seine künftige Rolle im Herzogtum aber gar nicht zu erkennen und erst recht nicht die Mahnung, die darin für ihn steckte.

Der Küchenmeister wußte, daß die eigentliche Überraschung aber noch bevorstand, und zwar kurz bevor der junge Herzog seinen Trinkspruch ausbrachte. Und so kehrten auch die Diener, die die herrlichen Marzipanburgen gebracht hatten, nicht in die Küche zurück, sondern blieben neben ihren Wunderwerken stehen. Mastro Stefano wußte natürlich sehr genau, welche Aufgabe sie im passenden Moment zu erfüllen hatten.

Von seinem Platz hinter der Säule aus blickte der Küchenmeister auf die Rücken der Gäste an der langen Tischreihe auf seiner Seite. Am selben Tisch, doch der Tafel der Hoheiten um einiges näher, saß der Botschafter von Ferrara. Auch er hatte ihm den Rücken zugewandt, drehte sich aber fortwährend zu der in die Küche herunterführenden Treppe um, in der Hoffnung, seinen Freund dort auftauchen zu sehen.

Als Mastro Stefano seinen suchenden Blick bemerkte, hob er möglichst unauffällig eine Hand, um ihn auf sich aufmerksam zu machen. Es dauerte etwas, bis der Botschafter ihn bemerkte, dann nickte er ihm zu, erleichtert, den Freund in seiner Nähe zu wissen.

Mastro Stefano stand in der Nähe des Tisches, an dem der Kellermeister arbeitete, dessen Aufgabe unter anderem darin bestand, die Weine und sonstigen alkoholischen Getränke den einzelnen Tischen zuzuordnen. Seine Hauptobliegenheit war aber die, mit größter Sorgfalt alle Getränke für die Tafel der Hoheiten zu kontrollieren. Gemäß den Vorschriften hatte er mehrere Male daran zu schnuppern, Farbe und Transparenz zu prüfen und schließlich festzustellen, ob irgend etwas auf eine gefährliche Substanz hinwies. Dazu nahm er einen kleinen Schluck, behielt ihn eine Zeitlang im Mund, schluckte ihn dann langsam und wartete darauf, ob sich etwa ein leichtes Brennen in der Kehle oder, schlimmer noch, Magenschmerzen bemerkbar machten. Dank seiner großen Erfahrung erkannte er meistens allein schon am Geruch jede Gefahr, und war sie auch nur auf verdorbenen Wein zurückzuführen.

Der Kellermeister wunderte sich, als er den Küchenmeister hinter der Säule stehen sah, doch das Ansehen Mastro Stefanos bei Hofe war so groß, daß er sich darauf beschränkte, ihn mit einer Kopfbewegung und dem Heben eines Glases danach zu fragen, ob er etwas zu trinken wünsche. Mastro Stefano war jedoch viel zu sehr in Gedanken, um ihm zu antworten. Wenn er und sein Freund recht hatten, würde noch in dieser Nacht etwas Unvorstellbares passieren. Doch wann, und vor allem, wie? Vielleicht durch Gift, in einer Speise oder einem Getränk? Nein, das war unmöglich. Er beobachtete gerade, wie der Kellermeister jeden Pokal, der auf die herzogliche Tafel kommen sollte, sorgfältig prüfte. Nach den beiden Mordfällen war man am Hof derart beunruhigt, daß man ihm zwei Bogenschützen zur Seite gestellt hatte. Sie sollten verhindern, daß sich Fremde dem Platz nähern konnten, an dem die Getränke vorbereitet und gekostet wurden. Und sie hatten Befehl, jeden Verdächtigen, der dem Tisch zu nahe kam, auf der Stelle zu töten.

Die Anrichte des Credenziere, der alle *Credenza*-Gerichte für die Tafel der Herzöge zu kontrollieren hatte, wurde gleichermaßen überwacht und beschützt. Die Speisen, die aus der Küche gebracht wurden, waren vom *Magister Mensae Ducalis* direkt an der hohen Tafel vorgekostet worden. Sogar das Brot wurde zerkleinert und überprüft. Nein, auch aus dieser Richtung konnte die Gefahr nicht kommen.

Messere Trotti, dem offensichtlich die gleichen Überlegungen durch den Kopf gingen, wandte sich immer häufiger mit besorgter und fragender Miene zu seinem Freund um. Jetzt deutete er mit der Hand auf seinen Hocker, um ihm zu verstehen zu geben, daß er seinen Platz so nahe bei den Hoheiten unmöglich verlassen konnte. Mastro Stefano verstand ihn, obwohl es ihm in dieser spannungsgeladenen Situation sehr lieb gewesen wäre, sich mit dem Freund beraten zu können.

Doch nichts Außergewöhnliches geschah, und das Bankett neigte sich wie vorgesehen seinem Ende zu. Hatten sie sich doch geirrt? Die Fakten, die sie so alarmiert hatten, schienen, für sich allein betrachtet, nicht sehr bedeutsam. Und wenn sie allein auf diese Indizien hin ohne stichhaltigen Beweis jemanden beschuldigt hätten, wären sie zweifellos für Wirrköpfe gehalten worden.

Mastro Stefano am nächsten saßen die neapolitanischen Adligen. Sie hatten ihm den Rücken zugewandt und lärmten und grölten, ganz im Gegensatz zu dem schweigsamen Grüppchen der Vizegesandten, die ihre Plätze etwas weiter entfernt in Richtung der herzoglichen Tafel hatten. Den Herzögen noch näher waren die Botschafter, unter ihnen Messere Trotti.

Verständlicherweise war die Stimmung bei den jungen Diplomaten trotz des Weins sehr gedrückt. Die einzige, die weder die düstere Atmosphäre noch den Wein zu spüren schien, war die Zirkassierin, die noch verführerischer und lebhafter wirkte als sonst. Auch Mastro Stefano, der alles genau beobachtete, entging nicht, wie ausgelassen sie sich gebärdete. Da ihre Tischnachbarn zu niedergeschlagen waren, um auf ihr kokettes Geplänkel einzugehen, neckte sie in einem fort die Pagen, die an der herzoglichen Tafel ihren Dienst taten. Schon den ganzen Abend über bemühte sie sich, die jungen Burschen, wenn sie an ihr vorüberschritten, mit gewagten Worten und zärtlichen Gesten aus der Fassung zu bringen.

Zane, der Venezianer, suchte fortwährend den Blick von Monna Evelyne, die einige Plätze von ihm entfernt saß. In diesem Höllenlärm gelang es den beiden kaum, und dann auch nur schreiend, ein paar Worte miteinander zu wechseln, und so verständigten sie sich irgendwie mit Gesten und Blicken. Er, Zane, schien arg nervös zu sein. Irgend etwas beunruhigte ihn. Mastro Stefano sah ihn nur von hinten, spürte jedoch, daß sich der Venezianer unwohl fühlte. Nicht daß er eifersüchtig oder verärgert gewesen wäre wegen des allzu galanten Benehmens seiner Gefährtin, im Gegenteil, er turtelte ja auch fortwährend mit seiner schönen Evelyne, und dennoch ließ er die Zirkassierin nicht aus den Augen, so, als wollte er sich nichts, was sie tat, entgehen lassen.

Der Kellermeister war damit beschäftigt, mit besonderer Sorgfalt den Hochzeits-Hypocras zuzubereiten, wobei er jede Zutat lange und peinlich genau kostete. Den burgundischen Rotwein hatte er schon auf einem kleinen, mit Glut gefüllten Gefäß erwärmt, nun fügte er den Honig hinzu und rührte lange um. Danach gab er die Gewürze bei: Zimt, Wacholder, Nelken, Mazis, Galanga und eine zuvor im Mörser zerstoßene Muskatnuß. Wieder verrührte er alles sehr sorgfältig und goß dabei den kostbaren Rosenlikör hinzu, den man eigens aus Rhodos hatte kommen lassen. Dieser Hypocras, der traditionell zum Ende eines Hochzeitsbanketts getrunken wurde, sollte, so hieß es, der gerade geschlossenen Verbindung Liebe und Harmonie versprechen.

Das Brautpaar würde zum Anstoßen einen großen Hochzeitspokal aus venezianischem Glas hochhalten, ein kostbares Geschenk der *Serenissima Repubblica* Venedig. Er maß zwei Spannen und trug in bunten Farben die Wappen der Häuser Sforza und Aragon sowie Porträts von Isabella und Gian Galeazzo. Am oberen Rand hielten graziöse Putten eine Girlande aus grünen Blättern und weißen Blüten.

Der Tradition gemäß würde Gian Galeazzo zunächst den Pokal erheben und dabei einige Worte sagen. Die Festgäste würden aufstehen, ihre eigenen Pokale heben und gemeinsam das Brautpaar hochleben lassen. Dann würde erst der Herzog einen Schluck trinken, danach die junge Herzogin; der offizielle Teil des Banketts wäre damit beendet.

Mastro Stefanos Sinne waren aufs äußerste geschärft, während er sich nach allen Seiten umblickte, damit ihm kein verdächtiges Detail entging. Von düsteren Vorahnungen erfüllt, beobachtete er vor allem die Gruppe der jungen Diplomaten. Doch nichts Außergewöhnliches geschah.

Auch Messere Trotti fiel es schwer, ruhig auf seinem Hocker sitzen zu bleiben. Fortwährend drehte er sich zu seinem Freund um und warf ihm fragende Blicke zu. Mastro Stefano seinerseits breitete die Arme aus und bedeutete ihm so, daß er noch nichts Verdächtiges bemerkt habe. Nervös rieb sich Messere Trotti fortwährend Schnurrbart und Spitzbärtchen, wobei er den Gedanken zu verdrängen suchte, daß sie mit ihren Vermutungen vielleicht falschliegen könnten.

Der Kellermeister hatte den Hypocras fertiggemischt, goß ihn nun mehrere Male durch ein feines Tuch, bis er völlig klar war, und schüttete ihn dann in den blauen Pokal. Vorsichtshalber kostete er noch ein weiteres Mal und säuberte danach noch einmal sorgfältig den Rand des Gefäßes. Dann rief er einen der Pagen herbei, der schon über seine Aufgabe unterrichtet war und aufgeregt auf seinen Auftritt wartete.

Dieser Page war ein besonders schöner Jüngling. Er trug ein grünes, rundes Barett mit einer langen, weißen Feder, dazu eine kurze, ebenfalls grüne, silbern bestickte Samtjacke und dazu passende Strumpfhosen, die seine wohlgeformten Beine betonten. Das eine Bein war dunkelblau, das andere halb weiß und halb rot, die typischen Farben der Bediensteten des Hauses Sforza. Die recht voluminöse Braguette darüber barg sein Geschlecht und stellte es großzügig zur Schau. Der junge Mann war stolz darauf, daß er es nicht, wie viele andere, nötig hatte, die Ausmaße dieses Kleidungsstücks mit Wollresten zu vergrößern.

Der Kellermeister reichte ihm ein Glastablett, auf dem er den Kelch, ohne ihn mit den Fingern zu berühren, zur Tafel der Herzöge zu tragen hatte, vergewisserte sich, daß er den Stiel des Tabletts mit beiden Händen fest umfaßt hatte, und stellte dann behutsam den großen Hochzeitskelch darauf. Mit einem sauberen Tuch reinigte er ihn noch einmal von möglichen Fingerabdrücken und trug dem Jungen auf: »Schreite langsam zur Tafel der Herrschaften und bleibe neben dem Ehrenmundschenk stehen, so daß du ihm, wenn der Dichter die Verse *»Höchster Herr, nur dir zu Ehren, zeigt ihren Reichtum heute die Natur«* spricht, den Kelch reichen kannst. Halte ihn beim Gehen gut hoch und verschütte nichts.«

In der Hand hielt er eine Kopie des Werkes, das der Hofpoet vortrug, und zeigte dem Jungen die Verse, damit er seine Aufgabe besser begriff.

Stolz schritt der Page auf den Ehrenmundschenk zu, der kerzengerade hinter Gian Galeazzo stand. Dem Zeremoniell entsprechend würde er mit behandschuhten Händen den Kelch vom Tablett heben und vor seinen Herrn hinstellen.

Vollkommen in seine wichtige Mission versunken, näherte sich der Junge dem Podium, wohl wissend, welch große Verantwortung es war, etwas so Kostbares in Händen zu halten. Er kam an der Säule vorbei, hinter der Mastro Stefano stand, und schritt weiter auf die herzogliche Tafel zu, entlang den Reihen der Festgäste, die betrunken gestikulierend auf den langen Bänken hockten. Als er auf der Höhe der Zirkassierin war, bedachte ihn die schöne, rothaarige Frau mit einem breiten, einladenden Lächeln, ergriff mit einer Hand den Saum seiner kurzen Jacke, zog ihn zu sich heran und bedeutete ihm mit der anderen Hand, daß sie ihm etwas zu sagen habe. Notgedrungen blieb der Junge bei ihr stehen und beugte sich zu ihr hinab, während die Frau jetzt seine muskulösen Beine umfaßte und ihm lachend etwas ins Ohr flüsterte.

Mastro Stefano stand zu weit entfernt, um etwas von ihren Worten zu verstehen. Der Page schien verwundert, aber auch geschmeichelt und beugte sich noch tiefer zu der Frau hinunter, die immer noch seine Beine umfaßt hielt, wobei er aber darauf achtete, daß der kostbare Kelch nicht ins Wanken geriet. Irgendwann hatte Mastro Stefano den Eindruck, daß der Junge den Kopf schüttelte und die Frau aufforderte, ihn endlich loszulassen. Diese lachte laut auf, ließ ihn aber frei, nicht ohne jedoch noch einmal kühn über seine Braguette zu fahren. Während er sich, das Gesicht rot wie eine Tomate, aufrichtete, flüsterte er ihr noch etwas ins Ohr, fand dann aber seine Fassung wieder, hielt den Kelch erneut hoch vor sich und setzte seinen Gang fort.

Mastro Stefano hatte bei all dem nichts Beunruhigendes bemerkt: Es schien sich um eine der üblichen Galanterien der leichtlebigen Frau zu handeln. Doch Trotti, der die Szene von nahem beobachtet hatte, kam das Tun der Zirkassierin verdächtig vor, und nachdem er den Freund auf sich aufmerksam gemacht hatte, deutete er auf sie und zuckte dann mit den Achseln, wie um zu fragen, was die Zirkassierin wohl mit ihrer Einlage bezweckt haben könnte.

Der Poet trug nun die Strophen vor, die der Kellermeister dem Pagen angekündigt hatte.

Höchster Herr, nur dir zu Ehren,
zeigt ihren Reichtum heute die Natur.

Mit einer eleganten Verbeugung reichte der Page dem Ehrenmundschenk den Kelch. Das war das Zeichen für die Diener, die Dächer der imposanten süßen Bauwerke abzuheben. Weiße Tauben, Rebhühner und Lerchen flogen aus den Marzipan- und Krokantschlössern auf und flatterten mit lautem Flügelschlagen in alle Richtungen davon.

Einige Vögel begannen, die Säulen zu umschwirren und unter dem Gewölbe Kreise zu ziehen, wobei sie einen Lärm veranstalteten, der an Scharen von Cherubinen und Engeln im Himmel denken ließ. Es war, als wollten sie dem Brautpaar flügelschlagend alles Glück der Welt wünschen.

Staunendes Schweigen herrschte im Saal, das aber nicht lange anhalten würde, da man sich bald schon über die köstlichen süßen Bauwerke hermachen und sie gierig zerlegen würde.

Nur Mastro Stefano hatte das Gefühl, andere Wesen unter dem Deckengewölbe schweben zu sehen, jene Dämonen, die dabei waren, ihr schreckliches Werk zu vollenden.

Mit lauter Stimme, um das Geflatter der Vögel zu übertönen, trug der Poet jetzt an Gian Galeazzo gewandt die Verse vor, die die Zeremonie des gemeinsamen Anstoßens einleiteten:

Großherzige Seele, edles Herz …

Mastro Stefano beobachtete, wie der Page, stolz über seine erfüllte Mission, zum Kellermeister zurückging. Als er an ihm vorbeikam, packte ihn der Küchenmeister am Arm und fragte ihn brüsk: »Was wollte die Dame mit den roten Haaren von dir?«

»Wieso … nichts!«

»Sprich!«

»Sie hat nur gesagt, daß sie mich nach dem Essen treffen will. Aber das sagt sie schon den ganzen Abend. Ja, und dann sollte ich noch von dem Mandel-Hypocras kosten. Die Frau ist wirklich verrückt. Wenn ich das getan hätte, hätten sie mich einen Kopf kürzer gemacht.«

»Welche Mandeln?« fragte Mastro Stefano fast schreiend.

Der Page, der sich von dem Verhör belästigt fühlte, antwortete ungeduldig: »Na, die in dem Hypocras, den ich den Herzögen gebracht habe. Was sonst?«

»Hypocras wird mit Rosen- und nicht mit Mandellikör zubereitet, du Schwachkopf.«

»Das weiß ich auch. So dumm bin ich nicht. Aber als ich mich zu der Dame hinabbeugte, habe ich ganz deutlich die Mandeln gerochen. Ich bin zwar noch jung, aber den Geruch von Mandeln und Rosen kann ich schon unterscheiden – und jetzt laßt mich endlich in Frieden. Was erlaubt Ihr Euch eigentlich. Ihr seid Koch und kein Kellermeister!«

Mastro Stefano ging auf die dreisten Worte des Jungen gar nicht ein. Sein Verstand arbeitete fieberhaft, und wie Blitze zogen Bruchstücke von Bildern an seinem inneren Auge vorbei: Mandeln, nicht Rosen... was sagte Ambrogio da Rosate noch? ...Mandeln und der Graf von Caiazzo... das Gift. Ach ja, das neapolitanische Pulver! Klar, dieses Schandweib hat gewartet, bis der Kellermeister von dem Getränk gekostet hatte und dann das Gift in den Trank für den jungen Herzog geschüttet.

Mastro Stefano hatte jetzt nichts mehr von dem friedfertigen, nüchternen Meister der Kochkunst, den alle kannten. Messere Jacopo, der ihn beobachtete, erriet an seinem Gesicht, daß er etwas entdeckt hatte. Die Etikette interessierte den Botschafter nun nicht mehr. Er hob den Arm und winkte dem Freund zu herbeizukommen. Doch Mastro Stefano hatte schon einen Entschluß gefaßt, einen Entschluß, mit dem er vielleicht seinen in langen Jahren harter Arbeit erworbenen Ruf aufs Spiel setzte – wenn nicht gar sein Leben. Aber er konnte nicht anders. Ihm war, als ermutige ihn sogar sein verstorbener Vater dazu, den Dämonen, die von so vielen Seelen im Saal schon Besitz ergriffen hatten, entgegenzutreten. Er lief los. Als er beim Botschafter vorbeikam, blieb er kurz stehen und raunte ihm ins Ohr:

»Die Hure… Gift im Kelch… Wir hatten recht.«

Der Poet war mittlerweile bei dem Vers

… klarer Verstand, heller, sicherer Geist…

angelangt, und der Ehrenmundschenk stellte den blauen Kelch vor Gian Galeazzo auf den Tisch. Der junge Herzog ergriff ihn, hob ihn mit beiden Händen über den Kopf und sprach: »Auf unser und auf euer aller Glück!« Dann senkte er ihn, um ihn feierlich an die Lippen zu setzen.

Die Festgäste waren aufgestanden, hatten ihre Pokale erhoben und ließen das Brautpaar lautstark hochleben, während Tauben und Lerchen immer noch mit lautem Flügelschlagen umherflatterten.

Ohne lange nachzudenken, war Mastro Stefano bis zur Tafel der Herzöge vorgelaufen, und jetzt erst wurde diesem Riesen von einem Mann bewußt, daß er in seiner Küchenkleidung mit der weißen Schürze mitten im Saal stand und alle Augen auf ihn gerichtet waren. Doch es war jetzt nicht mehr sein Verstand, der ihn leitete, sondern reiner Instinkt. Der junge Herzog hatte den Kelch schon an die Lippen gesetzt, um den ersten Schluck zu nehmen, da schrie der Küchenmeister »Nein!«, sprang vor und schlug ihm das Gefäß aus der Hand, das auf den Tisch knallte und in viele blaue Scherben zersprang.

Der Hypocras ergoß sich über die Tafel und rann, unter den entsetzten Blicken aller Anwesenden, auf den Fußboden. Als sich die erste Überraschung über den unerhörten Frevel des Kochs gelegt hatte, stürmten die Bogenschützen herbei und stürzten sich auf ihn. Er spürte, wie sich ein Gurt eng um seinen Hals legte und Lanzenspitzen am Nacken und den Seiten durch seine Kleidung drangen. Vergeblich versuchte er etwas zu sagen, der Gurt schnürte ihm die Luft ab.

Die Herzöge waren wie gelähmt. Sanseverino, der eilig um die Tafel herumgelaufen war, hatte schon das Schwert gezogen, um den Koch zu durchbohren. Doch der Moro hatte nach dem ersten Schock seine Fassung wiedergefunden und schrie: »Nein, ich will ihn lebend! Tötet ihn nicht!«

Gleich darauf hörte Mastro Stefano Messere Trottis Stimme, die ebenfalls schrie: »Herzogliche Hoheit, hört mich an! Dieser Mann hat Euch das Leben gerettet!«

Er hatte kaum zu Ende gesprochen, da vernahm man von unter der Tafel her das klagende Gejaule der Windhunde Gian Galeazzos, die sich zum Entsetzen aller geifernd und zappelnd am Boden wälzten.

XV

»Hoheit, seht, die Hunde verenden, weil sie von dem Trank geleckt haben, der zu Boden geflossen ist. Dieser Mann hier konnte verhindern, daß Ihr vergiftet wurdet, so wie sie.« Es war wieder die Stimme des ferraresischen Botschafters, den Mastro Stefano aber, da ihn die Soldaten fest im Griff hatten, nicht sehen konnte.

Nach einem Schweigen, das dem Küchenmeister endlos lange vorkam, hörte er die schneidende Stimme des Moro: »Laßt ihn los!«

Und dann: »Aber wer ist nun der Täter?«

Die Bogenschützen hatten zwar ihre Lanzen zurückgezogen, doch Mastro Stefano konnte immer noch nicht antworten, da ihm der Gurt weiter die Kehle zuschnürte. Mit einer Hand deutete er auf seinen Hals, und mit der anderen zeigte er in die Richtung des Vizegesandten von Venedig, während Trotti dem Herzog die Namen Zane dei Rosellis und seiner Geliebten, der Zirkassierin, nannte, wobei er auch mit dem Finger auf die Plätze deutete, wo sie hätten sitzen müssen.

Doch sie waren leer.

Sanseverino, gefolgt von seinen Männern, stürmte aus dem Saal, um die Verfolgung des Venezianers und seiner Gefährtin aufzunehmen.

Der Moro war unterdessen wieder zu dem strengen, gebieterisch distanzierten Mann geworden, den alle kannten, und stellte nun eine fast übertriebene Ruhe zur Schau, so als hätten ihn die letzten Ereignisse gar nicht berührt. Er wandte sich dem Koch zu und sagte: »Eure Familie hat Unserem Hof stets treu gedient. Ihr werdet einen gerechten Lohn für Euer mutiges Handeln erhalten.« Und damit reichte er ihm die Hand zum Kuß.

Auch der junge Herzog murmelte irgend etwas, doch da er nicht recht wußte, wie er sich jetzt zu verhalten hatte, wandte er sich an den Ehrenmundschenk: »Rasch, bringt einen anderen Pokal, damit wir das verfluchte Bankett endlich hinter uns bringen können.«

Man reichte ihm irgendeinen, den er fahrig zum Anstoßen hob.

Isabella saß wie versteinert mit offenem Mund und weit aufgerissenen Augen da. Vom Hof her, wo ein leichtes Schneerieseln die eisige Nachtluft trübte, hörte man laute Befehle und Hufgetrappel.

Herzog Ludovico wandte sich nun wieder an die Umstehenden: »Wir wünschen, daß über den Vorfall so wenig wie möglich gesprochen wird. Ein jeder ziehe sich nun zurück. Es war ein sehr anstrengender Tag für alle. Und betet zu Gott, daß Unsere Reiter die Mörder ergreifen mögen!«

Und an Trotti gewandt: »Habt Dank, Botschafter. Und Wir möchten Euch bitten, Euch noch weiterhin zu Unserer Verfügung zu halten, da Wir auf Eure wertvolle Hilfe nicht verzichten können. Morgen, zu früher Stunde, werden Wir uns versammeln, um zu hören, was Uns die mit der Verfolgung der Mörder betrauten Offiziere zu berichten haben. Dann werden Wir über weitere Maßnahmen entscheiden. Messere Trotti, Wir wären Euch sehr verbunden, wenn auch Ihr an dem Treffen teilnehmen würdet, um Uns über all das, was Ihr über die traurigen Vorfälle wißt, zu unterrichten.«

»Selbstverständlich, Durchlaucht, es wird mir eine Ehre sein. Und wenn die hohen Herrschaften erlauben, möchte ich noch die besten Wünsche für eine angenehme Nachtruhe zum Ausdruck bringen.«

Mit versteinerter Miene hielt der Herzog seinen feierlichen Auszug aus dem Saal, aber wer ihn besser kannte, wußte, wie viele Fragen ihn in Wirklichkeit in diesem Moment quälten. Ihm folgten Gian Galeazzo, der nun aufgeregt seine Begleiter links und rechts mit Fragen bedrängte. An seinem Arm die junge Herzogin Isabella, zutiefst verwirrt von den Ereignissen, über deren Hintergründe man sie stets im unklaren gelassen hatte.

Auch Jacopo Trotti und Mastro Stefano verließen den Raum, erschöpft, aber stolz, daß sie das Schlimmste hatten verhindern können.

Im Saal ging die Orgie noch eine Zeitlang weiter. Das allgemeine Durcheinander war so groß, daß nur wenige wirklich begriffen hatten, was da eigentlich geschehen war.

Die jungen Diplomaten hatten mit ungläubigem Staunen miterlebt, wie sich die Ereignise überschlugen, von der überstürzten Flucht Zane dei Rosellis und der Zirkassierin bis zur fieberhaften Suche der Bogenschützen nach den Geflohenen. Es hatte einige Zeit gedauert, bis sie nach und nach zumindest einen Teil der Wahrheit begriffen hatten. Trotz aller Vorkehrungen waren Bemerkungen von der hohen Tafel bis zu ihnen gedrungen, so daß sie sich schließlich ein Bild von den Tatsachen machen konnten. Und auch wenn es ihnen absurd vorkam, mußten sie der Wahrheit ins Auge sehen: Die Mörder waren ihre Freunde, mit denen sie die ganze Reise über zusammengewesen waren.

Fassungslos dachten sie an die vielen unbeschwerten, aber auch dramatischen Momente, die sie von Mailand über Neapel bis nach Tortona geteilt hatten. Jetzt bekam dies natürlich alles eine völlig andere Bedeutung. Kleine Gegebenheiten fielen ihnen ein, die sie damals nicht richtig hatten einordnen können, in die Irre geleitet von einer vermeintlichen Freundschaft und der einzigartigen Atmosphäre ihres Zusammenseins. Einige meinten sogar: »Wenn ein Koch hinter das Geheimnis kommen konnte, hätten wir es auch aufdecken müssen.« Andere wiederum: »Sicher waren es keine persönlichen Motive, die sie zu Mördern werden ließen.« Wieder andere fragten sich: »Doch in wessen Auftrag handelten sie? Und warum?« Alle quälten sich jedoch mit schmerzhaften Schuldgefühlen: »Wir waren dem Geschehen am nächsten und hätten vielleicht, wenn schon nicht alle, so doch zumindest den einen oder anderen Mord verhindern können, ja müssen.«

Von solchen Gedanken gepeinigt, erschöpft von dem Bankett und mehr noch von der Spannung, in der es zu Ende gegangen war, versuchten sie, ein wenig Schlaf zu finden, ein jeder auf seinem eigenen Lager.

In einer Ecke des Saals, etwas abseits von den anderen, lag Monna Evelyne niedergeschlagen auf einigen Decken. Die letzten Ereignisse und die Wahrheit über den Venezianer und die Frau in seiner Begleitung hatte sie zutiefst getroffen. Denn ihre Beziehung zu Zane war das Schönste und Reinste, was sie in ihrem ganzen Leben erlebt hatte. Ihre Gedanken wanderten zurück zu dieser Liebe – einer Liebe aus Blicken, die erwidert und sogleich abgewendet wurden, und aus leichten, aber intensiven Berührungen ihrer Hände oder Knie. Sie dachte an die Zirkassierin, die alle für eine untreue Geliebte gehalten hatten und von der sie jetzt wußte, daß sie ganz sicher seine Komplizin, aber möglicherweise gar nicht seine Geliebte war. Sie verstand jetzt auch, warum die Frau mit solcher Unbekümmertheit vor seinen Augen Beziehungen mit den jungen Männern angefangen hatte – die dann sterben mußten –, ohne in ihm auch nur eine Spur von Eifersucht zu entfachen.

Aber warum nur hatten die beiden diese entsetzlichen Taten verübt? Welches Geheimnis verbarg sich hinter der Wehmut, die Zane stets umgeben hatte? Jetzt fiel ihr wieder ein, wie er ihr gegenüber eines Abends erwähnt hatte, daß seine ganze Familie eine sehr schwere Zeit durchzumachen habe. Doch als sie ihn gebeten hatte, sich ihr zu öffnen, hatte er nur den Kopf geschüttelt. Sie kannte den Venezianer gut genug, um zu wissen, daß es einen gewichtigen Grund geben mußte, wenn er mit dieser Kaltblütigkeit mordete... vielleicht einen Befehl von höchster Stelle, wie ihre Freunde vermuteten.

Sie erinnerte sich auch der stummen Botschaften, die er ihr hatte zukommen lassen, ohne ihr aber jemals den Grund für seine tiefe Traurigkeit zu enthüllen. Warum nur hatte er sich so dagegen gewehrt, ihre Liebe den natürlichen Verlauf nehmen zu lassen?

Wie gut entsann sie sich noch ihres nächtlichen Beisammenseins im Kreuzgang der kleinen Kirche in Genua, der unwirklichen Atmosphäre, die teils von dem Ort, teils auch von Zanes bedrückter Stimmung ausgegangen war. Evelyne wußte jetzt, daß er in derselben Nacht den nächsten Reisegefährten, vielleicht zu seinem eigenen Abscheu, getötet hatte. Der Instinkt einer verliebten Frau ließ sie das entsetzliche Drama erahnen, das sich in seinem Innern abgespielt haben mußte, und gerade deswegen sehnte sie sich jetzt so sehr nach dieser nie vollzogenen und schon für immer verlorenen Liebe.

Sie dachte daran, wie sie sich in jener Nacht im Kreuzgang zum erstenmal geküßt hatten, leidenschaftlich, doch gleichzeitig voller Zurückhaltung und Trauer. Sie hatte gespürt, daß ihr Begehren nicht von dem Feuer eines Versprechens auf die Zukunft gespeist wurde, sondern mehr von einer Vorahnung des Todes, ähnlich wie die letzten verzweifelten Umarmungen eines zum Tode Verurteilten. Und als sie schweigend auf dem Mäuerchen jenes geweihten Ortes gesessen und Zanes Kopf in ihrem Schoß gehalten hatte, hatte sie ein leichtes Zittern, das ihn immer wieder überkam, und seinen unruhigen, fast keuchenden Atem spüren können. Die Vorstellung, daß sein nächstes Opfer in ebenjener Nacht mit seiner Komplizin in der Nähe des Gasthauses verabredet war, ließ sie erschauern. Denn mit Sicherheit hatte die Zirkassierin den wehrlosen, betrunkenen Jüngling wie ein Opferlamm zu dem Ort geführt, wo er sterben sollte.

Erst jetzt, da sie sich der gemeinsam mit Zane verbrachten Stunden entsann, ging ihr auf, daß seine Stimmung an den Tagen, als die Morde geschahen, stets besonders getrübt war. Jemand mußte ihn zu all dem gezwungen haben. Aber wer? Und warum nur hatte Zane ihr Angebot zur Liebe, das sie ihm immer unverblümter unterbreitet hatte, stets zurückgewiesen?

Zunächst hatte sie geglaubt, daß Zane impotent sei, doch in jenem Kreuzgang war sie während ihrer Umarmung auf angenehme Weise vom Gegenteil überzeugt worden. Aber warum hatte er sich dann, bis zu jenem Abend, auf flüchtige Blicke und zärtliche, doch folgenlose Berührungen beschränkt? Und auch dann hatte er es nicht zu mehr als Küssen kommen lassen wollen…

Doch plötzlich wurde ihr klar, daß Zane ihr, eben weil er darauf verzichtet hatte, sie zu besitzen, eine so zarte wie anrührende Liebeserklärung hatte zuteil werden lassen, zu der kein anderer Mann fähig gewesen wäre. Ganz sicher hatte er sich zu diesem Verzicht durchgerungen, weil er Abscheu vor sich selbst empfunden und sich ihrer nicht würdig gefühlt hatte. Eben weil er sie liebte, hatte er die Vorstellung nicht ertragen, diese Liebe zu besudeln, indem er die Geliebte an einen Mörder band. Mit seinem Verzicht hatte er ihr das einzige Reine von sich geschenkt, das er zu geben hatte. Es war wie eine wortlose Botschaft, von der er wußte, daß sie sie erst würde entschlüsseln können, wenn der letzte Akt des Dramas geschrieben war. Trotz dieser tragischen Begleitumstände hatte sie durch Zanes Verzicht, sich ihr hinzugeben, die Schönheit und den wehmütigen Schmerz eines Gefühls wiederentdeckt, das seit frühester Jugend schon irgendwo in ihrer Seele eingeschlummert war. Nur als ganz junges Mädchen hatte sie diese zarten Regungen in sich gespürt, sie dann aber durch die bei Hofe herrschenden Sitten immer mehr vergessen. Die hier üblichen Machtkämpfe, bei denen die Waffen der Hofdamen die Verschlagenheit war, hatten sie hart gemacht und ihrer natürlichen Sensibilität beraubt.

Ein Mörder, ein zärtlicher Mörder hatte sie diese Gefühle wiederentdecken lassen und brachte sie nun dazu, Entscheidungen ihrer bewegten Vergangenheit noch einmal in Frage zu stellen. Doch auch wenn alles wieder so wie zuvor werden sollte, würde sie, das wußte Evelyne, nie mehr dieselbe Frau sein.

Die schreckliche, von Morden und Giften gezeichnete Nacht wich langsam dem neuen Tag, und die ersten Gäste erhoben sich nach einem kurzen Schlaf. Einige trafen bereits Vorbereitungen für die Heimreise, um endlich, nach diesem langen, einzigartigen Traum, zum normalen Leben zurückzukehren.

Moises da Corteolona war erst spät in Tortona eingetroffen und hatte nur am letzten Teil des Banketts teilgenommen. Schwer gezeichnet von den Tagen und Nächten im Gefängnis von Genua, hatte er während des Banketts abseits von den anderen gesessen und sich heftig gestikulierend mit sich selbst unterhalten.

Doña Juana und Immaculada schliefen Arm in Arm, erschöpft von den Vorfällen des vorhergegangenen Abends. Die Beleidigungen, mit denen sie sich während ihres Streits wegen Manetto dei Portinari überschüttet hatten, hatten an ihren Kräften gezehrt. Dazu kam die Trauer um den Verlust einer unwiederbringlichen Liebe, wobei besonders die Mutter schwer am abrupten Ende ihres gemeinsamen Abenteuers trug. Die Marchesa di Valladolid hatte lange wach gelegen und ihre Tochter im Arm gehalten. Zum erstenmal sah sie in ihr eine Frau, und mit einer Mischung aus Zärtlichkeit und Wut hatte sie beobachtet, wie sich im Schlaf die schon wohlgeformte Brust ihrer Tochter hob und senkte. Bei Doña Juana würde das Geschehen Narben zurücklassen. Und das Verhältnis zu ihrer Tochter würde nie mehr so wie früher sein: Vielleicht würde es sogar enger werden, freundschaftlicher durch die gemeinsame Erfahrung, über die mit ihr zu sprechen sie niemals wagen würde, aber mit Sicherheit auch weniger harmonisch und mütterlich als zuvor. In jener fahlen lombardischen Nacht war für beide Frauen ein Abschnitt ihres Lebens zu Ende gegangen.

XVI

Im ersten Tageslicht wirkte der Hügel mit der Burg und dem Dom wie ein riesiges, reglos daliegendes Schiff, das aus dichten Nebelbänken herausragte.

Zwischen zwei Zinnen auf der Burgmauer stehend beobachteten sie schweigend das Naturschauspiel, das sich unter ihnen bis zum Horizont ausbreitete. Messere Jacopo und Mastro Stefano brauchten nicht viel Worte zu wechseln, um zu wissen, was dem anderen durch den Kopf ging. Die aufregenden Ereignisse der Nacht hatten beide nicht zur Ruhe kommen lassen.

Die Sonne war noch nicht aufgegangen, doch der Himmel im Osten war schon in rosa Licht getaucht, dessen Schein sich bis nach Westen zog und die gewellten Nebelbänke darunter überflutete. Das Streiflicht betonte die unregelmäßigen Formen der Oberfläche, aus der lediglich einige dunkle Kirchturmspitzen herausragten.

Obwohl die Scrivia nicht zu sehen war, verriet eine endlos lange Senke in der weißen Weite den Lauf des Flusses. Hier und da stiegen Rauchsäulen träge zum Himmel auf und zeigten an, daß in den dunklen Küchen und in den vom Ruß geschwärzten Kaminen schon das Eis in den Kochtöpfen zum Schmelzen gebracht wurde, mit dem man die erste Mahlzeit des neuen Tages bereiten würde. Die Dörfer dort unten belebten sich, und die ersten Karren begannen, sich holpernd über die gefrorenen Erdklumpen der ungepflasterten Straßen vorwärtszukämpfen.

In diesem Moment begannen die Glocken des nahen Doms zu läuten und die Gläubigen zur Frühmesse zu rufen. Nach und nach stimmten auch die Glocken der anderen Kirchen Tortonas und der weiten Ebene unter ihnen in ihren Ruf ein. Das war der Moment, da alle Abteien und Pfarrkirchen in der weiten lombardischen Ebene ihre Pforten öffneten. Aus dem großen offenen Portal des Doms flossen Streifen gelben Lichts, während sich über den verschlafenen Hof die Matutin-Gesänge der Domkanoniker ausbreiteten.

Das *Venite exultemus*, obwohl in den Wohlklang des Gregorianischen Gesangs gekleidet, rief unerbittlich den Gedanken an ewige Verdammnis wach. Auf diesen Ruf hin schlüpften in schwarze Schals und Umhänge gehüllte Frauen aus den an die Burg und die mächtige Ringmauer gedrängten Häuschen und liefen eilig zum erleuchteten Eingang der Kirche hinüber.

Dann verwandelte sich im Osten der rötliche Schein rasch in orangefarbenes Licht und verbreitete die Gewißheit, daß der neue Tag da war. Allein der Herrgott im Himmel wußte, was er bringen würde.

Es war die kälteste Stunde des Tages, da das Licht die Feuchtigkeit der Nacht verdunsten ließ und den Bergen und Niederungen, den Menschen und Tieren Wärme entzog, so daß ein eisiger Schauder die ganze Erde durchlief. Ein Schauder, der auch unter die pelzgefütterten Mäntel der beiden Freunde und durch ihre Knochen hindurch bis ins Herz hinein drang.

Ein Gefühl des Unbehagens und der Hilflosigkeit überkam sie, und plötzlich fühlten auch sie sich als Opfer und nicht mehr als Akteure in dem tragischen Spiel, das sich nun seinem Ende zuneigte. Geradeso als hätten alle, die in die Angelegenheit verwickelt waren, unbewußt nach einem lange zuvor schon von anderen festgelegten Plan gehandelt.

»Nun ist alles vorbei, und nicht nur das Bankett«, sagte Mastro Stefano traurig.

So als würde er ein Gespräch weiterführen, das er schon mit sich selbst begonnen hatte, antwortete der Botschafter: »Stefano, gestern nacht hat es wohl jeder im tiefsten Innern gespürt; da war dieser Rausch, der, im Guten und im Bösen, alle erfaßt, wenn etwas unweigerlich dem Ende zugeht. Es war die Nacht der Sieben Sünden, die Ambrogio da Rosate mehrmals vorhergesagt hat.«

»Ach, Jacopo, ich weiß immer noch nicht genau, was diese Nacht der Sieben Sünden eigentlich sein soll.«

Jetzt, nach den tragischen Ereignissen, geschah es zum erstenmal, daß sich die beiden Freunde beim Vornamen anredeten.

»Maestro Ambrogio spricht von Momenten, in denen Tragödien, die sich lange angekündigt haben, schließlich zum Ausbruch gelangen. Das sind jene Nächte, in denen alle, Männer wie Frauen, den Verstand verlieren und sich so gebärden, als wären die letzten Stunden ihres Lebens gekommen.«

Inzwischen war der Burghof zu neuem Leben erwacht. Karren brachen nach Mailand auf, Leute aus dem Ort bauten die Triumphbogen aus Holz und Pappe ab, Soldaten legten ihre Zelte zusammen und holten die großen bretonischen Paradepferde aus den Stallungen. Von der Spannung, die die Tage vor dem Bankett geprägt hatte, war nichts mehr zu spüren, alles ging ohne Hektik seinen Gang. Einige Würdenträger des Hofes saßen schon zu Pferd, um das Kastell von Porta Giovia noch vor dem Herzog und seinem Gefolge zu erreichen.

Aus dem großen Burgtor trat nun Ambrogio da Rosate in Begleitung von Moises da Corteolona, der ununterbrochen auf ihn einredete. Als sie Messere Trotti und Mastro Stefano erblickten, gingen sie auf die beiden zu.

Die in Genua im Kerker verbrachten Nächte hatten den Juden verändert. Moises war lange nicht mehr so unterwürfig und demütig wie zuvor, ja, er schien fast wie vom Teufel besessen und stieß gegen alles und jeden Drohungen und Verwünschungen aus. Ambrogio hingegen wirkte noch ernster und niedergeschlagener als sonst.

»Einen glücklichen Tag, die Herren«, begrüßte sie Messere Jacopo. »Ihr hattet es ja vorhergesagt, Maestro Ambrogio, die letzte Nacht war tatsächlich ein wahrer Hexensabbat.«

Mehr sagte er nicht, doch der Astrologe hatte schon verstanden, daß ihm der Botschafter mit diesen Worten unterschwellig vorhielt, nicht fähig gewesen zu sein, das Unglück abzuwenden. Darum schwieg der weise alte Mann auch eine Weile, bevor er die Begrüßung erwiderte.

»Auch Euch einen glücklichen Tag, wenn ein Tag, der solch einer entsetzlichen Nacht folgt, überhaupt glücklich sein kann. Ihr habt recht, in den Sternen konnte ich lesen, daß es eine Nacht der Sieben Sünden geben würde. Leider war mir nicht mehr gegeben, als diese Nacht, da unzählige Dämonen ihren üblichen Unterschlupf verlassen hatten, vorherzusagen.«

Fast ohne es zu merken, hoben die Anwesenden, die sich an Maestro Ambrogios frühere Erklärungen erinnerten, den Blick zum Dom und seinem Glockenturm.

Der Astrologe fuhr betrübt fort: »Es stand nicht in meiner Macht, mehr zu tun, als ich getan habe. Aber Ihr, Mastro Stefano, verdient größtes Lob. Euch ist es gelungen, daß letzte Glied der Kette des Bösen zu sprengen. Das hätte nicht jeder gekonnt. Dazu braucht man ein einfaches, reines Herz, wie es früher unsere Ritter auszeichnete. Die anderen hingegen, Männer wie Frauen, die sich von den Dämonen dazu verführen ließen, den Schlußpunkt dieses traurigen Geschehens vorzubereiten, erwartet als Werkzeuge des Teufels die ewige Verdammnis.«

Mastro Stefano, verwirrt und gerührt ob der Lobeshymnen, nahm einmal mehr Zuflucht zu einem seiner Sprichwörter: »*De là del podè so po minga andà!*«

Moises da Corteolona mußte übersetzen: »Keiner kann mehr tun, als er tun kann.«

Dennoch wurde dem Küchenmeister jetzt erst richtig bewußt, daß er mit seiner Tat die Pläne des Bösen durchkreuzt hatte. Zumindest die Vollendung des Teufelswerks war durch ihn verhindert worden. Und darauf war er stolz. Doch gleichzeitig war ihm auch unheimlich zumute. Eine Frage ließ ihm keine Ruhe.

»Meint Ihr wirklich, daß diese Männer und Frauen nicht der Verdammnis entfliehen können? Eine Hoffnung auf Erlösung, und mag sie auch noch so gering sein, werden doch auch sie haben.«

Von dem einfachen Glauben seiner Vorfahren geprägt, weigerte sich Mastro Stefano, an eine unwiderrufliche Verdammnis zu glauben.

Der Astrologe breitete die Arme aus, eine Geste, die gleichzeitig Zweifel und Überzeugung zum Ausdruck brachte. »Manche behaupten, daß es wenigen, ganz wenigen Menschen gelänge, aus solch einer Erfahrung stärker und reiner hervorzugehen. Doch dabei kann es sich nur um solche Seelen handeln, die sich, obwohl in Sünden und Laster verstrickt, schon lange auf der Suche nach Gott befanden.«

Er brach plötzlich ab, so als habe er schon zuviel jenes unergründlichen Geheimnisses verraten. »Wir müssen gehen, Mastro Moises«, sagte er dann, vielleicht um sich der Spannung zu entziehen, die er selbst mit seinen Worten erzeugt hatte.

Bevor die Sonne aufging, ließ Herzog Ludovico Botschafter Trotti zu einer Versammlung in einen kleinen Salon des Bischofspalastes rufen. Zugegen waren außerdem der Graf von Caiazzo, Galeazzo Sanseverino, der Hauptmann der Bogenschützen, Antonio Carazzolo, sowie Bartolomeo Calco, der Leiter der herzoglichen Kanzlei. Der Moro wartete gespannt darauf, alle Einzelheiten der Verbrechen, die Messere Trotti und Mastro Stefano aufgedeckt hatten, zu erfahren, auch wenn er sich Mühe gab, dies nicht offen zu zeigen. Während der Vorkommnisse beim Bankett hatte er sich kühl und gelassen gezeigt, doch nun, in der Stille des bischöflichen Salons, waren ihm nach einer schlaflosen Nacht Spannung und Übermüdung deutlich anzumerken. Er wußte, daß der Anschlag zwar seinem Neffen gegolten hatte, damit aber das ganze Herzogtum und nicht zuletzt er selbst getroffen werden sollte.

Der Botschafter begann: »Eure Hoheit wird wissen wollen, wie Mastro Stefano de Rossi und ich dazu kamen, den Venezianer und seine Begleiterin zu verdächtigen. Es waren keine Indizien, Exzellenz, sondern seltsame Zufälle, aufgeschnappte Sätze an jenem großen Treffpunkt, der Küche, wo mit Vorliebe Vertraulichkeiten ausgeplaudert werden, wobei sich mit einem Gläschen Wein oder einem besonderen Leckerbissen nachhelfen läßt. Zu Beginn kamen viele als Täter in Frage.«

Als guter Diplomat war er selbstverständlich bedacht genug, um unerwähnt zu lassen, daß dazu auch Herzog Alfonso di Calabria und sogar der Moro selbst zählten.

»Wenn Euer Hoheit gestatten, bin ich so offen zu betonen, daß es uns, als Moises da Corteolona festgenommen wurde, schwerfiel, an dessen Schuld zu glauben, hatte er doch so rein gar nichts von einem gewissenlosen Mörder. Gestehen muß ich jedoch, daß unser Verdacht hingegen auch auf die Freunde unseres geliebten Herzogs Gian Galeazzo fiel. Denkbar war ja zum Beispiel ein Machtkampf unter ihnen, um den größten Einfluß auf den Neffen Eurer Hoheit zu gewinnen. Nun bestand aber für uns kein Zweifel daran, daß der Mörder zumindest zu jener Gruppe junger Leute gehören mußte, mit denen die Freunde des Herzogs reisten, also vor allem die Vizegesandten oder jemand aus ihrem Umkreis. Der Mörder mußte ja, um sein Ziel zu erreichen, mit den Gewohnheiten seiner Opfer bestens vertraut sein und über deren jeweiligen Aufenthaltsort stets unterrichtet sein. Aber vor allem schien er das Vertrauen seiner Opfer zu genießen. Und dann war da noch die Sache mit der Haarfarbe...«

»Mit der Haarfarbe?« wiederholte der Herzog mit ungläubiger Miene.

»Ja, Euer Hoheit. Wie wir erfuhren, hatte die Zirkassierin, die Begleiterin des Venezianers, die Angewohnheit, sich, sobald die Sonne herauskam, in Neapel oder auch auf der Seereise die Haare zu färben. Und zwar mit Henna, wobei sie sie anschließend mit einer eigenwilligen Technik in der Sonne bleichte und so jene wunderbare Tönung zwischen Kupferrot und Blond erhielt, die wir bei den Venezianerinnen so bewundern. Nichts Außergewöhnliches, wäre dies nicht ein verbreiteter Brauch ebender venezianischen Edeldamen und untypisch für eine Zirkassierin.

Ich muß noch anfügen, daß auch ihr sonstiges Gebaren typisch für die Aristokratie der Lagunenstadt war und einer Frau aus dem abgelegenen Kaukasus seltsam zu Gesicht stand. Und dann die Sache mit dem Knoten, mit dem der zweite Tote am Segel des Schiffes festgeknüpft war. Der Mann, der ihn schließlich von dort herunterholte, war früher ein freiwilliger Galeerenruderer und steht nun in Diensten der Familie Fieschi. Ein Mann also, der mit dem Leben auf See sehr wohl vertraut ist. Dieser erzählte uns nun, daß zur Befestigung der Leiche ein bestimmter Knoten angewandt wurde, ein sogenannter Pfahlstich, ein typischer Seemannsknoten, wie ihn nur ein erfahrener Seemann knüpfen kann, besonders unter solch schwierigen Umständen. Es ist einfach undenkbar, daß jemand ohne nähere Kenntnisse von Tauen und Trossen auf solch einen komplizierten Knoten zurückgreift, um die Leiche aufzuhängen, noch dazu mit dem Risiko, dabei beobachtet zu werden. Der Mörder mußte also mit dem Handwerk des Seefahrers vertraut sein. Außerdem wäre es für eine Landratte, die die Technik des Segelhissens nicht kennt, unmöglich gewesen, ein solch schweres Gewicht wie den Körper eines toten Mannes bis zur Rahe hinaufzuziehen. Schließlich sei mir eine weitere Bemerkung gestattet: Um einen Mann in die Höhe zu hieven, ist es notwendig, daß derjenige, der zieht, sehr viel schwerer ist als das hochzuziehende Gewicht. Um den armen Marchese zu hissen, wenn ich mich so ausdrücken darf, mußten sie also zumindest zu zweit sein, angesichts der Tatsache, daß der verwendete Block nur eine Rolle aufwies und das junge Opfer recht kräftig gebaut war. Dies alles waren Verdachtsmomente, die für sich genommen noch keine Beweise darstellten und auf keinen Täter hinwiesen: Sie reichten aber aus, um den Kreis der Verdächtigen einzugrenzen und einige wichtige Fragen aufzuwerfen. Schließlich war es der Großalmosenier Eurer Hoheit, der uns, ohne es zu wissen, den ersten wichtigen Hinweis auf den Täter lieferte. Monsignore Ottaviano da Melzo erzählte uns nämlich, während er in der Küche einen herrlichen Leckerbissen verschlang...«

Trotz der ernsten Lage mußte der Herzog lächeln, wußte er doch genau um die Vernaschtheit des Prälaten.

»Er erzählte uns also eine Begebenheit, die in krassem Widerspruch zu dem stand, was die Zirkassierin verbreitete. Die junge Frau erzählte nämlich herum, sie habe in der Nacht, als die Karracke mit dem zweiten Mordopfer am Segel im Hafen von Pisa einlief, Antonio Carazzolo beobachtet«, und mit diesen Worten deutete Trotti auf den Hauptmann der Bogenschützen, »wie er und einige seiner Männer auf Deck herumgeschlichen seien und etwas transportiert hätten, das sehr gut eine Leiche hätte sein können.«

Der Hauptmann der Bogenschützen erbleichte und begann unruhig auf seinem Hocker hin und her zu rutschen.

»Der Monsignore erzählte uns aber nun genau das Gegenteil: Messere Carazzolo habe die ganze Nacht, bis zum Auftauchen der Sarazenen, und da wurde es schon fast hell, unter Deck verbracht und dort Karten gespielt und ununterbrochen gewonnen. Was übrigens andere Augenzeugen bestätigen konnten.«

Die Miene des Offiziers, auf dessen Gesicht und Hals schon Schweißperlen getreten waren, entspannte sich zu einem erleichterten Lächeln.

»Nun lag die Frage nahe, warum die Zirkassierin log, warum sie versuchte, einen ehrenhaften Offizier des Herzogtums in Mordverdacht zu bringen. Wenn Euer Hoheit gestatten, möchte ich nun auf die letzte Nacht und den Tod des Cavaliere Stampa zu sprechen kommen, der fast nackt auf einem Haufen von Meßgewändern gefunden wurde. Wir wußten, daß ihn die Todesangst dazu veranlaßt hatte, unter seinem Wams eine Kotta aus Eisen zu tragen. Doch als man die Leiche fand, lag diese ordentlich auf einem Sessel. Jemand mußte ihn aufgefordert haben, sie abzulegen, aller Wahrscheinlichkeit nach eine Frau, die ihm ihre Reize versprochen hatte. Eine Frau, der er vertraute. Während er dann, betrunken wie er war, die dazu notwendigen Vorkehrungen traf, wurde er von ihrem Komplizen von hinten erdolcht.

Wie wir herausfanden, waren alle Opfer zum letztenmal lebend zusammen mit Zane dei Roselli oder der Zirkassierin gesehen worden, und darüber hinaus wurden alle Morde immer dann verübt, wenn die jungen Opfer betrunken waren. Und so war es auch beim fünften Verbrechen. Zum Glück konnte es Graf Sanseverino verhindern, daß auch noch unser geliebter Herzog Gian Galeazzo einem Verbrechen zum Opfer fiel.«

Überrascht breitete der Graf die Arme aus und schob die Unterlippe vor, wie um zu sagen, daß er nicht wisse, womit er dieses Lob verdient habe.

»Die Begebenheit trug sich wiederum in der großen Küche zu. Der Graf hatte eine Unterredung mit Maestro Ambrogio da Rosate. Der Astrologe erklärte ihm, welche verschiedenen Gifte für ein Verbrechen in Frage kämen, und erläuterte die speziellen Eigenschaften jeder Substanz, so zum Beispiel auch, daß ein gewisses Gift nach Mandeln schmecke. Zufällig schnappte einer der Küchenjungen einige seiner Worte auf«, erklärte Trotti diplomatisch, »und erzählte sie in der Küche herum, so daß sie schließlich auch Mastro Stefano zu Ohren kamen, der den kleinen Schnüffler selbstverständlich auf der Stelle für sein ungebührliches Benehmen bestrafte. Und gestern nacht zu Ende des Banketts erfuhr der Küchenmeister dann, während wir den Venezianer und seine Begleiterin im Auge behielten, vom Pagen des Kellermeisters, daß der Hypocras stark nach Mandeln roch und nicht, wie bei einem Hochzeitsmahl üblich, nach Rosen! Gleichzeitig hatte ich bemerkt, wie die Zirkassierin verdächtig lange mit dem Pagen kokettierte. Zum Glück erinnerte sich Euer Küchenmeister noch rechtzeitig, daß der Mandelgeruch von einem ›Neapel-Pulver‹ genannten Gift herrühren könnte. Und so wurde ihm schlagartig bewußt, daß unser junger Herzog in höchster Gefahr war, und mit ihm das gesamte Herzogtum.«

Trotti hatte die Betonung auf den letzten Teil des Satzes gelegt, weil er wußte, daß der Moro davon beeindruckt sein würde, und fuhr sogleich fort: »Er begriff, daß es in seiner Hand lag, den Herzog zu retten. Die Zeit drängte, und so verübte er jene respektlose, jedoch segensreiche Tat, die uns alle so verwirrt hat.

Soweit die Fakten, und nun zu den Hintergründen, die uns allerdings auch jetzt noch nicht vollkommen klar sind: Den Küchenmeister und meine Wenigkeit ließ von Anfang an die Frage keine Ruhe, warum sich der Mörder nicht aufs Morden beschränkte, sondern seine Taten, auf das Risiko hin, entdeckt zu werden, auch noch so spektakulär zur Schau stellte.«

Herzog Ludovico lauschte jetzt noch aufmerksamer.

»Es war der Venezianer selbst, der uns auf die richtige Spur brachte. Heute wissen wir, daß auch er, wie so viele andere Verbrecher, der Versuchung nicht widerstehen konnte, zumindest einen Teil der Wahrheit mitzuteilen. Denn als wir eines Tages in der Küche zusammensaßen, vertrat er die Ansicht, die Verbrechen seien offensichtlich im Auftrag von irgendeiner Persönlichkeit geschehen, da den Täter allem Anschein nach keinerlei Haß auf seine Opfer bewegte. Er erzählte uns eine wenig glaubhafte Geschichte, in der er die Vermutung äußerte, die Sarazenen steckten hinter den Verbrechen, um sich auf diese Weise für die Feldzüge der Christen zu rächen. Natürlich völlig aus der Luft gegriffen. Doch die Bemerkung gab uns sehr zu denken und ließ uns erkennen, daß durch die aufsehenerregenden Umstände der Morde jemand anderer getroffen werden sollte. Jemand an höchster... allerhöchster... Stelle...«

Der Botschafter schwieg. Es erschien ihm unnötig zu sagen, wen er damit meinte, wer derjenige war, der getroffen werden sollte. Trotti war sich sicher, daß Herzog Ludovico schon ahnte, was man mit den nur vordergründig sinnlosen Morden bezweckt hatte.

Es folgte ein langes Schweigen, in dem der Herzog selbst nach den letzten fehlenden Fäden in dem so heimtückisch geknüpften Netz zu suchen schien. Schließlich sagte er: »Ich weiß sehr gut, daß diese mörderische Verschwörung gegen mich ins Werk gesetzt wurde, und warum.«

In jenem Moment klopfte ein Offizier der Bogenschützen an die Tür und trat unter zahlreichen tiefen Verbeugungen zögernd ein. Er ging auf Sanseverino zu und reichte ihm etwas, das ein Brief zu sein schien:

»Exzellenz, das haben wir unter den Sachen des Vizegesandten von Venedig und seiner Begleiterin gefunden. Sie flohen so eilig, daß sie ihr Gepäck zurücklassen mußten. Aber die Pferde für die Flucht hatten sie schon bereitgestellt, und ihr Vorsprung war beträchtlich. Unsere schnellsten Reitertrupps machten sich an die Verfolgung, in alle Richtungen, die für jemanden, der außer Landes will, in Frage kommen. Doch die Nacht war zu dunkel und der Schnee kam den Flüchtenden zu Hilfe. Wir haben alles versucht, die Trupps haben sich mit Leuchtfeuer und sogar mit Schüssen aus den Feldschlangen untereinander verständigt – alles vergeblich. Von den Mördern fehlt jede Spur, und ich fürchte, daß sie zu dieser Stunde schon die Grenzen des Herzogtums überschritten haben.

Er schwieg, und auf ein Zeichen des Grafen hin verließ er rückwärts und sich mehrmals verbeugend den Raum. Der Moro bedeutete Sanseverino, das Schreiben vorzulesen. Kein Laut war zu hören, als der Graf begann:

Mein Allerhöchster Herr, Sekretär des Rats der Zehn der Serenissima Repubblica *di Venezia.*
Derthona, XXV. Januar 1489, I. Stunde der Nacht.
Meine Schwester Armida und ich sind der Erfüllung der Aufgabe nahe, die Euer Exzellenz uns befohlen hat…

»Na also«, bemerkte Messere Trotti mit leiser Stimme, »die Frau an seiner Seite war nicht seine Geliebte! Und wir sind alle darauf reingefallen. Und sie war auch keine Zirkassierin… Jetzt verstehe ich, warum dem Vizegesandten ihr ewiges Kokettieren so gleichgültig war…«

Sanseverino fuhr mit der Lektüre fort:

Mit Hilfe eines gütigen Schicksals werden wir nun bald auch dem Leben des Cavaliere Stampa und des Grafen Pusterla ein Ende gesetzt haben. Und nach der erfolgreichen Vergiftung des Herzogs Gian Galeazzo brauchen wir nichts

weiter zu tun, als uns bis nach Mailand ruhig zu verhalten und dann in großer Eile die Stadt zu verlassen, denn wir haben das Gefühl, daß die Männer des Herzogs schon erste Hinweise für unsere Schuld gefunden haben. Nun, zu Ende dieser gefährlichen Reise, ist es nach der langen Abwesenheit und den vielen Entbehrungen unser größter Wunsch, sogleich ins Vaterland zurückkehren zu können.
Seit ein paar Tagen spüren wir, daß wir von verschiedenen Seiten scharf beobachtet werden. Sollten wir erkennen müssen, daß unsere Entdeckung droht, werden wir ohne Umschweife die Flucht ergreifen. Wie sehr sehne ich mich danach, diese unglückselige Kette ruchloser Taten schließen zu können, Taten, die meine Schwester und mich zu gemeinen Mördern machten. Unsere Hoffnung, die uns stärkte und zu diesen Taten fähig machte, liegt darin, daß Ihr, wenn das Werk vollendet, so wie versprochen, unsere Liebsten aus den Kerkern der Lagunenstadt entlassen werdet, wo sie zu Unrecht schmachten. Wir wünschen uns, daß der erhabene Rat der Zehn unsere Familie nach diesen unseligen Ereignissen vergessen und die entsetzlichen Bluttaten als nie geschehen oder von anderen begangen betrachten möge.
Als Euer erlauchter Vorgänger mich in den ersten Septembertagen auf Befehl der Erwählten Zehn von meiner Mission in Burgund zurückberief, konnte ich nicht wissen, daß mich meine geliebte Republik zwingen könnte, Glied in einer Kette schrecklicher Verbrechen zu werden, um als Lohn das zu erhalten, was nichts als rechtens ist. Wie mein Vater und meine Brüder Giacomo und Andrea immer wieder aufs neue ehrlich und mutig beteuerten, kann von ihrer Beteiligung an der Verschwörung des Paduaners Nicolò de Lazzara keinesfalls die Rede sein. Bezahlte Verleumder und falsche Zeugen haben, vielleicht um andere zu retten, diese unschuldigen Menschen in den Torricella-Kerker gebracht, wo sie aber, aller Folterungen zum Trotz, nie

ein Geständnis ablegten. Aus ihren gequälten Mündern wollte man hören, daß sie zu den Verschwörern Paduas zählten, zu jenen, die sich der von ihnen als grausam angesehenen Herrschaft Venedigs über die Stadt nicht beugen wollen und sich deshalb gegen die Serenissima Repubblica *verschworen haben. Aber sie konnten nichts gestehen, denn sie waren und sind vollkommen unschuldig. Ja, obwohl paduanischer Herkunft, hat meine Familie der Republik Venedig über zweihundert Jahre treu gedient.*
Und in diesem Geiste geschah es auch, daß ich mein Herz den von Euch befohlenen kriminellen Taten beugte, im Tausch gegen das Leben und die Güter meiner Liebsten. Taten, die uns beide, meine Schwester und mich, in tiefe Verzweiflung gestürzt haben. Meine Schwester ist mit ihren Kräften am Ende, und ihr Geist droht immer häufiger die Grenze zum Wahnsinn zu überschreiten, und auch ich, der ich lange auf einer Galeere der Republik kämpfte und daher die Greuel des Krieges von nahem erlebt habe, werde von Ängsten und Alpträumen geplagt. Hier halten noch immer alle Armida für meine Geliebte, und obwohl uns diese Täuschung die Ausführung der Untaten erleichterte, will ich nicht verschweigen, daß sie uns auch mit gegenseitigem Abscheu erfüllt haben.
Wenn wir uns des Abends zusammen zurückziehen und unsere Masken fallen lassen, erkennen wir einander nicht wieder. Sie ist entsetzt über mich und ich über sie. Uns beherrscht ein starkes Gefühl des Ekels angesichts der Taten, die wir begangen haben und noch begehen werden. Dies ist der furchtbare Preis, den Ihr uns abverlangt und dessen letzte Rate wir in dieser Nacht bezahlen werden.
Ich schreibe diesen Brief, bevor ich mich zum großen Bankett begebe, da, wie besprochen, morgen zu früher Stunde Euer Kurier kommen wird, um ihn abzuholen. Das Festmahl wird sich die ganze Nacht bis zum Morgen hinziehen, und in seinem Verlauf werden wir uns die Trunkenheit der

beiden verbliebenen Freunde des jungen Herzogs zunutze machen und sie töten.
Ebenso wird meine Schwester, um dem Leben Gian Galeazzos ein Ende zu bereiten, unter größter Gefahr und unter Umgehung der Vorsichtsmaßnahmen des erfahrenen Vorkosters ihren Plan zur Vergiftung des Herzogs in die Tat umsetzen.

An diesem Punkt konnte der Botschafter Ferraras nicht an sich halten und unterbrach den vorlesenden Grafen von Caiazzo: »Das ist es, Hoheit, das ist der Grund, warum die falsche Zirkassierin den ganzen Tag mit dem Pagen des Kellermeisters kokettierte! Sie plante, das Gift erst dann in den Hypocras zu geben, wenn der Kellermeister den Trank nach allen Regeln der Kunst geprüft hat. Und sie konnte ganz bewußt den Zeitpunkt wählen, wann sie zu handeln hatte, da ihr das poetische Werk, das den gesamten Ablauf des Banketts vorgab, schön gedruckt vor Augen lag und sie daher wußte, wann der Page seinen Auftritt haben und wieviel Zeit ihr zur Umsetzung ihres Plans bleiben würde.«

Leicht verstimmt ob der Unterbrechung las Sanseverino nun weiter:

Armida und ich sind uns bewußt, in welch tödlicher Gefahr wir schweben. Wie nicht anders zu erwarten, sind mittlerweile alle Offiziere des Herzogs mit der Suche nach den Mördern befaßt. Wir fühlen uns überwacht – auch von anderen, die unseren Freunden seltsame Fragen stellen.

Diesmal schaltete sich Trotti nicht ein, sondern dachte nur bei sich, daß mit den *anderen* zweifellos Mastro Stefano und er selbst gemeint waren.

Die Meute ist uns auf den Fersen. Doch wir vertrauen auf den Allmächtigen, der unsere Herzen kennt und uns, trotz unserer Taten, seinen Beistand in dieser verzweifelten Lage nicht verwehren wird. Doch mehr als um unser eigenes Wohl ist es mir in diesem Moment um die Ehre der Serenissima Repubblica *zu tun.*

Ihr werdet nicht leugnen können, daß wir bis zu diesem Abend in dieser Angelegenheit streng nach Euren Befehlen vorgegangen sind, ohne daß Venedig in irgendeiner Weise mit dem Geschehen in Zusammenhang zu bringen wäre. Eurem Wunsch gemäß haben wir alles dafür getan, daß die Auffindung der Leichen so spektakulär wie möglich vor sich ging und daß der Verdacht auf jenen fällt, der Euch, mein Herr, sehr wohl bekannt ist.

»Das ist Uns auch bekannt, auf wen der Verdacht fallen sollte ...«, bemerkte Herzog Ludovico gereizt. »Darum also das Bemühen um soviel Aufmerksamkeit.«

Die Worte des Herzogs verhallten unwidersprochen, und Sanseverino fuhr fort:

Die Mailänder Offiziere hingegen wachen darüber, daß die Atmosphäre in der Hochzeitsgesellschaft so heiter und angenehm wie möglich sei, und darum war es ihr Bemühen, die Leichen so rasch es ging verschwinden zu lassen und alle Gerüchte zum Verstummen zu bringen.

Später, nach dem Bankett, werde ich angesichts der knappen Zeit nur wenige Anmerkungen über den Verlauf der Ereignisse anfügen können, bevor ich diesen Brief Eurem Kurier übergebe. Wie abgesprochen werde ich, sollte nicht alles nach Plan verlaufen, dieses Schreiben sofort vernichten.

Und wie beim Leben unserer lieben Gefangenen geschworen, werden wir auch, sollten wir in Gefahr geraten, entdeckt zu werden, ohne Zögern das Gift zu uns nehmen, das wir zu diesem Zweck stets bei uns führen. Dazu sind wir fest entschlossen, auch weil wir wissen, welch entsetzliche

Folter uns bei einer Gefangennahme vor dem erlösendenTod erwarten würde. Wir hoffen jedoch, wenn Ihr dieses Schreiben erhaltet, schon im Herzogtum Parma zu weilen, wo uns, daran zweifeln wir nicht, bald schon die frohe Kunde von der Freilassung unserer Liebsten erreichen wird...

An dieser Stelle brach der Schreiber ab.

Ludovico schien um Jahre gealtert. Seine Miene wirkte, ganz gegen seine Art, fast demütig, und sein Kopf war zwischen die Schulterblätter gesunken. Sanseverino hatte sich nach dem Vorlesen schwer auf einen Sessel fallen lassen und starrte auf den Fußboden. Trotti spürte plötzlich, daß seine Kehle trocken geworden war – aber da war er nicht der einzige.

»Bringt Wein«, befahl der Moro und fügte hinzu: »Wir hätten nicht geglaubt, daß die Republik, die sich die *Serenissima* nennt, solch einen Haß gegen Uns hegen könnte.«

Der Hauptmann der Bogenschützen verließ den Raum, um Wein holen zu lassen, glücklich über den Vorwand, sich entfernen zu können.

»Euer Hoheit waren in tödlicher Gefahr. Wäre es ihnen gelungen, auch unseren geliebten Herzog Gian Galeazzo zu töten, hätte der Verdacht allein genügt, um Euch, obwohl gänzlich unschuldig, einen nicht wiedergutzumachenden Schaden zuzufügen. Alle italienischen und europäischen Fürsten hätten Euch, Hoheit, beschuldigt, unseren geliebten Herzog Gian Galeazzo und seine engsten Vertrauten aus dem Weg geräumt zu haben. Doch Gott der Erlöser wollte, daß Wahrheit und Gerechtigkeit den Sieg davontragen.«

Messere Trotti hatte ins Schwarze getroffen, und der Moro nickte lange. Der Herzog hatte Mühe, sich von dem Schlag zu erholen; er war voller Groll, auch wenn er sich bemühte, Haltung zu bewahren. »Versucht zumindest den Kurier zu fassen. Er müßte sich noch in der Gegend aufhalten. Das sollte auch für jene Versager, die Uns umgeben, nicht zu schwer sein!«

Es war offensichtlich, daß der Herzog damit Sanseverino und seine Männer meinte.

»Aber das wird Uns auch nichts mehr nutzen. Zu gut kennen Wir die Methoden der Republik Venedig. Jener Mann wird selbst unter der entsetzlichsten Folter nichts gestehen, weil man ihm nichts gesagt hat.«

Dann, so als würde er auf die Worte Trottis antworten, fuhr er fort: »Seit den Zeiten Herzog Francescos, Unseres verstorbenen Vaters, war Unser Staat nicht mehr in solcher Gefahr. Wir werden ein *Te Deum* in allen Kirchen singen lassen, um dem Allmächtigen zu danken, daß er seine heilige Hand über Uns hielt, auch wenn es unklug wäre, den Grund für das Dankgebet bekanntzumachen.

Dennoch kommen Wir nicht umhin, Uns zu fragen, wieso solch ein von langer Hand vorbereitetes Komplott nicht früher aufgedeckt wurde. Mit Erstaunen und größter Bestürzung müssen Wir feststellen, daß bei all den Männern in Unserem Dienst, bei all den Offizieren, die an Unserer Tafel schmausen …«, und er wandte einen strengen Blick Sanseverino zu, »… Unser Herzogtum, ja Wir selbst von einem klugen Botschafter und loyalem Freund gerettet werden mußten sowie von dem außergewöhnlichen Gespür und der bewundernswerten Entschlußfreudigkeit eines Kochs, dessen Familie seit Generationen treu Unserem Hause dient! Nun sorgt zumindest dafür, daß niemand etwas über die Hintergründe der ruchlosen Morde erfährt. Die Herrscher der anderen Staaten, Unsere geliebten Brüder, würden ein recht klägliches Bild von Unserer Macht und der Sicherheit in Unserem Herzogtum bekommen.«

Und ohne ein weiteres Wort verließ er den Raum, doch sein Rücken schien noch gebeugter und sein Gang fast schleppend.

Sanseverino studierte derweilen immer noch aufmerksam die Verbindungslinien zwischen den Terrakottakacheln auf dem Fußboden.

Als der Gesandte wieder im Hof auftauchte, ging ihm Mastro Stefano gespannt entgegen.

»Nun? Erzählt!«

Messere Jacopo unterrichtete ihn kurz über alles, was er erfahren hatte, und schloß mit den Worten: »Wir werden in Mailand sicher noch Gelegenheit haben, ausführlicher über die ganze Geschichte zu sprechen. Für den Moment ist die Angelegenheit erledigt. Allerdings bedrückt mich die Tatsache, daß der Herzog offensichtlich einen furchtbaren Haß bei seinen Nachbarn geweckt hat, einen Haß, der ihn möglicherweise eines Tages überrollen könnte. Das würde mir leid tun, denn ich schätze ihn, und zwar als Mensch und als Herrscher.«

Trotz der eindeutigen Aufforderung, nicht hier und heute weiter über die Sache zu sprechen, mußte Mastro Stefano, beeindruckt von den gerade erfahrenen Enthüllungen, unbedingt noch eine Frage loswerden: »Wieso haßt die Republik Venedig unser Herzogtum Mailand so sehr, daß man sogar vor der Ermordung unseres Herzogs nicht zurückschreckt?«

»Die Republik Venedig fürchtet alle mächtigen Nachbarn, da man im Zweifel ist, mit den eigenen Söldnerheeren gegen eine mögliche Koalition bestehen zu können, die die Festlandsgebiete der Seemacht Venedig in Italien zu erobern trachtet. Die Lombardei ist der reichste und mächtigste Staat, der an Venetien grenzt, und folglich auch der Staat, den Venedig am meisten fürchtet. Doch der Haß richtet sich vor allem gegen den Moro selbst, dessen politische Winkelzüge tatsächlich darauf abzielen, eine Koalition vieler Mächte gegen Venedig zu schmieden.«

»Ja, aber was hätten die Venezianer mit der Ermordung Gian Galeazzos gewonnen? Warum hat man nicht gleich versucht, den Moro zu vergiften?« wandte Mastro Stefano ein.

»Eben das war das Heimtückische an dem Komplott«, antwortete der Botschafter. »Mit der Ermordung des Moro selbst hätte man ihn zu einem Märtyrer der venezianischen Politik gemacht. Doch man wollte eben nicht seine leibliche, sondern seine moralische Vernichtung. Ein Herzog Ludovico, den alle verdächtigen, seinen eigenen Neffen, dessen Herzogtum er ohnehin schon unrechtmäßig an sich gerissen hat, mitsamt seinen Freunden umgebracht zu haben, wäre eine politische Leiche gewesen, verachtet und geächtet von allen anderen Machthabern. Ja, man muß zugeben, daß die für ihre verschlagene Heimtücke bekannte Regierung Venedigs wieder einmal ihrem Namen alle Ehre gemacht hat.«

Mastro Stefanos Miene verdüsterte sich. Er schwieg eine Weile und sagte dann: »Was für eine schreckliche Geschichte! Ich frage mich wirklich, was hat das alles für einen Sinn? Die Diplomatie. Die Toten. Die Feste. Die ganze Reise. Oder auch das, was wir in dieser Angelegenheit erreichen konnten. Letztendlich stehen doch jene, die, im Guten oder im Schlechten, die Entscheidungen treffen, viel zu weit über uns.«

»Ach, schon möglich. Aber vergeßt nicht, mein lieber Freund, Ihr habt etwas geleistet, und das sollte man nicht unterschätzen, denn...«

»Schon, aber glaubt Ihr wirklich, daß wir mit unserem Handeln Einfluß auf die Zukunft nehmen konnten?«

»Ich möchte das gerne glauben«, antwortete der Botschafter mit müder Stimme, »aber auch ich bin verwirrt. Vieles erscheint so sinnlos. So als hätte es jemand darauf angelegt, uns mit relativ unbedeutenden Vorkommnissen zu unterhalten, damit wir die tatsächlich wichtigen Ereignisse, jene, die über unser aller Schicksal entscheiden, darüber vergessen. Aber nicht verzagen, Stefano, einige Dinge bleiben uns ja noch: unser Leben, unsere schöne Freundschaft und die köstlichen Tafelfreuden, die wir uns gemeinsam gönnen. Die kann uns niemand nehmen, noch nicht einmal... Vielleicht sind dies die wahren Freuden, die unser Leben lebenswert machen.«

»Das stimmt. Im übrigen *püssê che vif e muré se pö minga fà!*« stellte Mastro Stefano fest.

»Allmählich beginne ich, Euren Mailänder Dialekt zu verstehen. Ihr habt recht, mehr als leben und sterben kann man nicht tun...«

Die beiden Freunde blickten sich lange in die Augen, dann umarmte der Botschafter den Küchenmeister so fest, daß er ihm fast weh tat: »Auf bald, Stefano!«

»Auf bald, Jacopo!«

Keiner der beiden fügte noch etwas hinzu. Wie so oft, wenn sie zusammen waren, hatten sie mit ihren Blicken und ihrem Schweigen alles gesagt.

Der Botschafter ging langsam und nachdenklich zu seinem Pferd, ergriff die Zügel, die ihm sein Sekretär hinhielt, schwang sich in den Sattel, und bald darauf schon durchritten die beiden Cavalieri das Portal und waren verschwunden.

Überall wurden Vorbereitungen für die Abreise getroffen. Mastro Stefano ging in die Burg zurück. Der lange Flur war voller Leute, die auf die Abreise nach Mailand warteten, und unter ihnen erblickte er auch die Gruppe der Vizegesandten. Mit Herzklopfen, das er sich nie eingestanden hätte, beobachtet er aus einiger Entfernung das Gesicht von Monna Evelyne, das ihm noch schöner und strahlender als sonst erschien, und dabei spürte er, daß er sich aus tiefstem Herzen wünschte, daß sie zu den glücklichen Seelen gehören möge, denen, wie der Astrologe gemeint hatte, Rettung zuteil werden könnte.

Mit einem Seufzer riß er sich aus seinen Gedanken und begann die breite Treppe hinunterzusteigen, die zu dem großen Raum führte, der einige Tage lang sein Reich gewesen war.

Die Küche, gestern noch erhellt und erwärmt von den zahlreichen Feuern und Herden, war jetzt dunkel und kalt. Von all der Hektik der Männer, die hier gearbeitet hatten, von ihren Sorgen, ihrem Schweiß, ihren Flüchen, war nichts übriggeblieben.

Einige Köche und ihre Gehilfen, damit beschäftigt, ihre Gerätschaften in Ordnung zu bringen, bewegten sich in dem eisigen Raum wie Schiffbrüchige. Mastro Anselmo stand vor einem Herd und ließ seinen Blick traurig durch die phantastische Küche wandern, die die Mailänder hier in fünf Tagen aufgebaut hatten und die jetzt plötzlich nutzlos geworden war.

Mastro Stefano setzte sich an einen der langen Tische, wo er so viele vertrauliche Gespräche mit angehört und geführt hatte. Gott sei Dank war nicht alles Gerede sinnlos gewesen. Oben, hinter den großen Bogenfenstern, sah er im Hof die Beine der Männer und die Rocksäume der Damen, die sich in einem seltsamen Abschiedstanz bewegten. Gedämpft drangen Stimmen, das Scharren von Hufen und das Rattern von Wagenrädern nach unten in die Küche. Mastro Stefano fühlte sich traurig und leer. Fast zwangsläufig wanderten seine Gedanken zurück zu den düsteren Weissagungen des Ambrogio da Rosate und den Gesprächen, die er mit seinem Freund geführt hatte.

Mastro Stefano war verstört, auch wenn er und sein Freund, Messere Jacopo, schon seit längerem hinter diesen rasch aufeinanderfolgenden Wahnsinnstaten irgendeine geheime Macht am Werk gesehen hatten. Doch erst jetzt war ihm vollkommen bewußt, wie nahe diese Mächte den Menschen waren und wie sehr sie ihnen schaden konnten.

Müde erhob er sich und begann, die Stufen der Treppe, die ins Erdgeschoß führte, zu erklimmen.

»Mastro Stefano!«

Er war so in Gedanken versunken, daß er die Stimme überhörte.

»Mastro Stefano!« rief Mastro Anselmo noch lauter. »Was sollten wir jetzt tun?«

Der Küchenmeister blieb einen Augenblick stehen, wandte sich zu seinem Kollegen um und sagte, ohne ihn anzublicken, mit trauriger Stimme: »Was uns zu tun aufgetragen war, haben wir getan. Das Fest ist vorüber. Baut die Spieße ab.«

ANHANG

HISTORISCHE PERSÖNLICHKEITEN

Acciaiuoli, Niccolò (1310–1365): Entstammte der berühmten Florentiner Bankiersfamilie Acciaiuoli. Als Berater von Robert von Anjou in Neapel erwarb er sich, neben ansehnlichen finanziellen Gewinnen und zahlreichen Lehen, einen hervorragenden Ruf als Politiker. Boccacio ging so weit, ihn mit Odysseus und Äneas zu vergleichen.

Adorno, Agostino: War im Jahr 1487 Doge der Republik Genua, treuer Verbündeter von Herzog Ludovico il Moro.

Alimento Neri, Giovanni: Geboren 1439, bedeutender Mailänder Prälat. Bekleidete verschiedene kirchliche Ämter bis hin zum Mitglied der päpstlichen Kanzlei in Rom.

Altilio, Gabriele (ca. 1440–1501): Dichter und Humanist, Mitglied der von Giovanni Pontano gegründeten »Accademia Pontaniana« in Neapel.

Ambrogio da Corte: Lombardischer Adliger, bekleidete seit 1488 verschiedene Ämter im Herzogtum Mailand.

Ambrogio da Rosate (Ambrogio Varesi da Rosate, 1437–1522): Arzt und Astrologe von Gian Galeazzo, später auch von Ludovico il Moro.

Antonio da Corte: Lombardischer Adliger, war 1495 Mitglied des Geheimen Rats des Herzogtums Mailand.

Apicius: Unter diesem Namen wurde die Abhandlung *De re coquinaria* in zehn Büchern geschrieben (1. Jh. n. Chr.). Sie enthält ungefähr fünfhundert Rezepte und ist das erste kulinarische Werk, von dem wir Kenntnis haben. Die Rezepte, die der Autor kreierte, zeugen von hoher Kultur und außerordentlichem Einfallsreichtum und erhellen die Eigenheiten der antiken römischen Küche.

Aragon:
Ferrante von Aragon (1431–1494)
heiratet 1477 in zweiter Ehe
Giovanna, die Tochter des Königs von Aragon in Spanien,
Stiefmutter von Alfonso

Alfonso (1448–1495)
Herzog von Kalabrien
folgt seinem Vater als Alfonso II. nach,
heiratet **Ippolita Sforza**
(1446–1488)

Ferrandino (1467–1496) **Isabella** von Aragon

Bellincioni, Bernardo (1452–1492): Offizieller Hofdichter von Ludovico il Moro.

Bentivoglio, Annibale (1469–1540): Mitglied der berühmten Bologneser Familie, stand im Jahr 1488 in Diensten von Herzog Ludovico.

Bessarione (ca. 1403–1472): Kardinal. Versammelte in seinem Haus die berühmtesten griechischen und italienischen Humanisten. Aus dem Wunsch heraus, die Geisteswelt des antiken Griechenland zu erhalten, trug er eine Bibliothek zusammen, die in der Zahl griechischer Bände alle anderen Bibliotheken jener Zeit übertraf. Mit dem Einverständnis des Papstes vermachte er sie der Republik Venedig und legte so den wichtigsten Grundstein zu der großen »Biblioteca Marciana«.

Boltraffio, Giovanni Antonio (1467–1516): Mailänder Maler.

Borromeo, Vitaliano (1451–1495): Sproß der berühmten Mailänder Patrizierfamilie.

Botta, Bergonzio (1454–1504): Herr von Tortona, Finanzminister des Herzogtums Mailand.

Botta, Giacomo (gest. 1496): Bruder von Bergonzio Botta, Bischof von Tortona und Botschafter des Hauses Sforza am päpstlichen Hof.

Calco, Bartolomeo (1434–1508): Sekretär der herzoglichen Kanzlei der Sforza.

Caradosso (Christofero Foppa, 1442–1527): Goldschmied.

Carafa, Alessandro (ca. 1430–1503): Erzbischof von Neapel.

Cariteo (Benedetto Gareth, ca. 1450–1514): Dichter und Musiker, Freund Pontanos und der herausragendsten Poeten der »Accademia Pontaniana«.

Castiglioni, Branda: Mailänder Rechtsgelehrter, im Jahr 1481 Mitglied im Justizrat und 1487 im Geheimen Rat von Mailand. Botschafter in verschiedenen Staaten, vertrat lange Zeit die Interessen des Moro am Hof der Aragonesen in Neapel.

Castiglioni, Giovanni Battista (gest. 1501): Rechtsgelehrter im Justizrat des Herzogtums Mailand.

Cattaneo: Genueser Familie, die bedeutende Politiker, Bankiers und Kaufleute hervorbrachte.

Colombo, Bartolomeo (ca. 1460–1514): Dritter Bruder des Genueser Seefahrers Christofero Colombo (Kolumbus).

Corio, Bernadino (ca. 1459–1509): Offizieller Chronist des Mailänder Hofes.

De Conti, Bernadino (ca. 1450–1525): Hofmaler der Sforza.

De Fieschi, Ibleto: Notar der päpstlichen Kurie, war im Jahr 1482 Mitglied des Geheimen Rats von Mailand.

De Fuso, Pietro (gest. 1490): Bischof von Venedig, wurde im Jahr 1488 von Papst Sixtus IV. zum Kardinal ernannt.

De Lazzara, Nicolò: Adliger aus Padua, gehörte zu den Anführern der Verschwörung im Jahr 1488, die die Loslösung Paduas aus der Herrschaft Venedigs zum Ziel hatte.

De Predis, Cristoforo (gest. vor 1484): Miniaturenmaler, älterer Bruder von Giovanni Ambrogio.

De Predis, Giovanni Ambrogio (ca. 1455–1522): Hofmaler, Kollege und Freund von Leonardo da Vinci.

De Rossi, Martino: Koch aus dem Tessin, der im frühen 15. Jh., in Diensten von Francesco Sforza und Gian Giacomo Trivulzio, seine kulinarischen Künste nach Mailand brachte. Gilt als einer der berühmtesten Köche aller Zeiten.

De' Medici, Piero (1472–1503): Sohn von Lorenzo Magnifico, sein Nachfolger als Herrscher von Florenz.

Del Carretto, Galeotto (ca. 1455–1509): Literat und Poet, gehörte einer adligen Familie aus Monferrato an, kam als junger Mann nach Mailand und wurde bald ein Freund von Baldassare Taccone und Giasone del Maino.

Del Maino, Giasone (1435–1519): Jurist an der Universität von Pavia.

Di Negro: Bedeutendes genuesisches Adelsgeschlecht.

Duccio di Boninsegna (gest. 1319): Maler aus Siena, gilt als Begründer der Sieneser Malerei im 14. Jh.

Fieschi: Berühmte Genueser Patrizierfamilie.

Fregoso: Berühmte Genueser Patrizierfamilie.

Gallerani, Cecilia (gest. ca. 1536): Edeldame aus einer Mailänder Patrizierfamilie, Geliebte von Ludovico il Moro, verheiratet mit dem Grafen von San Giovanni in Croce. Auf ihrem Landsitz und in Mailand empfing sie die berühmtesten Humanisten und Künstler jener Zeit.

Gerolamo da Cremona: Lombardischer Miniaturenmaler, wirkte in der Zeit zwischen 1467 und 1483.

Giustiniani: Genueser Zweig einer mächtigen italienischen Adelsfamilie, die eine stattliche Zahl von Prälaten, Dichtern und Politikern hervorbrachte.

Graf von Conza: Hier Luigi aus der Familie Gesualdo, die seit 1452 jenen Titel innehatte. Einer der ranghöchsten Herrn des Königreichs Neapel, Vertrauter von König Ferrante und häufig mit diplomatischen Aufgaben im Dienste der Aragonesen betraut.

Graf von Potenza: Mitglied der Adelsfamilie Zurla, der Grafen von Sant'Angelo und von Potenza. Hier handelt es sich wahrscheinlich um Giovanni Antonio, den vierten Grafen von Potenza.

Gratian: Kamaldulensermönch, schuf um 1140 eine Quellensammlung des zu seiner Zeit geltenden kanonischen Rechts mit dem Titel *Concordia discordantium canonum,* die er mit Zwischentexten zu einem Lehrbuch ordnete. Setzte sich für eine Aufhebung der offensichtlichen Widersprüche im Kirchenrecht ein.

Gregor von Tours: Wurde 573 Bischof der französischen Stadt Tours. Verfaßte zahlreiche kirchliche Abhandlungen. Sein wichtigstes Werk war die Frankengeschichte, *Historia ecclesiastica Francorum,* in zehn Bänden, eine der Hauptquellen über jene Zeit. Zählt zu den bedeutendsten Chronisten des Mittelalters.

Grimaldi: Genueser Patrizierfamilie.

Guicciardini, Giacomo (1421–1490): Sproß der mächtigen Florentiner Familie der Guicciardini, Vertrauter von Lorenzo de' Medici, bekleidete wichtige Ämter in der Stadtregierung von Florenz.

Hermes Trismegistos: »Hermes, der dreimal Größte«. Diesem Namen werden eine Reihe von Schriften aus späthellenischer Zeit (3. Jh. n. Chr.) zugeschrieben, die Zusammenfassungen von Debatten kleiner philosophischer Zirkel enthalten. Später wurden Hermes auch astrologische, magische und alchemistische Schriften zugeschrieben, die von einer hermetischen Tradition oder hermetischen Alchemie sprechen lassen.

Lampugnani, Cristoforo: Zunächst Mitglied der herzoglichen Kanzlei Mailands, bekleidete er ab 1491 das Amt des Kanzlers des Geheimen Rats.

Lampugnani, Giovanni Andrea: Mailänder Edelmann. Im Jahr 1476 organisierte er die Verschwörung gegen Galeazzo Maria Sforza.

Landriani, Antonio (gest. 1499): Finanzminister von Ludovico il Moro.

Missaglia: Familie von Mailänder Waffenschmieden, die im 15. und 16. Jh. in ganz Europa bekannt waren.

Montemerlo: Adelsfamilie aus Tortona, deren Mitglieder zahlreiche Ämter im Herzogtum Mailand bekleideten.

Opizzoni: Adelsfamilie aus Tortona, deren Mitglieder verschiedenste Ämter im Herzogtum Mailand bekleideten.

Opizzoni, Dertonino: Sohn von Lorenzo, Notar und Kanzler von Tortona.

Origenes (2./3. Jh. n. Chr.): Berühmter Kirchenschriftsteller, Verfasser zahlreicher Kommentare und Predigten sowie der ersten systematischen Darstellung der christlichen Lehre. Gründete eine Schule von Philosophen und Theologen, deren Einfluß auf die christliche Lehre im gesamten 3. und überwiegend auch im 4. Jh. bestimmend war.

Pandolfini, Pietro Filippo: Berater und Botschafter von Lorenzo de' Medici.

Piccolomini, Antonio (gest. 1493): Herzog von Amalfi, Neffe des Papstes Enea Silvio Piccolomini (Pius II.).

Piccolomini, Maria (Maria di Marino Marzano): Wurde im Jahr 1461 die zweite Gattin von Antonio Piccolomini, dem Herzog von Amalfi.

Pontano, Giovanni (ca. 1429–1503): Minister und Poet der aragonesischen Könige von Neapel, Gründer der »Accademia Pontaniana«.

Riario, Raffaele (gest. 1521): Im Jahr 1477 ernannte ihn Papst Sixtus IV. zum Kardinal.

Rufolo: Reiche Adelsfamilie aus Ravello. Ihre Villa aus dem 13. Jh. ist noch heute eine vielbesuchte Sehenswürdigkeit.

Ruperto da Nola: Ruhmreicher Koch König Ferrantes von Neapel. Verfasser eines berühmten Kochbuchs, im Jahr 1520 auf katalanisch unter dem Titel *Libre del coch* erschienen, auf kastilisch 1525 unter dem Titel *Libro de cocina.*

Rustichello da Pisa: Marco Polo, mit dem er im Kerker der Republik Genua einsaß, diktierte ihm die Erinnerungen an seine Weltreise, die bald in mehrere Sprachen übersetzt wurden und lange Zeit die wichtigste Quelle zum Fernen Osten waren. Marco Polo geriet wahrscheinlich im Anschluß an die Schlacht von Curzola zwischen Genua und Venedig in Gefangenschaft.

Sannazaro, Jacopo (ca. 1456–1530): Vornehmer Höfling am Hof der Aragonesen in Neapel, Poet und Humanist. Mitglied der »Accademia Pontaniana«.

Sanseverino, Galeazzo (gest. 1525): Sohn von Roberto, wie sein Vater ein Mann der Waffen, heiratete Bianca, eine uneheliche Tochter des Moro. Wechselte später in den Dienst des französischen Königs über.

Sanseverino, Roberto (1418–1487): Ruhmreicher Condottiere und Capitano. Kämpfte für Francesco Sforza und bekleidete Ämter in der

Mailänder Regierung. Kam König Ferrante von Aragon zu Hilfe und wurde mit dem Titel eines Grafen von Caiazzo belohnt.

Sclafenate, Giovanni Giacomo (1460–1497): Bischof von Parma. Erst dreiundzwanzigjährig, ernannte ihn Papst Sixtus IV. zum Kardinal.

Sergregorio da Gravedona: Bedeutender lombardischer Goldschmied. Seine wichtigsten Arbeiten entstanden in den Jahren zwischen 1480 und 1520.

Sfondrati, Battista (1461–1497): Rechtsgelehrter aus Cremona. Im Jahr 1487 erhielt er von Gian Galeazzo Sforza die Bürgerrechte von Mailand. Botschafter des Moro in allen wichtigen italienischen Fürstentümern; wurde als einer der gelehrtesten Juristen jener Zeit geschätzt.

Sforza: (siehe Übersicht Seite 341)

Soderini, Paolo Antonio: Gehörte zum ältesten florentinischen Adel und tat sich besonders in den Jahren zwischen 1527 und 1530 im politischen Leben der Stadt hervor.

Spannocchi, Ambrogio: Sienesischer Bankier, führte in Rom die mächtigste italienische Bank der zweiten Hälfte des 15. Jhs. Gewann das Vertrauen und die Wertschätzung des neapolitanischen Königs Ferrante und seines Sohnes Alfonso. Nach dem Tod Spannocchis erlebte seine Bank einen abrupten Niedergang.

Spinola: Altes Genueser Adelsgeschlecht.

Taccone, Baldassare (gest. 1521): Schreiber am Hof der Herzöge von Mailand. Poet und Verfasser zahlreicher Gedichte, unter anderem für ein Werk Leonardo da Vincis.

Trivulzio, Antonio (1449–1508): Kirchenmann und Botschafter der Sforza, wurde 1487 durch die Unterstützung des Moro Bischof von Como.

Trivulzio, Gian Giacomo (1441–1518): Großer Condottiere. Kämpfte für die Sforza, die ihm aber seinen gerechten Lohn versag-

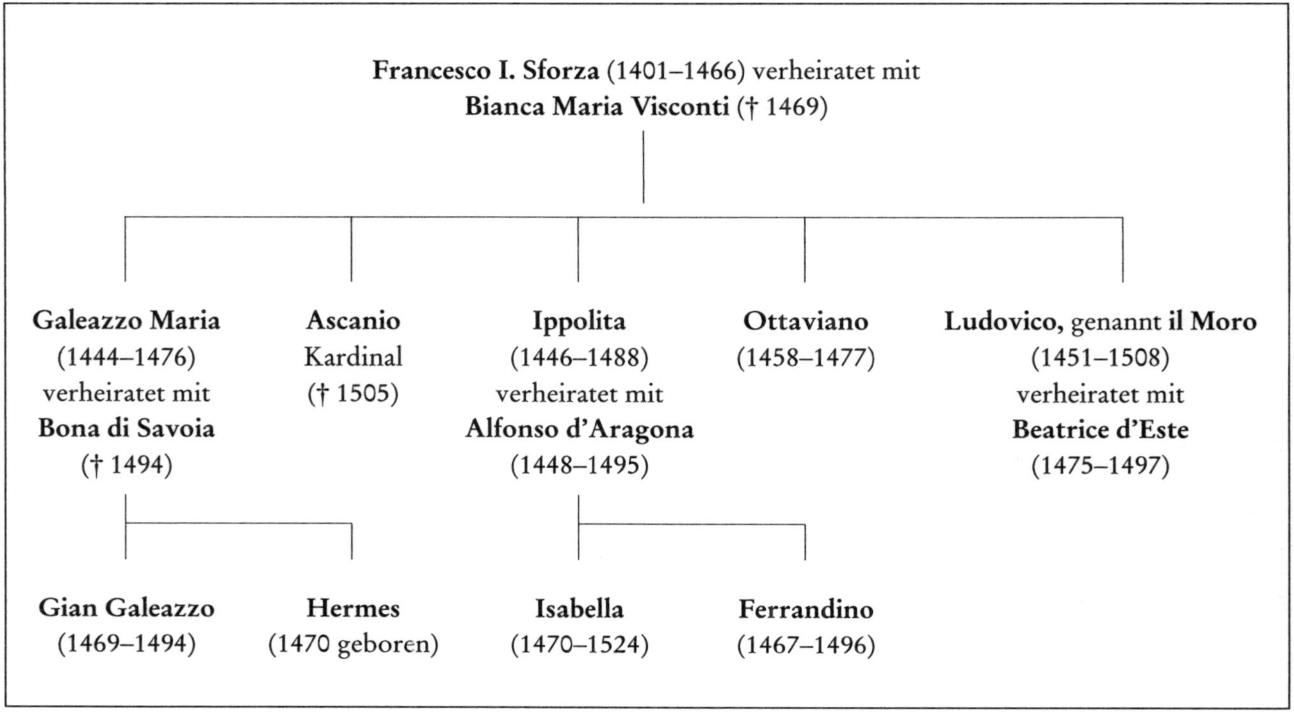
Francesco I. Sforza (1401–1466) verheiratet mit
Bianca Maria Visconti († 1469)
Galeazzo Maria
(1444–1476)
verheiratet mit
Bona di Savoia
(† 1494)
Ascanio
Kardinal
(† 1505)
Ippolita
(1446–1488)
verheiratet mit
Alfonso d'Aragona
(1448–1495)
Ottaviano
(1458–1477)
Ludovico, genannt il Moro
(1451–1508)
verheiratet mit
Beatrice d'Este
(1475–1497)
Gian Galeazzo
(1469–1494)
Hermes
(1470 geboren)
Isabella
(1470–1524)
Ferrandino
(1467–1496)

ten. Er schwor Rache, verließ Italien und trat in die Dienste der französischen Könige. Gilt als Gründer der französischen Miliz.

Trotti, Jacopo: Botschafter der Herzöge von Ferrara. War mit wichtigen Missionen an allen großen Höfen betraut und hinterließ eine umfangreiche Briefsammlung, die über seine diplomatischen Aktivitäten in der zweiten Hälfte des 15. Jhs. Aufschluß gibt.

Vincimala, Gian Giacomo: War im Jahr 1487 Großseneschall am Hof der Sforza.

Visconti, Gaspare (gest. ca. 1499): Einer der besten Volksdichter zu Zeiten Ludovicos il Moro.

GLOSSAR

Um den Leserinnen und Lesern das Verständnis zu erleichtern, wird in dem folgenden Glossar eine Reihe fremdsprachlicher, fachspezifischer oder heute nicht mehr gebräuchlicher Begriffe und Namen erläutert, deren Bedeutung sich nicht aus dem Zusammenhang der Erzählung erschließt.

Ährenfische (Atherinidae): Kleine Fische mit wenig wertvollem Fleisch, die in gemäßigten und tropischen Meeren leben. Werden manchmal betrügerischerweise als Sardinen verkauft.

Aiguilletten: Fein gearbeitete Schnüre, die sowohl zur Befestigung der Ärmel dienten, die im Mittelalter und der Renaissance häufig vom Gewand getrennt waren, als auch zur Befestigung der Strümpfe oder der Strumpfhose, die meistens die Funktion der heutigen Hosen hatten.

Alant: Kräuter mit meist gelben, glockenförmigen Blütenkörbchen, deren sehr aromatische Wurzeln als verdauungsfördernd gelten.

Ambon: Erhöhtes Pult in christlichen Kirchen für Lesungen.

Arrosto asciutto: Fleisch, das am Spieß oder im Ofen nur im eigenen Fett gebraten und nicht mit Wein oder Brühe übergossen wird. Die Köche unterscheiden mit den Begriffen *asciutto* (trocken) oder *bagnato* (naß) die zwei verschiedenen Arten, Braten zuzubereiten.

Asadura: Spanisches Wort für »Innereien der zu bratenden Tiere«, von dem sich der Name eines alten Rezepts von Ruperto da Nola für eine Suppe ableitet, die aus den Eingeweiden eines Ziegenböckleins zubereitet wird.

Azulejos: Spanisches Wort arabischer Herkunft. Bezeichnet blaue Wandfliesen, die von den Mauren in Spanien eingeführt wurden.

Barbero: Berühmter italienischer Rotwein, heute Barbera genannt, der im Piemont aus den gleichnamigen Trauben hergestellt wird.

Barett à la »capitanesca«: Typische Mütze des 15. Jhs., rot, rund und oben erweitert. Wurde von Heerführern und Edelmännern getragen.

Bassetta: Glücksspiel mit Karten, so genannt, weil unter den Spielern nur die niederen (*basso* – niedrig) Karten von eins bis fünf verteilt werden.

Bastardo: Mit diesem Namen wird in den Rezeptbüchern des 16. Jhs. ein einfacher Landwein bezeichnet, der dem heutigen Tafelwein entspricht.

Besohlte Strumpfhose: Lange Strumpfhose, die an ihren Enden spitz zulief und eine Ledersohle hatte, da man sie ohne Schuhe trug.

Biancomangiare: Soße oder Creme, die aus Hühnerfleisch, Reismehl, Zucker, weißen Mandeln, Ziegenmilch und Rosenwasser zubereitet wurde.

Bibelots: Nippsachen.

Bobbio: Abtei in der Provinz Pienza, bekannt für ihren Reichtum.

Bonito: Fisch aus der Familie der Thunfische, wird bis zu achtzig Zentimeter lang und hat wohlschmeckendes Fleisch. Kommt hauptsächlich in Mittelmeer und Atlantik vor.

Borgo (gleiche Wurzel wie das dt. »Burg«): Größeres, befestigtes Dorf.

Bourghour: Getreideart, die in der arabischen Küche verwendet wird. Die Körner werden grob gemahlen und an der Sonne getrocknet.

Braguette (dt. auch Schamkapsel): Beutel- oder kapselförmiger Latz der Männerhose, die auch als Tasche diente und mit Puffen und Schleifen verziert wurde.

Briale: Luxuriöses Gewand der spanischen und neapolitanischen Edelfrauen mit anliegenden Ärmeln, das in der Taille nur von einem Gürtel gehalten wurde. Das Gewand wurde über die Unterkleider gezogen, darüber trug man ein Obergewand aus einem anderen Stoff.

Brokat: Allgemeine Bezeichnung für wertvolle Stoffe (Taft, Samt, Lampas, Seide, Damast usw.) mit leicht erhöhten ornamentalen Motiven auf der Stoffoberfläche. Diese Motive entstehen beim Weben durch Gold- oder Silberfäden oder auch durch andersfarbige Seidengarne im Schuß.

Brot, eingefettetes (ital. *pan unto*): Mit Bratenfett vollgesogene dicke Weißbrotscheiben, auf denen der Braten serviert wurde. Noch heute wird *pan unto* in einigen Gegenden Italiens als kleine Zwischenmahlzeit serviert.

Butirro: Regionale, altertümliche Bezeichnung für Butter. In Süditalien ein typischer Käse, der im Innern einen Butterkern aufweist.

Caduceus: Heroldsstab Merkurs mit zwei verschlungenen Schlangen und zwei geöffneten Flügeln an der Spitze. Galt als ein Symbol für Wohlstand und Frieden.

Camerlengo: Eines der höchsten Ämter im Königreich von Neapel. Vorsitzender des Gerichts und Verwalter des königlichen Vermögens, absolute Vertrauensperson des Königs, dem die Leitung der »königlichen Finanzkammer« oblag.

Capo di latte: Milchrahm, der nach dem Kochen entsteht und in kleinen Schüsseln gezuckert gereicht wird. In der Renaissanceküche sehr verbreitet.

Capon armado: Spanischer Begriff für »Kapaun in der Kruste«. Das Fleisch wurde vor dem Braten in Speckscheiben eingewickelt, mit gezuckertem und geschlagenem Eigelb bestrichen und mit Pinienkernen und Mandeln gespickt. Das Ganze ergab eine Art Panzer um das Tier herum. Im allgemeinen gilt der Begriff *armado* für alle Fleischarten mit Kruste.

Carbonata: Schweine- oder Rindfleisch, das unter einer dicken Salzschicht konserviert wurde. Das Fleisch wurde lange über der Glut gegrillt oder im Ofen geschmort.

Carruggi: Bezeichnung für die typischen Gassen der Innenstädte in Genua und Ligurien.

Cavaliere aurato (dt. »Goldener Ritter«): Angehöriger des Ritterordens *Speron d'oro,* so genannt, weil die Ritter zum Zeichen ihrer Würde einen goldenen Sporn trugen. Der Ursprung ist ungewiß, liegt aber mit Sicherheit vor dem 16. Jh.

Cazuela: Spanisches Wort für eine runde, breite Kasserolle aus Terrakotta. Die Speisen aus der Cazuela wurden nicht auf dem Herd oder im Ofen, sondern direkt über der offenen Glut gegart und dann, je nach Gericht, anschließend nur kurz in den Ofen geschoben.

Cinnamomum: Gattung der Lorbeergewächse mit über zweihundertfünfzig Arten, aus denen zum Teil Zimt gewonnen wird. Der Begriff Cinnamomum wird auch allgemein für Zimt verwendet.

Civero: »Wildragout«, eine Art Salmi aus Hasenfleisch oder anderem Wild. Die Soße wurde nach dem Garen aus Rotwein hergestellt, der mit dem Blut des Tieres vermengt wurde.

Comiti: Bezeichnung der höheren Offiziere der italienischen Kriegsschiffe im Mittelalter; daneben wurden auch die Befehlshaber einer Truppe oder eines Heeres so genannt.

Compagnia di calza: wörtl. »Strumpfgesellschaft«.

Confit (franz.): Mit Zucker haltbar gemachte Speise, wie z. B. kandierte Früchte, aber auch gekochtes Fleisch, das in der Terrine unter dem eigenen Kochfett konserviert wird.

Consoli dei villaggi (Ratsherren): Amtsträger in den kleineren mittelalterlichen Gemeinden der Lombardei mit Justiz- und Verwaltungsaufgaben, die zum Teil denen eines Bürgermeisters, eines Gemeindesekretärs oder auch eines Richters entsprachen.

Córdoba-Leder: Wurde ursprünglich aus dem spanischen Córdoba eingeführt, wohin es durch die Araber gelangt war. Später wurde es auch in Italien auf die gleiche Weise hergestellt, nämlich heiß gepreßt. Es gab zwei Arten: Das eigentliche Córdoba-Leder war ein weiches Ziegenleder, das zum Teil vergoldet und für Schuhe verwendet wurde; das zweite war ein Hammelleder, das in künstlerischen Bereichen Verwendung fand, so zum Verkleiden von Möbeln oder als Wandbespannung.

Corsia: Mittelgang der Galeeren unter Deck vom Heck zum Bug.

Credenziere: Die Bezeichnung leitete sich von dem Ausdruck *fare la credenza* ab, was soviel bedeutet wie Vorkosten der Speisen, die für eine hohe Persönlichkeit angerichtet sind, um zu prüfen, daß sie nicht vergiftet sind. Das war die ursprüngliche Aufgabe des Credenziere. Im Laufe der Zeit gewann das Amt immer mehr an Bedeutung. So war der Credenziere schließlich für das Decken der Tafel verantwortlich, für die Pflege des Tafelsilbers, das kunstvolle Falten der Mundtücher, das Anrichten der sogenannten *Credenza*-Gerichte mit den kalten Speisen (Salate, Fleisch, Wurstwaren) und Süßspeisen (Kandiertes, Anisgebäck u. a.) des ersten und letzten Ganges der Gastmahle.

Croustillant (franz.): Die obere dünne, feste Kruste einer Speise. Allgemeiner werden so auch alle leicht knusprigen Speisen bezeichnet, einschließlich Waffeln und Fritiertes.

Curiales: Die Notabeln und die Angehörigen der Verwaltung einiger italienischer Städte.

Dalmatik: Liturgisches Gewand.

Danse basse (franz.): Der *danse basse* war im wesentlichen ein Prozessionstanz mit würdevollen, zeremoniellen Bewegungen, die auch die Damen in ihren unbequemen Kleidern ausführen konnten.

Danse haute (franz.): Tanz mit schnellen Bewegungen und Sprüngen.

Derthona: Früherer Name für Tortona.

Ehrenmundschenk: Amt und Ehrentitel bei Hofe, verbunden mit der Aufgabe, dem Fürsten bei Banketten den Wein einzuschenken. Es war der vertrauenswürdigsten und dienstältesten Person vorbehalten, sich um den Wein und die Getränke zu kümmern. Die Aufgaben des Mundschenks wurden später vom *sommelier* übernommen.

Eichhörnchenpelz: Im Mittelalter war dieser Pelz ein Zeichen hoher Würde.

El primo, el segundo, el tercio: So nennt Ruperto da Nola in seinem Rezeptbuch drei sehr ähnliche Suppen oder Soßen, die mit Koriander zubereitet und vor dem Servieren mit Zucker und Zimt abgeschmeckt wurden.

En parrillas: Spanisch, bedeutet soviel wie »auf dem Grill«.

Falkonette: Kleinkalibrige, lange, auf den Galeeren sehr verbreitete Kanone. Sie hatte an den Rohraußenseiten Stifte, die in ein Gabelgestell eingelassen waren, das auf einer Holzauflage angebracht war. Ihr Durchmesser betrug sechs Zentimeter, und sie schoß Kugeln mit einem Gewicht bis zu anderthalb Kilo.

Familien-Hofmeister: Hofbeamter, der die direkten Dienste an den Familienmitgliedern organisierte.

Farinata: Flaches Brot aus Kichererbsenmehl. Spezialität aus Genua.

Farsetto: Sehr kurzer Herrenrock, vorn geknöpft und mit Schlingen und Bändern versehen, an denen die langen Hosenbeine befestigt wurden. Es war ein Kleidungsstück, das nicht sichtbar getragen wurde, obwohl es durchaus aus wertvollen Stoffen wie Samt oder Seide bestehen konnte. Seine geringe Länge ließ den Blick auf das Hemd genau da frei, wo es am unvorteilhaftesten war, nämlich zwischen dem einen und dem anderen Hosenbein.

Fegatelli: Leberstücke vom Schwein in einem Netz aus Gedärmen, in der Pfanne oder am Spieß gebraten, meistens mit Lorbeerblättern gewürzt.

Feldschlange: Geschütz mit langem, schmalem Rohr. Die Geschosse waren leichter als die der üblichen Kanonen. Sehr zielgenau.

Fiadonelli: Längliche, dünne, im Öl fritierte Teigtaschen mit verschiedenen, entweder süßen oder salzigen Füllungen.

Focaccia: Flaches Brot, wird mit Olivenöl und anderen Zutaten gewürzt gegessen.

Fornimenti: Metallene Gestelle für Vasen oder Flaschen mit Öl.

Französische Art, Kleider (ital. *vesti alla francese*): Sie unterschieden sich von den Mailänder Kleidern durch einen herzförmigen Ausschnitt, durch sehr weite Flügelärmel und durch die sanft herabfallenden Schleppen der Überkleider. Dazu trug man ein schwarzes Seidenkopftuch, das auf die Schultern fiel und über einer Haube aus dünnem weißen Stoff drapiert wurde, deren Zipfel unter dem Tuch hervorschauten.

Frappésamt: Sehr weicher, geschnittener Samt, der in nassem Zustand gewrungen wird. Die zerdrückten Fäden fallen somit unregelmäßig mal zur einen, mal zur anderen Seite, wodurch spezielle Oberflācheneffekte erzielt werden.

Frisébrokat: Alte Herstellungsweise von Gold- oder Silberbrokat, bei der die Schlingen nicht durchgeschnitten werden, wodurch kleine »Locken« (ital. *borccato riccio* – »Lockenbrokat«) entstehen, die je nach Lichteinfall glänzen und dem Muster ein größeres Volumen verleihen.

Frisésamt (auch Kräuselsamt): Beim Weben des Samtes werden die einzelnen Fäden (Polketten) normalerweise angehoben und mit einer Klinge aufgeschnitten. Wenn sie nicht zerschnitten werden, bilden sie kleine Schlingen oder Noppen an der Oberfläche. Diese Samtart wird hauptsächlich zur Anfertigung von Blumenmotiven verwendet. Den Frisésamt gibt es auch mit unterschiedlich langen Schlingen, wodurch ein besonderes Muster entsteht.

Galanga: Aromatische Wurzel, aus China stammend und in Europa seit der Antike bekannt. Im 19. Jh. galt sie als Mittel gegen die Seekrankheit und wurde dementsprechend in der Schiffsküche verwendet.

Gamurra: Elegantes Damenkleid von einfachem Schnitt, das vorne mit Bändern und wertvollen Knöpfen oder Perlen geschlossen wurde. Hatte meistens abgesetzte Ärmel aus andersfarbigem Stoff, die mit Haken und Bändern am Kleid befestigt wurden. Die Mode, das Hemd durch die Schlitze an Ellbogen und Schultern durchscheinen zu lassen, führte dazu, daß die Gamurra später ohne Oberkleid getragen wurde.

Ganascini: Teile vom Rinderkopf, speziell die beiden runden und fleischigen Backenpartien des Tiers.

Garnasche: Weites, über den Kopf zu ziehendes Übergewand, meist umgürtet und mit weiten, bereits an der Gürtellinie ansetzenden Ärmeln, die entweder in Glockenform bis weit über das Handgelenk reichten und zurückgeschoben wurden oder pelerinenartig rund geschnitten waren. Die Garnasche saß am Boden auf, konnte für Männer aber auch kürzer und mit Pelz verbrämt sein. In Gebrauch war sie vom 13. bis zum 16. Jh.

Gast-Hofmeister: In der Organisation des Hofes war er für den Empfang der Gäste und Fremden zuständig.

Geheimer Kammerdiener: Würdenträger an Adelshöfen, speziell am Hof des Papstes, der die Aufgabe hatte, persönlich für den Fürst Sorge zu tragen. Teilweise wurde der Titel als reiner Ehrentitel verliehen.

Geheimer Rat: Gericht im Herzogtum Mailand, zuständig für Zivil- und Strafprozesse und insbesondere für Fragen der öffentlichen Sicherheit. Gleichzeitig politisches Organ, dem vom Herzog Kompetenzen verschiedenster Natur übertragen werden konnten.

Gelbe Mortadella: Mortadella, die mit Safran gelb gefärbt wurde. Die typischste gelbe Safranwurst ist die lombardische *Cervellata,* Zervelatwurst.

Generalschatzmeister: Zuständig für die Haushaltsführung des Mailänder Staates.

Generalvikar: Hoher Richter des Mailänder Herzogtums. Er hatte die Aufgabe, die Arbeit verschiedener Amtsträger nach Ablauf ihrer Amtszeit zu beurteilen und zivile oder strafrechtliche Fälle weiterzuverfolgen, die ihm vom Herzog, dem herzoglichen Rat oder den herzoglichen Sekretären anvertraut wurden.

Genueser kandierte Früchte: Jahrhundertealte, traditionelle Spezialität der ligurischen Feinbäckerei, weltberühmt und fast einzigartig. Noch heute typisches Gastgeschenk der Stadt bei offiziellen Anlässen.

Geteilte Livreen oder geteilte Strumpfhosen: Bezeichnung für die zweifarbige Kleidung der Diener oder Höflinge eines bestimmten Herrscherhauses. Die Farben entsprachen dem Wappen der jeweiligen Adelsfamilie.

Gilde: Ursprünglich kultisch-religiöse Gemeinschaft, aus der sich mit der Zeit Genossenschaften zu Rechtsschutz und gegenseitiger Unterstützung herausbildeten. Die gewerblichen Gilden gingen in Nordeuropa in die Zünfte über.

Ginestrata: Süße Variante der Polenta, die mit Milch und sehr viel Zucker und Reismehl zubereitet wurde. Dazu kamen Datteln, Rosinen, Pinienkerne und verschiedene Gewürze, darunter vor allem Safran, um dem Gericht eine tiefgelbe Farbe zu geben.

Giornea: Ärmelloser, seitlich offener Überwurf, in der Renaissance in Italien sehr gebräuchlich. Bei Vornehmen hatte die Giornea manchmal von den Schultern lose herabhängende, offene Scheinärmel.

Giubbone: Im 15. und 16. Jh. verstand man darunter einen eleganten, faltenreichen Überwurf mit trichterförmigen Ärmeln, der reich bestickt und in der Taille geschnürt war. Der Giubbone wurde auch über der Rüstung getragen.

Giuncata: Geronnene, ungesalzene Milch, die den Namen von den Weidenkörben hat, durch deren Geflecht sie gefiltert wurde.

Gobeletti: Besonders verzierte Gläser, Kelche oder sonstige Gegenstände, die die festliche Tafel schmückten und zum allgemeinen Wohlbefinden beitragen sollten.

Goldenes Sieb: Symbolisiert die Trennung des Weizens von der Spreu und damit die des Guten vom Bösen.

Goldlocken: Es gibt verschiedene Arten der Verwendung von Goldfäden in der Textilherstellung. Die »Goldlocken« erhält man, indem man den Goldfaden spiralförmig um einen Kern von zwei oder mehreren Seidenfäden wickelt.

Gran Cuciniere: Großküchenmeister.

Greco di Somma: Weißwein, der in Italien ursprünglich nur in dem gleichnamigen Anbaugebiet in der Nähe des Vesuvs in Kampanien produziert wurde.

Großalmosenier: Eigentlich »Almosenverteiler«, geistlicher Würdenträger, u. a. am päpstlichen Hof.

Großjägermeister: Offizier am Adelshof, für das Jagdvergnügen der Herrschaften verantwortlich.

Großkammerherr: Würdenträger in Fürstenhäusern, dem Hofmeister übergeordnet. Erfüllte verschiedenste Aufgaben, besonders im Bereich der Hofzeremonien.

Großseneschall: Hohes Amt, dem Fürsten nahestehend. Hatte die Aufgabe, Bankette und Feste des Hofes zu leiten und sich um alles dazu Erforderliche zu kümmern. Ihm unterstanden die Unterseneschalle und die Hofmeister.

Großspeisemeister oder Speisemeister: Eines der wichtigsten Ämter an den Renaissance-Höfen. Seine vordringlichste Aufgabe war der tägliche Einkauf auf dem Markt; bei der Rückkehr an den Hof wurden die Einkäufe dem Vorratsverwalter anvertraut. Das Amt verlangte einen Mann, der gut zu Fuß, absolut vertrauenswürdig in Geldangelegenheiten war und sich bei der Qualität der Nahrungsmittel auskannte.

Großtambourmajor: Ging bei Umzügen den Musikanten voran und gab mit seinem Stab den Takt vor. Zusammen mit dem Pfeifermajor leitete er die Spielmannszüge, die im Mittelalter hauptsächlich aus Pfeifern und Trommlern bestanden, wie sie heute noch im Karneval in einigen Schweizer Städten (z. B. Basel) zu sehen sind.

Guarnella: Einfaches Frauenkleid aus hellem Baumwollstoff, nicht selten ärmellos, ähnlich wie die Kotta. Weich und leicht, wie sie war, konnte sie sowohl von einem Gürtel gehalten als auch an den Seiten gebunden werden. Man findet sie oft in der volkstümlichen Bekleidung, aber ebenso bei adligen Damen.

Halskrause: Bestand aus feinem Leinen, manchmal auch Seide, und wurde in parallelen Fächerfalten zu mehreren Lagen übereinandergelegt. Teilweise mit Spitze verziert. Dazu passend wurde vielfach die Handkrause getragen.

Herzogliche (auch Geheime) Kanzlei: Verwaltungsorgan des Mailänder Staates, bestehend aus Sekretären, Buchhaltern, Schreibern, Hilfsschreibern und Amtsdienern, die dem Herzog direkt unterstanden und mit der Durchführung aller Staatsangelegenheiten betraut waren.

Hibiskus: Pflanze der Malvengewächse mit etwa sechzig Arten, wovon einige für den Nahrungssektor von Bedeutung sind, da sich aus ihren Samen ein Öl herstellen und aus ihren Blüten Tee machen läßt.

Hofmarschall: Leiter des Hauswesens eines Hofes, zum Teil reiner Ehrentitel.

Hofmeister: Bediensteter bei Hofe, dem Großseneschall untergeordnet. Ihm unterstanden der Koch, der Speisemeister, der Vorratsverwalter und der Credenziere. War auch für die Gerätschaften des Mundschenks und des Kellermeisters verantwortlich. An den Höfen des 15. Jhs. gab es unter dem Oberhofmeister eine komplexe Hierarchie von Hofmeistern und Unterhofmeistern, die für verschiedene Bereiche zuständig waren.

Hormuzseide: Leichter, dünner Seidenstoff, eine Art Taft. Ursprünglich wurde sie auf Hormuz, einer Insel am Eingang des Persischen

Golfs, hergestellt, aber im 15. Jh. als italienischer Stoff anerkannt. Wurde für Herren- und Damenbekleidung gleichermaßen verwendet, oftmals auch als Innenfutter.

Houppelande: Langer Galamantel für Männer und Frauen, teilweise auch mit Schleppe. Hatte sehr weit geschnittene Ärmel und eine Kapuze, war aus wertvollem Stoff, oftmals mit Seide oder Fell gefüttert.

Islas Flamencas: Alter Name für die portugiesischen Azoren, die im 15. Jh. von flämischen Siedlern bewohnt waren, weil der König von Portugal einen Teil der Inseln an die Herzogin von Burgund und Flandern abgetreten hatte.

Iucca: siehe *Regen-Iucca*

Justizrat: Oberstes Gericht im Herzogtum Mailand, zuständig für Zivilfälle.

Kabbala: Name einer Reihe mystischer und geheimer Schriften des Judentums. Die Kabbala wurde im 14. Jh. in Spanien textlich fixiert und war bei den verbannten spanischen Juden sehr verbreitet. Im 15. Jh. wurde die Kabbala auch von christlichen Gelehrten studiert, die sie für eine Überlieferung aus den Anfangszeiten der Menschheit hielten.

Karacke: Größere Ausführung der Karavelle, ein Schiffstyp, der sich im 14. Jh. in den Mittelmeerländern entwickelte.

Kardamom: Samen, die ähnlich wie Kampfer riechen und als Gewürz Verwendung finden. Meist wird Kardamom zusammen mit anderen Gewürzen benutzt.

Karde: Distelähnliches Gewächs, dessen Blätter noch heute in Italien als Gemüse gegessen werden.

Karneol: Abart des Quarzes, rötlichfarbener, halbedler Schmuckstein. Berühmt ist der Karneol der Visconti und der Sforza, ein gravierter Siegelring, der dazu diente, Briefe, Schriften und Befehle zu versiegeln und ihnen damit rechtliche Gültigkeit zu verleihen.

Kasel: Meßgewand.

Kathai: Das heutige Nordchina.

Komplet: Die letzte Hore der kirchlichen Tageszeiten. Abendgebet.

Königstorte (ital. *torta reale*): In den Rezeptbüchern der Renaissance tauchen unter diesem Namen verschiedene salzige Krusten- oder Blätterteigtorten auf. Wahrscheinlich wurden sie so genannt, weil sie nur bei besonderen Anlässen serviert wurden.

Kotta: Kurze Männerjacke oder -weste, die unter dem Obergewand getragen wurde. Bei der Kleidung der Frauen versteht man darunter hingegen ein langes, helles Gewand, das sommerlich-jugendlich war und der Gamurra ähnelte, mit abgesetzten Ärmeln aus andersartigem oder andersfarbigem Stoff, aufgelockert durch Schlitze, aus denen puffartig das Hemd hervortrat. Die Kotta wurde allein oder mit einer Giornea oder Houppelande als Überkleid getragen.

Kräutertorte Bologneser Art, Kräutertorte lombardischer Art, Genueser Torte: Krustentorten aus Gemüse, Eiern und Käse. Die Kräutertorten sind seit dem 14. Jh. typisch für die norditalienische Küche, und ihre Rezepte sind regional sehr unterschiedlich. Die Genueser Torte bestand aus einer Blätterteighülle, die mit Mangold, frischem Käse, gestampfter Minze, Pfeffer und Ei gefüllt war. Sie ist noch immer ein typisches Gericht, wenn auch der Mangold häufig durch Spinat oder Artischocken ersetzt wird. Die Kräutertorten auf Bologneser Art waren ebenfalls aus Blätterteig und mit Mangold, Parmesan, Majoran, Petersilie, Pfeffer und Ei gefüllt. Die lombardische Kräutertorte hingegen bestand aus einem Teig, der aus Mehl, Rosenwasser, Zucker, Butter und Eigelb zubereitet und mit Mangold, Parmesan, Quark, Nelken, Muskatnuß, Pfeffer, Zimt und Eiern gefüllt wurde.

Kühlwannen (ital. *rinfrescatoi*): Wannen aus Kupfer, Terrakotta oder Silber, in denen Speisen und Getränke mit Hilfe von Eis oder Schnee gekühlt wurden. Im Mittelalter verfügten besonders die größeren Höfe über Grotten oder Gräben, wo Schnee und Eis im Winter gesammelt werden konnten, um im Sommer zur Kühlung von Speisen und Getränken Verwendung zu finden.

Lampas: Sehr wertvoll gearbeitetes Seidengewebe mit großflächigen, ornamentalen Zeichnungen und Blumenmustern, die durch zum Teil silberne oder goldfarbene, sich vom Untergrund abhebende Einschlagfäden gewonnen wurden. Weit verbreitet. Berühmt war der Lampas aus Genua, wo sich seit den ersten Kreuzzügen ein reger Handel mit dem Orient entwickelt hatte, der die Entwicklung einer raffinierten kunstgewerblichen Textilindustrie ermöglichte.

Lardiero: Eine Art Speckbrühe, die in verschiedenen Rezeptbüchern der Renaissance erwähnt wird. Man kann darin einen Vorläufer des gedünsteten Specks sehen, der Grundlage war für die Suppen im 18. Jh.

Lenza: In der Renaissance war es Mode, ein schmales Band, teilweise auch eine Schnur von Perlen oder Edelsteinen, um den Kopf zu tragen, um die Frisur zu festigen. An der Stirnseite fiel häufig eine Perle oder ein Edelstein schmückend herab.

Limonia: Gericht aus Hühnerfleisch mit Zitronensaft (*limone*).

Lotbüchsen: Geschütze von kleinem und mittlerem Kaliber mit kurzem Rohr, sehr verbreitet auf den Galeeren; schossen Blei- oder Eisengeschosse bis zu 800 m weit.

Lucco: Langes, weites Obergewand, typisch für Florentiner Gelehrte und Richter, wurde später auch von anderen Städten Norditaliens übernommen. Das Gewand aus Leinen oder Damast hatte weite, seitliche Ärmelöffnungen und wurde wie ein Mantel getragen. Am Hals wurde es mit Haken und Bändern geschlossen, für den Sommer war es reich mit Taft gefüttert, im Winter mit Samt oder Fell.

Luchspelz: Dieser Pelz symbolisierte mit seinem langen, glänzenden, weichen Haar besonders gut den Hang zu Prunkhaftigkeit und Luxus in der Renaissance-Zeit.

Mailänder Art, Kleid (ital. *veste alla milanese*): Kleid mit spitzem oder quadratischem Halsausschnitt, dessen Ecken gerundet waren. Die enganliegenden Ärmel wurden mit Schnüren oder Bändern am Kleid befestigt. Durch die Schlitze bauschten sich die Wölbungen des Hemdes. Zu einem so geschnittenen Kleid wurden die Haare mit einem goldenen oder seidenen Netz getragen, oft fielen sie hinten in einem kunstfertig mit Bändern geflochtenen Zopf herab.

Malvasia dolce di grecia: Süßer Malvasier-Wein aus Griechenland.

Malvasia perseghina: Wahrscheinlich ein alter venezianischer Malvasier mit Pfirsichgeschmack. *Persego* bedeutet im venezianischen Dialekt Pfirsich. Zudem war es in der Vergangenheit üblich, Weinstöcke zwischen Obstbäume anzupflanzen, wodurch die Trauben einen besonderen Geschmack bekamen.

Malvasier (ital. *Malvasia*): Es gibt sehr viele verschiedene Rebsorten mit diesem Namen, die vielerorts in Italien und auch nördlich der Alpen angebaut werden. Dazu gehören sowohl weiße als auch rote, aromatische oder einfache, süße oder trockene Trauben. Sicher ist ihre griechische Abstammung aus der Stadt Malvasia auf dem Peloponnes. Dort drangen die Venezianer im Jahr 1248 ein und brachten den gleichnamigen Wein nach Kreta, das zu ihren kolonialen Besitzungen zählte. Hier entstand eine blühende Produktion von *Malvasia di Creta,* den die mächtige venezianische Flotte weiträumig exportierte. Ob dieser Wein frühere kretische Rebsorten verdrängte, sich mit ihnen vermischte oder eine eigene Sorte darstellte, läßt sich schwer sagen, zumal man damals alle aus diesem Raum importierten Weine als *vini greci* – griechische Weine – bezeichnete, nicht nur die griechischen selbst, sondern auch die von Kreta oder den Ägäischen Inseln. Es handelte sich meistens um Weine mit hohem Alkoholgehalt, die nicht leicht sauer wurden und dadurch besonders für den Transport geeignet waren.

Manos de carnero: Spanischer Begriff, der wörtlich übersetzt soviel wie »Hammelfüße« bedeutet, wovon einer der Suppennamen des Ruperto da Nola abstammt, nämlich einer Hammelbrühe, in der Beinstückchen des Tieres schwammen.

Marzipantorte: Torte aus nur schwach gesüßtem Teig, die mit gestampften Mandeln, Karamel und Marzipan gefüllt war und mit Zucker bedeckt gereicht wurde.

Maspilli: Wertvolle Knöpfe, mit denen weibliche Kleidungsstücke vorne verschlossen wurden. Eine Gamurra hatte allein zweiundzwanzig *maspilli,* eine Zahl, bei der sicher weniger die Zweckmäßigkeit als die Zierde im Vordergrund stand.

Mazis: Gewürz, das aus dem dünnen Samenmantel der Muskatnuß gewonnen wird. Bevor noch die eigentliche Nuß verwendet wurde, war es in Europa in gemahlener Form gebräuchlich. Heute eine Komponente des Curry.

Mele apie oder apppie: Der Name stammt vom lateinischen Appius, dem Römer, der diese Apfelsorte als erster züchtete. Sie besteht aus kleinen Früchten, die halbseitig rot und halbseitig weiß sind, mit einer dünnen Schale und festem, süßem Fruchtfleisch. Sehr gebräuchlich in der mittelalterlichen Küche.

Migliacci: Törtchen mit den Grundzutaten Mehl, Käse und Quark.

Monzile: Weiter, eleganter Mantel spanischer Herkunft, dessen Ärmel fast bis zum Boden reichten, vorn geöffnet, in der zweiten Hälfte des 15. Jhs. gebräuchlich.

Morea-Rosinen: Süße Zuckertrauben aus der griechischen Region von Morea, dem heutigen Peloponnes. In der Küche der Renaissance war die Verwendung von Rosinen verschiedenster Art weit verbreitet, weswegen spezielle Weinberge kultiviert wurden, besonders auf den griechischen Inseln.

Moscato di candia: Süße Malvasier-Rebsorte aus Kreta. Candia (Chania) ist eine der bevölkerungsreichsten Städte der Insel mit einem der größten Häfen.

Moschus: Stark riechendes Drüsensekret einiger Säugetiere, das für die Parfümherstellung und in der Antike auch zum Würzen der Speisen verwendet wurde.

Mostaccioli: Kompakte, rautenförmige Kuchenstücke aus Mehl (ohne Hefe), Zucker und Rosinen, kandiertem Zitronat, Mandeln und Pinienkernen. Sie wurden in verschiedenen Regionen Italiens hergestellt und tragen ihren Namen nach dem gekochten Most, mit dem das Mehl und der Zucker verknetet wurden.

Mostarda (von altfranz. *mostarde*): Mit Most angemachter Senf als Würze für Fleisch oder Gemüse. Es gibt regional sehr verschiedene Variationen. In Sizilien versteht man darunter eine Süßspeise aus gekochtem Most.

Muskatellerbirnen: Kleine, gelbe Birnenfrüchte mit süßem, aromatischem Fruchtfleisch. Heute sind sie weitgehend unbekannt, waren früher aber sehr begehrt und bereits bei Plinius erwähnt.

Nebbiolo di Carema: Renommierter italienischer Rotwein, der aus Nebbiolo-Trauben bei Caremo (Piemont), nordöstlich von Turin, gewonnen wird. Wahrscheinlich stammt der Name *nebbiolo* (*nebbia* – Nebel) von der leicht gräulichen Patina, die die Trauben bedeckt.

Nobili di poppa: Wörtlich »die Edlen des Hecks«. Dabei handelte es sich um ausgewählte Offiziere, die in der Navigation und im Gebrauch der Waffen besonders erfahren waren. Aus ihrer Mitte wurde der potentielle Vertreter des Schiffskapitäns gewählt.

Nocchiata: Soße aus gerösteten Haselnüssen, Rind- und Geflügelfleisch, Ochsenmark, Malvasier und Gewürzen.

Oliven, gewürzte: Darunter verstand man sowohl gefüllte als auch in Salzlake oder Öl eingelegte Oliven verschiedener Sorten (grüne, schwarze, weiße).

Olla podrida: Spanische Gemüsesuppe mit verschiedenen Fleischsorten und Speck.

Pandolce di Natale (dt. »Süßes Weihnachtsbrot«): Spezialität aus Genua, die ein typisches Weihnachtsgebäck wurde. Es ist dem *panettone* ähnlich, aber flacher und aus festerem Teig, der nur kurz aufgegangen ist. In den Teig kommen kandierte Früchte, Rosinen und Pinienkerne.

Pannicello: Tuch, das auf den Kopf gelegt und mit Spangen oder Bändern befestigt wurde und auf die Schultern herabfiel, so daß es das Gesicht einrahmte. Typisch für die Edelfrauen aus dem italienischen Süden.

Pasta reale: Gebäck aus Mandeln, Milchrahm, Mozzarella oder frischem Schafsquark, Eigelb und Gewürzen.

Patissier: Der für das Süßgebäck Zuständige in einem adligen Haushalt.

Peverata: Stark gepfefferte Soße aus geröstetem Brot, das in Wein, Essig oder Brühe aufgelöst wurde.

Pignoccate: Süßspeise mit Zucker oder Honig und Pinienkernen; in Sizilien wurde sie aus zapfenförmigen Mehlkugeln gemacht, die in Öl fritiert und dann mit Honig bestrichen und mit Pistazien bestreut wurden. Eine der Süßspeisen, mit denen der erste Gang der *Credenza*-Gerichte bei vielen Renaissance-Banketten eröffnet wurde.

Pignolo della Morra: Rotwein, der aus kleinen Trauben gewonnen wird, die eng geschlossen wachsen. Daher auch der Name (*pignolo* – klein, kleinlich). Ursprünglich stammte die Traube aus der Gegend von Morra (Piemont) nahe der Stadt Alba, heute findet man sie nur noch im Friaul.

Podestà: Oberster Richter der einzelnen Gemeinden im Herzogtum Mailand.

Polenta: Die Polenta (im mittelalterlichen Latein *pulta*) wurde bis zum Ende des 16. Jhs. nicht aus Mais, sondern aus Zweikorn oder Hirse zubereitet.

Pomeranze: Bittere Apfelsine, Bitterorange.

Porchetta: Ausgenommenes Spanferkel, gefüllt mit Speck, Knoblauch, Pfeffer, Salz, Rosmarin und anderen Gewürzen.

Portum Delphini: Früherer Name für Portofino (Ligurien).

Posticce: Planken aus Tannenholz, die längs der Galeeren verliefen und an denen u. a. die Ruder befestigt waren; sie dienten auch als Seitengänge und als Aufbau für die Schlacht.

Potage: Altes Wort für Suppe.

Prateser Wolle: Stoff aus gekrempelter Wolle, fest und weich, der in der toskanischen Stadt Prato seit dem 12./13. Jh. hergestellt wird und heute noch bei den Modemachern gefragt ist.

Pronotar: Hoher Beamter, dem die Aufsicht über das Verfassen und Entsenden herzoglicher oder königlicher Dokumente oblag. Eines der höchsten Ämter, hauptsächlich im Königreich von Neapel und am päpstlichen Hof, wo es sieben apostolische Pronotare gab, die in einem Kollegium vereint waren. Ihre Aufgabe waren das Abfassen und Registrieren der Protokolle des Heiligen Stuhls und der Konsistorien sowie die der Heiligsprechungen.

Provatura: Käse aus Büffelmilch, typisch für das Latium, dem Mozzarella ähnlich, aber kleiner und kompakter.

Provisionati: Ursprünglich diejenigen, die für einen ständigen oder auch nur gelegentlichen Dienst ein Gehalt oder eine Provision bezogen. In der Renaissance verstand man darunter einen besoldeten Soldaten im Dienste eines Staates, eines Fürsten oder auch nur eines Condottiere. Allgemeiner konnte das Wort *provisionato* auch nur einen einfachen Soldaten oder Fußsoldaten bezeichnen.

Ragout: Ursprünglich ein Gericht aus kleingeschnittenen Fleischstücken mit Kartoffeln und Gemüse.

Rambate: Gedeckte Plattform auf dem Vorschiff.

Regen-Iucca: Schwarzer, gewachster Mantel, der in Genua gebräuchlich war, ein Vorläufer der modernen Regenmäntel. Die *iucca* besaß Öffnungen für die Arme und bestand aus sehr feinem Wollgewebe, das mit dünnen Lederstreifen verziert und im Winter auch mit Fell gefüttert sein konnte.

Rhodeser Ritter: Abgeleitet vom Johanniterorden, dem ältesten geistlichen Ritterorden, seit 1099, der sich bei den Kreuzzügen hervortat und Ordenshäuser in allen Teilen Europas errichtete. Von 1310 bis 1522 war Rhodos ein Sitz der Ritter des Johanniterordens, die sich in dieser Zeit Rhodeser Ritter nannten.

Robone: Prunkvolles Obergewand mit strengen Falten, das bis auf den Boden fiel. War vorn offen und wurde über dem Untergewand getragen. Hatte fast immer weite Ärmel, die mit Fell oder Stoff gefüttert waren.

Romania di Lepanto: Wein aus der griechischen Stadt Naupaktos zwischen dem Golf von Patras und dem von Korinth. Lepanto ist der italienische Name des Ortes.

Romania: Allgemeiner Name, mit denen die griechischen Weine vom Festland bezeichnet wurden.

Rosso garbo: Frühere Bezeichnung für einen säuerlichen (Rot-)Wein, heute noch in Norditalien gebräuchlich.

Saint-Emilion: Einer der renommiertesten Bordeaux-Weine, der noch heute zu den *Grands Crus classés* gehört. Schon im Mittelalter berühmt.

Salsa bollida: Brühe, die bei starker Hitze gekocht wird. *Bollida* ist ein altes Wort aus dem Rezeptbuch des Ruperto da Nola.

Salsa camellina (ital. *cammello* – »Kamel«): Im Mittelalter eine der gebräuchlichsten Soßen, deren Name sich von ihrem kamelhaarfarbenen Aussehen ableitet. Sie besteht aus zerstampften Rosinen, in Rotwein aufgeweichtem Röstbrot, Mandeln, gekochtem Most und je nach Belieben mehr oder weniger saurem Essig. Nach dem Kochen wurde die Soße passiert und mit Zimt, Nelken und Muskatnuß nachgewürzt.

Sandelholz: Wurde in pulverisierter Form als Gewürz oder Aromastoff verwendet. Es gibt drei Sorten: Das feine weiße Pulver duftet wenig; das rote ist geruchlos und hat stark färbende Eigenschaften; das zitronengelbe ist stark duftend und wird aus nur kurz gelagertem Holz gewonnen.

Scarsella: Tasche für Geld oder anderes. Häufig sehr kostbar und mit Gold und Perlen bestickt. Im Unterschied zur normalen Tasche oder Beutel war sie quadratisch.

Schatzmeister: Verantwortlicher für die Staatsfinanzen.

Schaube: Weiter, eleganter Mantel mit Ärmeln, der vorne geöffnet war und bis zur Wade, teilweise auch bis zum Boden reichte. War im 15. Jh. zunächst ein Männerumhang, wurde dann auch von Damen getragen. Im Winter ganz mit Pelz gefüttert. Als Stoffe wurden Atlas, Damast, Samt, bei Frauen auch Taft oder Brokat verwendet.

Schnabelschuh: Kurzer Stiefel bis zum Knöchel, mit langer Spitze, manchmal seitlich geknöpft und verziert. Teilweise aus Stoff, im 15. Jh. aber bevorzugt aus weichem Córdoba-Leder.

Schweinelende im Gedärmenetz: Das Netz dient dazu, daß das Fleisch nicht auseinanderfällt und gleichzeitig Fett abgibt. Heute wird dieses Verfahren noch bei Schweineleber verwendet.

Scottini: Arbeiter, die mit Kost und Logis entlohnt wurden. Der Begriff *scotto* bedeutete früher den Preis, der im Wirtshaus oder der Herberge zu zahlen war; *tenere a scotto* soviel wie jemanden unterhalten, ihm Essen und einen Schlafplatz geben.

Sendelbinde: Sehr langes Tuch, das von der Kragenkapuze herabhing und locker über die Brust und die linke Schulter drapiert wurde und so das Gesicht einrahmte.

Serge (von mlat. *sargium*, lat. *sericus* »seiden«, ahdt. *sarsche*): Seit dem 12. Jh. gebräuchliches glattes Gewebe, ursprünglich aus Seide, später auch aus Wolle oder Baumwolle.

Sidonischer Purpur: Purpurgefärbter Stoff, in früheren Zeiten ein Zeichen höchster Würden. Sidon, heute Saida (Libanon), die alte Hafenstadt Phönikiens, war ein besonders bekanntes Zentrum der Purpurfärbung.

Sommate: Schweinelenden.

Sopra Comito: Befehlshabender Offizier auf einer Galeere. In der mittelalterlichen Marine Kommandant einer Flotte oder eines Schiffes.

Spanische Galliarde: Gehüpfter Tanz mit lebhaften Bewegungen.

Spongate: Süßgebäck, das dem Panforte ähnelt, mit getrockneten und kandierten Früchten, Honig und Gewürzen.

Steinbüchsen: Artilleriewaffen, den Kanonen ähnlich. Als Munition dienten Steine, die zum Teil mit Eisenfragmenten bespickt waren.

Stradiotto: Söldner albanischer, griechischer oder bulgarischer Herkunft.

Surkot (ital. *cioppa*): Obergewand mit majestätisch fallendem Schnitt, das die Frauen über der Gamurra trugen. Der Surkot lag eng am Busen an, öffnete sich dann weit und lief in eine Schleppe aus. Die Ärmel konnten weite, lange Flügelärmel sein, aber auch eng anliegen, mit Schlitzen, die das Unterkleid sehen ließen. Das Futter, im Winter aus Pelz, im Sommer aus Seide, war an den Säumen und an den Ausläufern der Ärmel sichtbar und sorgte für beeindruckende Farbeffekte.

Tamariske: Aus den Blättern und Rinden dieser im Mittelmeerraum beheimateten Pflanze (auch *Tamarix gallica* genannt) wurde ein Gewürz gewonnen, das verschiedentlich auch beim Bierbrauen Verwendung fand.

Tamburo: Aufbau am Bug, wo sich die Geschütze befanden und von wo der Anker geworfen wurde.

Tartare: Süße oder salzige Torten verschiedenster Machart, den heutigen Quiches ähnlich, mit Butter, Eiern, frischer Milch, Zucker, Zimt, Safran und Rosinen. Die süße Variante wurde im allgemeinen mit Zucker und Pinienkernen bestreut serviert.

Tomaselle: Frikadellen oder Würste aus Schweineleber. In Genua verstand man darunter mit Hackfleisch und Gemüse gefüllte Rinderrouladen.

Torricella: Eigentlich das Gefängnis im Dogenpalast von Venedig. Wahrscheinlich gab es aber mehrere Gefängnisse dieses Namens.

Torte, weiße: Süße Käsetorte. Die Füllung bestand aus einem Gemisch aus Mozzarella, frischem Quark, fettem Käse und Parmesan, dazu Eier, Zucker, Sahne, Rosenwasser, Rosinen, Ingwer und Zimt. Die Torte wurde mit Puderzucker überstreut und bei besonderen Gelegenheiten mit vergoldeten und versilberten Blättern garniert gereicht. Eine schwache Erinnerung lebt in der sizilianischen *cassata* oder in der neapolitanischen Feinbäckerei fort.

Trebbiano di Toscana: Toskanischer Weißwein von der gleichnamigen Traube. Einer der seit Jahrhunderten verbreitetsten italienischen Weißweine, von dem es viele Sorten gibt, nicht nur in der Toskana, sondern auch in anderen italienischen Regionen.

Ungarische Suppe: In der Renaissance war es üblich, Gerichte bestimmten Völkern zuzuordnen, allerdings nach recht willkürlichen Kriterien. In diesem Fall handelt es sich um eine Suppe aus Eiern, Milch, Zucker und Butter, die im Wasserbad gekocht wurde.

Vernaccia: Schon Dante zitierte diesen etwas süßen Wein, der in ganz Italien verbreitet ist. Er wird aus stark duftenden Trauben hergestellt und besonders im Gebiet Cinque Terre und um Verona herum angebaut.

Vignamaggio: Italienischer Rotwein aus dem gleichnamigen Ort im Chianti, Toskana.

»Vergoldet«: Im Mittelalter war es üblich, die gekochten Tiere bei edlen Banketten in einem Kleid aus Goldblättchen darzureichen. Zu diesem Brauch gehörte es auch, daß die Braten so geschmort wurden, daß sie goldfarben wirkten. Ein weiteres Merkmal der Mode, Goldenfarbiges zu essen, führte zu einer erhöhten Verwendung von Safran, zum Beispiel bei Reisgerichten, bei denen keine vergoldeten Blätter benutzt werden konnten.

Vinello rosso di Broni: Rustikaler Rotwein aus Broni in der Provinz Pavia. Früher ein Tafelwein, der in den Gasthäusern vom Faß abgefüllt wurde. Heute gelten die Weine aus Broni und dem nahen Stradella als Spitzenweine. Geführt werden sie unter dem Namen *Vini del Oltrepò pavese.*

Vino di Cipro (dt. Wein aus Zypern): Typischer Wein der Insel. Ist als ältester Wein mit Herkunftsbezeichnung bekannt, und zwar als *Vino Comandaria* aus den Zeiten der Kreuzzüge. Schon Pharaonen und Könige in der Antike sollen ihn hoch geschätzt haben. Wie der Malvasier war auch dieser Wein in der Renaissance bei den Venezianern besonders beliebt. Er wird heute noch als dunkel-strohgelber Dessertwein hergestellt.

Vino di Coronata: Wein aus Coronata, einem Ort bei Genua.

Vino di Creta: Wein aus Kreta, eine Art Malvasier. Quellen aus der Renaissance belegen, daß drei Sorten nach Rom importiert wurden, die der Papst zu verschiedenen Gelegenheiten verwendete: den süßen an kalten, stürmischen Tagen, den lieblichen zur allgemeinen Stärkung des Körpers, den trockenen zum Gurgeln.

Vino di Filleo: Ein heute unbekannter Wein, der wahrscheinlich aus Griechenland stammte.

Vino di Gragnano: Wein von der Küste bei Amalfi. Es gab auch einen Gragnano aus Lucca, der aus Sangiovese-Trauben produziert wurde.

Vino di Xeres: Renommierter spanischer Wein, der von den Phöniziern im 10. Jh. v. Chr. eingeführt und später überall unter dem englischen Namen Sherry oder dem original Jerezwein (von der Stadt Jerez de la Frontera in Andalusien) bekannt wurde. Weißwein, der hauptsächlich aus drei Traubensorten gemacht wird: *Palomino, Pedro Ximénez* und *Moscatel.* Es gibt ihn in vier Sorten: vom *fino,* dem trockensten, über den *ammontillado* und den *oloroso* zum *cream,* dem süßesten.

Vino rosso di San Colombano: Roter Landwein aus San Colombano al Lambro in der Ebene südöstlich von Mailand. Ohne die Weinlagen von San Colombano wäre die Provinz Mailand die einzige in Italien, die keinen Wein produziert.

Vino rosso di Volpaia: Hervorragender Rotwein, aus Sangiovese-Trauben, wird in der Toskana (Volpaia und das sienesische Chianti-Gebiet) angebaut.

Zanzarelli: Kleine, bohnengroße Knödel (Gnocchi) aus Semmelbröseln, Ei und Käse, die in kochender Brühe gegart wurden. Manchmal gab man auch noch Kräuter oder Safran hinzu und färbte sie so grün oder gelb.

Zaytun-Stoff: Dem Atlas ähnlicher Seidenstoff, der seinen Namen von der chinesischen Stadt Zaytun hat. Wie alle Seidenstoffe stammt er ursprünglich aus dem Orient. Oft wird er Zaytun-Atlas genannt, aber es gibt auch einen Zaytun-Samt.

Zeremonienmeister: Im Mittelalter Verantwortlicher für das Protokoll. Ihm oblag die Aufgabe, höfische Zeremonien einzustudieren und zu leiten. Bei weniger bedeutenden Höfen mit einer geringeren Anzahl von Bediensteten fielen diese Aufgaben dem Hofmeister zu.

Zirkassier (oder auch Tscherkessen): Sammelbezeichnung für Angehörige kulturell wie sprachlich verwandter Bergstämme im Nordwesten des Kaukasus. Zirkassierinnen galten im Mittelalter als besonders schön und waren als Sklavinnen hochbegehrt.

Ziselierter Samt: Samtstoff, bei dem das Muster durch das Zusammenwirken beider Webarten entsteht, d. h. die Polketten sind teilweise geschnitten, teilweise ungeschnitten.

Zoagli-Samt (auch Genua-Samt): Weicher Samt, der auf die sogenannte levantinische Art hergestellt wurde, die darin bestand, die Fäden des Grundgewebes diagonal zu verweben. Auf der Produktion von Samtstoffen begründete sich u. a. der Ruhm von Genua und Zoagli, einer kleinen Stadt an der Ligurischen Riviera, die im 15. Jh. zusammen mit dem nahen Genua eines der bedeutendsten Zentren der europäischen Textilproduktion war. Noch heute existieren in Zoagli berühmte Werkstätten, in denen der Samt von Hand gewebt wird.

Zupparello oder *luparello:* Elegantes Wams mit kurzen Ärmeln, unter denen die Hemdärmel sichtbar wurden.

HISTORISCH ÜBERLIEFERTE REZEPTE

Couscous

Wenn man Couscous machen will, nimmt man Grieß, passiert ihn durch ein Sieb und füllt ihn in ein großes Terrakottagefäß. Dann nimmt man Rosenwasser und Eigelb von frischen Eiern, Zucker und Zimt und andere Gewürze und verrührt all diese Dinge; ab und zu gibt man ein wenig Wasser auf den Grieß und verknetet alles mit der Hand, bis es die Konsistenz von Aniskörnern annimmt. Wenn das geschehen ist, schüttet man alles durch ein Sieb in einen großen Topf aus Terrakotta.

Daraufhin nimmt man einen Topf mit Brühe, in dem ein Huhn, ein Stück Schinken und andere Arten von Fleisch gekocht wurden. Durch einen Siebtopf wird der Couscous in die Brühe gerührt. Jetzt nimmt man ein paar Täubchen und Knochen und bringt sie in einem Topf aus Terrakotta mit dem Rosenwasser, Zucker, Zimt und anderen Gewürzen in ausreichender Menge zum Kochen.

Wenn man schließlich das Essen anrichtet, gibt man die Täubchen auf den Teller und den Couscous darüber mit Zucker und Zimt.

Wenn man die Täubchen füllen will, bevor man sie auftut, oder wenn man zu dem beschriebenen Essen ein gekochtes Huhn dazutun will, so kann man dies machen, wie man will.

Aus: *Manoscritto Lucano*, Nerula 1524

Wildsalmi

Wenn man Wildsalmi machen will, kocht man das Fleisch zunächt in Wasser, mit gleicher Menge Essig vermischt; wenn es gar ist, nimmt man es aus der Brühe und läßt es gut trocknen, bevor man es in fettem Speck fritiert.

Für zwei Teller von genanntem Salmi braucht man ein Pfund Rosinen und ein halbes Pfund ungeschälter Mandeln; diese Dinge müssen gut zermahlen werden. Dann nimmt man ein Pfund weißes Brot, schneidet es in Scheiben und röstet es über dem Feuer, aber nicht allzusehr; dann weicht man es in Rotwein ein wenig auf, bevor man es mit den genannten Dingen vermischt und in der Fleischbrühe aufkocht. Nachdem das Ganze abgesiebt worden ist, wird es in einem flachen Topf auf der Glut – fernab vom Feuer – eine halbe Stunde lang gekocht; dann gibt man Ingwer und reichlich Zimt dazu, je nachdem, wie süß oder scharf man es will.

Dann nimmt man eine Zwiebel und röstet sie in einer Pfanne mit fettem, in kleine Stückchen geschnittenem Speck. Wenn die Zwiebel gar ist, wird sie sorgfältig zerdrückt und mit dem Speck, in dem sie gebraten wurde, vermischt. Daraufhin gibt man sie in den Topf zu den genannten Dingen und läßt das Ganze noch ein wenig kochen; dann formt man das Fleisch in Scheiben und gibt das Salmi darüber, bevor man die Platte zu Tisch trägt.

Aus: *L'arte della cucina in Italia. Libri di ricette e trattati sulla civiltà della tavola dal XIV al XIX secolo*, Turin 1987

Am Spieß oder auf dem Grill gebratene Schulter vom Hammel

Wenn man die Schulter vom Hammel braten will, so ist es notwendig, daß sie gut abgehangen ist, besonders, wenn der Hammel alt ist und ohne Vorkochen an den Spieß gesteckt werden soll, wo sie mit zerhackten Knoblauchzehen und mit Salz bestrichen wird, bis sie den Geruch annimmt. Man kann sie auch, bevor man sie aufspießt, mit gehacktem Seitenspeck, Knoblauch, Kräutern, geriebenem Käse, Eiern und den üblichen Gewürzen füllen und sie dann bei kleiner Flamme am Spieß braten lassen und sie, sobald sie gar ist, heiß servieren.

Wenn man sie auf dem Grill zubereiten will, so sollte man sie zunächst halb gar kochen, bevor man sie mit Salz und Fenchelblüten bestreut und auf den Grill legt, bis sie von beiden Seiten gebräunt ist. Man sollte sie dann so heiß servieren mit einem kleinen Hauch von rosigem Essig, Zucker, Zimt, Nelken und einer Knoblauchzehe.

Aus: Scappi Bartolomeo, *Opera di M. Bartolomeo Scappi, cuoco segreto di Papa Pio V*, Venedig 1570

Quittensuppe

Man kocht die Quitten in einer Brühe aus magerem Fleisch. Anschließend werden sie zerdrückt und mit Mandelmilch verdünnt, die mit Fleisch- oder fetter Hühnerbrühe gemacht wurde (wenn es die rechte Jahreszeit für ein fettes Essen ist); das alles wird durch das Sieb gerührt und zusammen mit Zucker, Ingwer, Zimt und ein wenig Safran in einen Topf gegeben. Zum Kochen wird die Speise fern vom Feuer auf die Glut gesetzt, damit sie keinen Rauch abbekommt, und dabei oftmals umgerührt. Noch besser ist es, wenn man ab und zu ein wenig Butter oder frisches Schmalz dazugibt. Wenn die Suppe fertig ist, streut man ein wenig süße Gewürze und Zucker darüber.

Aus: *L'arte della cucina in Italia. Libri di ricette e trattati sulla civiltà della tavola dal XIV al XIX secolo*, Turin 1987

Fischbrühe

Gutgewaschener Fisch, soviel, wie man braucht, wird in reichlich Öl gebraten bzw. fritiert, dann kalt werden lassen.

Man nimmt Zwiebeln, schneidet sie quer in Stücke und brät sie in dem verbliebenen Öl vom Fisch, zusammen mit geschälten Mandeln, Rosinen, getrocknetem Alant und Zwetschgen. Schließlich wird das übrige Öl abgegossen.

Dann erhitzt man Pfeffer, Safran und weitere ausgesuchte Gewürze in Wein und Essig und bringt sie auf dem Feuer kurz zum Kochen; gleich darauf nimmt man das Ganze vom Feuer, schüttet es um und gibt es in ordentlich geschichteten Lagen zwischen den beschriebenen Fisch. Wenn man es süß möchte, gibt man entweder gekochten Wein oder eine entsprechende Menge an Zucker dazu.

Variante

Man nimmt einen guten Wein und ein wenig Essig und bringt es zusammen zum Kochen und Schäumen, gibt den Fisch dazu und läßt ihn so lange kochen, bis er gar ist; dann nimmt man ihn heraus. Der Wein muß so lange kochen, bis nur noch ein Drittel von ihm übrig ist. Dann gibt man Lorbeer, Safran und feine Gewürze dazu und erwärmt den Fisch darin. Vor dem Servieren wird der gewürzte Wein abgeschüttet.

Aus: *L'arte della cucina in Italia. Libri di ricette e trattati sulla civiltà della tavola dal XIV al XIX secolo*, Turin 1987

Gegrillte Austern auf öligem Papier

Man nimmt die Austern, sobald sie heiß sind, aus der Schale und sammelt ihr Wasser. Dann benötigt man Schreibpapier, das entweder mit Öl oder Butter eingefettet worden ist. Nachdem die Austern eine Viertelstunde lang mit Fenchelblüten und Pfeffer in Öl gelegen sind, werden sie auf das Papier gelegt und mit Öl oder ein wenig Likör übergossen.

Das Papier mit den Austern wird auf den Grill gelegt, wo die Austern gewendet werden, bis sie gar sind; vor dem Servieren werden sie mit einer Soße übergossen, die aus Zucker, Pomeranzensaft, Pfeffer und dem Austernwasser selbst besteht.

Es liegt im Ermessen des Koches, ob er einige Scheibchen Brot daruntergeben will.

Aus: Scappi Bartolomeo, *Opera di M. Bartolomeo Scappi, cuoco segreto di Papa Pio V*, Venedig 1570

Limonia

Um Limonia zu machen, dünstet man Hühner mit Brühe und Zwiebeln an. Man zerkleinert geschälte Mandeln, die man in Fleischbrühe aufkocht und daraufhin wieder abseiht. Danach kocht man sie zusammen mit den genannten Hühnern und Gewürzen. Wenn man keine Mandeln hat, kann man die Brühe auch mit Eigelb verfeinern. Kurz vor dem Umschütten gibt man Zitronensaft oder den Saft bitterer Orangen hinzu.

Aus: *L'arte della cucina in Italia. Libri di ricette e trattati sulla civiltà della tavola dal XIV al XIX secolo*, Turin 1987

Crespelle

Crespelle macht man so: Man nimmt weißes Mehl, das mit Eiern flüssig gerührt wird, und gibt Safran dazu. Dann brät man den Teig in fettem Speck, und wenn er fertig ist, gibt man Zucker oder Honig darüber und ißt.

Aus: *L'arte della cucina in Italia. Libri di ricette e trattati sulla civiltà della tavola dal XIV al XIX secolo*, Turin 1987

Königliche Torte aus Täubchenfleisch
(in Neapel »Damenmund-Pizza« genannt)

Man nimmt das Fleisch von drei Täubchen, die am Spieß halb gar geröstet wurden, ohne Haut, Knochen und Sehnen, sowie das Fleisch von drei gekochten Täubchen und verstampft alles im Mörser mit vier Unzen gesäuberten Datteln, acht Unzen Marzipanmasse und vier Unzen zerstampftem Rindermark, bis man alles durch ein grobes Sieb drücken kann. Wenn man keine Marzipanmasse hat, kann man sechs Unzen süße, mit kaltem Wasser geschälte Mandeln und vier Unzen feinen Zucker sowie sechs Unzen frischen Milchrahm nehmen oder – wenn man auch keinen Milchrahm hat – ein Pfund frischen Schafszieger. Das alles wird passiert, bevor man zehn Eiweiß von frischen rohen Eiern dazugibt, außerdem noch vier weitere Unzen feinen Zucker zusammen mit einer Unze Zimt und einer halben Unze mit einem Gemisch von Gewürznelken und Muskatnuß.

Aus: Scappi Bartolomeo, *Opera di M. Bartolomeo Scappi, cuoco segreto di Papa Pio V*, Venedig 1570

Gegrillte Schnepfen und Ölbrot

Für gegrillte Schnepfen bedarf es keinerlei spezieller Zubereitung, wenn man von der des Ölbrotes absieht: Wenn sie allerdings gut sein sollen, nimmt man am besten junge und fette Tiere, die unmittelbar, nachdem sie gefangen wurden, getötet und gerupft worden sind. Sie werden ohne Vorkochen oder Wenden auf dem Grill gebraten. Die Brust wird mit vier Stückchen Speck und vier Gewürznelken gespickt, Flügelspitzen und Beine werden abgeschnitten und der Hals nach hinten gedreht, damit der Schnabel in den Rücken gesteckt werden kann. Die Schnepfe wird von hinten aufgespießt, wie die Wachteln. Dann nimmt man ein rundes Weißbrot, drückt die Krusten ein, schneidet es in große Scheiben, die zunächst vorgeröstet und dann in einen länglichen, sauber geputzten Kochtopf gelegt werden, der unter den Grill gestellt wird und alles, was von den Schnepfen herabtropft, auffängt. Unter dem Topf sollte ein wenig Glut sein, so daß die Brotscheiben sanft gekocht werden und nicht plötzlich aufquellen. Wenn das Brot zur Hälfte ölig ist, gibt man zerriebene Fenchelblüten, Pfeffer und Salz darüber. Wenn das Brot völlig durchtränkt und gekocht ist, serviert man die Schnepfe auf ihrer Brotscheibe, zusammen mit zwei dünngeschnittenen Zitronenscheiben.

Aus: Romoli Domenico, *La singolare dottrina di M. Domenico Romoli*, Venedig 1560

Lombardische Kräutertorte

Man schneidet Mangold mit dem Messer klein, wäscht ihn mehrmals und läßt ihn in einem Sieb von alleine abtropfen, denn wenn man ihn drückt, tropft der Saft heraus, was das Beste daran ist; dann nimmt man ein Pfund Parmesankäse oder auch den von der Riviera, geriebenes Fett und ein Pfund von frischem Schafs- oder Kuhzieger, eine Unze Pfeffer und Zimt vermischt, eine Viertelunze Nelken und Muskatnuß, vier Unzen frische Butter, sechs Eier, und fertig ist die Zusammenstellung des Ganzen. Jetzt braucht man eine mit Butter eingefettete Tortenform, die mit einer dünnen Schicht Teig aus Mehl, Rosenwasser, Zucker, Butter, Eigelb und warmem Wasser bedeckt ist. Darauf wird das Gemisch in die Tortenform gegeben, mit einer weiteren Schicht gewellten Teiges bedeckt und im Ofen gebacken, sodann warm serviert. Wenn man möchte, kann man je nach Geschmack Zucker entweder direkt in das Gemisch oder darüber geben.

Aus: Scappi Bartolomeo, *Opera di M. Bartolomeo Scappi, cuoco segreto di Papa Pio V*, Venedig 1570

Tartaratorte

Zunächst macht man einen festen Blätterteig und gibt ihn in eine mit frischer Butter eingefettete Form. Dann nimmt man zwanzig frische Eier, schlägt sie gut, gibt fünfzehn Gläser frische Milch, fünf Unzen Zucker, eine halbe Unze feingemahlenen Zimt und ein wenig Safran dazu, außerdem vier Unzen sauberer Rosinen und ein halbes Pfund frischer Butter; all das wird gut miteinander vermengt.

Dann gibt man alles auf den Teig und läßt es gut kochen, entweder im Ofen oder unter einem Deckel. Wenn es fertig ist, gibt man vier Unzen Zucker darüber und, wenn man möchte, zwei Unzen geschälter Pinienkerne.

Aus: Messisbugo Christoforo, *Banchetti. Composizioni di vivande, et Apparecchio generale*, Ferrara 1549

Lammragout mit Honig

Für vier Personen: 800 g Lammschulter, 3 Eßlöffel Olivenöl, 1 Zwiebel, 2 Knoblauchzehen, 4 Eßlöffel Honig, 250 g Rosinen, 125 g getrocknete Aprikosen, 125 g Mandeln. Gewürzmischung: 5 Gewürznelken, 6 Kardamomsamen, 10 Pfefferkörner aus Jamaika, ¼ Kaffeelöffel mit Muskatnuß, 1 Spitze Zimt, 5 oder 6 Prisen Safran.

Man bereitet die Gewürze unmittelbar vor ihrer Benutzung vor, damit sie ihr gesamtes Aroma bewahren. Einmal zerkleinert und vermischt, werden sie für einen Moment zu ihrer Entfaltung in einem Topf mit Olivenöl und ein paar Tropfen Wasser aufgekocht. Dann gibt man die in Ringe geschnittene Zwiebel und den zerdrückten Knoblauch dazu. Sobald die Zwiebel glasig zu werden beginnt, wird das Fleisch in Stückchen zerteilt. Am besten läßt man es von allen Seiten auf großer Flamme gut anschmoren.

Das Garkochen des Lammes erfolgt daraufhin auf kleiner Flamme in geschlossenem Schmortopf und unter Zugabe von Wasser in genügender Menge, so daß das Fleisch immer teilweise bedeckt ist. Dabei sollte man nicht vergessen, in dieser Phase ein wenig Salz beizugeben.

Nach etwa fünfzehn Minuten nimmt man den Topf vom Feuer und gibt Honig, zerkleinerte Aprikosen, Rosinen und zerhackte, in der Pfanne goldbraun gebratene Mandeln über das Fleisch. Das alles wird in eine Terrine mit Deckel gefüllt und in den heißen Backofen geschoben. Das Ragout wird mindestens eine Stunde lang bei gemäßigter Hitze geschmort. Während des Kochens darf die Hitze niemals zu groß werden, und man kann, je nach Bedarf, ein wenig Wasser dazugeben. Das Fleisch muß gut eingekocht und darf nicht trocken sein. Je gemäßigter und langsamer der Kochvorgang vonstatten geht, desto besser ist die Konsistenz des eingekochten Fleisches.

Das Lamm wird dann in seiner Soße in einem hohen Teller serviert, zusammen mit *Boulghour au beurre* oder Reis.

Aus: Godard Odile, Naudin Jean-Bernard, *Saveurs des Mille et une Nuits*, Paris 1995

Lamm in Zitrone

Für vier Personen: 1 kg Lammkeule, 2 Eßlöffel Olivenöl, 3 Eßlöffel Puderzucker, 1½ Zitronen, 1 Knoblauchzehe, 1 Zwiebel, ½ Kaffeelöffel Ingwerpulver, Salz und Pfeffer, 2 eingemachte Zitronen.

Für die Zubereitung dieses Gerichtes muß man sich ein wenig mehr Zeit nehmen. Man beginnt damit, die Lammkeule in kleine, etwa 3 cm große Würfel zu zerschneiden und die fetten Stellen dabei so gut wie möglich zu entfernen. Dann werden die Fleischstückchen in Öl von allen Seiten goldgelb angebraten. Der Zucker wird im Schmortopf mit Fleischsaft aufgelöst. Wenn er eine goldene Färbung anzunehmen beginnt, gibt man den Saft einer Zitrone, den zerstampften Knoblauch und die kleingehackte Zwiebel, die zuvor für ein paar Minuten in Öl vorgedünstet wurde, sowie Salz und Gewürze dazu.

Jetzt kommen auch die Fleischstücke wieder hinzu, und alles wird gut verrührt, bis die Soße karamelisiert ist; je nach Bedarf muß man ein wenig Wasser dazugeben. Von diesem Moment an wird das Ganze eine Stunde lang auf kleiner Flamme gekocht. Man muß immer mal wieder nachsehen, ob ein wenig Wasser dazugegeben werden kann.

Nach genau einer Stunde gießt man den restlichen Zitronensaft sowie die halbierten eingemachten Zitronen darüber und läßt alles in einer geschlossenen Terrine mindestens eine Stunde lang im Backofen braten. Wenn das Fleisch eingekocht ist und ein wenig zerfällt, ist das Lamm servierfertig. Dazu paßt gut zartes Gemüse, das ebenfalls in Zitronensaft eingekocht wurde.

Aus: Godard Odile, Naudin Jean-Bernard, *Saveurs des Mille et une Nuits*, Paris 1995

BIBLIOGRAPHIE

Die wichtigsten Quellen zur Geschichte des Essens und Trinkens im Mittelalter und der frühen Neuzeit

Compendium Salerni, Handschrift (Frankreich), 14. Jh., B.I.N.G. (Bibliotheque Internationale de Gastronomie) Sorengo, Schweiz.

In der auf Hippokrates basierenden antiken Medizin spielte die Ernährung eine fundamentale Rolle. Auch die allerfrühesten mittelalterlichen Dokumente zum Thema Ernährung und Kochen sind im weitesten Sinne medizinische Abhandlungen.

Ein solcher Text ist das *Compendium Salerni*, eine Handschrift aus der im Mittelalter hochberühmten »Medizinschule von Salerno«. Diese Schule, deren Gründungsdatum nicht genau belegt ist, machte sich zunächst mit ihren praktischen Kenntnissen und Fähigkeiten einen Namen, bevor im 11. Jh. mit der Entwicklung der Lehrtätigkeit auch eine medizinische Literatur entstand, um den mittlerweile reichen Erfahrungsschatz schriftlich festzuhalten. Zu Beginn des 12. Jhs. ging man dazu über, die wichtigsten Schriften der klassischen, aber auch arabischen Medizin nicht nur wiederzugeben, sondern auch zu kommentieren.

Das *Compendium Salerni*, eine Zusammenstellung von vier Texten, spiegelt diese Entwicklung der Medizinschule wider. Der erste Teil, *Compendium*, ist eine Sammlung von Rezepten und Regeln zum therapeutischen Einsatz von Nahrungsmitteln und Weinen. Der zweite, *Pratica Bartolomei*, liefert eine hochinteressante Einteilung der verschiedensten Geschmacksrichtungen und Hinweise zur Fieberbehandlung. Der dritte Teil, *Viaticum*, eine Übersetzung aus dem Arabischen, ist eine Art Anleitung für Reisende mit konkreten Behandlungsmaßnahmen bei verschiedensten Erkrankungen. Der vierte Teil schließlich erläutert Grundregeln der Hygiene.

*

(Anonymer süditalienischer Autor), *Liber de coquina* und *Liber coquinae*, Süditalien, 14./15. Jh., B. I. N. G. Sorengo, Schweiz.

Handelt es sich bei der gastronomischen Literatur des Mittelalters zunächst noch um eine Art therapeutische Ernährungskunde, so tauchen zu Ende des 13., Anfang des 14. Jh. im Abendland die ersten reinen Kochbücher auf.

Dies geschieht nahezu gleichzeitig in ganz Europa, von Dänemark (*Libellus de arte coquinaria*) über Italien (*Liber de coquina*, »Sammlung der 12 Feinschmecker«), Katalonien (*Liber de Sent Soví*, 1320) und Frankreich (*Enseignemenz, Viandier*) bis nach England. Rezeptbücher waren schon in der Antike bekannt, gerieten dann im Mittelalter aber in Vergessenheit. So wurde auch die dem berühmten römischen Feinschmecker Apicius zugeschriebene Rezeptsammlung aus dem 1. Jh. n. Chr. zwar kopiert, aber lediglich als »klassischer« Text mit zahlreichen seltenen und kuriosen Begriffen eingeordnet.

Bei der mittelalterlichen kulinarischen Literatur handelt es sich, im Gegensatz zur antiken oder auch arabischen, meist um knappe, zusammenfassende Darstellungen, häufig ohne Angaben von Garzeiten, bei denen manchmal sogar die Zutaten dem Gutdünken des Kochs überlassen werden.

Das als *L'Anonimo Meridionale* (»Werk eines unbekannten süditalienischen Autors«) bekannt gewordene Werk ist eines der ältesten antiken Rezeptbücher in italienischer Sprache. Eigentlich handelt es sich dabei um zwei verschiedene Bücher, zunächst das lateinische *Liber coquina*, dann der auf Altitalienisch abgefaßte Teil, der als »Sammlung der 12 Feinschmecker« berühmt wurde. Das *Liber coquina* entstand möglicherweise am Hof der Anjou in Neapel und fand als lateinischer Text auch in Europa (Frankreich und Deutschland) Verbreitung. Die »Sammlung der 12 Feinschmecker« hingegen, so genannt, weil alle Rezepte für die feste Zahl von zwölf fröhlichen Tischgenossen berechnet sind, wurde nie über die Grenzen Italiens hinaus bekannt. Man nimmt an, daß dieses Kochbuch von den Mitgliedern der sienesischen *Brigata Spenderaccia* (»Gesellschaft der Verschwender«) verfaßt wurde, einer Gruppe von zwölf reichen Adligen, die für ihre prunkvollen Gelage berüchtigt waren und auch von Dante im Inferno der *Divina Comedia* genannt werden.

Das Buch erlebte zahlreiche Veränderungen und Bearbeitungen, die es bis zur Unkenntlichkeit entstellten. Das völlige Fehlen von Angaben zu Garzeiten und Dosierungen, von Lebensmittellisten und Tranchiervorschriften trug neben diesen zahlreichen Neubearbeitungen dazu bei, daß die »Sammlung der 12 Feinschmecker« in der zweiten Hälfte des 15. Jhs. praktisch unlesbar wurde und keinerlei Aktualität mehr besaß.

*

Martino de Rossi, *Libro de arte coquinaria*, Handschrift des Schreibers Sanvito, Rom 1463, Privatsammlung Mailand, Library of Congress Washington, Apostolische Bibliothek des Vatikans.

Der im Bleniotal im Tessin geborene Küchenmeister Martino de Rossi arbeitete wie viele seiner Landsleute am Mailänder Hof, und zwar von 1457 an im Dienste des Herzogs Francesco Sforza. Gegen das Jahr 1462 trat er in den Dienst des Patriarchen von Aquileia, und sehr viel später übte er seine Kunst dann für den berühmten Kondottiere Gian Giacomo Trivulzio aus.

Mastro Martino bricht mit der Tradition, indem er in seiner Rezeptsammlung unbekannte, exotische Zubereitungsarten für die Gerichte der klassischen italienischen Küche vorstellt, vor allem aber einer völlig neuen Art und Weise, über das Kochen zu schreiben, den Weg bahnt. Sein *Libro de arte coquinaria* zeichnet sich durch eine klare Aufteilung und eine gewissenhafte Beschreibung aller Details aus und stellt eine sehr persönliche, in sich stimmige Kunst des Kochens vor, die aber dennoch die Normen und Vorlieben der aristokratischen Kreise, für die er arbeitet, nicht völlig außer acht läßt. Die Dosierung der einzelnen Zutaten erfolgt sehr viel überlegter und maßvoller als damals üblich, und zudem schenkt Mastro Martino den Beziehungen zwischen den einzelnen Nahrungsmitteln, über deren Eigengeschmack oder Eigengeruch hinaus, eine besondere Aufmerksamkeit, ebenso den für die einzelnen Arbeitsgänge nötigen Küchengeräten.

Nicht zuletzt kreiert und beschreibt Mastro Martino in dem in klarer, verständlicher Sprache geschriebenen Werk eine völlig neue Küche, denn durch seine Herkunft aus dem Bleniotal im Tessin, einer Durchgangsstraße für Fürsten und Pilger zwischen Nord- und Südeuropa, war er mit vielen verschiedenen Küchentraditionen in Kontakt gekommen, von denen er sich gern inspirieren ließ. Auch der iberischen Mode, die sich in Rom nach der Wahl des ersten Borgia-Papstes Calixtus III. durchgesetzt hatte, zollte der Koch seinen Tribut, indem er eine Reihe katalanischer Rezepte in sein Buch aufnahm.

In besonderer Weise gibt Martino aber der süditalienischen Küche Raum, zum Beispiel mit den »Maccheroni alla siciliana«, die in früheren Kochbüchern nie Erwähnung fanden. Die bis dahin auf Norditalien, vom Veneto bis zur Toskana, konzentrierte Küche verlagerte ihr Zentrum nunmehr zu den süditalienischen Regionen hin.

Das *Libro de arte coquinaria* stellt im Grunde eine Synthese der italienischen Küche dar, ein Werk, das die kulinarische Literatur auf lange Zeit prägen sollte. Von 1460 bis zur zweiten Hälfte des 16. Jhs. blieb Martinos Abhandlung das Standardwerk der italienischen Küche.

*

Mestre Robert (Ruperto da Nola), *Libre de doctrina per a ben servir, de tallar y del Art de Coch,* Handschift Barcellona 1520, Biblioteca de Catalunya.

Dieses heute besser unter dem Titel *Libre del Coch* bekannte Werk, dessen Original nie gefunden wurde, entstand in der zweiten Hälfte des 15. Jhs. Über den Autor Mestre Robert (der sich später Ruperto da Nola nannte), Koch des neapolitanischen Königs Ferrante I., ist nur wenig bekannt, und auch das Entstehungsjahr des Werkes läßt sich nicht genau festlegen. Das *Libre del Coch* mit seinen sowohl italienischen als auch iberischen Gebräuchen und Vorschriften (z. B. zur Kunst des Tranchierens) spiegelt aber die Situation im Königreich Neapels wieder (damals unter der Krone des spanischen Hauses Aragon) und ebenso Rupertos gleichermaßen von katalanischen und italienischen Einflüssen bestimmte Kultur. In Spanien war das *Libre del Coch* zunächst ein Erfolg, vier Neuauflagen bis zum Jahr 1577 auf katalanisch und zehn auf kastilisch, geriet dann aber in Vergessenheit und wurde erst im Lauf des 19. Jhs. von spanischen Gastronomieautoren wiederentdeckt, die es als treues Zeugnis ihrer nationalen Küche feierten.

Doch der Name de Nola steht auch für eine bedeutende Entwicklung der kulinarischen Kunst und Literatur in Italien, der Hinwendung der italienischen Küche zu den Regionen Süditaliens.

Tristano Calco, *Nuptiae Mediolanensium Ducum sive Johannis Galeacij cum Isabella Aragona*, Van der Aa, Leyden 1704, B.I.N.G. Sorengo, Schweiz.
(A. Taccone), *Ordine de le Imbandisone*, o. Ort 1489, B.I.N.G. Sorengo, Schweiz.

Tristano Calco war vom Jahre 1487 ein offizieller Chronist des Hofes der Sforza in Mailand. Dem im Jahr 1489 entstandenen Werk über die Hochzeit des Herzogs von Mailand mit Isabella von Aragon fehlt zwar etwas die historische Perspektive, es zeugt aber von einer sehr scharfen Beobachtungsgabe, die es zu einer wertvollen Quelle zum Thema Tafelsitten macht. Mit äußerster Präzision beschreibt Calco den Ablauf des Hochzeitsbanketts und zählt unermüdlich alle Gerichte auf, die der herzoglichen Tafel auf so ungewöhnliche Weise – von Sängern und Tänzern in den Kostümen von 35 Persönlichkeiten der antiken Mythologie nämlich – serviert wurden.

Insgesamt nennt Calco 14 Hauptgerichte, allerdings ohne nähere Angaben zur Zubereitung. Aber in der Renaissance war es eben üblich, die illustren Gäste bei Festbanketts mit der Quantität und einer möglichst spektakulären Präsentation der Gerichte zu beeindrucken. Calcos Beschreibung der Sänger und Tänzer machten sein Werk auch zu einer der frühesten Quellen zur Geschichte getanzter Schauspiele, das noch heute in der entsprechenden Forschung häufig zitiert wird.

Durch Calcos *Nuptiae* ließ sich auch die seltene vierseitige Inkunabel in gotischer Schrift, die *Ordine de le Imbandisone*, einordnen, ein kleines Epos mit elffüßigen altitalienischen Versen, von dem bisher nur eine einzige Kopie gefunden wurde und als dessen Urheber Baldassare Taccone, der Hofdichter der Sforza, gilt. Da nun die in der *Ordine* genannten Götter und Speisen mit Calcos Chronik übereinstimmen, kann als sicher gelten, daß es sich dabei um das Hochzeitsmenü von Gian Galeazzo Sforza und Isabella von Aragon handelt.

*

Christoforo di Messisbugo, *Banchetti. Composizioni di vivande, et Apparecchio generale*, Ferrara 1549, B. I. N. G. Sorengo – Schweiz.

Chistoforo di Messisbugo stand zeit seines Lebens in Diensten der Ferrareser Dynastie der Este. Lange Jahre war er herzoglicher Großspeisemeister für Ercole II., bevor er zum Pfalzgrafen von Kaiser Karl V. ernannt wurde. Sein Werk *Banchetti* wurde erst nach seinem Tod im Jahre 1548 veröffentlicht. Es handelt sich dabei gleichzeitig um eine Rezeptsammlung und ein Handbuch für Hofbedienstete. Neben über hundert Gerichten beschreibt Messisbugo auch die Küchengerätschaften, die Organisation der herzoglichen Haushaltführung und die Abläufe der Feste und Bankette an den Höfen Mantuas und Ferraras und liefert somit eine überaus wertvolle Quelle zu Gastronomie und Tafelzeremoniell der großen Renaissancehöfe Italiens.

Missibugos *Banchetti* ist das erste Kochbuch, das sich nicht an Mastro Martinos Werk orientiert. Seine Rezepte lehnen sich weitestgehend an die neue italienische Küche an, die Ende des 15., Anfang des 16. Jhs. entstand. Obwohl Messisbugos Hauptaugenmerk den Teigwaren gilt, spiegelt es auch einen starken nordeuropäischen Einfluß wider, nicht verwunderlich angesichts der Tatsache, daß der Hof von Ferrara sehr kosmopolitisch war und sich die dynastischen Allianzen der Herrscherfamilie Este in alle Richtungen Europas verzweigten.

Messibugos *Banchetti* wurde zum neuen Standardwerk der gastronomischen Literatur. Von 1552 bis 1626 erschienen 15 Neuauflagen.

*

Bartolomeo Scappi, *Opera di Bartolomeo Scappi, cuoco segreto di Papa Pio V* (Das Werk von Bartolomeo Scappi, geheimer Koch von Papst Pius V.), Venedig 1570, B. I. N. G. Sorengo – Schweiz.

Über das Leben Bartolomeo Scappis ist nur wenig bekannt. Die typisch venezianischen Redewendungen und sein spezielles Interesse an den Produkten und kulinarischen Spezialitäten der Republik Venedig weisen aber auf die Lagunenstadt als seinen Geburtsort hin.

Seinem Werk nach zu urteilen, übte Scappi seine Kunst zwischen den Jahren 1536 und 1566 in Diensten verschiedener Kardinäle und Päpste in Rom aus. Er war verantwortlich für die Verpflegung der Kardinäle während des Konklave zur Wahl des Nachfolgers von Papst Pius VI., beschreibt die Lieblingsgerichte von Julius III. und Pius VI. und bezeichnet sich schießlich selbst als geheimen (also persönlichen) Koch von Papst Pius V.

Mit mehr als 400 Seiten ist Scappis Abhandlung ein recht umfangreiches, zumindest vordergründig auch heteregones Werk. Im zentralen, wichtigsten Teil werden zahlreiche Gerichte für jeden einzelnen Monat des Jahres vorgestellt, häufig unterbrochen von allgemeineren Hinweisen, wie z. B. zur Ausstattung einer päpstlichen Küche mit Nahrungsmitteln und Küchengerätschaften auf Reisen. Im letzten Teil berichtet Scappi von der stilechten Verköstigung der Kardinäle während eines Konklave, gefolgt von einigen sehr informativen Darstellungen seiner Küchengeräte. Das Buch enthält über tausend Rezepte, sehr detailliert beschrieben und begleitet von nützlichen Tips zur Zubereitung, so allein 240 verschiedene Zubereitungsarten mit Teigwaren (Mürbeteigkuchen, Torten, Pizza, Pfannkuchen) und alle regionalen Spezialitäten. Schon zu Ende des 16. Jhs. wurde B. Scappi zusammen mit Platina, Romoli oder Messisbugo zu den Erneuerern der italienischen Küche gezählt. Seine Rezepte fanden auch außerhalb Italiens Verbreitung, speziell in Deutschland, wo Max Rumpolt aus Mainz in seinem *Neuen Kochbuch* (1581) das Vermächtnis des großen Kochs publik machte.

*

Andrea Bacci, *De naturali vinorum historia de vinis Italiae et de Conuiuijs Antiquorum*, Hrsg. Nicholai Mutij, Rom 1596, B. I. N. G. Sorengo – Schweiz.

In Antike und Mittelalter wurden die Themen Wein und Weinbau fast ausschließlich in Schriften zur Ackerbaukunde behandelt. Erst mit der Verbreitung des Buchdrucks tauchen eine Reihe von Abhandlungen über den Wein unter medizinischen Gesichtspunkten auf.

Auch Andrea Bacci (1524 – 1600) war zunächst Arzt, gab dann aber seinen Beruf auf und zog nach Rom, wo er mit Hilfe von Kardinal Ascanio Colonna Zugang zum Vatikan fand und später den Lehrstuhl für Botanik an der Universität von Rom errang, den er bis zu seinem Lebensende innehatte. Neben dem vorliegenden Werk zum Weinbau veröffentlichte Bacci auch Abhandlungen zur Bewässerungskunde, Pharmakologie, Mineralogie, Zoologie und Geschichte.

De naturali vinorum historia de vinis ist eine wahre Fundgrube des Wissens. In sieben Bücher unterteilt, behandelt Bacci zunächst die Geschichte des Weins in Italien von der Antike bis zum 16. Jh., kommt dann auf Weine als Arzneien zu sprechen und widmet die letzten drei Bücher ganz den verschiedensten Weinsorten, vor allem in Italien, aber auch in Frankreich, Spanien, Böhmen, Ungarn und Rußland. Gerade dieser Teil ist für die Forschung die ergiebigste Quelle, zählt Bacci doch alle damals bekannten Weine auf und versieht sie mit wertvollen, teilweise einzigartigen Erläuterungen.